Le Cœur à l'échafaud

Du même auteur

Un empire et des poussières, Kyklos, 2014

Emmanuel
Flesch

Le Cœur à l'échafaud

roman

CALMANN
LEVY

COUVERTURE
Maquette : olo éditions
Photographie : © Peinture de Claude Monnet,
La Rue Montorgueil à Paris (1878), Paris, Musée d'Orsay
@ Photo Josse / Leemage / Corbis via Getty Images

ISBN 978-2-7021-8231-4

À mes élèves, à leurs enfants.

« Les plus grandes catastrophes
s'annoncent souvent à petits pas. »

Éric Vuillard, *L'Ordre du jour*

I

De toute façon, il n'a pas le choix. Blaise se présente au palais de justice à la première heure. Le hall d'accueil baigne dans une lumière de poissonnerie. Il a la bouche pâteuse et les idées en vrac. Pas même eu le temps d'avaler un café. Une paire de gendarmes encadre le portique de sécurité. Le plus grand des deux se penche sur sa convocation, comme s'il avait besoin de lunettes.

« Visiteur ? »

Il en a de bonnes, lui. Blaise hésite un instant. Peut-être s'agit-il du terme réglementaire ? Il acquiesce. Le gendarme s'abîme dans la contemplation de sa carte d'identité, elle paraît minuscule entre ses doigts gantés. Un peu mécaniquement, Blaise sourit, comme il fait toujours en présence d'un uniforme. Un sourire inutile, une petite lâcheté, dont il se fait systématiquement le reproche.

« Vous pouvez y aller. »

Bref soulagement. Un plan est imprimé au dos de la convocation. Il s'engouffre dans un corridor mal éclairé. Pas un chat. Le palais de justice est encore endormi. D'après le plan, il faut continuer sur une vingtaine de mètres, avant d'obliquer sur la droite. Il réprime un haut-le-coeur. Qu'est-ce qui lui a pris de picoler comme ça ? Après la seconde pinte, il aurait dû tirer sa révérence.

En semaine, c'est une règle à laquelle il tâche de s'accrocher, son premier commandement, sans quoi la journée du lendemain se résume à lutter contre l'envie d'étrangler ses collègues – ou de se jeter par la fenêtre.

Il tourne à droite. La salle des pas perdus. Sombre. Immense. L'impression d'entrer dans une gare abandonnée. Une poignée de lampadaires se reflète timidement sur le marbre. Les salles d'audience se répartissent autour, derrière des portes closes. Devant l'une d'entre elles poireaute une petite assemblée, éparse et silencieuse. Il est encore temps de partir – Blaise pourrait tourner les talons et disparaître dans un couloir. Mais d'une, il risquerait une amende salée. Et de deux, comment justifierait-il son absence au bureau ?

Il se joint à ses semblables. On les laisse patienter un bon moment, muets comme des ombres, dans cette cathédrale du Code pénal. Certains occupent leur hébétude sur l'écran de leur téléphone, d'autres s'intéressent à leurs chaussures. Finalement, un gendarme ouvre la porte de la salle avant de les faire entrer au compte-gouttes. Les mines sont grises et fermées, impressionnées par un protocole qui n'inspire pas la plaisanterie. Le parquet craque sous ses pas lorsqu'il entre dans le prétoire. Un instant, il s'imagine qu'on va commencer par le juger.

Le plafond se déploie, quinze mètres au-dessus de leurs têtes, encombré de corniches et de moulures. L'ensemble a les proportions d'une tombe. Au-dessus du box des accusés tournent les aiguilles d'une horloge enchâssée dans une sorte de tabernacle en ébène. Blaise a le sentiment de changer de siècle, le Second Empire, le bagne et la vapeur… On maîtrisait l'art d'impressionner le criminel en ces temps-là : l'idée consistait visiblement à lui faire comprendre, sitôt entré, qu'il avait autant de chance de ressortir libre d'ici que vivant de l'île du Diable. Imitant ses semblables, Blaise choisit au hasard une travée pour s'asseoir.

Dix bonnes minutes s'écoulent, une éternité de silence. Est-ce que quelqu'un peut leur expliquer pourquoi on les a fait lever si tôt ? À croire que ça fait partie du protocole. Mais voilà que s'ouvre une porte dans les boiseries, derrière la tribune. Une frêle silhouette s'avance, légèrement cassée aux épaules. Les cheveux blancs, la soixantaine bien tassée. Un air d'évêque en civil. Après avoir pris possession du fauteuil central, l'individu se penche vers un micro.

« J'ai l'honneur de présider cette cour ! »

Sa voix déchire les enceintes du prétoire, Blaise sursaute. Charitable, le président baisse d'un ton : « Trois affaires seront jugées au cours de cette session. Un assassinat, un viol, une tentative d'homicide. »

Le président est interrompu par la petite porte dérobée, qui s'ouvre à nouveau derrière lui. Il se retourne, l'air agacé. Un type à peine plus jeune apparaît, retenant un dossier sous chaque aisselle. Il salue le président d'un hochement de tête, avant de gagner une petite estrade surmontée d'un pupitre, à droite de la tribune.

« Voilà, voilà, grogne le président. L'avocat général est arrivé, nous allons pouvoir démarrer. »

La révision des jurés se déroule à l'identique pour chacune des affaires inscrites au programme. À l'appel de leur numéro, les intéressés doivent se lever, rejoindre la tribune et confirmer leur état civil. S'ils sont réfutés par la défense ou par le Parquet, ils regagnent aussitôt leur place dans la salle. Le suspense se prolonge une bonne demi-heure dans cet agaçant va-et-vient. Éconduits à trois reprises, certains repartent la tête basse, le regard mauvais, comme s'ils avaient attendu ça toute leur vie, châtier un criminel. Blaise, au contraire, croise les doigts pour faire partie des suppléants, seulement le sort en décide autrement : il est retenu dans l'affaire de viol. Le comble de la poisse ! En un coup de dé, on vient de faire de lui un magistrat. Il va juger un délinquant sexuel. Mentalement, il exécute un rapide calcul : il y avait à peine une chance sur dix et c'est sur lui que ça tombe.

Sur le coup, il avait pourtant béni cette convocation, un petit miracle qui allait le dispenser des Corporate Days – puisque les stages de remobilisation se présentaient désormais sous ce vocable. Le staff partirait donc sans lui en forêt de Fontainebleau pour s'initier aux techniques de survie, manipuler des cartes et des boussoles, s'affronter dans diverses épreuves par équipes et dresser des bivouacs sous la lune. Le planning ne prévoyait aucun temps mort. Rien n'avait été laissé au hasard pour regonfler la combativité et l'esprit de symbiose du service. Difficile d'imaginer plus mauvaise surprise. La direction avait organisé un buffet en salle de réunion pour leur dévoiler le programme : Blaise avait sifflé coup sur coup deux gobelets de cidre pour l'encaisser. Il était visiblement le seul trouble-fête à ne pas s'en réjouir. L'année précédente, ils avaient écopé d'un week-end à Chamonix durant lequel, par angoisse et désœuvrement, Blaise s'était remis à fumer.

Maintenant, seul sur son banc, sous l'œil de la Justice, le sable humide et les fougères lui font l'effet d'une plage aux Baléares. Le président demande aux jurés de le suivre derrière la petite porte pour une réunion préparatoire. Deux assesseurs se joignent à eux : un type au regard fuyant et une grande brune qui rentre la tête dans les épaules. Le groupe enfile un couloir et pénètre dans une pièce meublée d'une table ovale, autour de laquelle sont disposées neuf chaises. À l'invitation du président, chacun s'installe dans l'ordre du tirage au sort. Les autres jurés non plus n'en mènent pas large, Blaise croit déceler dans leurs regards une forme de solidarité inquiète. Ils se présentent tour à tour : une retraitée du Fret SNCF, un orthodontiste des Invalides, une infographiste enrouée qui tient à s'en excuser, elle a pris un coup de froid, un employé de l'urbanisme à l'accent corse, une ex-cadre marketing qui s'agite en expliquant qu'elle est sur le point d'ouvrir un restaurant – et lui, Blaise, conseiller technique en immobilier commercial, comme le prétend sa fiche de paie.

Le président se présente à son tour. Il conduit cette cour d'assises depuis bientôt six ans. Sa carrière l'a longtemps ballotté entre le siège et le Parquet. Lors de l'instruction, l'accusé a partiellement reconnu les faits. Rien de surprenant : la médecine légale ayant formellement établi une relation sexuelle avec la plaignante, il ne pouvait se réfugier dans le déni. Mais il va plaider le consentement, comme toujours dans ce genre d'affaires. Il se nomme Walid Z. Il est jeune : vingt-quatre ans au moment des faits, vingt-six aujourd'hui. Un profil peu ordinaire. Né de parents immigrés, élevé dans une cité de province, il a su s'extraire de son milieu pour mener à Paris de brillantes études supérieures. Il connaît le dossier par cœur. Selon les dernières évolutions du Code pénal, il encourt jusqu'à quinze ans de réclusion. Mais au cas où certaines circonstances aggravantes seraient établies, il risque la peine de mort.

Blaise sursaute. Il a bien entendu ? La peine de mort ? C'est une blague ? Mais les assesseurs opinent gravement, confirmant ce qu'il vient d'entendre. Le président insiste : « Si cette expression m'est permise, il joue sa tête. »

Alors comme ça, selon certaines circonstances, la loi envisage tranquillement d'envoyer à l'échafaud quelqu'un qui n'aurait tué personne ? Blaise se mord la lèvre, il devrait lire plus souvent la presse. Un à un, il dévisage ses compagnons de hasard. Hormis l'infographiste, qui semble comme lui un peu sonnée, les autres n'expriment rien de précis.

Walid Z. va être défendu par maître Morland-Kieffer, un vieux lion des prétoires, selon les mots du président. Un défenseur des causes perdues. Il va probablement s'évertuer à en faire un dossier politique. La particularité de cette affaire réside dans le fait que la plaignante fut un temps la quasi-belle-mère de l'accusé – la mère de sa petite amie, pour être exact. Plusieurs témoins de personnalité se succéderont à la barre. Hélas, aucun témoin des faits ne viendra éclairer la cour, puisque l'accusé se trouvait seul avec la plaignante au moment de l'évènement. Une belle femme, mais une femme abîmée. Voilà. L'heure est venue. Que justice se fasse.

Le président se lève et invite les jurés à le suivre dans le couloir. Là, il disparaît derrière une autre porte, accompagné de ses assesseurs : « Je reviens ! »

L'instant suivant, il réapparaît vêtu de sa robe de magistrat, rouge et bordée d'hermine. Effet immédiat : les jurés s'effacent contre le mur pour le laisser passer. Les assesseurs lui emboîtent le pas. Avant de faire son entrée, il fait volte-face.

« Une dernière précision. La plaignante n'a pas souhaité le huis clos. Les curieux doivent être venus nombreux, rares sont les occasions d'assister à une affaire de mœurs. Attendez-vous aussi à ce qu'il y ait un peu de presse. »

Il rectifie son col d'hermine et se dirige vers la petite ouverture qui les sépare de la salle d'audience. Une rumeur feutrée leur parvient depuis l'autre côté. Blaise frissonne, songeant qu'il n'est peut-être pas trop tard pour courrir aux toilettes, s'enfoncer un doigt dans la gorge et se faire porter pâle. La sonnerie retentit. Le président pousse la porte.

« La cour ! » crie un huissier.

La salle est pleine. Par crainte de trébucher, Blaise emboîte le pas de la retraitée du Fret, les yeux rivés sur ses chaussures orthopédiques. Chacun prend place sur un fauteuil, selon son numéro. Blaise est assigné à une extrémité. Maigre soulagement. L'avocat général trône sur son estrade, solitaire. En face, le box de l'accusé est encore vide. Maître Morland-Kieffer patiente devant, installé sur un banc trop étroit pour sa carrure. On le prendrait facilement pour un garçon boucher. Sa robe d'avocat boudine au bas mot cent vingt kilos, un goitre de pélican déborde sous son visage, c'est à se demander comment il fait le matin pour boutonner son col. Immobile entre ses piles de dossiers, il regarde au loin, les mains croisées sous sa bedaine, en homme qui songe à son destin.

La foule se rassied dans un craquement. La plupart des spectateurs se tiennent comme à l'église, la nuque raide, le front haut. Certains se font cependant remarquer par leur désinvolture. Ils s'étirent, bayent aux corneilles, gribouillant déjà quelques notes dans un carnet, un chewing-gum à la bouche – le président avait prévenu les journalistes.

La plaignante est installée sur le banc de la partie civile, flanquée de son avocat. Blaise l'observe du coin de l'œil. Elle lui évoque ni plus ni moins une femme assise dans un bus, indifférente à la rangée de curieux qui la surplombe. Son regard est absent. Des yeux bleus, délavés, flottant sur des pommettes discrètement fardées. Le président avait raison, une belle femme. Même assise, Blaise devine un corps ferme, toujours sûr de ses droits.

La cour est entrée depuis trois minutes peut-être, on sent monter l'impatience de la foule. Le box de l'accusé est toujours vide. L'huissier s'approche de la tribune, il invite le président à se pencher pour lui glisser quelque chose à l'oreille. Le public s'interroge dans un murmure. Le regard de Blaise s'arrête sur une table vitrée, au pied de l'avocat général, dont la présence lui avait échappé. À l'intérieur sont disposées les pièces à conviction, frappées par des scellés : un téléphone portable, des carnets de taille et de couleur variées, un disque dur, ce qui ressemble à de vieilles lettres.

Soudain, un bruit de poignée se fait entendre dans le box. Tous les regards se tournent, la porte s'ouvre. On sent chuter la pression de l'air. L'accusé est flanqué de deux gendarmes. Le silence est si parfait qu'on entend la clé tourner dans ses menottes. Il semble loin, sa taille est difficile à définir, et pourtant il est là, tout proche, un corps sec et discret, sous une chemise un peu trop grande. Les traits typés. Le regard serein. Blaise est vaguement déçu de constater avec quel calme il se présente aux assises.

La voix du président brise le silence : « La séance est ouverte ! »

***

Clac, clac, clac ! Ses talons sur le trottoir. Une mélodie féminine et militaire. D'ordinaire, Amira adore monter à Paris. Clac, clac, clac ! Les boutiques, les avenues, les cafés, bien sûr… mais les gens, surtout ! Leur indifférence. À Dijon, impossible de faire deux pas en centre-ville sans s'attirer un regard de travers. Qu'est-ce qu'ils veulent au juste ? Elle ne porte pas de voile, mais c'est tout comme. Il y a toujours une pétasse pour te prendre de haut, genre ma pauvre, tout le maquillage du monde n'y changera rien, tu resteras à jamais une Arabe. À Paris, quand même, c'est autre chose, on peut encore flâner incognito.

Ce matin, pas question de boutiques. Ses talons claquent comme un compte à rebours. Le tic-tac de la Mort. Hier soir, elle a pris une chambre derrière la gare de Lyon, dans un hôtel aussi cher que miteux. Des taches suspectes constellaient la moquette et les murs, la poignée de la salle de bains a failli lui rester dans la main, il a fallu se raisonner pour essayer de prendre une douche. Peine perdue. Deux minutes plus tard, elle arpentait les rayons d'un Franprix, glanant tout ce qui pourrait calmer ses angoisses – éponges, lingettes désinfectantes, Nutella, petits pains au lait et canette de Sprite. De retour dans sa chambre, elle a passé une heure à tout récurer. La femme de ménage doit en ce moment même savourer ce prodige. Elle s'est ensuite calée devant Netflix. Elle voulait s'abrutir avec une comédie au kilomètre, sauf qu'après trois minutes, elle ne captait déjà plus rien.

Elle n'a pas fermé l'œil de la nuit. Pour se donner un peu de courage, elle vient d'appeler Rayan en Facetime, pendant que Noureddine l'emmenait à l'école. Rayan a quatre ans et demi. Son petit roi, la chair de sa chair. Comme d'habitude, Noureddine n'a pas été foutu de partir à l'heure. Il a décroché dans la rue alors qu'il tirait Rayan par la manche. L'image sautait dans tous les sens. Elle a commencé par s'énerver. Arrête de cavaler comme ça ! J'sais pas si t'as remarqué, mais ton fils a des petites jambes, tu vois, le modèle pour enfant, quoi ! Au bout de trente secondes, elle a mis fin à la conversation. Les sanglots n'étaient pas loin. Depuis quelques jours, elle est dans un tel état de nerfs qu'elle peut craquer à tout moment. Il suffit qu'elle pense à son frère, à leur enfance, la famille, le quartier, pour s'imaginer brusquement pleurer sur son cercueil. Un Arabe accusé de viol ? Par une Française de souche ? Une bourgeoise ? Sa quasi-belle-mère ? Pas la peine de savoir lire dans une boule de cristal. Un échafaud l'attend, à l'aube, dans une cour de prison.

Avec Walid, tout était simple, avant que tout déraille. Ça la contrarie d'y songer, mais sans ce procès, elle n'aurait pas cherché à le revoir. En claquant la porte de la maison, il était devenu un étranger. Par orgueil, peut-être par désespoir, il avait pour ainsi dire renié sa sœur et ses parents. Amira s'est fatiguée à mendier une explication des mois durant, persuadée qu'elle aurait au bout du compte – comme toujours – raison de son petit frère.

Au départ, elle s'est perdue en conjectures. Elle pensait l'avoir déçu. Elle n'y peut rien, c'est sa faiblesse de tout ramener à son nombril. Walid, elle l'a vu naître. Il a grandi dans sa chambre, sous la tyrannie de sa tendresse, et il n'a finalement jamais cessé d'être son « P'tit

Walou ». Tout a basculé quand il est monté faire ses études à Paris. Elle a compris que ça ne collait plus le jour où il n'a pas daigné se pointer à son mariage. Enfant, Walid regardait pourtant Noureddine avec des étoiles dans les yeux. Il était le grand frère qu'il n'avait jamais eu. Walid écoutait ses conseils, imitait sa coiffure – enfin il essayait, c'était comique. Noureddine habitait dans le même immeuble, au rez-de-chaussée. Pas de doute qu'il aimait bien le petit Walid, mais cette complicité avec un gosse du quatrième lui fournissait surtout un prétexte pour fréquenter Amira. Personne n'était dupe, elle la première. Elle a longtemps profité de ses sentiments – Amira ne va pas se mentir, au départ, l'attirance n'était pas réciproque. Noureddine a d'abord beaucoup plu à sa mère. Il était mignon, propre sur lui. Irréprochable à l'école. Bon copain. Jamais un mot de travers. Seulement à quatorze ans, Amira nourrissait des fantasmes moins polis. Il l'a eue à l'usure. Des prétendants, elle en a connu de toutes sortes, mais des comme ça, d'une telle patience et d'une telle loyauté, aucun. Il avait l'air si sûr de lui, c'était troublant. Noureddine s'est consumé pour elle pendant de longues années, avec pudeur, jamais trop fort – jamais trop loin non plus. Un jour, il a bien fallu se rendre à l'évidence, elle n'était plus indifférente. Drôle de surprise. Rien d'extraordinaire au départ, une légère impression de chaleur dans la gorge quand elle croisait son regard. Elle a cherché à se raisonner. Non mais pas lui ! Qu'est-ce qui t'arrive ? C'était presque humiliant de se sentir ainsi trahie par son corps – une envie paradoxale de se refuser, de lui céder. Mektoub. Ils se sont violemment embrassés sur les quais de Saône, un soir de printemps, à l'abri d'un bosquet de roseaux, après qu'elle eut accepté de faire un détour en revenant du lycée. Elle s'est enflammée comme une torche. L'amour fou, en contrebande. Une tempête de baisers volés dans les recoins du lycée. Trois mois d'apnée. Un rêve. Lorsqu'elle s'est réveillée, elle n'était plus vierge – mais alors, plus du tout.

Walid n'a pas apprécié, c'est le moins qu'on puisse dire. Imaginer sa sœur dans les bras de Noureddine, ça frisait probablement pour lui l'inceste. Elle a d'abord cherché à démentir, mais à quoi bon ? À l'exception de ses parents, toute la cité était au courant. Au lycée, Amira a eu le sentiment d'intégrer une élite, celle de ces couples d'élèves qui s'aiment à la vie à la mort, cultivent le mystère, suscitant dans la cour le respect et l'envie. Elle ne s'est pas inquiétée de l'hostilité de Walid. Elle lui ébouriffait les cheveux quand il faisait la tête. Et puis il a grandi d'un coup en entrant à son tour au lycée, mais elle n'était déjà plus là. Elle avait intégré un BTS commerce, à Dijon. Elle ne l'a pas vu devenir un homme. Il est resté seul chez leurs parents. Maintenant, elle s'en veut. Chaque fois qu'elle revenait le week-end, ils n'échangeaient guère plus de trois mots. Elle essayait de le chambrer comme le P'tit Walou qu'il n'était plus. Il haussait les sourcils et se replongeait dans son téléphone. Elle était en train de le perdre.

Un gendarme l'escorte jusqu'à la salle des témoins. Elle s'est déjà rongé tous les ongles de la main droite, s'apprête à entamer la gauche, au moment où elle passe la porte. Douche froide. Quatre chaises sont disposées dans une petite pièce sans fenêtres, elles sont toutes libres, à l'exception d'une seule, sur laquelle Salmane est assis. Elle croit rêver. Salmane ! Amira ne l'a pas croisé depuis un nombre très appréciable d'années. Au point d'avoir oublié son existence.

Il a probablement été cité à comparaître pour témoigner de l'adolescence de Walid. Elle n'a jamais compris ce que son frère pouvait bien trouver dans la compagnie de ce lascar bête à manger du foin, perpétuellement vêtu d'un sweat Yamaha, jurant à tout propos sur le Coran. Mais les garçons sont comme ça, son frère n'a pas fait exception. Même doté d'un QI au-dessus de la moyenne, il lui a fallu passer par les rires gras et les codes primitifs de la meute. Les hormones, probablement. À partir du moment où trois poils leur poussent au menton, les garçons disparaissent dans un tunnel où seules s'aventurent quelques crasseuses écervelées. Certains n'en ressortent jamais. Amira ne peut pas dire que Salmane fasse encore partie du lot, mais tout de même, à vingt-cinq ans passés, il en conserve quelques séquelles. Ses tempes sont rasées et ses cheveux peignés bien lisses en arrière, à grand renfort de gomina. Il porte une cravate en satin bleu et un costume trop cintré, probablement achetés pour l'occasion. Son pantalon tire-bouchonne sur les chaussures. Complètement ringard. Dommage, avec quelques efforts, il pourrait être potable.

« Salut, ça va ? » demande-t-il comme s'ils s'étaient croisés la semaine dernière. Ses yeux sont un peu vitreux, son sourire mal assuré. Il a l'air bourré.

« T'as bu ? » Amira retrouve illico le ton cassant qu'elle a toujours employé avec lui.

« Non, je vais bien », répond-il bizarrement.

Elle, ce n'est pas le cas. Elle le lui fait savoir en prenant place sur une autre chaise, le plus loin possible : « J'ai besoin de me concentrer, tu m'excuseras. »

***

À l'heure qu'il est, Juliette devrait penser à autre chose. Facile à dire. Jamais cinq minutes ne s'écoulent sans qu'elle pense à Maeva. Elle s'inquiète pour elle à temps complet. A-t-elle bien glissé un gilet dans son cartable ? Reste-t-il assez de pommade à la cortisone ? Cette demeurée de babysitteuse va-t-elle encore se pointer en retard à l'école ? Cent fois par jour, une longue lame émoussée lui fouille les tripes à l'idée qu'il soit arrivé quelque chose à sa fille. Juliette serait prête à donner ses deux reins pour lui épargner un rhume. Une épuisante monomanie. Elle travaille là-dessus depuis des années. Elle a tout essayé, la relaxation ayurvédique, les cures thermales antistress, le feng shui, Miracle Morning, les psys chelous, les psys en ligne, la méthode Zen To Done, les thérapies comportementales, l'hypnose collective, les infusions à la beuh... Son dernier thérapeute en date lui a demandé d'évoquer les sentiments que lui inspirait la nudité de son propre père en lui faisant manipuler des boules chinoises. Elle en revient toujours au même point. Le problème, ce n'est pas sa relation avec sa fille, c'est sa relation avec son ex.

Penser à autre chose. Avoir l'air d'une jurée digne de sa mission. Tu parles d'un cadeau ! Pour se recentrer, Juliette se pince la cuisse sous la tribune. Raté. Ça lui rappelle qu'elle a encore quelques kilos à perdre. Penser à autre chose, bon sang. Cesser aussi de se répéter qu'elle est victime d'une grossière erreur de casting. On lui demande de juger un homme suspecté de viol, rien que ça. En public. Il va falloir supporter ces regards pendant trois jours. Dans la foule, c'est effarant, ils ont tous l'air de lui envier sa place. Elle n'ose pas les regarder. Pour tout dire, elle connaît déjà par cœur chaque détail du plafond – on se croirait à Versailles, ça occupe.

Sinon, l'accusé est beau garçon. Intello. Brillantes études. Fines mains et yeux de velours. Le genre de rebeu qui pourrait passer pour le gendre idéal, sauf qu'il est justement suspecté d'avoir violé sa belle-mère. Bizarre. Flippant. Juliette n'est toujours pas convaincue que tout ça soit bien réel.

En entrant dans la salle, Walid Z. avait l'air d'un touriste égaré, mais sa décontraction a fait long feu. Il lui a suffi de prendre la parole pour coller à son rôle de condamné en sursis. Pendant l'interrogatoire d'identité, Juliette a découvert une voix inquiète et abrasive. Et lorsque le président a commencé à lire l'acte d'accusation, son visage s'est vidé de son sang, comme s'il réalisait seulement où il venait de mettre les pieds. D'un coup, il avait vieilli.

Juliette l'observe. En répondant aux questions, il ne quitte pas le président des yeux, sa pomme d'Adam fait des allers-retours à une vitesse sidérante, comme s'il manquait perpétuellement de salive. Il a grandi à Chalon-sur-Saône, dans une cité, à l'ouest du centre-ville. Quartier du Plateau Saint-Jean. Immeuble « Les Mimosas ». Une grande sœur. Un père ouvrier. Une mère femme de ménage.

« Nous allons commencer, monsieur Z., par dresser le portrait de l'enfant que vous avez été. Les jurés ont besoin de cerner votre personnalité, de se familiariser avec votre parcours, avant de s'intéresser aux faits qui vous ont conduit ici. »

Le président s'interrompt pour consulter l'accusé, qui se contente d'acquiescer.

« Dans la cité, tout le monde se souvient d'un enfant taciturne et discret. Vous jouez en bas de l'immeuble, après l'école. Vous vous mêlez aux autres enfants sans faire de vagues. Ni meneur ni sous-fifre. Le soir toutefois, lorsqu'il fait beau, les voisins peinent à faire remonter le petit Walid chez ses parents. Vous êtes toujours le dernier à rentrer dans l'immeuble. Plusieurs témoignages s'accordent là-dessus. Pouvez-vous éclairer la cour à ce sujet ? »

L'accusé ouvre de grands yeux. Il faut dire que la question a de quoi surprendre.

« Eh bien… l'aire de jeu était située de l'autre côté de la barre. Ma mère demandait aux voisins de m'appeler par la fenêtre. Je faisais un peu traîner les choses, voilà tout. »

Le président le sonde en silence, attendant peut-être la suite. Dans l'assistance, les regards rebondissent de la tribune au box, comme au tennis.

« Aviez-vous peur de remonter chez vous ?

— Non.

— Vous aviez pourtant quelques raisons de craindre l'autorité de votre père. Selon vos propres déclarations, il vous privait de repas, par exemple, ou vous enfermait dans la salle de bains. Je crois savoir qu'il ne vous a pas épargné quelques paires de gifles.

— C'est arrivé.

— Vous a-t-il déjà frappé ?

— Non. Quelques gifles, comme vous dites. Mais des coups, non. Jamais.

— Ce n'est pas ce qu'a rapporté votre sœur. Comprenez-moi, monsieur Z., nous cherchons simplement à faire la lumière sur le degré de violence auquel vous avez pu être confronté dans votre enfance. Nous avons besoin de votre aide. »

L'accusé pousse un soupir : « Elle n'était pas là.

— Que voulez-vous dire ? Votre sœur ? Elle n'était pas dans la pièce quand votre père vous frappait ?

— Non. Mon père ne me frappait pas. »

Le président se tourne vers l'avocat général : « Le ministère public a-t-il des questions ?

— Aucune.

— La défense ?

— Pas davantage.

— Dans ce cas, nous allons entendre le premier témoin. »

Juliette contemple les feuilles blanches disposées devant elle. Elle n'a encore pris aucune note, au contraire de son voisin qui gratte déjà allègrement. À court d'inspiration, elle écrit : *Mimosas. Aire de jeu. Peine de mort.*

***

L'huissier ouvre la porte, Amira se lève avec précipitation, les jambes flageolantes. La salle des assises se trouve à quelques pas – l'impression pourtant de parcourir des kilomètres. En entrant, elle n'est pas loin de défaillir. Une foule de regards écarquillés l'accueille dans un silence de mort, jamais cette expression ne lui a semblé aussi appropriée. Elle porte un tailleur strict, ajusté à sa taille de guêpe. Sur l'échelle de la beauté, elle connaît sa valeur. Mais là, tout s'effondre, elle se sent gourde, maquillée à la truelle. Ses talons claquent en désordre sur le parquet, jusqu'à la barre. Ses doigts manucurés s'y enroulent comme des griffes. Elle lève vers le président un visage qu'elle sait défait par la peur. Quelque chose lui entrave la gorge. Va-t-elle seulement réussir à parler ?

« Madame, pouvez-vous confirmer votre adresse, votre état civil et votre profession ?

— Je réside rue du Montrachet, à Dijon, parvient-elle à articuler dans un filet de voix. Je suis mariée. J'ai un enfant. Je suis chargée de clientèle dans une entreprise de logistique. »

Le président est perché au centre de la tribune. Avec sa robe rouge et sa collerette en fourrure, il lui fait l'effet d'un rapace prêt à fondre sur elle.

« Vous êtes appelée à la barre en qualité de sœur de l'accusé. À ce titre, vous n'êtes pas soumise au serment des témoins, puisque la famille est dispensée de l'exigence de vérité. Votre témoignage devra toutefois aider la cour à mieux saisir la personnalité de votre frère. Vous n'avez vocation ni à l'accabler ni à le disculper. »

Amira oscille en guise d'approbation. Concernant l'innocence ou la culpabilité de son frère, elle n'est sûre de rien. Il a tellement changé depuis qu'il a quitté Chalon. Mais qu'importe ? Il est question de lui sauver la vie. Depuis trois mois, elle se répète à longueur de journée que Walid est innocent. Elle n'a pas le choix. Seulement voilà, elle a fait des erreurs. Dans le bureau du juge d'instruction, elle a eu la langue trop pendue. L'effet de surprise ? Un naturel trop spontané ? Elle se déteste, s'en mord les doigts depuis maintenant deux ans. La franchise est devenue dans ce pays le dernier des péchés. Mais elle va se rattraper. Il le faut. Quoi qu'il en coûte.

« Pouvez-vous nous décrire le genre d'enfant qu'a été votre frère ? »

Il y a quelques semaines, un pénaliste lui a conseillé de se focaliser sur quelques anecdotes significatives, de les apprendre par cœur. Ce qu'elle a fait. Le courage lui revient. Elle raconte qu'enfant, Walid s'amusait avec trois fois rien. Il avait des jouets dans sa chambre, mais il passait des heures à s'amuser dans le couloir de l'appartement avec un soldat en plastique et une boîte de cirage. Il s'inventait des histoires. Il n'avait pas besoin de grand-chose. Amira était un peu jalouse. Elle cherchait à l'intégrer dans ses jeux, mais ça ne l'intéressait pas longtemps. Son frère était un garçon solitaire, un rêveur. À cinq ans, il savait déjà lire. Ils étaient tous fiers de lui. Il était le petit intello de l'immeuble. Un jour, leur mère lui a demandé ce qu'il voulait faire quand il serait grand, il a répondu qu'il avait l'intention de se marier avec sa maîtresse.

Personne ne sourit, c'est un flop. Le président se contente d'acquiescer en consultant ses notes. Amira n'a toujours pas regardé son frère. En gagnant la barre, elle a deviné sa silhouette assise dans le box, en périphérie de son champ de vision. Le courage lui a manqué. Elle le regrette, encore une erreur. La compassion, c'est la première étape vers le doute, l'a prévenue le pénaliste, et la compassion, ça se gagne autant par les mots que par les regards. Maintenant, c'est un peu tard. Elle devrait se retourner pour le regarder, un geste difficile à envisager. Trop théâtral, trop pathétique.

En deux ans, Amira n'a été autorisée qu'une seule fois à visiter son frère en prison. L'entretien a duré quinze minutes, pas une de plus. Walid était si pâle qu'elle s'est d'emblée inquiétée de son état de santé. Il l'a sèchement rembarrée : « Inutile de te faire du mouron, je tiens le coup. » Disant cela, ses yeux ont glissé en direction d'une caméra, fixée dans un angle du parloir. Le message était clair, elle devait surveiller ses paroles. Elle s'est tue.

Le regard de son frère lui a confirmé que c'était exactement ce qu'il attendait d'elle. Se taire. Écouter. Lire entre les lignes.

Sans en avoir l'air, il lui a dicté la conduite à suivre pour le procès. À propos de leur mère, par exemple, il s'est mis à évoquer l'Algérie, la guerre civile, la mort de leur tante, autant de sujets qu'il avait toujours balayés d'un revers de main. Elle a même dû se pincer en entendant la suite : « Tu diras à papa que je mesure la chance d'avoir été élevé par un homme comme lui, honnête et droit. C'est vrai qu'il s'énervait facilement, mais pas comme tous ces blédards qui débouclaient leur ceinture à la moindre occasion. » Elle acquiesçait sagement, lui faisant savoir qu'elle avait reçu le message. Intérieurement, elle enrageait contre elle-même. Walid savait ce qu'elle avait commencé par dire dans le bureau du juge d'instruction. Il avait dû la maudire. Il disposait à présent de quinze petites minutes pour lui expliquer comment réparer ses erreurs.

« Votre frère nous a fait partager la crainte que lui inspiraient les colères de votre père. Pouvez-vous nous éclairer à ce sujet ? »

Le moment est venu.

« Mon père, c'était le feu et la glace. La contradiction permanente. Il est né en Tunisie. Il y a grandi jusqu'à l'âge de dix-sept ans. Parfois il ne jurait que par les Tunisiens… et le lendemain, il les traitait de bons à rien. Il pouvait nous faire rire aux larmes, nous serrer dans ses bras, et la minute suivante, il nous hurlait dessus parce qu'on faisait trop de bruit en empilant les assiettes. Il a travaillé plus de vingt-cinq ans à l'usine Saint-Gobain. Le rythme des trois-huit a déréglé son horloge biologique. Il était incapable de dormir plus de quatre heures d'affilée. Il ne se plaignait jamais de la fatigue, mais on la voyait qui lui mangeait le visage. Il errait parfois dans l'appartement comme un fantôme. On lui parlait, il ne répondait pas. Mais le reste du temps, il était gai, il était fier. La direction de l'usine l'a récompensé à plusieurs reprises pour son travail. Il savait tout réparer. Dans le quartier, il avait cette réputation. On lui demandait sans cesse de remettre en marche quelque chose, un frigo, une télé, une voiture… Il apprenait tout seul, en autodidacte. Il en tirait tout son orgueil. »

Le président s'agace : « Vous ne répondez pas à la question, madame. Au cours de l'instruction, vous avez évoqué les "raclées", je cite, que subissait votre frère. Qu'est-ce que vous entendiez par ce terme ?

— C'est un peu exagéré. Je voulais dire que mon père lui donnait parfois quelques fessées.

— Je lis pourtant dans le dossier que vous avez rapporté des coups de ceinture et des coups de poing au visage. À quel moment doit-on vous croire ? »

Amira rassemble ses forces, elle doit se désavouer en public, tout ce qu'elle méprise. C'est humiliant. Au début, elle s'est demandé pourquoi son frère s'accrochait à une telle ligne de défense. Probablement une idée de son avocat. Selon elle, la vérité aurait au contraire pu nourrir le portrait d'un enfant abîmé, marqué dans sa chair par la violence d'un tyran domestique. Le genre d'histoires qui a généralement tendance à susciter l'empathie. Mais à la réflexion, elle a compris où Morland-Kieffer voulait en venir. Les enfants battus, les enfants humiliés ont statistiquement plus de chance, devenus adultes, de battre et d'humilier à leur tour. On les plaint autant qu'on les craint. Mieux vaut être issu de l'autre catégorie, les gamins sans histoires, épargnés par les coups, lorsqu'on se présente aux assises.

« Il ne s'agissait pas vraiment de coups, objecte-t-elle. Plutôt des gifles. »

Le président soupire : « Vous revenez sur vos dépositions, madame. La cour en tiendra compte. »

Amira serre les dents. Elle voudrait soutenir le regard du président, mais le courage lui fait défaut. C'est au tour de l'avocat général. Il se lève et s'éclaircit la voix.

« Au fond, peu nous importe de savoir si l'accusé a seulement essuyé quelques paires de gifles. Vos contradictions, madame, ne nous permettront pas de trancher. Mais voyez-vous, la violence, c'est avant tout une affaire de ressenti. Une seule parole, un seul regard peut s'imprimer plus violemment dans l'esprit d'un enfant qu'un coup de ceinture. Je songe en disant cela à un souvenir que vous avez confié au magistrat instructeur, madame. Le greffier chargé de retranscrire votre déposition a d'ailleurs relevé que vous l'avez raconté, je cite, "dans un état d'attendrissement nostalgique". À l'âge de quatre ans, votre frère a brusquement cessé de parler. Pendant plus d'une semaine, il s'est muré dans le silence. Rien ni personne ne pouvait plus lui tirer un mot de la bouche, paraît-il. Racontez-nous, s'il vous plaît. »

Ça, elle s'y attendait – au commentaire pitoyable du greffier, un peu moins.

« Bien entendu. J'ai raconté cette histoire au juge d'instruction, parce qu'elle illustrait à mes yeux la force de caractère de mon petit frère. Walid avait quatre ans lors de sa circoncision. La cérémonie a eu lieu dans la salle commune du quartier. Tout le monde était là, les voisins, la famille… Walid était assis sur un petit trône, au milieu de la salle, en djellaba blanche. C'est la tradition. On le sentait un peu perdu. Il ne tenait pas en place. L'opération avait eu lieu la veille, à l'hôpital de Chalon. Au moment des cadeaux, tous les invités le regardaient, et il a demandé à ma mère : "Pourquoi vous m'avez fait ça ?" Il y a eu un blanc, et puis tout le monde a éclaté de rire. C'était comique, un garçon de quatre ans qui demande ça, sur son petit trône… en tout cas, les gens ont trouvé ça drôle. Lui, pas du tout. Il a baissé la tête en serrant les dents. On n'a pas entendu le son de sa voix pendant plus d'une semaine. Voilà. C'est ce que vous vouliez entendre ? »

L'avocat général lui jette un regard mauvais. Il n'a pas l'air d'apprécier le ton sur lequel elle vient de lui poser cette question.

« Vous savez comme tout le monde de quoi est accusé votre frère, madame. Alors oui, cette histoire m'intéresse. Tout comme elle intéresse les magistrats et les jurés. Cet épisode illustre, dites-vous, sa force de caractère. Peut-être. Et si elle illustrait plus simplement la rancune d'un petit garçon qu'on vient d'amputer de son prépuce ? Je n'ai pas d'autres questions, monsieur le président. »

Il se rassied, l'air toujours aussi furax.

« La défense a-t-elle des questions ? »

Maître Morland-Kieffer se lève.

« Bien entendu. La circoncision de mon client ? Le pauvre ! À l'âge de quatre ans ? La ficelle est un peu grosse, monsieur l'avocat général ! La déposition de sa sœur, ici présente, occupe soixante pages du dossier. Soixante pages dans lesquelles s'écoule l'enfance somme toute ordinaire d'un gosse de quartier. Un fils d'ouvrier, un brillant élève – un bon petit gars, comme on disait dans le temps. Et qu'est-ce qu'on y cherche ? Qu'est-ce qu'on y trouve ? La cérémonie de sa circoncision ! Le seul, l'unique détail relatif à l'islam ! Autant dire, une aiguille dans une meule de foin. Oh ! Bien entendu… on peut monter l'anecdote en mayonnaise. On peut prétendre que ceci illustre cela, que la réaction d'un gosse de quatre ans nous éclaire sur tel ou tel repli de son âme, vingt ans plus tard… Eh bien soit ! Allons-y, je relève le gant ! Faisons parler cette fête religieuse, donnée au commencement de ce siècle, dans une petite salle commune du Plateau Saint-Jean, à Chalon-sur-Saône. »

Morland-Kieffer se tourne vers Amira.

« Mademoiselle, vous souvenez-vous de la somme qu'a coûtée à vos parents l'organisation de cette cérémonie ? »

Elle en reste les bras ballants, elle n'en a aucune idée. Mais l'avocat insiste, il veut savoir combien de convives étaient présents. Elle ne s'en souvient pas non plus. Elle hasarde une centaine, à peu près.

Il rebondit : « Une centaine ! Votre père était ouvrier spécialisé, rémunéré au SMIC. Votre mère faisait des ménages. Ils ont offert ce jour-là un repas à une centaine de convives ? Autant dire, une fortune ! Des mois et des mois de bouts de chandelles… patiemment épargnés. Je me souviens pourtant d'une déclaration de votre frère, dans le dossier d'instruction, selon laquelle la pauvreté lui avait longtemps paru aussi évidente que l'air qu'on respire. Partagiez-vous cette impression, madame ? »

Amira hésite. La question ne lui plaît pas. Elle pensait avoir tout prévu, tout préparé selon la stratégie de ce soi-disant ténor du barreau, et voilà qu'il lui demande de se ratatiner dans un numéro de pauvresse. Elle lâche entre ses dents : « Disons que nous n'avions pas le sentiment de manquer.

— Précisez ! Racontez-nous un peu le quotidien de votre famille… Ça se passait comment sur le Plateau Saint-Jean ? »

Elle ravale sa rage, puisqu'il le faut.

« Tout le monde était un peu comme nous. Des pères ouvriers, des chômeurs, des mères caissières ou femmes de ménage. On faisait nos courses au marché, en bas du Plateau. On récupérait les vêtements des voisins. On ne partait pas en vacances. On ne mettait jamais les pieds en centre-ville. Le confort, les voyages, c'était à la télé. On ne se sentait pas vraiment concernés. Nous, on vivait comme ça, sans se poser de questions. »

Morland-Kieffer acquiesce avec gravité. Elle se sent humiliée. Dans son dos, elle imagine tous ces regards posés sur elle. Leur mépris, leur pitié, qu'ils se les mettent où elle pense.

« Quelle place occupait la religion dans votre famille ? »

Amira s'est préparée à la question, évidemment. L'islam, ce gros mot. Elle sent derrière elle redoubler l'attention de la foule. Le silence des vautours. Son frère ne croit plus en Dieu depuis longtemps. Elle, c'est à la fois simple et compliqué. Dieu existe, bien entendu. Qui d'autre aurait pu créer la Terre, la vie, l'amour et les étoiles ? Elle est née musulmane. Elle a toujours mangé hallal. Son fils et son mari sont circoncis. À ses yeux, rien d'extraordinaire. Pourtant, du plus loin qu'elle se souvienne, on l'a sans cesse sommée de se justifier – des deux côtés. Non, elle n'avait pas à s'excuser pour le Bataclan. Et non, elle ne pensait pas comme certaines filles du lycée que Dieu trouverait épatant qu'elle se déguise en Dark Vador.

« Ma mère était croyante, mais elle ne pratiquait pas vraiment. Mon père, encore moins. Il n'était pas à l'aise avec la question, on n'en parlait presque jamais. Parfois, il buvait une bière en cachette. On fêtait l'Aïd, on faisait le ramadan, et c'est à peu près tout.

— Votre père est arrivé de Tunisie à l'âge de dix-sept ans. Et votre mère ?

— Elle a fui la guerre civile algérienne. Sa famille vivait dans un petit village de Kabylie. Parfois, à l'aube, ils découvraient un voisin égorgé par une unité de la mort du GIA. L'armée laissait plus ou moins faire, pour se venger des élections. Le Front islamique du salut avait fait un bon score dans la région. Les gens vivaient dans la terreur. Ils ne savaient plus vers qui se tourner. Ma mère avait dix-neuf ans. Un jour, elle a pris un coup de crosse pour avoir noué de travers son foulard. Un autre jour, on a repêché sa sœur dans une citerne, la tête séparée du corps. Elle a décidé de s'enfuir. »

Elle se tait. Morland-Kieffer laisse le silence se prolonger. Sa main feuillette devant lui un dossier, d'où il extrait une photo.

« Une dernière question, madame. Reconnaissez-vous ce cliché ? »

Ça lui coupe le souffle, cette image exhibée devant une cour d'assises. Ce type ne manque vraiment pas d'air.

« C'est une photo de ma mère, quand elle était enfant.

— Il s'agit de la cote B-12-03. Un cliché retrouvé dans le portefeuille de votre frère, lors de son arrestation. Monsieur le président, m'autorisez-vous à faire circuler cette pièce du dossier parmi la cour ? »

Le président consent. L'huissier la transmet aux jurés. Amira les regarde se passer la photo. Elle n'en revient pas que Walid en ait gardé un double dans son portefeuille. Deux fillettes se tiennent côte à côte dans un décor semi-désertique. Elles sont vêtues de robes kabyles aux motifs fleuris. Leurs cheveux sont retenus par des fichus taillés dans le même tissu, leurs pieds sont nus, couverts de poussière. À côté d'elles, une chèvre mastique un buisson d'épines. L'horizon est bouché par des falaises de calcaire. Les fillettes adressent un sourire figé au photographe, les yeux plissés par le soleil.

« Selon votre frère, reprend Morland-Kieffer, la plus âgée des deux est celle que l'on repêchera quelques années plus tard en deux morceaux, comme vous venez de le raconter, au fond d'une citerne. L'autre est votre mère. Il s'agirait de l'unique photo qui subsiste d'elle, en Algérie. Vous confirmez, madame ?

— Oui, je confirme.

— Vous souvenez-vous du jour où votre mère a découvert cette photo ?

— Comme si c'était hier. J'étais en quatrième, ça s'est passé dans la cuisine. Ma mère était tout excitée, elle venait de recevoir une enveloppe expédiée par une lointaine cousine, depuis la Kabylie. Elle ne possédait plus rien de son ancienne vie. Pas une photo, pas un souvenir… absolument rien. Elle n'était jamais retournée en Algérie. En ouvrant l'enveloppe, elle s'est effondrée sur une chaise. Elle n'en croyait pas ses yeux. Elle pleurait. Cette petite fille, sur la photo, c'était elle… et à côté, c'était sa sœur.

— Aviez-vous déjà vu pleurer votre mère auparavant ?

— Non, c'était la première fois.

— Je vous remercie, madame. Je n'ai pas d'autres questions. »

Le président l'invite à quitter la salle. Amira ne veut pas y croire, c'est déjà fini. Elle vient tout juste d'arriver, et on la congédie. Elle hésite un instant, elle voudrait adresser un regard à son frère, un seul, un dernier, mais c'est trop tard. Elle lâche la barre et se résigne à partir. Un grand vide accompagne le claquement de ses talons, en direction de la sortie.

***

Salmane se présente à la barre en répondant au président que non, il n'est pas ivre. Qu'est-ce qu'ils ont tous ce matin ? À croire qu'ils se sont passé le mot. Il n'a rien bu, rien fumé. Le président poursuit en articulant lentement, comme s'il doutait de sa réponse.

« Afin que votre témoignage soit recevable, je vais vous faire prêter serment de la façon suivante. Vous allez lever la main droite et jurer de parler sans haine et sans crainte, de dire toute la vérité, rien que la vérité. »

Salmane lève la main droite en se demandant si on ne se foutrait pas un peu de sa gueule.

« Je le jure. »

Tout compte fait, il n'aurait pas dû se refuser un petit bédo avant de venir, histoire de se détendre. Le président porte une robe rouge, il n'a pas loin de cent ans. Les jurés posent sur lui des yeux de poissons morts. On se croirait dans une machine à remonter le temps – douze ans en arrière, au collège, devant un conseil de discipline. La dernière fois qu'il a vu Walid, c'était à cette époque. Le bon temps. Le bordel et l'insouciance. Salmane ne lui en veut plus de s'être évaporé sans laisser de traces, mais sur le coup, il l'avait eue mauvaise : Walid s'était barré dans un lycée de centre-ville, chez les Français. On ne le croisait plus que par accident au pied de la barre. Ses nouvelles sapes. Ses airs de marquis. Tout pour te mettre le seum. Salmane avait même fait courir le bruit que Walid était devenu pédé. Mais tout ça est oublié. Le voilà assis dans un box, encadré par deux flics. Il paraît qu'il a déjà tiré deux ans de préventive.

Depuis, Salmane a traversé un long vortex. Combien d'années a-t-il passées anesthésié dans son nuage de shit ? Quand il ne bédavait pas au pied de la barre, à brasser du vide avec les potes, il bédavait dans sa chambre, au désespoir de ses parents. Il zonait sur YouTube se branlait sur YouPorn, principalement parce qu'il n'y avait rien d'autre à faire. Un jour, les stups ont débarqué dans le salon à 6 heures du mat. Sans sommation. Ils ont fracassé la porte à coups de bélier. Toute la famille a été allongée sur le carrelage. Salmane était en caleçon, un Taser sur la tempe, les pinces dans le dos. Sa mère en chialait, son père la suppliait de fermer sa gueule, mais l'OPJ lui écrasait la nuque pour qu'il la boucle. Salmane serrait les dents. Il savait que ces fils de putes allaient tout niquer dans l'appart, mais qu'ils trouveraient que dalle. Pas de shit, pas de cash, pas de recel. Salmane ne trempait dans aucun trafic, seulement il avait le don d'attirer les emmerdes. Les keufs ont tout de même déniché une boulette dans sa chambre. Il en a été quitte pour un rappel à la loi, assorti d'une paire de mandales. À la sortie de sa garde à vue, son père a refusé qu'il remette les pieds à la maison. Pas de fumée sans feu, il a dit. Tu dégages.

Salmane a dormi trois semaines sur divers canapés. Sans les maraboutages de la daronne, il ne serait probablement jamais revenu. Il lui a tout de même fallu trouver un job, puisque le vieux en faisait un préalable. Ses réflexions l'ont poussé à se proposer comme déménageur indépendant : en plus de toucher un salaire, il allait en profiter pour exercer ses biceps et ses abdos. D'une pierre deux coups. Il s'est donc inscrit sur gros-bras.com et a ouvert une page Facebook vantant ses mérites de travailleur ponctuel et appliqué. Ça lui a redonné le goût de l'effort. Et une chose menant à l'autre, il a fini par s'associer à son cousin Illyas pour reprendre une chicha, au pied du Plateau. Pas un business de rêve, mais par les temps qui courent, ça va, il se plaint pas.

« Pour commencer, monsieur Salmane J., j'aimerais vous soumettre un document. »

Le président lève une feuille en l'air. Il est marrant lui, à cette distance c'est illisible.

« Je vois rien.

— Il s'agit d'un sociogramme. Un document qui figure dans le dossier scolaire de l'accusé. Il a été réalisé par votre professeur principal, en classe de cinquième, à l'aide d'un questionnaire anonyme soumis à l'ensemble des élèves. Peut-être en gardez-vous quelque souvenir ?

— Pas vraiment.

— Pour faire simple, il ressort de ce sociogramme que vous apparaissiez aux yeux de vos camarades de classe comme un “meneur populaire”, tandis que Walid Z. se signalait comme une “éminence grise”, c'est-à-dire un individu qui inspire aux autres du respect, sans pour autant donner envie de le fréquenter. Dans le duo que vous formiez avec lui, il était l'ombre et vous la lumière ?

— On peut dire ça comme ça.

— Vous le diriez autrement ?

— Sans doute. Il était l'intello et moi le guignol. »

Un rire feutré emplit la salle, dans son dos. Les enculés, ils trouvent ça drôle. C'est sa malédiction. Personne ne l'a jamais pris au sérieux. On a toujours attendu de lui qu'il amuse la galerie. Qu'il déconne à ses propres dépens, comme un singe de foire. Il s'est enfermé tout seul dans ce rôle. Plus le temps passait, plus il devenait difficile d'en sortir. Au collège, il lui arrivait de quitter un cours par la fenêtre ou d'enfoncer des stylos dans ses narines pour faire marrer les meufs. Il balançait sur Snapchat des photos du cul de la CPE. Maintenant, ça lui colle à la peau. Il se souvient encore de l'appréciation générale, au bas de son dossier d'orientation, en fin de troisième : *Trop occupé à s'attirer les projecteurs, Salmane consume un honorable potentiel en pitreries.*

Les pitres, on aime en rire autant qu'on kiffe les faire souffrir. Il en sait quelque chose. C'est comme les gros, avec eux, les gens se croient tout permis. Au collège, une tradition débile voulait que, le jour de ton anniversaire, tous les élèves de la classe se liguent pour te mettre la misère. Dans la cour, les couloirs, ils pouvaient te sauter dessus à la moindre occase. Tous contre un, comme ça, gratos. Un vrai charclage en règle. La seule chance de l'éviter consistait à sécher toute la journée, ou à prier pour que personne ne se rappelle que, ce jour-là, tu fêtais ton putain d'anniversaire. Pour certains profs, c'était l'heure de la vengeance. Il leur suffisait de faire l'appel en glissant : « Tiens, au fait, joyeux anniversaire,

Salmane », pour être sûr qu'on t'oublie pas. Les mecs se défoulaient à grands coups de lattes, pendant que les meufs te scalpaient la moitié des cheveux. Rebeu, Renoi, Gaulois, aucune différence : le fond de la race humaine se révèle à tous les coups dans ce genre de sale délire. Lui, il n'a jamais voulu participer. Pas qu'il soit un saint, mais les défouloirs collectifs, ça lui a toujours foutu les boules.

Le président se tourne vers le box : « Confirmez-vous cette impression, monsieur Z. ? Le guignol et l'intello ? »

Walid a l'air au bout de sa vie. Trop keus dans sa chemise, les yeux cernés, un teint de momie.

« Un peu. J'avais de bonnes notes. Salmane préférait rigoler. Il se faisait souvent sanctionner. »

C'est vrai, Salmane ramassait pour tout le monde. Il assumait son rôle, croyant que ça pouvait plaire aux filles. Mais derrière le costume, il en bavait. Il se croyait maudit. Le soir, il composait des morceaux de rap, seul dans sa chambre. Des punchlines hardcore qui mettaient tout le monde à l'amende, y compris ses potes. Mais il gardait son flow pour lui. Il n'assumait pas. C'était son exutoire. Comme taper dans un sac de frappe, ça défoule, mais y'a personne pour rendre les coups.

Walid, c'était tout le contraire : un spécialiste des conneries en loucedé. Pas vu, pas pris. Le roi de l'esquive. Il était terrorisé par son daron, un blédard au sang chaud qui pressait des pare-brise chez Saint-Gobain, en horaires décalés. Une semaine sur trois, il se couchait en même temps que sa famille. Le reste de l'année, il dormait en plein jour, comme un vampire. Chez eux, il fallait se déplacer en chaussettes, sur la pointe des pieds, pour ne pas le réveiller. Quand son vieux commençait à se vénère, ses yeux disparaissaient presque entièrement, il ne restait plus que deux fentes brillantes. On savait que ça allait défourailler. Walid, ça ne l'empêchait pas de se mêler aux mauvais coups, mais dès que ça commençait à être chaud, il détectait avant tout le monde les issues de secours. Malin comme un singe. Toute l'année de cinquième, il l'a passée avec un duplicata de carnet de correspondance, parce que le prof de musique avait écrit qu'il le trouvait sournois.

Mais le président, ce qui l'intéresse, c'est comment Walid se comportait avec les filles. Normal, il est accusé de viol – sur une vieille, comment croire ça ? Salmane est prié de raconter la vie sentimentale de Walid, durant l'adolescence. Il sait parfaitement où le président veut en venir : le juge d'instruction a spoilé l'intrigue comme un débutant. Alors il s'exécute, ça ne mange pas de pain. Il raconte le flirt avorté de Walid avec Nidae, en quatrième. Il raconte sa timidité, son problème de poids, ses complexes qui le tenaient loin des meufs : comme tout le monde, Walid a pris trente centimètres entre la sixième et la troisième, mais il a aussi triplé de volume. Un véritable goinfre. Il gobait des Snickers par paquets de trois. Ça lui a pris vers treize ans. Quand il ne se bâfrait pas, il lisait. En fait, il faisait souvent les deux, monsieur le président : lire et manger. Partout, dans les couloirs, dans la cour, à la cantine. Il était le meilleur élève du collège. Il enchaînait les félicitations. Il s'enfilait des romans épais comme des dictionnaires, ça épatait les profs : entre eux, ils l'appelaient l'Oiseau rare. En même temps, il engraissait à vue d'œil. L'infirmière scolaire a alerté sa mère parce qu'à ce rythme, il filait tout droit vers l'obésité. Il avait perpétuellement la dalle. Pour un peu de rab à la cantine, il était prêt à toutes les combines. Il négociait des yaourts en échange de ses services : terminer un devoir, corriger un exercice de maths, rédiger un texto d'amour ou de vengeance. À quatorze ans, il dépassait les quatre-vingts kilos. Gaulé comme une otarie. Il détestait son corps. Chaque fois qu'une fille pas trop moche lui adressait la parole, il changeait de couleur, incapable d'aligner trois mots sans rougir. Alors, sa vie sentimentale, monsieur le président, j'ai pas grand-chose à en dire.

On y vient, à ce qu'ils veulent savoir. C'était en quatrième, au mois de janvier. Walid était soi-disant sur le point de sortir avec Nidae. Deux textos un peu chelous, c'est tout ce qu'il avait comme preuves, mais il n'en pouvait plus. Il passait son temps à la mater du coin de l'œil. Il guettait le bon moment pour l'aborder, sauf qu'il avait toujours une bonne excuse pour se défiler. Alors, sans prévenir, Salmane a voulu lui filer un coup de main. L'occasion s'est présentée l'après-midi même, pendant le cours d'EPS. Le prof de sport avait décidé que la quatrième B avait besoin d'en baver un peu. Athlétisme. Les élèves courraient autour du stade dans un froid polaire. Tout le monde se pelait le jonc, les mains rentrées dans les manches. À un moment, le prof s'est éclipsé, le temps d'aller chercher un chronomètre. Toute la classe s'est arrêtée de courir. Walid grelottait, boudiné dans son jogging Kappa. Salmane s'est approché pour lui glisser à l'oreille : « Ouvre les yeux, mon pote. »

Les mains au fond des poches, il s'est dirigé vers Nidae.

« Wesh princesse, bien ou bien ? »

Elle s'est détournée. Il a insisté.

« J'suis sérieux. J'viens te parler de la part de Walid. Y t'kiffe trop, j'te jure. »

Elle a gloussé dans sa manche.

« Hé meuf ! Ça te fait rire ?

— Vas'y lâche-moi, déjà je sors pas avec les gros. »

Elle aurait pas dû. Salmane a senti monter le seum. Il a craché de côté.

« Attends, tu sais pourquoi Dieu a fait à la femme deux seins ?

— Vaz'y bouge, j'te dis. Lâche-moi.

— C'est parce qu'il a fait à l'homme deux mains. »

En même temps, il a voulu joindre le geste à la parole. Pas longtemps. Nidae lui a balancé une gifle, immédiatement suivie d'un coup de pied du prof de sport, qui avait pris au moins vingt mètres d'élan.

Les deux heures suivantes, pendant que les autres sautaient des haies chacun leur tour, Salmane a été condamné à courir tout seul autour du stade.

Le soir, il a ramené deux heures de colle à son vieux.

Le lendemain, Walid est venu le voir à la première sonnerie.

« T'as pris une raclée ?

— T'sais quoi frère, t'imagines même pas.

— J'ai une idée, t'inquiète. »

Le plan de Walid lui a tout de suite mis du baume au cœur : ils allaient envoyer une lettre anonyme aux parents de Nidae, histoire de la faire passer pour une crasseuse. Elle aurait dû réfléchir avant d'insulter Walid. Ouais, fallait qu'elle assume.

Monsieur et Madame Bakhtri,

J'ai le devoir de vous informer qu'une surveillante a surpris votre fille Nidae en flagrant délit de pratiques obscènes dans l'enceinte de mon établissement. En effet, elle a été découverte en compagnie de deux élèves de troisième dans les toilettes des garçons, alors qu'elle exhibait ses seins.

Cette conduite est évidemment inacceptable de la part d'une collégienne, et je vous prie de faire le nécessaire pour que cela ne se reproduise plus à l'avenir.

Monsieur le Principal.

Le président repose la lettre. S'il s'imagine que Salmane va balancer Walid, il se fourre le doigt dans l'œil.

« Qui a eu l'idée d'écrire cette lettre ?

— C'est moi.

— Vous l'avez rédigée seul ?

— Tout seul.

— Pourtant, vous avez dû en répondre devant un conseil de discipline. Or, d'après le compte rendu qu'en a fait le principal, vous avez à cette occasion incriminé votre ami Walid.

— J'ai menti. Je pensais que mon père serait moins furax s'il croyait qu'on avait fait le coup tous les deux. J'ai été un peu lâche, faut reconnaître.

— Vraiment ? Personne ne vous a aidé à formuler ces phrases ?

— J'ai utilisé un correcteur d'orthographe.

— Pour les fautes, peut-être. Mais pour la rédaction ? Si l'on en juge par vos résultats en français, à l'époque, c'est un peu surprenant.

— Bah non. Personne m'a aidé.

— Comment expliquez-vous le fait que cette lettre soit tamponnée avec le cachet de l'établissement ?

— J'ai profité d'un moment d'inattention de la CPE pour lui faucher son tampon.

— Vous étiez seul à ce moment-là ?

— Toujours tout seul. »

Impossible de savoir si Walid a soutenu exactement la même version. On navigue dans le brouillard. Salmane sent de l'électricité lui courir sous la peau. La peur, l'excitation, cette bonne vieille montée d'adrénaline. L'idée de Walid, c'était de faire flipper Nidae. Sauf qu'au lieu de flipper, elle avait carrément disparu. Du jour au lendemain : plus de Nidae.

Le président durcit le ton : « Cette lettre a été tamponnée avec le cachet de l'établissement, tout ce qu'il y a de plus officiel. Avant d'en découvrir les auteurs, le principal a porté plainte à la police. Évidemment, en raison du niveau de langue, on a immédiatement soupçonné un adulte de l'établissement. La petite Nidae a été cloîtrée chez elle par ses parents. L'affaire s'est éventée dans le quartier. D'autres familles ont cédé à la panique, certaines cessant à leur tour d'envoyer leurs enfants au collège. Le suspense a duré près de trois mois ! Trois mois d'angoisse et de folles rumeurs ! Trois mois d'enquête, trois mois de doutes et de suspicions concernant l'équipe éducative du collège !

— Je m'suis pas rendu compte. Désolé. »

Au début, ils n'ont pas voulu admettre que l'absence de Nidae avait quelque chose à voir avec la lettre. Et puis quand le bruit s'est répandu, ils ont commencé à paniquer. Les flics étaient sur le coup. Ils interrogeaient les profs, les surveillants, les agents de service, toute la clique. Walid et Salmane devenaient paranos. Ils n'en parlaient jamais. Ils s'étaient juré de rester muets jusqu'en enfer. Les semaines ont passé. Nidae est revenue en classe. L'affaire se tassait, le printemps arrivait. Dans la cour, les tilleuls ont commencé à suinter leur jus gluant. Les filles tombaient les blousons. Un midi, comme ça, pour emmerder Nidae, Salmane s'est approché : « Hé, la villageoise, c'est peut-être vrai, après tout, que tu montres tes nichons dans les toilettes. »

Mais ce qu'il avait oublié, c'est qu'à part les parents de Nidae, personne n'était au courant du contenu de la lettre. Il s'était poucave tout seul.

C'est au tour de Walid d'être interrogé. Il confirme ce que Salmane vient de dire : il ne l'a pas aidé à rédiger la lettre. Point final. L'avocat général prend la parole. Il revient sur cette histoire de conseil de discipline, il insiste. Il s'adresse aux jurés comme si Salmane n'était pas là. Il pinaille. C'est sûr, d'après lui, Walid était dans le coup. Ses arguments ne sont pas très clairs. Il se rassied, l'air pas content.

Le président donne la parole à l'avocat de Walid, un mec bien nourri, c'est le moins qu'on puisse dire. Il ouvre de grands yeux sur sa montre, comme s'il venait de l'acheter.

« Nous n'avons pas encore pris notre première pause, et voilà que les méthodes de l'accusation commencent à s'éventer… À ce rythme, elles vont bientôt lasser. On exhume un courrier anonyme écrit par un lointain camarade de classe. On le cite à comparaître. On cherche à faire de l'accusé le cerveau de cette lamentable histoire. On désosse le procès-verbal d'un conseil de discipline.

On s'acharne, on s'entête. Mais tout ça pour prouver quoi ? Rien ! Évidemment, cela ne prouve rien, sinon que l'accusation est bien embarrassée : elle n'a vraiment pas grand-chose à se mettre sous la dent. Elle voudrait faire de Walid Z. un pervers né ? Un déviant ? Elle s'acharne, mais elle s'égare. Elle meuble le vide. Elle brasse en pure perte l'adolescence de l'accusé. Est-ce vraiment bien sérieux ? Je n'ai pas de question, monsieur le président. Pas de temps à perdre. »

Et puis c'est tout. Salmane est invité à partir. Il se retourne pour faire un petit signe d'adieu à Walid, mais la vue des keufs l'en dissuade. Son regard retombe sur ses pompes neuves. Il se dirige vers la sortie. Les juges, vraiment tous des baltringues. Charger Walid dans cette histoire ? Un jeu d'enfant. Au collège, tout le monde savait qu'il avait rédigé la lettre. Il a failli passer en conseil de discipline, lui aussi. Il n'en dormait plus. Il avait été convoqué par la CPE, le principal, la psychologue… sauf qu'au dernier moment, ils ont passé l'éponge. Walid avait été accepté par le meilleur lycée de Chalon. Ils y tenaient, les profs, à leur Oiseau rare. Leur petit génie du Plateau. Ils n'allaient pas le cramer comme ça. N'empêche que des preuves, des témoins, y'en avait dans tous les coins. Les juges, ils n'avaient qu'à se baisser.

***

À midi, Blaise s'installe à la première terrasse qui s'offre à lui, en face des grilles du palais. À part quelques touristes épuisés, l'établissement attire toute une faune de greffiers, de juges et d'avocats qui semblent avoir ici leurs habitudes. Blaise commande une bière et des paupiettes forestières. Il a soif. Le dernier témoignage l'a laissé perplexe. Jusqu'au bout, il s'est attendu à une révélation, quelque chose d'utile, mais finalement tout s'est arrêté sur une impression un peu grotesque. On frise le procès en sorcellerie. Il aimerait faire le vide, encaisser sa gueule de bois, seulement son voisin entreprend de lui causer. Pour fuir la conversation, Blaise se plonge dans l'écran de son téléphone. Il se promène dans les Street Views de la cité Saint-Jean, à Chalon-sur-Saône. Il veut voir un peu à quoi ressemble le quartier où Walid Z. a grandi. Les photos ont été prises en hiver, par un après-midi sans soleil. Des squares pelés et des parkings troués de flaques se succèdent entre des barres d'immeubles décrépies. Sur les trottoirs, quelques silhouettes recroquevillées par le froid, le visage flouté, semblent toutes fuir la même menace. Un décor à te siphonner le moral.

Son voisin s'en va, Blaise lève les yeux. Des trottinettes électriques fusent sur l'asphalte. De l'autre côté du boulevard, la façade du palais de justice se réchauffe au soleil. La porte de la salle des gardes est grande ouverte. À l'intérieur, en contrebas, on peut deviner la forêt de voûtes gothiques qui soutient la salle des pas perdus. Pas mal. Spectaculaire, même. Il aimerait tout à coup se faufiler parmi les touristes, prendre la poudre d'escampette, grimper sur le toit d'un de ces cars anglais qui sillonnent les beaux quartiers, sauter dans un bateau-mouche… Mais sa rêverie est interrompue par le passage d'une jurée, celle qui s'est présentée ce matin comme une infographiste. Le genre de fille un peu dodue qui sait tirer profit de sa silhouette. Sans relever la présence de Blaise, elle s'installe à une table et commande un café. Elle s'est débarrassée du châle qu'elle portait ce matin.

Décolleté appétissant. Blaise l'observe du coin de l'œil, attendant qu'elle tourne la tête. Elle allume une cigarette électronique, s'affale un peu pour digérer – à la fois classe et triviale. Tout à fait son genre.

Sa deuxième bière vidée, il se décide à approcher. Son sourire a l'air presque naturel lorsqu'elle accepte de lui offrir une chaise. Il s'assied. La discussion s'engage sur leurs métiers respectifs. Elle s'appelle Juliette. Elle travaille dans une agence de communication. Un rythme infernal, mais elle adore son boulot. Blaise se retient de loucher sur sa poitrine. Il lui raconte qu'il bosse dans l'immobilier commercial. Que ce n'est pas la panacée, mais bon, il ne se plaint pas du salaire.

S'il était sincère, il lui dirait qu'il se voit comme un soldat du capitalisme. Enrôlé de force. Chaque matin, il allume son ordinateur entre 8 heures et 8 h 03, les dossiers de son disque dur surgissent un à un devant l'image d'une raie manta, et le calvaire peut commencer. Sur sa fiche de paie, il y a écrit « conseiller technique », mais son taf s'apparente davantage à celui d'un ouvrier à la chaîne. C'est ça, le génie du capitalisme 2.0. On t'exploite devant un écran en congratulant ta créativité lorsque tu as réussi à t'adapter au dernier changement de logiciel. On félicite ton esprit corporate. Ta performance de n-12 contribue, paraît-il, au succès du groupe au CAC40. Tout est possible, tu dois y croire. La marge est une idole. Le doute un échec. L'échec un péché. Le plus sérieusement du monde, ils appellent ça le management du bien-être. C'est à vomir.

Le pire, c'est qu'il est bien obligé de s'en réjouir. Dehors déambulent des hordes de chômeurs prêts à tuer pour s'asseoir dans son fauteuil. Il a lui-même passé deux longues années au chômage, puis treize interminables mois au RSA. Avant la pandémie, il était conducteur de chantier, une place acquise de haute lutte par promotion interne. Des responsabilités, un bon salaire, le grand air et des défis techniques, il aimait son boulot. Les premières semaines de confinement, il les a passées en RTT forcées, puis en congés payés, puis en chômage partiel, à bouffer des séries pour occuper sa déprime. Quand la boîte a déposé le bilan, il osait encore y croire : quelques mois de Pôle emploi, le temps de laisser passer le creux de la vague, et le BTP repartirait en fanfare.

L'ampleur de l'hécatombe a laminé ses espoirs. Qu'a-t-il fait de ses années d'oisiveté ? Rien. Un trou noir. Une longue sidération. L'impression d'un confinement qui ne prendrait jamais fin. Le plus choquant, ce fut sans doute la facilité avec laquelle il s'est résigné. On oublie vite la sonnerie du réveil quand on intègre le peuple des chômeurs. La Grande Dépression, on l'accepte, on la fait sienne, et puis c'est tout. Voilà ce qu'il raconterait, s'il était sincère.

Mais il préfère abréger : « Pour l'essentiel, mon job consiste à faire office de punching-ball entre les managers et les clients. »

Elle sourit poliment. Il rame un peu. Pour changer de conversation, il demande quelle impression lui a fait l'accusé.

Elle vapote un gros nuage et botte en touche : « Je préfère ne pas parler du procès, histoire de préserver mon intime conviction. »

Un ange passe. Manifestement, le sujet est épuisé. Elle propose de regagner le palais de justice. Sur le trajet, elle se plonge dans son téléphone. Il y a toujours un moment où les filles l'exaspèrent – en général, dans les cinq premières minutes. Ce constat lui arrache un soupir.

***

En sortant du métro, Baptiste marque une pause. Trop d'émotions. Dans son casque, Nina Simone chante à plein tube *Sinnerman*, son morceau préféré depuis la veille. Il coupe le son. Les bruits de la ville s'insinuent sous son crâne, il n'a pas fermé l'œil de la nuit. Une poignée de touristes chinois l'observent en grimaçant – Baptiste leur gâche le panorama de la fontaine Saint-Michel. Il reprend le chemin du palais de justice. À droite, les tours de Notre-Dame grimpent à l'assaut du ciel. Blanches. Éclatantes. Impossible de ne pas les regarder. Impossible de ne pas s'y attarder sans se sentir ratatiné par le vertige de cette présence divine. Franchissant le pont, il marque une nouvelle pause. Les yeux mi-clos, il hume longuement l'air de la Seine. En principe, la technique fonctionne : fermer les yeux, s'abstraire du monde, et repenser aux Jardins de la Fraternité. Les six cents espèces de tomates, les framboisiers japonais, la douce putréfaction des sols… toute cette jungle humide et odorante. Et la rumeur, partout, tout le temps, des insectes et des oiseaux s'entre-dévorant dans la plus parfaite innocence. La vie sauvage. La vie. La vraie.

Peine perdue. Le sang lui bat les tempes, il désespère de pouvoir respirer normalement. C'est l'heure, plus que l'heure, Baptiste est en retard.

Les flics, les couloirs, le greffier… tout s'enchaîne dans un brouillard trop éclairé, et puis, soudain, le silence. Il est assis dans une petite pièce. Seul. Le serment des témoins est encadré sur un mur. Personne ne le surveille. Il songe à Walid. Tout cela est-il réel ? Dans dix minutes, cinq minutes, il va entrer aux assises avec son secret. Un mot de Walid pourrait tout faire éclater. C'en est si effarant qu'un sourire mauvais lui monte aux lèvres. Un sourire de défaite.

Dix minutes bien comptées s'écoulent avant que retentisse une sonnerie. Son cœur sursaute, un poing s'enfonce dans sa poitrine. Seigneur, pourquoi l'a-t-on cité à comparaître ? En entrant dans le prétoire, son champ de vision se rabougrit brutalement. Une foule existe, quelque part, muette et attentive, mais il ne la voit pas. Tout disparaît dans les ténèbres, il gagne la barre comme un somnambule.

La voix du président rompt le sortilège. Baptiste reprend ses esprits en confirmant son état civil. Il a vingt-six ans. Il vit à Paris, dans le 10e arrondissement. Il est serveur. Célibataire. En prononçant ce dernier mot, son rythme cardiaque s'affole. D'autant que le président, l'instant suivant, lui fait jurer de dire la vérité, rien que la vérité.

« Depuis combien de temps vivez-vous à Paris ?

— Huit ans.

— En vous installant dans la capitale, saviez-vous que Walid Z. y vivait lui aussi ?

— Je m'en doutais, mais je n'avais plus de nouvelles depuis plusieurs années.

— Avez-vous cherché à le revoir ?

— Non, jamais. »

Le président se tourne vers le box.

« Monsieur Z., saviez-vous que votre ami Baptiste était également monté à Paris ?

— Pas le moins du monde. »

Baptiste suit le regard du président. C'est un choc. Ce qu'il espérait et redoutait depuis tant d'années : revoir Walid. Il n'a pas changé. Un peu pâle, le visage fatigué, toujours autant d'allure. Walid aurait pu se trouver une chemise plus ajustée, c'est tout ce qu'on pourrait lui reprocher. Mais leur laisse-t-on la possibilité, en prison, de choisir leurs vêtements ?

Le président demande à Walid de raconter comment Baptiste et lui sont devenus amis. Walid a l'air embarrassé. D'un ton monocorde, il se lance dans un récit vague et lacunaire de leur rencontre, comme s'il peinait à s'en souvenir. Première déception.

Baptiste, lui, s'en souvient comme si c'était hier. Il est tombé amoureux dès le premier jour. C'était la rentrée scolaire. Walid avait l'air de s'être trompé de lycée. Il se tenait debout près d'un muret, au bord de la pelouse, à l'écart des autres élèves qui se racontaient leurs vacances. Les Arabes, à Pontus-de-Tyard, on pouvait les compter sur les doigts d'une main. Les poings enfoncés dans les poches d'un Harrington noir, Walid regardait fixement l'horizon, une allumette à la bouche, avec une telle intensité qu'on aurait pu le prendre pour un cinglé – ou un prophète.

Baptiste apprendrait deux mois plus tard que le garçon bien taillé qui venait de lui taper dans l'œil était une créature toute récente. En troisième, Walid se boudinait encore dans des survêtements et se faisait tondre les cheveux ras sur le crâne, à blanc sur les côtés, selon les codes de la cité. En fin d'année, la perspective d'intégrer Pontus-de-Tyard l'avait à ce point terrifié qu'il avait quasi cessé de s'alimenter du jour au lendemain, perdu seize kilos, et s'était laissé pousser les cheveux. Il avait franchi les grilles du lycée dans un corps qu'il ne reconnaissait pas lui-même.

Baptiste fut le premier à lui adresser la parole. Walid lui apprit qu'il débarquait du collège Jean-Vilar, plus connu sous le nom de collège hallal. Son transfert dans un établissement du centre-ville ne pouvait s'expliquer que par des aptitudes hors du commun. L'attraction que Walid exerçait sur lui en fut immédiatement décuplée. Sans compter qu'un je-ne-sais-quoi dans son regard, ses gestes, sa voix, pouvait laisser présager que lui non plus, les filles, ce n'était pas son truc.

Seulement Baptiste s'était trompé.

Il lui a fallu près de trois ans pour comprendre sa méprise. Le drame de sa vie. Tant d'espoir, de souffrance et de haine qu'il se demande encore, parfois, s'il n'a pas croisé le diable, ce matin de septembre, dans la cour du lycée.

« Saviez-vous que votre ami Walid avait entamé la rédaction d'un journal pendant son année de seconde ? »

Demandant cela, le président désigne un ensemble de cahiers exposés dans une table vitrée.

« Non, je l'ignorais. »

Le président se tourne vers le box.

« Vous savez, monsieur Z., que nous aurons souvent l'occasion de nous y plonger. »

Walid se contente d'opiner. L'avocat général se fend d'un sourire de matou, l'air de dire, eh oui, tout est là, ces cahiers vous accablent. Le président se propose d'en lire quelques extraits. Baptiste se tend, ses mains sont moites. Quelles révélations s'apprêtent à surgir ? Il faut s'attendre au pire.

Les premiers passages confirment que Walid, en débarquant à Pontus-de-Tyard, a vécu ce changement d'univers comme un traumatisme. Sauf qu'il n'a pas traîné pour s'acclimater. *Heureusement que les gens se laissent prendre aux apparences,* note-t-il deux mois après la rentrée. Les extraits suivants font état de son exaspération au sujet de certains élèves qui ne cessent de lui parler de shit, de beuh, de tarifs, dans l'espoir qu'il se propose de les mettre en lien avec un grossiste du Plateau, moyennant une jolie commission. L'avocat de Walid relève à ce propos que son client n'a jamais cédé à la tentation. Il se rassied ensuite avec l'air d'un homme ayant accompli un devoir qu'il sait strictement inutile.

Le président se tourne vers Baptiste.

« Walid vous avait-il affublé d'un surnom, au lycée ?

— Non, pas que je me souvienne.

— Il ne vous a jamais appelé "le Vigneron" par exemple ?

— Ah, si…, se rappelle Baptiste, de plus en plus nerveux. C'est arrivé. »

Comme ses aïeuls avant lui, son père faisait prospérer à Givry, près de Chalon-sur-Saône, une trentaine d'hectares de vignes, que Baptiste était destiné à reprendre à sa suite.

« Parce que dans son journal, précise le président, c'est toujours ainsi qu'il vous désigne. Tenez, par exemple, en mars, il écrit : *le Vigneron a pensé à mon anniversaire, il m'a offert un tee-shirt des années 1980. Une horreur.* »

Baptiste rougit jusqu'aux cheveux. Il avait oublié cette histoire de cadeau. Avec le recul, c'était d'un ridicule achevé. Le tee-shirt du premier album de Madonna. Une antiquité. Dans son box, Walid cherche à justifier le mépris qui affleure ici et là de son journal. Il prétend qu'ils se taquinaient souvent tous les deux, comme ça, pour rigoler. Des blagues d'adolescents. Baptiste reconnaît là l'aplomb de Walid, son art du mensonge et de l'improvisation. Le président lit d'autres passages qui vont dans le même sens. Walid se défend en racontant que, dans le fond, il était un peu jaloux de Baptiste.

Walid ? Jaloux ? Si seulement ! Baptiste aurait fait n'importe quoi pour savourer ne serait-ce qu'une miette de jalousie. Tomber amoureux de lui avait été un merveilleux supplice. Walid était brillant. Walid était drôle. Walid était cassant. Un désir d'ascension sociale enflammait son regard. Élèves comme enseignants, personne ne semblait douter qu'il irait loin. Les filles le couvaient des yeux, mais il jouait l'indifférent, ce qui excitait les doutes de Baptiste. Walid avait bien des aventures de temps à autre, mais jamais rien de sérieux. Sur Facebook et WhatsApp, il se faisait plutôt rare. Baptiste avait été le premier qu'il avait accepté comme ami. Les suivants étaient entrés dans sa liste au compte-gouttes. En première, alors que les meilleurs élèves discutaient des mérites comparés de Balzac et de Hugo, lui n'admirait que des auteurs tourmentés ou décadents. Il en faisait un peu trop dans l'esbroufe. Son arrogance lui allait à merveille.

Pendant trois ans, Baptiste a épuisé une foule de précautions afin de ne pas trahir l'amoureux transi qu'il était devenu. Pour un jeune gay, dans un lycée de province, jouer à l'hétéro est une seconde nature. Une question de survie. Il côtoyait Walid comme un *pote*. Parfois, pourtant, son regard s'attardait sur son cou, ses mâchoires, le grain de sa peau, et il tombait dans d'intenses rêveries amoureuses, avant de se ressaisir, transpercé par la crainte d'être surpris.

L'heure tourne. Le président insiste sur le caractère à la fois solitaire et orgueilleux de Walid. Il s'appuie sur quelques extraits de son journal, que Baptiste est invité à commenter. Un pur exercice de faux-semblants, auquel il se prête avec une docilité inquiète. On approche du moment fatidique. Il est inconcevable que Walid n'en ait rien dit dans son journal. Mais quoi ?

L'année de terminale avançait. Un jour de printemps, Baptiste s'est décidé à inviter Walid à Givry, profitant d'une absence de ses parents. L'intention était limpide, croyait-il. Et Walid a accepté, tout simplement. Baptiste est venu le chercher sur la place de la mairie. Une journée baignée de lumière. Les premiers bourgeons éclataient dans les marronniers. En descendant du car, Walid s'est avancé vers Baptiste d'un pas inhabituel. Son arrogance se dérobait. Il paraissait inquiet, vulnérable. Ses yeux clignaient sur un décor inconnu. Un petit chien solitaire a traversé la place, et Baptiste a senti son cœur s'emballer. Ils ont échangé une poignée de main maladroite, c'était la première fois qu'ils se saluaient en dehors du lycée.

Sur le chemin de la propriété familiale, Walid s'efforçait d'apparaître décontracté, mais ça crevait les yeux, quelque chose le troublait. À Givry, dans ce monde de vieilles pierres et de vignes, il redevenait soudain cet Arabe un peu perdu dans la cour du lycée, le jour de la rentrée, loin de sa cité, qui fixait l'horizon comme une issue de secours.

Baptiste lui a fait visiter le chai, les cuves, la cave. Il lui a décrit les étapes de la vinification, la différence entre les crus. Walid ne disait rien. Il suivait docilement le parcours, se contentant d'acquiescer ici ou là, si bien que Baptiste s'est demandé si Walid n'attendait pas qu'il fasse le premier pas dans la cave. Ses jambes ont commencé à faiblir. Une sensation d'oppression. La bouche un peu sèche. Il s'est immobilisé, a tourné son visage vers le sien, mais Walid a déclaré que les vapeurs de fermentation lui soulevaient le cœur. Il avait besoin de prendre l'air.

Dans le jardin, le soleil déclinait. On était en avril. Sa sœur Émilie bavardait au téléphone, avachie dans une chaise longue. Walid la connaissait de vue, elle était en seconde, à Pontus-de-Tyard. Il l'a saluée de loin. Puis il s'est extasié sur l'allure de la maison, les pierres de l'escalier polies par les siècles, le grand chêne de la cour. Il avait subitement retrouvé la parole. Au lieu de se méfier, Baptiste s'en est réjoui. Dans ses rêves, c'était toujours Walid, les yeux brillants, un peu brutal, qui prenait les devants.

Le soir, ils ont dîné dans la cuisine d'un reste de civet de chevreuil. Une prise de chasse. Si papa savait, se répétait Baptiste. Un Arabe dans sa cuisine ! Un Arabe qui sirote son premier cru et dévore son gibier. Son père prétendait qu'il n'était pas raciste, mais il ne fallait pas lui parler des Arabes. Ni des Noirs. Ni de l'islam.

Au dessert, ils étaient tous les deux un peu ivres. Baptiste a proposé de se poser dans le canapé, devant la télé. Walid a acquiescé, ça lui allait. Ils ont opté pour Ardisson. Les invités défilaient, un youtubeur de douze ans, Karl Lagerfeld, une ex-hardeuse devenue moine bouddhiste… Ils parlaient peu. Leurs corps étaient aussi près l'un de l'autre qu'on peut l'être sans se toucher. Et soudain, sans réelle préméditation, Baptiste a posé sa main sur celle de Walid. Elle y est demeurée peut-être trois secondes, avant que Walid se dégage. « Tu cherches la télécommande ? » Pris de panique, Baptiste s'est levé d'un bond et s'est mis à soulever tous les coussins. La télécommande était posée sur la table basse, sous leur nez, depuis le départ.

Walid a décrété qu'il était l'heure d'aller se coucher. Baptiste n'osait plus le regarder dans les yeux. Avait-il compris ? Était-il seulement possible qu'il n'ait *pas* compris ? Que signifiait cette histoire de télécommande ? La terre s'est mise à trembler. Trois années d'espoir réduites à néant ? Un continent d'amour et de patience sur le point de disparaître au fond des abysses ? Aujourd'hui encore, l'épouvante de ces instants demeure intacte dans sa mémoire. Ensuite, trou noir. Baptiste ne se souvient pas l'avoir conduit jusqu'à la chambre d'ami. Il ne se souvient pas avoir grimpé l'escalier, poussé la porte de sa propre chambre et s'être étendu sur son lit, avant de s'y tordre de douleur et de se griffer les côtes jusqu'au petit matin.

Mais comment a-t-il pu ne rien entendre ? Parmi les craquements familiers de la maison, pourquoi n'a-t-il pas perçu les pas de Walid dans le couloir ? À son réveil, Baptiste tremblait de froid. Il n'avait aucun plan, aucune idée de la suite des évènements, sinon la conviction nette et tranchante que Walid lui avait pour toujours échappé. En passant devant la porte de la chambre d'ami, il a jeté un coup d'œil à l'intérieur. Le lit était vide. Une épouvantable intuition lui a sauté à la gorge. Il s'est dirigé vers la porte d'Émilie, l'a ouverte sans bruit. Avant même que ses yeux lui confirment la catastrophe, une odeur animale, répugnante, s'est engouffrée dans ses narines.

À la détresse a succédé la haine. Walid avait jeté son dévolu sur sa sœur ? Émilie lui avait ouvert les cuisses ? Ils allaient s'en mordre les doigts ! Baptiste a décidé de quitter la maison, il n'aurait pas supporté le face-à-face. Avant de partir, il a laissé un mot sur la table de la cuisine. *Oublie-moi, ordure !*

En passant devant l'armoire à fusils de son père, il s'est arrêté. Trois carabines de chasse se dressaient dans la vitrine. Plusieurs boîtes de chevrotine étaient dissimulées derrière les crosses. Il a hésité. Son sang cognait contre ses tempes. Si le meuble n'avait pas été fermé à clé, probable qu'il aurait pris une arme, l'aurait chargée… et ensuite ? Difficile de dire s'il aurait pointé le canon sur Walid, sur sa sœur, ou sur sa propre gorge.

Dehors, il a mis le cap sur la forêt, où il a perdu ses pas jusqu'à midi. À Émilie, il a envoyé un texto : *Tu le vires de la maison. Tu ne lui adresses plus jamais la parole, ou papa saura que tu baises avec des Arabes.* Elle a immédiatement répondu : *Il est parti.*

À son retour, elle était enfermée dans sa chambre. Il a ouvert la porte. D'une voix d'outre-tombe qui l'a surpris lui-même, il a demandé : « Tu étais vierge ? »

Émilie s'est détournée vers la fenêtre, sans desserrer les dents.

Baptiste termina l'année scolaire dans un effondrement généralisé de son existence. Il obtint de justesse un bac qu'il aurait dû rafler avec mention. Walid avait porté jusqu'à l'incandescence son désir pour les garçons, avant de le briser en mille morceaux et l'éparpiller dans la boue.

En juillet, il fit son sac et partit trouver refuge au sein d'une communauté nichée dans un repli de la Drôme : Le Jardin de la Fraternité. Vaguement teintée de spiritualité chrétienne, l'idée consistait à exploiter collectivement douze hectares en permaculture. Une modeste synthèse entre Proudhon et Pierre Rabhi.

Dans les premiers temps, il y trouva un peu de réconfort. Le retrait du monde, les nuits à la belle étoile. Mille variétés de fruits et de légumes lui redonnaient le goût de la vie. Mais son regard plongeait malgré lui dans le cou des autres garçons. Il sentait frémir son ventre à leur contact. Le désir se réveillait. Et avec lui, la peur.

Il s'enfermait souvent dans la petite chapelle. À l'abri des pierres sèches, il redécouvrait les vertus consolatrices de la prière. Des odeurs d'encens lui revenaient en mémoire. La fraîcheur de l'église de Givry. L'aube éclatante du prêtre. Et la répétition, si rassurante, des chants de messe.

En septembre, au lieu de rentrer chez ses parents, il poursuivit sa route vers Beaune, Nuits-Saint-Georges, pour aller frapper à la porte de Notre-Dame de Cîteaux. Que venait-il y chercher au juste ? « Tu n'en sais rien, lui dit le maître des novices, et c'est tant mieux. Nous ne te poserons pas de questions. Nous t'accueillons tel que tu es. Tu peux rester dans ta chambre ou venir découvrir la vie de la communauté, comme tu voudras. Tu es libre de partir du jour au lendemain. Dans un mois, si tu es encore là, nous te demanderons de rentrer chez toi, et plus tard, si tu le souhaites, tu pourras revenir. Pour l'instant, tu es parmi nous un regardant. »

Baptiste fut conduit dans une chambre meublée d'un lit, d'un casier et d'une table. Une ampoule basse consommation jetait sur l'ensemble une lumière blafarde. Aux murs : un crucifix, un tableau de la Vierge Marie et le prologue de la règle de Saint-Benoît, rédigée mille cinq cents ans plus tôt dans les ruines de l'Empire romain. « *C'est à toi maintenant que mon discours s'adresse, qui que tu sois qui renonces à tes volontés propres et prends les armes très puissantes et glorieuses de l'obéissance, afin de militer pour le Seigneur Christ, le vrai Roi.* »

Le premier jour, il commença à regretter les framboises et les tomates de la Fraternité. La nourriture était infecte. Le second jour, il se leva à 5 heures pour assister aux laudes. Le troisième, il coucha avec un moine. Frère Jérémie. Un jeune Tchèque à la peau grise qui avait prononcé ses vœux trois semaines plus tôt. Tout se passa très vite. Frère Jérémie était venu le saluer dans sa cellule. Il lui demanda quelque chose que Baptiste ne saisit pas, à cause de son accent. Sa main se posa sur son épaule. Il n'était pas beau, mais il fixait Baptiste de ses yeux bleus, hypnotiques. Un regard vibrant de convoitise. Sentant que Baptiste se laissait faire, il s'approcha en murmurant « la paix du Christ ». Ensuite, ils basculèrent sur le lit.

En regardant frère Jérémie quitter sa cellule, Baptiste songea que l'existence qu'il avait menée jusqu'alors prenait fin, et qu'une autre lui tendait les bras. Le soir même, il gagnait la gare de Beaune et sautait dans le premier train pour Paris.

***

Une odeur tenace. Sur les murs, les traces de merde séchée font penser à des peintures rupestres. Impossible de réfléchir correctement. Un Roumain fait couiner le banc d'en face en se balançant au rythme d'une pendule. C'est déjà la troisième cellule depuis ce matin. Walid regarde ses mains. Trouver un point de focalisation. Oublier les murs souillés, le Roumain, les éclats de voix qui résonnent dans la souricière. Mais ses mains ressemblent désespérément à des pattes de poulet mort. Ce matin, il a revu sa sœur. Amira ! Son visage bouleversé, le frémissement de ses épaules, et cette voix, si étrangement aplatie… Il en tremblait d'émotion, le choc était trop fort. L'impression qu'on pouvait entendre battre son cœur dans tout le prétoire. Il a bien cru que les larmes allaient couler, et puis maintenant sa poitrine est glaciale. Quelque chose en lui se dévitalise chaque fois qu'on le redescend ici. Il n'a rien mangé depuis hier, et pourtant il n'a pas faim. Le repas qu'on lui a proposé à midi avait l'air d'avoir été confectionné le mois dernier. À chaque pause, les gendarmes lui passent les menottes et le promènent dans les couloirs de la souricière, au second sous-sol du Palais. Ils choisissent invariablement une cellule occupée par un autre prévenu.

Chose étrange, il ne ressent aucune fatigue alors qu'il n'a pas fermé l'œil de la nuit. À 5 heures, au moment où le sommeil commençait enfin à le gagner, Abou Ayoub s'est levé pour la prière. Voilà six mois qu'il se fade ce dealer reconverti en imam de cellule. Cinq fois par jour, Abou Ayoub déroule sur le carrelage sa serviette de la pénitentiaire, en direction de La Mecque. En faisant le calcul, il a déjà exécuté plus de neuf cents prières dans l'espace commun. Lorsqu'il s'assied sur la cuvette, ce n'est pas à ses codétenus qu'il demande pardon, mais au Créateur lui-même. La grande affaire qui le préoccupe depuis un mois, c'est de savoir s'il doit dormir la barbe *sous* le drap, ou *sur* le drap. Ce matin, Abou Ayoub s'est toutefois retenu de citer une sourate, se contentant d'un « Inch'Allah » : tout mécréant qu'il est, Walid partait pour les assises, sceller son sort.

Il n'avait pas quitté l'enceinte de la prison depuis deux ans. Dans la cour, la sensation du fourgon qui s'ébranle lui a arraché un sourire. Le véhicule est divisé en casiers verticaux de cinquante centimètres de largeur, à l'intérieur desquels on ne tient que debout. Une ouverture grillagée est percée dans la paroi à environ 1,80 m du sol. Sur la pointe des pieds, Walid a redécouvert le monde libre. De Villepinte à l'île de la Cité, il n'en a pas raté une miette. Un coin d'Île-de-France, pour commencer, qu'il n'avait jamais foulé : Aulnay-sous-Bois, les Trois Mille, la Seine-Saint-Denis. Un désordre de tours et de barres sur l'horizon. Le monde d'Abou Ayoub et de ses codétenus.

Et puis la porte de Bagnolet. Le périphérique. Sur les quais de Seine, un embouteillage a ralenti la promenade. Il était enfermé sur le flanc gauche du fourgon. Le cœur serré, il a regardé défiler la Grande Bibliothèque, le pont d'Austerlitz, le jardin des Plantes. Rive gauche, le fourgon s'est engouffré dans une voie de bus et le chauffeur a mis en route le gyrophare. La fontaine Saint-Michel a traversé son champ de vision comme une météorite, toutes sirènes hurlantes. Ils ont à nouveau franchi la Seine. La seconde suivante, ils entraient dans le palais de justice.

La première fois qu'il a traversé Paris, c'était en bus. Le 61. Il rejoignait la porte des Lilas, où l'attendait une chambre d'étudiant. En pénétrant dans la résidence universitaire, il avait repensé à son entrée en seconde, trois ans plus tôt. Une foule de Blancs peuplait alors la cour du lycée. Il s'était senti aussi à l'aise, comme aurait dit son père, qu'une grenouille dans le désert.

Ces souvenirs, Walid a toujours évité de les remuer avant d'y être contraint par le juge d'instruction. Quelle idée d'avoir rédigé un journal ? Voilà ses épanchements d'adolescent disséqués devant une cour d'assises. C'est peut-être ça le plus pénible, rejouer son passé en public. Assister à la résurrection des fantômes. Tout à l'heure, Baptiste était méconnaissable. Barbe sombre, regard cerné, l'air déjà vieux. Plus rien à voir avec le garçon de quinze ans qui était devenu son compagnon de route, au lycée. À la barre, il avait l'air terrifié. Probable qu'il redoutait lui aussi de remonter le temps. Tout s'est si mal terminé. Avec le recul, il se dit que Baptiste est sans doute gay – une hypothèse sur laquelle Walid n'a jamais voulu s'attarder outre mesure. Au lycée, il riait à toutes ses blagues. Il était toujours d'accord, comme s'il craignait de froisser Walid en se permettant la moindre opinion personnelle.

N'empêche, Baptiste était devenu son seul ami, pour autant qu'on puisse parler d'amitié. À la cité, Walid fuyait la compagnie de ses ex-potes de collège. Salmane avait élu domicile dans un nuage de shit, entre les boîtes aux lettres et la cage d'ascenseur. En fin de troisième, il avait choisi « Structures métalliques » parce que le conseiller d'orientation lui avait fait miroiter deux mille euros par mois. Le jour de la rentrée, son prof d'atelier lui avait balancé une brique sur les orteils, histoire de vérifier s'il portait bien ses chaussures de sécurité. Ils ne l'ont jamais revu au lycée. Salmane zonait aux

Mimosas en jogging Yamaha, chaussettes-claquettes aux pieds, comme si la même journée recommençait chaque matin. Impossible de l'éviter. « Wesh, ma gueule ! Quoi de neuf chez les Gaulois ? » Ce qui restait de leur amitié se résumait à un check quotidien et deux-trois vannes de quartier.

À Pontus-de-Tyard, c'était un peu la même histoire. Un masque. Une posture derrière laquelle il éprouvait seul les limites de son personnage. Dans les couloirs, passant d'un cours à l'autre, il traversait la foule le front au haut, mais la gorge toujours un peu serrée. Tous ces Français, aucun Arabe. Il y avait quelque chose d'irréel. Personne pour lui taper dans le dos. Personne pour se souvenir de ses joggings Kappa. Mais le comble de cette réincarnation, c'était les filles. Il lui a fallu plusieurs mois pour l'admettre : il plaisait. Ces regards appuyés, ces battements de cils, il avait commencé, comme toujours, par les mettre sur le compte de ses origines. Un Arabe, on le regarde différemment, voilà tout. Tu comprends ça, à peine sorti de la crèche, la première fois que tu mets les pieds à la piscine municipale. Et puis l'évidence s'est imposée. Les poitrines, les hanches, les courbes interdites qui lui brûlaient les yeux à Jean-Vilar, le renvoyant chaque fois dans le cul-de-basse-fosse de ses complexes, ici, certaines filles semblaient s'impatienter de les lui offrir. Il en a d'abord conçu un étonnement de bienheureux, incapable de soutenir plus de deux secondes une œillade. Et puis l'étonnement s'est mué en orgueil. Mais alors, un orgueil impuissant. Il peuplait ses nuits d'un prénom, de l'audace d'un sourire, de mille résolutions, pour se dégonfler chaque fois le lendemain. Il a laissé comme ça une poignée de jolies filles s'illusionner dans ses parages, muettes et patientes, sans jamais faire le premier pas. Il se trouvait faible, sans courage, désespérant de se comporter un jour comme un homme.

De Baptiste, il avait en revanche le sentiment de pouvoir obtenir ce qu'il voulait. Baptiste le romantique. Baptiste le tourmenté. Trop occupé à chasser l'amour dans les livres, il était incapable de remarquer que sa propre sœur commençait à s'intéresser à Walid. Il n'aurait jamais dû l'inviter à Givry. Émilie était là, découvrant le haut de ses cuisses dans une chaise longue. Quinze ans, c'était déjà moins intimidant. De sa platonique expérience des filles, il avait retenu ce qui semblait les faire flancher : un regard dur, sans sourire au fond des yeux ni clignement. Émilie ne s'était pas dérobée. Un instant avait suffi, une absence de Baptiste. Elle lui avait rendu un sourire un peu farouche, mi-chipie, mi-soumise, qui l'avait désarçonné.

Un gendarme déverrouille la cellule. La séance va reprendre. Walid se lève. Une douleur abdominale le plie aussitôt en deux.

« Arrête ton chiqué. Tu m'as pris pour un bleu ? »

Walid est incapable de répondre. Le gendarme le tire par les menottes. La douleur fouille ses intestins, une lame qui s'enfonce jusqu'au rectum. Il connaît, ça va passer. Dix secondes de supplice, puis la faim reprendra ses droits. Moins douloureuse, plus lancinante. Il a mangé du chou tout l'hiver, son système digestif est au bout du rouleau. À la sortie de la souricière, un tunnel labyrinthique semble avoir été creusé dans l'épaisseur même des murs.

Un tunnel qui s'achève sur la porte du box. Le gendarme l'ouvre et pousse Walid à l'intérieur. Il commence à s'habituer aux regards de la foule. La tribune des jurés est encore vide. La seule personne qui n'a toujours pas levé les yeux sur lui, depuis l'ouverture du procès, se tient assise sur le banc de la partie civile. Claire. Ce qu'elle a vieilli depuis deux ans. Elle est parvenue longtemps à triompher des assauts de l'âge, et maintenant l'âge prend sa revanche. En l'absence de la cour, il ne peut s'empêcher de l'observer. Il voudrait qu'elle se retourne, il en frissonne d'avance. Un regard peut-être, un seul échange de regards aurait le pouvoir d'anéantir ce cauchemar. Morland-Kieffer arrive dans un craquement de boiseries. Un pachyderme en robe noire. Il salue Walid du coin de l'œil. Comme toujours, il a l'air d'avoir l'esprit plongé dans un autre dossier.

Émilie n'était pas vierge. Elle avait tenu à le préciser avant même qu'il l'embrasse : « Je l'ai déjà fait, t'inquiète. » Walid avait acquiescé dans la pénombre de sa chambre, se demandant quoi faire pour avoir l'air rompu à la chose. Heureusement, il était un peu bourré. Ses mains se sont révélées plus dégourdies qu'escomptées. Elles se sont aventurées toutes seules sous la robe d'Émilie. Il en garde un souvenir confus. Un monde neuf et lointain, toute cette douceur, le soutien-gorge qu'il n'a même pas cherché à dégrafer, la fermeté de son ventre, et puis soudain, ce gouffre sans contours, les doigts qui glissent à l'intérieur, un drôle de clapotis. Il ne répondait plus de rien, le temps lui échappait. Il a débouclé sa ceinture. L'instant suivant, il était nu, déjà en elle. « Walid ! » Il s'est figé en entendant ce prénom, échappé de la gorge d'Émilie, comme s'il l'entendait pour la première fois, et qui était tout ensemble une prière, un reproche, une offrande, un merci.

Le lendemain, Baptiste avait disparu en laissant derrière lui un mot d'insulte. Émilie ne lui a plus jamais adressé la parole. La fin de l'année s'est déroulée dans la réclusion et l'ennui, sur le Plateau Saint-Jean, à réviser le bac et regarder le plafond de sa chambre, en rejouant pour lui-même chaque détail de cette nuit.

Et puis, tout s'est accéléré, il a été admis à Sciences Po.

En septembre, il a découvert la capitale et s'est installé dans sa petite chambre d'étudiant, porte des Lilas. Un autre rêve. Une nouvelle vie. Il avait intégré Sciences Po et obtenu une bourse grâce au concours réservé aux élèves estampillés « éducation prioritaire ». Dans son journal, il avait collé l'emblème de l'institution : un lion et un renard enfermés dans un cercle, tenant entre leurs pattes un livre ouvert. Sur son site, Sciences Po se prévalait d'une longue tradition professant la synthèse et le souci de la modération. Ailleurs sur le web, Walid avait lu que ce bestiaire annonçait en fait tout le contraire : à ceux qui aspiraient à se faire une place dans le monde, on allait enseigner l'alliance de la force et de la ruse. Un programme à sa mesure, croyait-il.

Son premier cours a eu lieu dans l'amphithéâtre Boutmy, du nom du fondateur de l'institution, en 1871. Accueilli sous les applaudissements, le directeur a commencé par tresser des lauriers à sa nouvelle promotion. Un discours flatteur et rassurant. En sortant, Walid a déambulé dans le hall d'entrée. Un long banc en forme de coque de bateau en occupait le centre. On l'appelait la Péniche. Il s'y est assis pour s'imprégner du prestige des murs, un gobelet de café à la main. Son ascension franchirait là une étape décisive. L'anonymat. Les promesses de l'avenir. N'étant ici personne, il pourrait y devenir n'importe qui.

Et puis ce fut un choc. Sur un mur, un syndicat étudiant avait placardé une affiche. *« Le mérite n'est pas mort ! »* proclamaient de grandes lettres rouges. En dessous, un court texte dénonçait le principe de discrimination positive, à cause duquel des dizaines de médiocres recrues volaient la place de lauréats plus méritants. Comme chaque année, un recours avait été déposé devant le Tribunal administratif de Paris pour faire annuler cette injustice. Et comme chaque année, ils avaient été déboutés. Mais l'UNI, le syndicat de la droite décomplexée, promettait de ne rien lâcher.

Walid a consulté le résultat des élections sur son téléphone. Un étudiant sur trois avait, l'année précédente, voté pour l'UNI, qui considérait sa présence sur ce banc comme une insulte. De toute la journée, il n'a adressé la parole à personne. Il faudrait pourtant s'intégrer. Un étudiant sur trois ! Allait-il mentir ? Raconter qu'il était entré par la grande porte ? Ridicule. Mille moyens devaient exister de le vérifier, son mensonge passerait pour si minable qu'il en mourrait de honte. Alors quoi ? Assumer sa trajectoire ? En faire une force ? Sur le papier, son admission à Sciences Po l'avait propulsé en orbite, dans une zone d'apesanteur où le Plateau, la cité, les hijabs et la bicrave n'étaient plus visibles à l'œil nu. Pure illusion, force lui était de constater qu'il risquait de demeurer ici aussi l'Arabe de service. La magie n'avait pas tenu deux jours. Lui qui visait les derniers étages de l'ascension sociale s'est mis à paniquer sur la première marche.

Au bout d'une semaine, on lui avait déjà demandé si sa mère portait le voile, s'il était dangereux de sortir le soir dans sa cité, ou ce qu'il pensait des normes d'héritage dans la tradition islamique. Rien à faire, il n'avait ni une tête de lion ni une tête de renard, mais à jamais une tête d'Arabe. Une tête qui le résumait tout entier aux yeux du monde. Ou plutôt, comprit-il les semaines suivantes, une tête d'*Arabe de banlieue*, contre laquelle tout effort s'avérait vain. Il avait beau soigner sa coupe, porter le même cardigan que la moitié de sa promotion et tenir comme eux son cartable sous le bras, il voyait bien qu'on ne le rangeait pas dans la catégorie des *Arabes de bonne famille*. Ceux-là d'ailleurs ne lui témoignaient aucune solidarité. Ils se détournaient volontiers lorsque le hasard les réunissait sur le même banc.

Un jour, il s'est toutefois résolu à se rapprocher d'un Marocain de sa promotion, probablement un fils de diplomate. Ce genre de fréquentation aurait peut-être pour effet de rectifier son image. Un peu sournoisement, il a inventé une histoire susceptible de les unir dans une espèce de fraternité maghrébine. La veille, a-t-il prétendu, il avait fait une découverte glaçante en revenant dans sa chambre. Quelqu'un avait glissé un saucisson dans son cartable. Il n'avait pas dormi de la nuit. Comment fallait-il réagir à ce genre d'humiliation raciste ? En référer à la direction ? Aller parler au médiateur ? À un syndicat ? Le Marocain a ricané : « Que faire ? Mais rien, absolument rien. Il s'agit simplement d'une blague de mauvais goût. » Et il s'est éloigné à grands pas. Le lion et le renard : Walid savait désormais à quoi s'en tenir.

Plutôt que de changer d'image, il prit le parti de devenir invisible. Raser les murs. Éviter le café, la Péniche, les soirées BDE, le temps de comprendre les codes. Bûcheur solitaire, il s'est tenu pendant trois ans à l'écart des écuries, ces alliances de bêtes à concours. Le temps était loin où tous les élèves de Sciences Po s'imaginaient en futurs maîtres des requêtes ou en inspecteurs des finances. Quelques cafards froids et cassants rêvaient encore d'énarchie et de Légions d'honneur, mais la plupart se projetaient dans le privé, si possible à l'étranger. Tous leurs efforts se tournaient vers Harvard et Oxford.

Walid visait lui l'agrégation d'histoire. Il avait choisi le cursus qui mène à l'école doctorale, sans idée précise sur la suite, sinon que cet objectif l'obligeait à repousser sans relâche les limites de sa force de travail. Il fallait bien l'admettre, l'étendue de ses lectures ne risquait plus d'épater grand monde, une fois sorti de Chalon-sur-Saône. Le fossé culturel qui le séparait des autres étudiants se mesurait en bibliothèques entières.

***

« Aucune partie n'a souhaité citer un témoin de cette période, ce qui semble souligner votre isolement à Sciences Po. Lors de l'instruction, les enquêteurs ont interrogé vos enseignants, à qui vous avez laissé peu de souvenirs. Ils dressent le portrait d'un étudiant discret et studieux, aux résultats honorables. Parmi vos camarades de promotion, ceux qui vous appréciaient évoquent un garçon réservé, un peu inquiet, que l'on croisait rarement sur le campus. Les autres parlent d'un garçon fuyant et hautain, qui n'acceptait aucun ami sur les réseaux sociaux. Certains évoquent même une forme de duplicité, ou un désir de revanche sociale. Ce dernier portrait vous surprend-il ?

— Non, pas vraiment. Certains étudiants avaient l'air de me considérer comme un intrus, ils devaient s'imaginer ce genre de choses.

— Votre journal est assez peu loquace sur cette période. Si je la résume par une alternance de phases d'exaltation et de découragement, suis-je assez proche de la vérité ?

— C'est à peu près ça. »

Passée la désillusion des premiers mois, il s'était engouffré dans les études avec une véritable voracité. Les classiques de l'historiographie lui procuraient le même bonheur qu'au lycée les romans russes. Mais parfois, sans prévenir, la solitude lui pesait. Après des semaines de surmenage et d'oubli de soi, il lui arrivait de craquer. Il se joignait alors à un groupe d'étudiants, l'air de rien, dans un bar de la montagne Sainte-Geneviève. Il picolait avec eux et finissait par se mêler aux conversations. Parfois, il atterrissait dans une fête. Des parents étaient partis, abandonnant les deux cents mètres carrés de leur appartement haussmannien à des grappes d'étudiants alcoolisés. Les filles se trémoussaient sur Gradur et DJ Snake. Leurs pères étaient journalistes, grands commis, éditeurs ou avocats. La mini-jupe était de mise. En équilibre sur leurs talons, elles se servaient en gloussant des shots de vodka. Les garçons eux ne semblaient jamais si sûrs de leur valeur que lorsqu'ils partageaient un joint de skunk sur le balcon. Un Noir ou un Arabe faisait parfois une apparition pour livrer de la coke, mais Walid craignait les excès. Il ne s'attardait jamais longtemps.

Les lendemains étaient difficiles. Il se révoltait contre les privations de son existence. Perpétuellement fauché, il mangeait à même la casserole des pâtes arrosées de sauce industrielle. Le resto U ? Un luxe. Une fois le loyer payé, sa bourse universitaire ne lui laissait que des miettes. Pour fuir sa chambre aux dimensions si étouffantes, il pouvait passer des heures à réviser dans un bistrot, devant une tasse de café vide. Parfois, il désespérait. Les doutes qu'il nourrissait sur ses capacités intellectuelles le plongeaient dans l'angoisse. Qu'allait-il devenir, s'il échouait à l'agrégation ? Un prof d'histoire ? Un pauvre prof de collège parachuté en banlieue ? Retour à la case départ, de l'autre côté du mur ?

« Les filles sont les grandes absentes de votre journal. Avez-vous entretenu une liaison au cours de vos années d'études à Sciences Po ? »

Walid confirme ce qu'il a soutenu dans le bureau du juge d'instruction : « Non. Aucune. J'étais tellement obsédé par mes études que je n'étais disponible pour rien d'autre. »

Le président a l'air de se satisfaire de la réponse, mais l'avocat général tient à intervenir : « Aucun flirt ? Aucune aventure ? À cet âge, c'est plutôt inhabituel. En avez-vous conçu de la frustration ?

— Je n'aurais pas refusé un peu de tendresse, si vous voulez savoir. »

L'avocat général insiste derrière son pupitre : « Vous refouliez ? »

Vu sa tête d'expert-comptable, Walid lui retournerait bien la question, mais il répond que non, il ne refoulait pas.

L'avocat général laisse échapper un sourire : « Ah, vous sublimiez, peut-être ? »

Quelques rires se font entendre dans la salle. Morland-Kieffer l'avait prévenu, il aurait dû s'en tenir aux faits. Pourquoi a-t-il préféré mentir ? Cette histoire d'abstinence ne peut que le desservir. Il a bien eu une aventure en deuxième année, mais il n'avait aucune envie d'en parler au juge d'instruction. La police judiciaire se serait pointée chez Souheïla, il n'aurait pas supporté qu'un flic lui tire les vers du nez. Ils se sont rencontrés sur mektoube.fr. Souheïla avait choisi le pseudo un peu décourageant de sherazad-999. Au premier rendez-vous, elle s'est révélée aussi fidèle à ses photos qu'à ses fautes d'orthographe. Une fille sublime qui ramait dans un BTS secrétariat médical. Elle était musulmane mais ne se refusait pas un verre de temps à autre. S'il voulait la revoir, il n'avait pas d'autre choix que de mentir un peu. Oui, il était musulman lui aussi. Non, il ne cherchait pas une histoire de cul. Son profil lui avait tapé dans l'œil, il désirait s'épanouir avec une fille simple et sincère, de la même origine que lui. Et bien sûr que non, il ne racontait pas à toutes les meufs qu'elles avaient un regard difficile à oublier. Tout ce que Souheïla voulait entendre, avant d'accepter un second rendez-vous.

Ils se sont revus trois jours plus tard. Le contraste sautait aux yeux. Souheïla était passée chez le coiffeur. Tout en elle annonçait son consentement. Parfum, maquillage, manucure. Walid s'affolait en l'imaginant déjà se débarrasser de sa culotte. Il lui a payé un verre, puis lui a proposé d'aller manger une pizza dans sa résidence universitaire. Voyant qu'elle espérait quand même un petit resto, il y est allé au bluff, « je ne suis encore qu'un étudiant à Sciences Po, Souheïla, pour dire la vérité, j'suis un peu fauché ces derniers temps », et il a jeté un coup d'œil en direction de ses chaussures, « si tu cherches un mec pour te payer des Louboutin, mieux vaut qu'on en reste là ». Elle s'est forcée à sourire.

Leur histoire n'a duré que six mois, mais aujourd'hui encore, si cette cour d'assises lui offrait de revivre une seule minute de son existence avant de le condamner à l'échafaud, il choisirait celle où Souheïla a retiré pour la première fois son soutien-gorge. Cette minute où il a découvert ce dont est capable une fille qui n'a jamais entendu parler ni de Marx ni de Dostoïevski, et qui sait pourtant tout des hommes, des femmes et du plaisir. Souheïla a fait son éducation. Les caresses et la douceur. La sauvagerie. L'abandon de la dernière miette de pudeur. Il leur arrivait de faire l'amour cinq fois dans la même journée. Le dimanche, sa petite chambre d'étudiant s'emplissait d'une épaisse odeur de débauche. Les vitres se couvraient de buée. Walid ressortait lessivé de ces parties de jambes en l'air, l'âme baignant dans une douce euphorie. Mais il n'est jamais tombé amoureux d'elle. Il s'en empêchait à toute force. Elle, c'est une autre histoire. Quand il l'a quittée, elle l'a couvert d'insultes. Puis elle lui a envoyé un texto-fleuve – il ne pensait pas qu'il était possible d'en rédiger de si longs. Pour commencer, il était égoïste. Il avait un cœur de pierre. Il n'avait jamais eu le courage d'accepter ses propres sentiments. Il était faible et prétentieux. Toute sa vie, il resterait incapable d'aimer une femme. Elle y mettait sa main au feu. Qu'il ne se raconte pas d'histoires, il allait vieillir seul dans son coin, comme une araignée. Sur le coup, ce réquisitoire l'avait un peu ébranlé, mais il avait tâché de se raisonner. Souheïla s'était laissé emporter par son orgueil, et quand bien même certaines accusations méritaient réflexion, Walid saurait se montrer à la hauteur, le jour où il tomberait sur l'âme sœur.

Sa quatrième année d'études coïncida avec les élections présidentielles. Dès la rentrée de septembre, le lancement des primaires électrisa l'atmosphère à Sciences Po. Les étudiants en débattaient partout, dans les cafés, sur les pelouses, entre les portes. Des petites guerres civiles déchiraient les syndicats étudiants, les affinités politiques nourrissant soudain plus de violence que les clivages. Comme sur les plateaux télé, on s'écharpait entre soi. La Péniche se transforma en forum assiégé. Debout sur le banc, certains s'exerçaient déjà. C'est que la vocation politique connaissait un regain de faveur. On distinguait d'un côté les futurs députés, beaux parleurs, provinciaux, des gars pressés de conquérir leur première bourgade, et de l'autre, les futures ombres des cabinets ministériels, qui chercheraient à cultiver leur réseau avant de se risquer à la lumière.

Walid se montra plus fuyant que jamais. Il entamait un master sur les stratégies d'évitement du STO durant l'Occupation. Réfugié le plus souvent dans la bibliothèque, il restait sourd aux controverses. À la fin de l'automne, chaque formation politique avait choisi son candidat et c'était désormais l'éventualité d'une victoire de l'extrême droite qui polarisait les débats. Sondage après sondage, l'éventualité d'un tel scénario se précisait.

Les tribuns de la Péniche s'affrontaient pour défendre le seul candidat qui à leurs yeux pouvait faire barrage au second tour. Walid s'arrêtait parfois pour le spectacle. Un gauchiste échevelé accusait la bourgeoisie d'avoir failli. Un centriste répliquait en dissertant sur la *plebs* et le *populus*. Un patriote de l'UNI s'acharnait sur les idiots utiles de l'immigrationnisme, à qui il ne resterait bientôt que les yeux pour pleurer, si la droite des valeurs ne volait pas à leur secours.

Au cours de l'instruction, aucun témoin ne s'est souvenu que Walid ait seulement fait un commentaire.

« À une exception près, tient à souligner l'avocat général. Vous avez eu avec un camarade de promotion une petite discussion, courant mars, au sujet des élections présidentielles. Il s'agit de la pièce C-057 du dossier, le témoignage d'Antoine B. Ce camarade vous a demandé quelle serait votre attitude en cas de victoire de l'extrême droite. Vous lui avez d'abord répondu que vous ne préfériez pas y penser. Mais il a insisté, il trouvait pour le moins étrange qu'un étudiant d'origine maghrébine se dérobe devant la question. Alors vous avez rétorqué : "Si tu tiens vraiment à le savoir, je me joindrai à l'insurrection." Confirmez-vous ce récit, monsieur Z. ?

— C'est absurde. En dehors de quelques conseils de lectures, nous n'avons jamais échangé plus de trois mots.

— Vous ne l'avez peut-être pas dit, insiste l'avocat général. Mais l'avez-vous pensé ? »

Morland-Kieffer se dresse devant le box, véhément : « Votre procédé n'est pas digne d'une cour d'assises ! Ce témoignage est en totale contradiction avec tout ce qui a été établi au sujet de mon client : un étudiant discret, fuyant, qui évite de prendre part aux discussions sur le scrutin présidentiel. Et soudainement, deux ans plus tard, devant le juge d'instruction, cet Antoine B., ce lointain camarade, en apprenant que pèsent sur Walid Z. certains soupçons, se souvient tout à coup, bien opportunément, d'une confidence ? Qu'on nous éclaire sur ce prodige ! Ou alors qu'on accepte l'évidence : mon client n'a jamais fait cette déclaration ailleurs que dans l'imagination de cet intrigant. Même dans les pages de son journal, il n'a rien consigné de cette campagne présidentielle ! »

Walid était convaincu que la France jouait encore à se faire peur. La victoire de l'extrême droite était impossible. Au premier tour, elle ferait certes une percée, le système tremblerait sur ses fondations, mais en coulisse, les gudards en cravate faisaient encore trop tapage. Le soir du second tour, comme lors de la précédente présidentielle, son score irait s'écraser sur le même plafond de verre. Il ne s'explique toujours pas comment l'évidence a pu lui échapper. La commotion du premier tour. La panique. L'appel au front républicain. L'appel à l'union des droites. Les tractations. Les déchirements. Les avaleurs de sabre. Et pour finir, le bal des renégats, ralliés à l'extrême droite à trois jours du second tour : « S'il est encore un salut à la France, nous l'y conduirons ensemble ! »

***

Le résultat des présidentielles, Juliette s'en souvient comme si c'était hier. Son cœur a manqué trois battements. Elle était devant la télé, seule avec Maeva.

Quand le visage de l'élue s'est affiché sur l'écran, elle a pris sa fille dans ses bras, mais elle n'a pas trouvé les mots pour lui expliquer son effroi. Jusque tard dans la nuit, *La Marseillaise* a été braillée sur toutes les places de France par des militants ivres de victoire. Les drapeaux claquaient au vent. La police mêlait parfois ses gyrophares aux couleurs de la fête. Les chaînes d'information continue diffusaient des images de CRS se laissant embrasser par des blondes en furie, à peine nubiles. La moitié de la France se congratulait, quand l'autre se terrait dans la stupeur. Elle a éteint la télé, puis est allée se glisser, épuisée, dans le lit de sa fille.

Dans son journal, Z. passe de l'effroi à la rage : *La France me dégoûte.* De la rage au désespoir : *Rallumez la lumière ! Où sont les issues de secours ?* Du désespoir au fatalisme : *L'histoire nous rattrape. Aux mêmes fléaux, les mêmes effets. Tout recommence. On accueillera bientôt Pétain au Panthéon !*

L'avocat général tient à s'arrêter sur cet extrait.

« Vous prétendez avoir rédigé ces notes sous le coup de l'émotion. La tâche ne m'appartient pas d'apprécier la légitimité de vos sentiments, mais tout de même, vous nous devez quelques éclaircissements. *La France me dégoûte*, écrivez-vous. Mais de quelle France, au juste, s'agit-il ? La France qui a accueilli vos parents ? La France qui vous a gratuitement instruit ? La France qui vous a ouvert les portes de Sciences Po ? Celle qui vous a nourri, logé, du début à la fin de vos études ? Est-ce cette France-là, jeune homme, qui vous inspirait tant de dégoût ?

— Je vous vois venir ! rétorque Morland-Kieffer. Je vous vois venir, monsieur l'avocat général, depuis la ligne bleue des Vosges ! Vous fourbissez vos armes, vous pavez le chemin de vos réquisitions, vous cherchez à insinuer que mon client, en plus de tout ce que vous espérez lui coller sur le dos, se serait rendu coupable de nourrir des sentiments anti-français, un tort qui aggraverait tragiquement les charges retenues contre lui, en vertu du nouveau Code pénal ! Vous réclamez déjà sa tête ?

— Je n'insinue rien, maître. Je ne réclame rien. Je relève des faits. J'observe mon devoir.

— Des faits ? s'emporte Morland-Kieffer. Vous ne relevez que des mots ! Rien d'autre. Des mots jetés sur un cahier par un enfant d'immigrés, au lendemain de la victoire de l'extrême droite.

— La victoire de l'Union nationale, corrige le président.

— Si vous y tenez ! Une union de la dernière heure, un cartel mal élu, qui lui promettait, comme à ses proches, une vie de réprouvé... Un bureau des vainqueurs, qui a commencé par mettre au vote des textes foulant aux pieds le premier article de la Déclaration des droits de l'Homme... »

Le président lui coupe la parole : « Entendons-nous bien, maître ! Il ne revient à personne, dans ce prétoire, de remettre en cause les lois votées par le législateur. Des lois qui s'imposent à l'institution judiciaire selon les immuables rouages de la démocratie représentative. Des lois que vous aurez tout le loisir, maître Morland-Kieffer, jusqu'à preuve du contraire, de critiquer après avoir ôté votre épitoge. En attendant, que cela vous plaise ou non, tâchez de vous en tenir à votre rôle. Souhaitez-vous interroger votre client sur cette période ? »

Morland-Kieffer lui rend un regard noir, les narines dilatées par la colère.

« Non. » Et il désigne le box d'un geste théâtral : « Je vous le laisse ! »

Walid Z. a quitté la France un mois après les élections : son cursus prévoyait un semestre hors les murs, qu'il a effectué à l'université de Stuttgart. Il prétend n'en avoir gardé presque aucun souvenir, tant ses journées se ressemblaient. Juliette a un peu de mal à le croire. Son journal n'est pas plus bavard. Il était censé mener des recherches dans les archives séquestrées de Krupp, Porsche et IG Farben pour nourrir des statistiques à propos des ouvriers français réquisitionnés par le STO. Il a pourtant passé le plus clair de son temps à préparer l'agrégation, dont les épreuves écrites l'attendaient à son retour. L'avocat général veut savoir s'il a suivi l'actualité française depuis Stuttgart. Il prétend à nouveau que non. Il aurait coupé les ponts six mois durant avec tout ce qui pouvait le distraire de son concours.

Au-dessus de l'accusé, la pendule d'ébène indique 17 h 43. Sur une requête de la défense, le président accorde une suspension de séance de vingt minutes. Pas trop tôt, Juliette ne tient plus en place. Les jurés se lèvent. Elle franchit avec eux la petite porte, fermant la marche.

L'unique machine à café se trouve dans une minuscule cour pavée, infusée d'ombres et d'humidité. Juliette découvre que tout le monde vient s'y mélanger : les magistrats, les avocats, la défense et l'accusation, le public et les jurés. Les assesseurs se joignent à la troupe. Empêtrés dans leur robe, ils semblent déjà périr d'ennui. Maître Morland-Kieffer déboule à son tour. Il enchaîne les coups de fil, une cigarette entre les doigts, d'une voix qui ne sait pas se faire discrète. Il a l'air de tutoyer tout le monde celui-là. La plaignante est représentée par son avocat, un gringalet aux yeux perpétuellement écarquillés, que Juliette imagine mal gagner un procès. Il bat la semelle sur le pavé, cherchant en vain à capter l'attention de l'avocat général qui souffle sur son café, perdu dans ses pensées.

Malgré eux, les jurés forment une petite société à part, que la curiosité du public pousse à se rassembler dans un coin. La fatigue commence à se faire sentir. Juliette a le dos en vrac, elle fait semblant de consulter ses messages en tirant sur sa vaporette. Nul n'ose rompre le silence. Deux bonnes minutes s'écoulent avant que la retraitée Lavranche s'approche du dentiste Kleber. Les langues se dénouent. Des conversations s'engagent à mots feutrés. Juliette voudrait juste qu'on lui foute la paix, mais le juré qui l'a abordée ce midi s'approche.

« Le café est dégueulasse, j'ai l'impression d'être au boulot. »

Elle s'efforce de sourire. Il fait platement remarquer qu'il commence à se faire tard. Elle opine. Il lui demande si elle n'a pas faim, elle aussi. Elle se tend. Ce mec est-il sur le point de l'inviter à dîner ? Là ? En plein procès d'assises ? Et pourquoi pas un karaoké ? Elle répond que non, elle n'a pas faim du tout – alors qu'elle crève la dalle. Il n'insiste pas. Elle se replonge dans son téléphone, une esquive un peu piteuse, elle en convient, mais c'est plus fort qu'elle, dès qu'un mec commence à lui tourner autour, elle a le sentiment de se compromettre. Heureusement, l'huissier bat le rappel de la cour, les débats vont reprendre.

***

De retour d'Allemagne, Walid s'est emmuré dans les livres. Il ne faisait plus que ça, réviser l'agrégation à l'abri de piles d'ouvrages. S'interdire à toute force de songer à l'actualité. S'il en sortait la tête, il savait que le tableau le pousserait au découragement. Quelques cités avaient brûlé pendant son séjour à l'étranger. Les forces de l'ordre s'étaient défoulées sur les manifestants : leurs règles d'engagement se résumaient à un déluge de LBD et de grenades défensives. Des dizaines d'opposants comparaissaient chaque fois dans la foulée – un œil, une oreille, une main en moins. Et puis c'était tout. La peur avait gagné.

Le président donne lecture d'un passage de son journal : *Dehors, tout baigne dans une sale lumière. Je n'ose plus regarder personne. Si je lève les yeux dans la rue, je me rends compte que la plupart des gens font comme moi, ils s'évitent. Le règne du choléra.* Aucune réaction dans le prétoire. Walid éprouve le poids du silence, toutes ces silhouettes impassibles. À ses pieds, Morland-Kieffer semble camper dans une attitude de défi depuis que le président l'a rabroué. Walid jette un coup d'œil sur sa droite, l'avocat général ouvre de grands yeux sur le vide. Une trêve un peu étrange. Durant la pause, au fond de la souricière, Walid est rentré en lui-même. Il a du mal à en ressortir. Cette journée s'éternise, les heures se mélangent. Il pourrait être minuit qu'il s'étonnerait encore qu'il soit si tôt.

À Sciences Po, rien n'avait changé, tout avait changé. La tempête électorale avait passé sa route. Le calme régnait à la Péniche, les tribuns s'étaient tus. Il lui arrivait de surprendre ici ou là quelques bribes de conversations politiques. Elles étaient accablantes. Les indécis, les bavards d'antan, la grande majorité des étudiants se montraient désormais perméables à l'air du temps. Une poignée d'enseignants avait tout de même démissionné pour des raisons politiques. Les autres, tous ceux qui étaient restés, dispensaient leurs cours aux mêmes heures, d'un même ton. Une semaine après la victoire, une rallonge budgétaire avait été consentie à l'établissement par l'Élysée, de quoi calmer ceux qui commençaient à préparer leur valise.

L'hiver était rude, la neige tenait. À l'approche des épreuves, sa confiance en lui se lézardait. Les écrits achevés, Walid a sombré dans l'angoisse. Deux mois le séparaient des résultats d'admission à l'oral, la seconde étape. Deux mois qu'il a passés dans sa chambre. Elle lui était devenue aussi hospitalière qu'à un moine sa cellule. Il aimait y travailler la nuit, avec pour unique compagnie le bourdonnement du frigidaire, lorsque la ville s'était tue.

En mai, le ciel récompensa ses efforts, il était admissible aux oraux. Lors de sa première épreuve, il a tiré un sujet somme toute accommodant : *Les crises monétaires du Bas-Empire.* Sept heures plus tard, il sortait gonflé à bloc de la bibliothèque de préparation. Il allait briller de mille feux devant le jury : un plan irréprochable, des coups de projecteur sur les dernières évolutions de l'historiographie, une analyse multiscalaire. Du lourd et du subtil.

Sauf que rien ne s'est passé comme prévu. Du début à la fin de sa prestation, les membres du jury semblaient vouloir lui signifier qu'ils périssaient d'ennui. Il faisait chaud. La fenêtre était ouverte. À l'approche de sa conclusion, une mouche a fait irruption dans la pièce et lui a ravi ce qu'il restait de l'attention de ses juges. Walid s'est mis à paniquer. Crise de paranoïa. Délire antiraciste. Ceux qui ne l'ont jamais subi ne peuvent pas comprendre ce que c'est, le racisme. Ils se figurent que c'est la haine, le mépris, les portes qui te claquent au visage. Si ce n'était que ça ! En vérité, le pire se déroule à l'intérieur de soi, dans un petit théâtre intime, envahi de doutes et de névroses. Les insultes et le mépris, tu passes outre. Tu te rassures dans le regard de ceux qui savent te témoigner la même indifférence qu'à n'importe quel Blanc. Dans l'ombre, pourtant, tu accumules. Tu nourris des soupçons. Un véritable cancer. Il suffit alors d'un regard, d'une intonation, de l'emploi de tel mot plutôt qu'un autre, pour que la plus aimable des mamies déclenche une crise. Les Blancs ne s'imaginent pas comme il est confortable d'être blanc. Son exposé achevé, le moins fatigué de ses juges a longuement papillonné des yeux, comme s'il s'éveillait d'une sieste : « Vous n'avez pas consulté le Babelon ? »

Une telle question, posée sur un tel ton, n'en était pas une. Walid enrageait. Il venait de passer sept heures dans la bibliothèque de préparation, où la fameuse monographie d'Ernest Babelon sur la numismatique romaine brillait précisément par son absence. Il l'a fait remarquer à ses juges. Pour toute réponse, ils ont échangé au-dessus de leurs lunettes une œillade navrée. De toute évidence, ils étaient au courant que l'ouvrage était absent des rayonnages : un candidat digne de ce nom devait pouvoir s'en dispenser. Dans l'espoir de se rattraper, Walid a balbutié un vague commentaire des travaux fondateurs d'Ernest Babelon – en pure perte, les regards du jury se perdaient derrière les fenêtres.

Les jours suivants s'écoulèrent dans un gouffre de résignation. Plus rien ne pouvait le convaincre que subsistait encore un espoir. Le matin des résultats, il a traîné ses semelles jusqu'à la Sorbonne, poussé par une espèce de curiosité masochiste. Le soleil chauffait déjà les pavés de la cour d'honneur. La lumière blessait les yeux. Depuis 1947, le protocole se déroulait à l'identique. On invitait les candidats à prendre connaissance des résultats dans l'amphithéâtre Richelieu. Walid y a suivi la petite foule silencieuse et tourmentée. Le président du jury a égrené la liste des élus dans l'ordre alphabétique. Des cris de joie éclataient dans un tumulte un peu obscène. Walid s'est étonné de ne ressentir à leur égard ni rancune ni jalousie. Il n'y avait personne à la lettre Z. Comme prévu, le président a replié sa liste sans avoir prononcé son patronyme. Ses jambes l'ont conduit vers la sortie. Dehors, l'été s'était couvert d'une fine couche de givre. Il a regagné sa tanière comme un animal blessé. Les deux mois de vacances s'annonçaient effarants de solitude, il était temps d'aller se blottir chez sa mère.

La gare avait été refaite à neuf. Un grand panneau accueillait les voyageurs dans le hall : *Chalon-sur-Saône, ville patriote !* Walid a gagné le Plateau Saint-Jean à pied. Sur le trajet, les cocardes et les fanions avaient poussé comme des fleurs. Dans le registre « la France aux Français », la province faisait preuve d'un enthousiasme inconnu à Paris. Mais son esprit était ailleurs, hanté par la certitude que son ascension avait atteint son apogée, et que sa vie glissait désormais vers l'échec et la médiocrité.

En arrivant chez ses parents, il pouvait s'attendre à trouver l'entrée de l'appartement encombrée d'une machine à laver, d'un frigo défectueux, ou de n'importe quelle carcasse ramassée sur le trottoir. Son père était au chômage depuis trois ans. Le week-end, il tuait le temps dans les brocantes de Saône-et-Loire. Le reste de la semaine, il monopolisait le salon, dont il avait fait une sorte de chambre funéraire branchée sur l'antenne parabolique. Le chômage était un trou, un puits au fond duquel avaient sombré tout ensemble sa joie, sa peine et ses coups de sang. De sa dignité d'ouvrier, il ne lui restait qu'une horloge biologique détraquée. Après trois années d'oisiveté, il était toujours incapable de dormir en même temps que le reste du pays. Quand il ne démontait pas un appareil hors d'usage, il s'abrutissait devant les chaînes tunisiennes à n'importe quelle heure du jour et de la nuit.

Mais au lieu de tomber sur des rebuts, Walid a enjambé dans l'entrée des cabas débordant de commissions. Il n'avait prévenu personne de sa venue. Sa mère était aux fourneaux lorsqu'il a fait son apparition dans la cuisine. Étonnamment, elle n'en a pas paru surprise. Ils ont échangé une bise un peu froide. Elle aurait dû se réjouir ou s'inquiéter, lui demander au moins les résultats de l'agrégation. Quelque chose ne collait pas. Des rides lui mangeaient le front. Il a immédiatement soupçonné un lien avec les commissions qui s'amoncelaient dans l'entrée. De quoi s'agissait-il, au juste ? Sa mère a balayé l'air d'un revers de main, oh, rien, des courses pour les voisines.

Alors il a compris. Depuis que le port du voile était interdit dans les transports publics, de nombreuses mères du Plateau avaient cessé de prendre le bus. Il s'est énervé, a haussé le ton. Sa mère faisait le marché pour ses voisines ? Elle qui avait fui la guerre et les barbus ? Elle dont la sœur avait été égorgée pour avoir noué son voile de travers, voilà qu'elle faisait le larbin pour toutes celles qui s'entêtaient à le porter !

« Qu'a répondu votre mère ? » demande le président.

Walid hausse les épaules pour signifier qu'il ne s'en souvient pas. Il avait couché dans son journal quelques lignes de colère au sujet de cet incident. Il ne leur dira pas ce que sa mère a répondu – Tu voudrais que je m'y mette, moi aussi ? Que je leur tourne le dos ?

« Avez-vous attenté à vos jours dans les semaines qui ont suivi ?

— Non.

— Vous voyez à quoi je fais référence, n'est-ce pas ?

— Tout à fait.

— Voici pour les jurés un extrait de votre journal, daté du 13 août : *Je vais retourner au néant, disparaître comme je suis venu, en Arabe insignifiant. Adieu. Enterrez-moi vite. Oubliez-moi plus vite encore. Pour la toilette mortuaire, ne faites pas de manières. Emportez mon corps dans les vêtements où vous me trouverez. Je tâcherai de faire les choses proprement.* Ces mots d'adieu étaient-ils destinés à être lus ?

— Non, j'ai écrit ça comme un pastiche littéraire. Je broyais du noir, c'est vrai, le plus souvent seul dans ma chambre, parce que j'avais échoué à l'agrégation. Mais l'idée du suicide, non, ça ne m'a jamais sérieusement travaillé. »

Ils ne sauront pas que sa colère a redoublé le lendemain de son retour, quand il a découvert que sa mère, en plus des commissions pour les voisines, avait constitué des stocks de vivres, au cas où. Dans les placards s'entassaient des montagnes de conserves, des paquets de sucre, de la semoule par sacs de 10 kg, des bidons d'huile d'olive. Les angoisses de sa mère le mettaient hors de lui. D'autant qu'elle refusait de saisir la gravité de sa propre situation après son échec à l'agrégation. Pour elle, Walid avait peut-être visé trop haut, voilà tout. Pourquoi se mettait-il dans des états pareils ? Il ferait un très bon prof de lycée. Par les temps qui couraient, un emploi de fonctionnaire était à prendre comme une bénédiction. Elle ne comprenait décidément rien. Son fatalisme le dégoûtait. Elle commençait à ressembler à ces vieilles blédardes inertes et superstitieuses, terrées dans leur HLM, qui s'en remettent à la miséricorde d'Allah.

Les jours suivants, il a sombré dans un état de paralysie morale. Retiré dans sa chambre, à l'abri de la lumière et de l'été, il méditait son échec. De temps en temps, sa mère ouvrait la porte pour lui proposer un sandwich ou une cuisse de poulet. Invariablement, il la rembarrait. La nuit, le jour, la nourriture, tout lui était devenu égal. Seule le préoccupait l'atroce certitude d'avoir échoué en tout, d'être promis à une vie amère de sous-fifre.

Cet état s'est prolongé plusieurs semaines. Il sortait parfois de sa chambre, mais jamais il ne franchissait la porte de l'appartement : inutile de se rappeler au bon souvenir de Salmane et des autres traîne-savates, qui poursuivaient la même conversation au pied de la barre, allumant et rallumant le même joint, depuis la nuit des temps.

Du fond de sa réclusion, il n'a pas échappé aux évènements de l'été. Il lui arrivait de marauder sur Internet, comme ça, pour se tenir au jus de la tragédie. Les premières images de bus verrouillés, encadrés par des véhicules de CRS, ne l'ont pas impressionné. Tout se passait dans le calme. Selon une nouvelle loi, les immigrés se divisaient désormais en trois catégories juridiques. Les deux premières – les « assimilés » et les « intégrés » – avaient vocation à rester en France. Les « non-intégrés » se voyaient eux privés de leur carte de séjour : les CRS les conduisaient par fournées à Roissy ou au port de Marseille. La menace a commencé à devenir plus palpable lorsque sa mère lui a appris que plusieurs familles du Plateau venaient de disparaître de cette manière. Ses parents n'étaient pas concernés, puisqu'ils étaient installés en France depuis plus de vingt ans. Ils faisaient partie des « intégrés ». Mais ensuite ? Quelle serait la prochaine étape ?

La réponse n'a pas tardé. Début août, sa mère est entrée dans sa chambre en brandissant une enveloppe. Elle avait l'air d'avoir vu le diable. Il s'agissait d'un courrier du ministère de la Famille et du Repeuplement. On leur demandait de remplir un questionnaire. L'administration voulait tout savoir : le nombre d'occupants, leur numéro de sécurité sociale, leurs revenus, les périodes de vacances pendant lesquelles ils s'absentaient, l'état des sanitaires, de la salle de bains, des ouvertures... Sa mère sombrait dans la panique. On allait les mettre dehors ! Les contraindre à trouver un autre appartement ! Donner le leur à des Français ! Walid lui a ordonné de se calmer. Il a lu le courrier et n'a pas su dire autre chose que « tu n'as pas le choix, réponds au questionnaire ».

Sa mère a cessé de lui apporter des cuisses de poulet. Qu'il se débrouille. Cloîtré dans sa chambre, il ne parvenait pas à s'expliquer son accès de méchanceté. Plus inquiétant, il fallait bien reconnaître qu'il y trouvait un certain plaisir. L'échec creusait les replis mauvais de son âme. Son destin s'achevait là, dans cette chambre d'adolescent peuplée d'idées noires. Une affiche dadaïste. Ses lectures de lycée alignées sur l'étagère. Le portrait de Baudelaire par Nadar. Tout suintait à ses yeux le dégoût de lui-même. C'est à ce moment qu'il a commencé à songer au suicide. Un dénouement logique. Pourquoi remonter à la surface, quand tu sais que t'y attend une existence de vaincu ?

Mais en débarquant par surprise, un matin, sa sœur a balayé ses états d'âme. Une véritable tornade. Amira venait annoncer à sa mère qu'elle était enceinte. Apprenant que Walid ne quittait plus son lit, elle a commencé par ouvrir ses volets, avant de lui demander ce qu'il trouvait d'héroïque à s'enterrer vivant comme son père. Un coup de blues ? Une pseudo-dépression ? Il avait donc suffi à son petit frère d'essuyer un échec scolaire pour s'effondrer comme une mauviette ? Elle lui aurait bien distribué quelques claques pour le remettre d'aplomb si elle ne sortait pas tout juste d'une manucure. Walid lui a grommelé de s'occuper de son cul, mais au fond il reconnaissait que son petit vertige existentiel ne valait pas la corde pour se pendre.

Le lendemain, il trouvait la force de mettre le nez dehors. Sa sœur avait remonté de la boîte aux lettres un tract étonnant, le portrait de Napoléon Ier en majesté, accompagné d'un slogan : *Il est de retour à Chalon !* Le verso annonçait une manifestation culturelle d'une ampleur inédite, qui allait braquer sur la ville les projecteurs de l'actualité nationale. En 1815, échappé de l'île d'Elbe, l'Empereur qui regagnait Paris avait fait une halte à Chalon-sur-Saône. Par la magie d'une reconstitution historique, il allait faire son come-back. Le maire annonçait à ses administrés une parade de grenadiers en costume, la restitution grandeur nature de la bataille de Friedland, ainsi qu'un bal napoléonien, suivi d'une veillée aux flambeaux.

Ce n'était pas le Bonaparte de la Révolution qu'on allait célébrer. Pas même celui qui avait cru fonder au pied des pyramides une nouvelle religion, l'épée dans une main et les Droits de l'Homme dans l'autre. Non. C'était pour rendre hommage au conquérant ventripotent, à celui qui avait abandonné quatre cent mille citoyens dans le permafrost de la plaine russe, que le maire avait saigné son budget culturel. C'était atterrant. Ça méritait le coup d'œil.

Walid s'est pointé en centre-ville. Quelle surprise ! On avait dressé des gradins sur la place de l'Obélisque. Des régiments de figurants étaient déjà en train de défiler, il ne s'attendait pas à les voir si nombreux. Cinq cents grenadiers, peut-être davantage, martelaient le pavé au son du tambour. Il a déniché un emplacement de choix, près de la fontaine, pour assister au spectacle. En face, les gradins étaient pleins à craquer. À la place d'honneur trônait le préfet de Saône-et-Loire. Il avait revêtu un fac-similé de l'uniforme porté par les préfets d'empire : une redingote noire rehaussée de broderies argentées, une cravate en dentelle, une épée et, sur la tête, un bicorne à plumes d'autruche. À sa droite, le maire en imposait moins avec sa chemise gris ardoise, fermée d'un petit nœud noir, sous une sorte de veste en queue-de-pie. Des centaines de drapeaux tricolores encerclaient les gradins, sur lesquels se répartissait une foule bigarrée : des élus, des notables, des anonymes, certains en habits d'époque, d'autres arborant une simple cocarde au revers de la veste.

À la fin du défilé militaire, ils ont entonné une *Marseillaise*. Une espèce de procession civile a pris le relais. D'abord quelques costumes folkloriques, vignerons et artisans du temps jadis faisant claquer sur le pavé leurs sabots de bois. Puis l'équipe de foot évoluant en division d'honneur. Diverses associations locales. Enfin, le cortège se concluait par le contingent des Jeunesses tricolores, défilant au pas de l'oie derrière l'étendard de leur devise : *Servir et commander.*

Un invité surprise était annoncé sur les tracts, mais à la fin du défilé, son fauteuil était toujours vide. Le bruit avait couru qu'il s'agissait du ministre de l'Identité française. La déception était palpable lorsqu'est arrivée la secrétaire d'État aux Traditions – même pas foutue de se présenter à l'heure.

La reconstitution de la bataille se déroulait au bord du lac des Prés Saint-Jean. Walid a suivi le flot des spectateurs. Elle allait opposer la Grande Armée à un escadron de Cosaques et à un bataillon de chasseurs russes. Par chance, c'était gratuit. Le lac figurait la rivière Alle, en Pologne, au bord de laquelle avaient eu lieu les combats. Le tract indiquait avec malice que plusieurs milliers de Russes s'y étaient noyés, ce soir de juin 1807. Depuis sa tente, un figurant costumé en empereur supervisait les mouvements de troupes. Les hostilités se sont engagées dans un impressionnant roulement de tambours. Un animateur faisait les commentaires au micro. Les premiers coups de canon ont éclaté, suivis du crépitement de la mitraille. Les grenadiers du général Ney sont allés se placer sur le flanc droit, entraînant l'adversaire dans un piège que n'ont pas tardé à refermer les dragons du général Latour-Maubourg. Le tout soutenu par une habile charge de cavalerie, jaillissant du flanc gauche. Les chasseurs russes tombaient comme des mouches. Face au désastre, les Cosaques se sont enfuis au galop dans les bois.

Alors que les brancardiers commençaient à s'affairer dans la fumée, le commentateur a annoncé une demi-heure d'entracte. Il faisait chaud. Une revigorante odeur de merguez n'a pas tardé à se mêler à celle de la poudre. Walid est allé s'acheter un sandwich et une bière. Alors seulement, il a noté qu'on le regardait d'un drôle d'œil. Il n'avait pas croisé un seul Arabe. Probable qu'en ce jour de réjouissances patriotiques, il jurait avec le décor. Pour certains, la bière avait déjà coulé à flots, elle baignait leur regard. Le plus prudent était de partir. Dommage, il aurait aimé voir les Cosaques se jeter dans l'eau du lac, à la fin de la bataille.

Sur le chemin du retour, une idée s'est imposée à lui : l'extrême droite ne tiendrait pas longtemps au pouvoir. Au mieux, elle achèverait ce quinquennat dans la débâcle, avant d'être balayée par les urnes. Comment imaginer que ce grand-guignol nationaliste avait le moindre avenir ? Dans leur majorité, les Français étaient encore sains d'esprit. C'était décidé, Walid allait reprendre séance tenante la rédaction de son mémoire de master. Finis les petits vertiges morbides à l'intérieur de son propre nombril. La soutenance aurait lieu en septembre. Ensuite, se lancer dans une thèse. Courber l'échine. Garder le cap. Et si tout se passait bien, il célébrerait la défaite électorale de l'Union nationale avant d'achever son doctorat.

Arrivé dans sa chambre, il s'est immédiatement attelé à la tâche. Il n'avait pas ouvert les fichiers de son mémoire depuis six mois. *Les Stratégies d'évitement du STO et leurs échecs, 1943-1944.* Son ébauche de plan était encourageante. Tout se remettait en place dans son esprit : les archives de Stuttgart, les statistiques françaises, les fiches du Sicherheitsdienst, les notes de Heydrich en personne.

Il s'est servi un thé glacé et a ouvert la fenêtre. L'air du soir entrait dans sa chambre par grandes bouffées. À la tombée de la nuit, une salve de canons a rompu le silence de la cité. On tirait depuis le lac pour annoncer l'ouverture du bal napoléonien. Il s'en souvient, ça l'a fait rire. Les cocardes, les Jeunesses tricolores, le gros Napoléon dans sa tente... dire qu'il pensait encore pouvoir en rire.

***

Avant de quitter le palais de justice, le président convie les jurés à un petit débriefing dans la salle des délibérés. Il est 21 heures passées. Blaise est épuisé, un verre s'impose dans les plus brefs délais, seulement le moment exige de rassembler ses esprits. Chacun s'installe sur sa chaise.

Le président annonce qu'il s'agit simplement d'un rapide tour de table. Certains jurés souhaitent peut-être faire une remarque ou poser une question. Il prie

M. Kleber de commencer. Le dentiste n'a rien à dire, ce qu'il affirme toutefois dans un rictus, comme s'il entretenait certaines opinions qu'il voulait garder pour lui-même. La retraitée Lavranche s'étonne que l'on n'ait pas encore entendu la voix de la victime. Pourquoi consacrer toute une journée à la biographie de l'accusé ? Blaise la trouve de plus en plus exécrable. Sa bouche émet des petits bruits de caoutchouc. Elle fait penser à ces vieilles crève-la-faim, dans les films d'époque, qui tricotent au pied des gibets. C'est au tour de Juliette. Blaise remarque qu'elle a pris de longues notes. Sa main caresse son paquet de feuilles avec une sensualité distraite, pendant qu'elle fait part de ses interrogations. La fatigue aidant, Blaise perd le fil de l'échange. Plus rien ne subsiste que l'envie de s'envoyer une bonne pinte. Bon sang, ce qu'il a soif.

« Qu'en pensez-vous ? Voulez-vous ajouter quelque chose ? »

Le président l'arrache à ses pensées. Blaise n'a rien écouté, il ne sait pas de quoi on parle.

« C'est très intéressant. Je vais réfléchir à tout ça. »

Il tourne la tête pour céder la parole à la tenancière Guichart, qui ne boude pas son plaisir. Elle a des tas de choses à dire, elle, à tout propos, en commençant par maître Morland-Kieffer et sa stratégie. Heureusement, elle est vite interrompue par le président.

C'est enfin au tour du type de l'urbanisme. Lui, ce qui l'intrigue d'emblée, c'est la circoncision de l'accusé. Comment peut-il se dire non-musulman, puisqu'il est circoncis ? Le président tente une objection, mais le type insiste. Peut-être que Z. n'est pas *complètement* musulman, ça, il veut bien le concéder. Mais il y a fatalement du musulman en lui. C'est indéniable. Poussant son argument, il fait valoir que Z. est forcément *plus* musulman que lui-même, par exemple, en tant que Corse du continent.

Le président s'arme de bienveillance pour réfuter la démonstration. Blaise ferme à nouveau les écoutilles. Il se demande où il va boire une bière. Rien ne l'accable plus que la perspective de s'enfermer seul chez lui. Et pourquoi pas proposer un verre à Juliette ?

Le président remercie tout le monde. À demain et bonne nuit. Dans la petite cour, il se décide à la rejoindre.

« Excuse-moi. T'es attendue quelque part ? »

Elle a l'air de chercher le pourquoi du comment, avant d'éclater de rire : « Tu plaisantes ?

— Pas vraiment. »

Elle répond d'un air désolé : « C'est gentil, mais là, je t'assure, ce n'est pas le moment. »

Il a envie de lui répondre : pas de problème, t'es pas non plus Miss France, mais il lui souhaite une bonne soirée.

Les grilles du palais franchies, ses pas le conduisent vers le Quartier latin. Sur le pont Saint-Michel, un fourgon cellulaire est emporté dans le flot de la circulation. Z. se trouve peut-être à l'intérieur. Blaise réalise qu'il ne sait même pas dans quelle prison il va dormir ce soir. Une pensée qu'il chasse en s'engouffrant dans une gargote à touristes, quai des Grands Augustins.

La première bière engloutie, il en commande une seconde, accompagnée d'un croque-monsieur. Il zyeute de temps à autre les petites fesses de la serveuse qui se trémousse derrière le comptoir. De son côté, personne pour lui causer, c'est parfait. Il s'occupe l'esprit en consultant la météo sur son téléphone, les derniers titres qu'il a shazamés, le box-office de la semaine, et il finit sa bière en se demandant quoi faire à présent. En commander une autre ? Tsss... il connaît la chanson. Après la troisième, impossible de se refuser les suivantes.

Une idée lui vient. Une idée bizarre, excitante – aller voir une pute. Oh, il se connaît : le décolleté de Juliette, le postérieur de la serveuse, la fatigue et les deux bières l'ont mis à la merci du refoulé. Il jauge l'hypothèse en faisant pivoter sur le comptoir son verre vide. Pourquoi ne pas retourner dans un salon de massage chinois ? Il en garde somme toute un souvenir ému. Mais non, il songe en fait à autre chose, un vieux fantasme. Une Noire. C'est un truc qui l'excite, par période, et puis qui disparaît. Or ce soir, va savoir pourquoi, c'est comme une évidence. Il tourne la tête, se dévisage dans le miroir. Il a une mine lamentable. Mais qu'est-ce que ça peut faire ? Il règle l'addition et commande un Uber.

Le chauffeur le lâche à Barbès. Blaise n'a pas mis les pieds ici depuis des années. Les vendeurs de clopes à la sauvette ont disparu. Sur le boulevard glissent quelques bagnoles silencieuses. Les trottoirs sont déserts. Et pour cause : un escadron de CRS filtre les accès de la Goutte-d'Or. Il avait oublié, la préfecture de police y a instauré un couvre-feu le mois dernier. Le premier checkpoint se trouve au pied de la station de métro. Des camionnettes sont stationnées en pagaille, gyrophares allumés. Les façades des immeubles clignotent dans une lumière bleutée.

« Vos papiers, s'il vous plaît. »

Blaise sort sa carte d'identité.

« Vous allez où ?
— Voir un ami.
— Un ami ? ricane le CRS. Le couvre-feu commence à 23 heures, vous avez quarante-cinq minutes pour boucler votre affaire. »

Blaise ne sait plus trop, en fait. Son rythme cardiaque commence à s'emballer. Les uniformes ont toujours allumé dans son organisme des petits signaux de panique, mais là, c'est autre chose. S'il franchit le checkpoint, ce sera pour aborder une pute en pleine rue. Une Noire. Qu'est-ce qui lui a pris ? L'idée n'a tout à coup plus rien d'excitant. Dans un haussement d'épaules un peu surjoué, il tourne les talons et gagne la station de métro. La perspective de rentrer chez lui est toujours aussi désespérante, mais force est de reconnaître que c'est désormais la seule qui vaille.

II

Le réveil sonne à 5 h 30. Dieu merci, Claire s'est assommée de somnifères. Elle dort à poings fermés. Ces derniers temps, il lui arrive souvent de la surprendre les yeux grands ouverts, au petit matin, fixant le plafond comme une chouette empaillée. Elle ne trouve plus le sommeil. Elle refuse de prendre ses médicaments. Une lubie, depuis l'approche du procès. Hier soir, il a presque fallu la forcer. Jean-Louis se lève à pas de loup. Par-dessus tout, ce qu'il aime, c'est l'heure du laitier. La ville est silencieuse. Les premiers métros s'élancent dans ses entrailles, emplis de vide et de lumière. En surface, seuls s'activent les boulangers, les postiers, les bouchers, tous ceux qui se mettent à l'ouvrage pendant que la France ronfle encore. Il aime cette solidarité invisible. Il aime l'idée d'une communion par le travail, avant l'aube, qui transcende les classes sociales.

Sous le jet brûlant de la douche, il a pour habitude de faire défiler le planning de sa journée. Mais aujourd'hui, c'est différent. Il y pense depuis déjà vingt-quatre mois. Sa femme, sa fille, lui-même, toute sa famille s'apprête à être absorbée par une sorte de trou noir.

Il enfile son peignoir. Dans la cuisine l'attend sa cafetière programmable, un cadeau de sa fille, une relique du temps où elle lui témoignait encore, parfois, un soupçon d'affection. Elle l'avait déposée sur la table, sans emballage, avec ce mot très court : « *Pour mon daddy control freak* ». Héloïse tout craché. Depuis, un siècle semble avoir passé. Il enfile le couloir et s'installe à son bureau. Deux longues gorgées de café brûlant, le temps que l'ordinateur se mette en route. Il pose sa tasse sur une feutrine, à droite du clavier. Infléchir ses habitudes représenterait déjà une concession à la fatalité. Or, il n'y a de fatalité que celle qu'on a bien voulu laisser mettre un pied dans la porte. Un travail sans relâche, une dose d'humour, deux doigts de cognac : voilà la recette avec laquelle il mène sa carrière, sa vie de famille, en ménageant l'avenir comme le présent.

Claire ne lui a pourtant rien épargné. Héloïse, n'en parlons pas. Mais il a tenu le cap, ce n'est pas maintenant qu'il va les laisser tout foutre en l'air. Il commence à répondre au courrier. Ses thésards l'exaspèrent. Même les agrégés ne sont pas fichus d'écrire un mail correctement. Il est de plus en plus sensible aux fautes d'orthographe. C'est atterrant comme le niveau décline à vue d'œil. Un véritable effondrement, une crise de civilisation. Sans doute à mettre sur le compte des « réseaux sociaux ». Tout comme ce narcissisme écœurant qui n'épargne plus personne, y compris les vieilles tiges de la Sorbonne. Le règne du « like », de la transparence, de la spontanéité. Le grand déballage des ego. Tout le monde à poil. Plus personne n'a l'air de se rappeler qu'on lisait des livres et qu'on savait construire des phrases, avant l'avènement de Facebook.

Il envoie son dernier mail à 6 h 07. Il a bientôt soixante ans, c'est un peu irréel, mais il se console chaque matin devant la glace. Il a encore fière allure, presque tous ses cheveux. Une touche de parfum, un nœud de cravate ajusté au cordeau, il quitte l'appartement pour rejoindre à pied la Sorbonne. La nuit a été froide, elle s'apprête à se retirer dans une aube sans nuages. Pas un chat dans la rue de Babylone. En principe, il s'agit du meilleur moment de la journée, un quart d'heure de promenade solitaire, le courrier est traité, les deux heures suivantes sont consacrées à la lecture : dans les bons jours un ouvrage fraîchement sorti de presse, dans les mauvais un mémoire navrant de médiocrité.

Mais ce matin, l'exceptionnel a chassé l'ordinaire. Claire va bientôt se réveiller. Il l'imagine déjà s'éberluer de son absence : son mari qui la laisse se rendre seule aux assises, le jour où il doit lui-même témoigner. Il ne va probablement pas tarder à recevoir un texto cinglant.

Au fond, Claire lui fait peur. Ce qu'il a pris au départ pour une adorable fragilité s'est transformé en une armure de verre qu'il n'ose plus affronter, de peur de la briser. Vingt ans de mariage. Cinq années pour comprendre qu'elle était dépressive. Cinq de plus pour savoir qu'elle ne guérirait pas. Cinq autres pour admettre qu'il n'avait pas le cran de la quitter. Et encore cinq pour s'en faire une raison. Comment s'est-il laissé enfermer dans ce piège ? La première fois qu'ils ont couché ensemble, il avait trente-neuf ans. Elle, vingt et un. Jean-Louis trompait sa femme. Claire s'offrait avec ferveur à son prof de TD. À l'époque, il commençait à s'inquiéter de la place que prenait sa libido dans son existence. Il fallait bien admettre qu'il devenait incapable de regarder ses étudiantes sans arrière-pensées. Il n'avait jusqu'alors jamais osé franchir le pas. Il s'accrochait à la fidélité comme un enfant à la jambe de sa mère, par crainte de l'inconnu. Il était jeune. Les occasions ne manquaient pas... oh non, toutes ces aguicheuses du premier rang renouvelant trois fois par semaine leur supplice de Tantale.

C'est Claire, la première, qui l'a fait craquer. Assise au dernier rang, un teint raphaélique, une moue indéchiffrable. Sa manière d'éviter son regard avait quelque chose de suspect. Elle oubliait un bouton à la naissance de son décolleté, portait des soutiens-gorge sombres qu'on devinait en transparence. Elle l'ignorait avec orgueil, mais elle traînait toujours un peu, avant de quitter la salle.

Ce qu'il avait envisagé comme un furtif exutoire sexuel l'a conduit en trois mois au divorce. Sa peau souple et frémissante, le parfum de ses vingt ans, l'innocence, la nouveauté, il aurait pu comme tout le monde les circonscrire à une simple aventure, mais Claire avait de l'esprit. Un charme dangereux. L'amour d'une jeune fille est plus fort que toutes les réprobations sociales, disait si justement Balzac. Avant même qu'ils couchent une seconde fois ensemble, elle lui a fait son numéro d'amante exigeante et vulnérable. Son visage si pur, ses yeux si lumineux sont passés en un claquement de doigts du désir au doute. Elle ne savait plus, elle était au bord des larmes. Alors, quelque chose en lui a cédé. Il l'a prise dans ses bras, l'a rassurée, longuement, jusqu'à ce que le feu se rallume. Ils ont fait l'amour comme si le Jugement dernier était pour le soir même. Le lendemain, il l'a surnommée Claire-Obscure.

Aujourd'hui, Jean-Louis sait ce que signifie ce changement brutal dans son regard. Le bleu de ses yeux vire au gris, ses traits se figent, et la mélancolie, du fond de son puits, aspire son âme. Les Anciens attribuaient ça à un excès de bile noire. L'Église médiévale y voyait l'empreinte du diable. Et lui, tout normalien et sorbonnard qu'il était, il a plongé la tête la première dans ce qu'il a pris pour un bain de jouvence. S'il avait feuilleté davantage de magazines masculins, il aurait peut-être compris à temps qu'il sombrait en pleine crise de la quarantaine.

Depuis, Claire a passé plusieurs séjours en maison de repos. Jean-Louis a tout lu sur la dépression mélancolique, comme si comprendre la maladie allait l'aider à l'affronter, mais la description clinique ne lui a été d'aucun secours. Comme souvent, la plume des grands moralistes s'est avérée plus perspicace. Soljenitsyne, qui s'est si peu trompé, a écrit que la ligne séparant le Bien du Mal passe par le cœur de chaque homme. Chez Claire, cette ligne a si bien favorisé le camp du Mal que c'est un cœur moulu de souffrance qui cogne sous sa poitrine. Un sang noir coule dans ses artères. Elle n'y est pour rien, le Mal a poussé trop loin son avantage. La lutte qui se joue au fond de son être s'affiche alors sur son visage, aspire le bleu de ses yeux, et Jean-Louis redoute qu'une parole, qu'un simple geste lui porte un coup fatal. Il se fige à son tour dans la peur. Il se tait.

La maladie de sa femme a fini par prendre possession de l'appartement tout entier. Elle a imprégné la moquette et déteint sur Héloïse. Tout porte à croire que cette malédiction remonte à plusieurs générations. Claire n'a jamais cessé, depuis le début de leur relation, d'accabler sa « folle de mère », lui reprochant avec un culot sans fond ce qu'elle a ensuite fait subir à sa propre fille. Une relation d'emprise si ambiguë qu'il fut impossible à Jean-Louis de s'interposer sans essuyer les foudres de l'une, de l'autre, et le plus souvent des deux à la fois.

Évidemment, si Claire n'était pas tombée enceinte aussi rapidement, il serait parti. Est-il un lâche d'être resté ? La question a cessé de l'intéresser. La maladie de Claire a pourri sa vie privée, mais il a su la tenir à bonne distance de sa carrière.

Et puis Claire n'en est pas à son premier coup. Un soir, il y a quinze ans de ça, elle est revenue de chez son psy en brandissant une vieille photo. Elle venait d'avoir une révélation, sa « mémoire traumatique » se réveillait, répétait-elle dans une exaltation proche de l'hystérie. La photo avait été prise au cours d'un réveillon, chez des amis de ses parents. Claire apparaissait au premier plan, un peu surexposée, dans l'éclat de ses quinze ans. Robe de cocktail, décolleté un peu osé pour son âge, sourire de jeune première. Derrière elle, quelques inconnus ravis de siroter leur flûte de champagne. Claire a pointé du doigt le visage d'un garçon, une vingtaine d'années environ, en déclarant qu'il l'avait violée. Jean-Louis en est resté les bras ballants. Violée ? Vraiment ? À quinze ans ? Mais pourquoi ne lui en avait-elle rien dit jusqu'à présent ? Claire s'est lancée dans une explication un peu confuse, en proie à une vive émotion, et la discussion a vite tourné au vinaigre. Jean-Louis n'a pas insisté. Mais le sujet est revenu quelques semaines plus tard. D'une voix hachée, le regard sombre, Claire lui a annoncé que, sur les conseils de son psy, elle songeait à porter plainte contre le type en question. Jean-Louis a eu un temps d'hésitation, et puis il a simplement demandé si Claire mesurait ce que signifiait, en termes de procédure, une telle démarche. Elle a quitté la pièce, et plus personne n'a jamais entendu parler de cette histoire.

Il entre dans la Sorbonne. Un appariteur somnolent le salue d'un signe de tête. La cour d'honneur est déserte, aucune fenêtre n'est encore allumée. Ses pas résonnent sur les pavés et il se demande pour la millième fois ce qui s'est réellement passé, ce fameux soir, entre Walid et Claire. La seule chose dont il peut être certain, c'est qu'il emportera ses doutes dans la tombe.

Il n'y a rien à attendre de ce procès. Claire s'en tiendra à sa version des faits, dont elle seule connaît la part de vérité. Walid sera en toute hypothèse condamné. Mais à quelle peine ? Voilà l'unique question qui importe. Une condamnation à mort se révélerait épouvantable sur le plan personnel, et plus encore sur le plan professionnel. Imagine-t-on pire scandale ? D'un autre côté, un acquittement – il ne faut jamais mépriser les plus faibles probabilités – sous-entendrait que Claire a menti. Autrement dit, qu'elle était consentante. Le salut se trouve donc à mi-chemin de ces deux extrémités, dans une peine raisonnable.

Son impuissance l'exaspère. Il pénètre dans le secrétariat du département d'histoire contemporaine d'une humeur assombrie. Des piles de dossiers s'élèvent à vue d'œil dans chaque recoin de la pièce. La nouvelle secrétaire n'est pas là depuis six mois qu'elle tire déjà au flanc. À en juger par l'épaisseur de ses chevilles, elle ne doit pas souvent quitter son fauteuil. En revanche, elle s'accoutume avec un naturel écœurant à chaque « restructuration » du département. Depuis que Jean-Louis a lavé son honneur et retrouvé sa chaire, elle lui adresse des sourires dégoulinants de servilité.

Comme la plupart de ses pairs, il ne peut plus se prévaloir en toute bonne foi de son indépendance scientifique. L'État veille dans l'ombre, ce serait pathétique de prétendre que cela n'a aucune incidence sur son travail. En s'installant aux commandes, la nouvelle majorité a commencé par changer les règles et stipendier un nouveau doyen, d'un modèle flexible et dévoué. Tous les départements ont été remodelés de fond en comble. Jean-Louis pouvait espérer s'en tirer par le haut : il avait la réputation d'un honorable professeur de droite, de l'école tocquevillienne, qui avait avant tout le monde osé remettre sur l'ouvrage, sans tabou, la notion de souveraineté nationale. Mais le nouveau doyen avait besoin de preuves d'allégeance, pas de grandes gueules solitaires. Jean-Louis a été mis au placard sans autre forme de procès. Un bureau minuscule, au rez-de-chaussée. En tout et pour tout, deux cours de première année : *Initiation au XXe siècle*. Et des paquets de copies en veux-tu en voilà, qu'il ramenait chez lui en Uber, par cartons entiers.

Pour revenir en grâce, il s'est plié aux termes du nouveau concordat. Il pouvait se prévaloir d'une certaine expérience en la matière : comme avec Claire, il a fait profession de se taire. Depuis, il règne dans le département une ambiance de guerre froide. C'est un vrai tour de force d'avoir mis sous le tapis tant de haine et d'animosité. Il va de soi que chaque rescapé y trouve son compte. Une fois qu'on a failli tout perdre, on réintègre les murs sans faire d'histoire. On tourne la page. Curieusement, personne n'a l'idée de t'en parler. Ton année de quarantaine ? Un tabou. Une amnésie collective. L'activité ancestrale de la faculté ne semble pas avoir dévié de son cours. Alors, tu reprends ta place comme si de rien n'était. Mais dans le fond, tu ne dors plus jamais comme avant. Ce qui s'est produit une fois peut se reproduire n'importe quand, d'une manière plus fatale. C'est ainsi que Staline s'y est pris avec Zinoviev contre Trotski, puis avec Boukharine contre Zinoviev, puis avec Kaganovitch contre Boukharine, et ainsi de suite. La vanité de cette comparaison le fait sourire, mais il se souvient, tout de même, en pénétrant dans son bureau, que le doyen n'a jamais condescendu à se justifier. Il affecte même d'avoir oublié jusqu'à la dénomination de l'ancienne chaire de Jean-Louis. Il fait de grands mystères autour du recrutement des maîtres de conférences, à la rentrée prochaine. Toutes ces précautions sont destinées à maintenir dans la crainte et la réserve les professeurs rassemblés sous son sceptre. Supposez qu'un seul d'entre eux sache déjà comment il va s'organiser en septembre : là se mesure le pouvoir des nouveaux doyens, parachutés depuis la rue Descartes.

Son téléphone bipe. Un texto. Il s'attend à une pique de sa femme, mais non. « Sébastien Garcia » s'affiche sur l'écran. Il s'agit en réalité de Cristelle, sa maîtresse. Le *modus operandi* est affligeant de banalité, mais vient un âge où l'on ne cherche plus à pimenter l'adultère de combines excentriques. Elle a écrit : *Réunion d'UFR décalée à 16 heures. Serez-vous des nôtres ?* Il est 7 h 06. Qu'est-ce qui lui prend ? Il soupire, réfléchit. À 16 heures, il aura fini de témoigner depuis longtemps. Claire sera encore au tribunal. Que prévoit son planning cet après-midi ? Un rendez-vous avec un thésard. Un autre avec la directrice adjointe de la coordination. Rien qui ne puisse se décaler. Il répond qu'elle peut compter sur lui, avant de se mettre au travail.

***

Juliette est hors d'haleine, c'est sûr, elle va arriver en retard au tribunal. Au saut du lit, Maeva a commencé par faire une crise pour choisir sa tenue. Dix minutes de négociations, achevées comme toujours par une capitulation en rase campagne. Maeva triomphait en entrant dans la cuisine, vêtue de sa robe à volants. Les choses se sont encore gâtées quand elle s'est mis en tête que son bol de Nesquik et sa petite licorne étaient devenus les meilleurs amis du monde – jusque dans le micro-ondes. Juliette ne s'est rendu compte de rien. La licorne a fondu. En ouvrant la porte du four, un nuage toxique lui a brûlé les sinus. Maeva s'est effondrée sur le carrelage, secouée de sanglots. Cinq minutes supplémentaires de pourparlers dans les émanations de caoutchouc grillé. Promis ! Juliette lui rachèterait la même licorne dans la journée… exactement la même !

Encore une promesse en l'air. Un bus manque de la faucher alors qu'elle traverse au rouge. Le chauffeur lui envoie sa corne de brume dans les tympans. Son cœur se fige. Depuis le trottoir, deux connasses la dévisagent en secouant la tête. Elles savourent l'humiliation. Juliette se réfugie derrière un kiosque, cherchant dans son sac sa clope électronique. Besoin d'une bouffée de nicotine, en urgence, avant que son bus arrive. Bien sûr, Karen choisit ce moment pour appeler. C'est systématique, quand le rush atteint son paroxysme, Karen passe un petit coup de fil, comme ça, pour le dérangement.

Elle est dotée d'un flair redoutable. Juliette a une théorie à ce propos. Les filles qui n'ont toujours pas d'enfant à trente-cinq ans développent une forme d'hostilité inconsciente à l'encontre de leurs copines qui deviennent mamans. En même temps, Karen reste fidèle au poste. Contrairement à tant d'autres, elle ne l'a pas encore radiée de son répertoire, il faut lui rendre justice sur ce point. Juliette décroche. Karen ne prend même pas la peine de dire bonjour.

« Pourquoi t'as pas rappelé hier ?

— Je suis rentrée super tard.

— Mais alors, c'est comment ? Raconte ! Un assassin ? Un violeur ? »

Juliette baisse d'un ton : « Un violeur. Enfin, j'sais pas. Il est accusé d'avoir violé sa belle-mère...

— Tu déconnes ! Sa belle-mère ?

— La mère de sa copine, quoi. Elle doit avoir dans les quarante-cinq ans. Lui, vingt-six.

— Il est comment ?

— Un Arabe. Un mec brillant, il a fait Sciences Po...

— Physiquement, je veux dire.

— Plutôt mignon.

— Tu crois qu'il l'a violée ?

— J'en sais rien. Il plaide le consentement. Je ne serais pas surprise que la belle-mère ait fantasmé sur lui. Elle m'a pas l'air très net, je t'avoue.

— Et c'est comment, je veux dire, d'être jurée ?

— Franchement, bizarre. J'ai du mal à m'y faire. Faut rester concentré pendant des plombes, faut avoir l'air sérieux, se retenir de bâiller. C'est épuisant. Des fois, je perds le fil des débats, je me mets à penser à Maeva, au taf, à mes lessives en retard. Et tu sais quoi ?

Un juré m'a invitée à dîner hier soir, en quittant le tribunal. T'imagines le culot ? »

Silence dans le téléphone.

« Et ?

— Et alors, je trouve ça totalement déplacé. On juge un mec qui risque la peine de mort.

— Tu parles ! Il est comment ton juré ?

— C'est pas la question.

— D'accord. Mais dis quand même, il est comment ?

— Dans le genre un peu chelou, pas mal. Petit Blanc de banlieue.

— Tu lui as répondu quoi ?

— Que c'était pas le moment.

— Hé meuf ! C'est quoi ton problème ? T'as tes règles ?

— Non, c'est pas le moment. Point barre.

— Ah ouais, j'avais oublié. T'as décidé de passer le restant de tes jours sur Tinder. C'est tellement exaltant. »

Karen déteste les applications de rencontre. Selon elle, les hommes en font un usage qui les rend encore plus lâches qu'au naturel. C'est une fille sublime. Un brin métis, des yeux qui changent de couleur selon l'angle de la lumière, une peau lisse et dorée qu'on a envie de lécher. Et pourtant, plus célibataire, tu meurs. Elle a vécu une vie de princesse pendant six ans avec un mec qui l'avait subjuguée à la sortie du lycée. Il lui en est resté une exigence tragique en matière de champagne, de garçons, de bijoux. Dès qu'elle a un coup dans le nez, elle se prend pour Taylor Swift et se trémousse dans tous les coins comme une adolescente qui découvre le pouvoir de son petit cul. Elle ne se plaint pas de son célibat. Elle prétend qu'elle impressionne les hommes, alors qu'au fond, elle sait très bien qu'elle les décourage.

« Juliette, franchement, depuis combien de temps t'as pas niqué ? »

L'hôpital qui se fout de la charité.

« Faut que je te laisse, mon bus arrive.

— Attends ! C'était *qui* la dernière fois ? Le représentant en eau de toilette ? Le mec qui te reprochait d'employer un vocabulaire trop complexe ? Celui qui t'a limé comme une pendule pendant deux heures ?

— L'analphabète.

— Et ton juré, il s'appelle comment ?

— Aucune importance. Faut vraiment que je te laisse. J'ai déjà failli mourir deux fois depuis que je suis sortie de mon lit.

— Quoi ?

— Je te raconterai. »

***

En se replongeant dans son mémoire, à la fin du mois d'août, Walid avait tourné la page de son échec à l'agrégation. Il se projetait à nouveau dans l'avenir. Son master en poche, il lui faudrait trouver un sujet de thèse et convaincre un professeur de le prendre sous son aile. Sa bourse d'études touchait à sa fin. Pas le choix, il devait obtenir un poste d'enseignant-chercheur pour percevoir un salaire. Sur quels atouts pouvait-il compter ? Il lisait l'allemand. Il avait fiché tout ce qui mérite de l'être sur la Seconde Guerre. Il connaissait en détail l'histoire de la région châlonnaise durant l'Occupation : la Wehrmacht avait eu l'idée de fixer la Ligne de démarcation le long de la Saône, au pied du Plateau Saint-Jean, à un jet de pierre de la fenêtre de sa chambre – les histoires de passeurs et de collabos n'avaient plus de secret pour lui.

Il s'était donc adressé à plusieurs professeurs susceptibles d'accepter sa proposition. L'idée consisterait à travailler sur l'emprise de la Ligne de démarcation dans les structures sociales de la Côte chalonnaise, au-delà de la Libération. Un sujet vierge et prometteur, osait-il conclure dans ses mails.

Le professeur K., un éminent spécialiste de la période, avait répondu le jour même. Il se montrait intéressé. Walid avait relu sa réponse trois fois d'affilée, c'était inespéré. La Sorbonne ! Paris I ! Le professeur K. !

Il l'a rencontré à la fin du mois de septembre dans un minuscule bureau du département d'histoire contemporaine, une espèce de placard dépourvu de fenêtres, où s'amassaient la poussière et les dossiers. Pour commencer, le professeur s'est excusé. « Vous me voyez confus de vous recevoir dans ce cagibi, jeune homme. Nous ne sommes pas des poules, n'est-ce pas ? On m'a remisé ici l'année dernière, à la suite de la restructuration du département. J'ignore pour combien de temps encore. Enfin, voyons ce qui vous amène ! »

Walid avait préparé son laïus à la virgule près. Il se proposait de plonger dans un corpus d'archives hétérodoxes pour montrer à quel point la Ligne de démarcation s'était imprimée dans la société chalonnaise, bien au-delà de la Libération. Rien qu'avec les archives notariales, il serait possible d'en déceler le prolongement dans les stratégies matrimoniales, les cessions de bail et les contrats de fermages. Depuis 1944, certaines familles ne s'adressaient plus la parole. Les unes avaient perdu un grand-oncle passeur ou un ancêtre maquisard. Les autres descendaient d'une jeune fille tondue par les F.F.I. Dans le vignoble, c'était pire. Du côté de Givry ou de Buxy, on pouvait s'ignorer entre vieillards mitoyens, dans un hameau comptant moins de trente âmes.

Le professeur l'a interrompu. Il avait bien lu son mail, seulement c'était impossible. Sans avancer aucune explication, il a déclaré qu'il avait deux autres propositions à lui faire. Si Walid tenait vraiment à travailler sur la Côte chalonnaise, il pouvait le recommander à un confrère moderniste, l'idée étant de renouveler l'approche de la contrebande aux frontières des provinces de grande et de petite gabelle, à la fin du XVIIe siècle. S'il préférait en revanche s'en tenir au XXe siècle, le professeur K. pouvait l'intégrer dans son équipe de doctorants : certains cartons sommeillaient dans les archives judiciaires depuis l'entre-deux-guerres, et il y avait fort à parier qu'on y exhumerait quelques pépites.

Il se foutait de lui ou quoi ? Dans son mail, le professeur avait eu l'air emballé par son sujet, et là, c'était une idée bonne à jeter. Walid a tâché de ne rien laisser paraître de son désarroi. Il a promis d'y réfléchir. En quittant son bureau, il a eu une intuition qui n'allait pas tarder à se vérifier : le revirement du professeur K. avait quelque chose à voir avec le placard dans lequel sa hiérarchie l'avait envoyé croupir.

Mais avait-il seulement le choix ? Le lendemain, il acceptait par mail la seconde proposition. Le professeur lui a souhaité la bienvenue dans son équipe de recherche. Une série de douze cartons encore inexplorés l'attendait aux Archives nationales. Leur notice indiquait sommairement : *Mineurs placés. Requêtes des familles. Réponses des Parquets. 1918-1936.*

Ainsi, la légende ne mentait pas. Les universités fonctionnaient comme les corporations d'Ancien Régime. Il allait abattre la besogne pendant trois ans, remuer le tout-venant, trier, classer, et pondre huit cents pages d'une thèse que personne ne lirait. Et si par chance, il découvrait quoi que ce soit d'intéressant, tout le mérite en reviendrait à son maître. Des cartons judiciaires de l'entre-deux-guerres encore inexplorés ? Ben voyons ! Si personne, depuis un siècle, n'avait pris la peine de les ouvrir, c'est qu'il devait y avoir une bonne raison.

La première phase devait consister en un survol rapide des dossiers, histoire de jauger leur contenu. Walid s'est rendu aux Archives nationales un matin d'octobre, après avoir obtenu son accréditation du ministère. La salle de consultation était parsemée de chercheurs immobiles, voûtés sur leur paillasse. Seules quelques têtes se mouvaient lentement, au-dessus d'une main tenant une loupe, comme font les vieux rabbins sur un Talmud.

Avant même de venir à bout du premier carton, il a cédé au découragement. À ce rythme, il allait dépouiller six, huit, peut-être dix mille dossiers dont la teneur, à en juger par ceux qu'il ouvrait au hasard, s'annonçait répétitive à en mourir. Certains tombaient à demi en poussière, envahissant ses narines d'une écœurante odeur de grenier. Dans leur immense majorité, les dossiers se composaient en tout et pour tout de deux lettres à en-têtes. La première émanait en général du *Premier bureau des Affaires criminelles et des Grâces de l'Élysée*, s'adressant à un Parquet de province pour l'informer que tel parent demandait le retour à la maison de tel mineur, placé par son ressort dans tel établissement. La seconde lettre, rédigée par un huissier dudit Parquet, répondait à la première que le mineur en question, considérant l'avis de l'établissement ayant sa charge, considérant en outre tel article de telle loi, ne saurait être remis aux soins de ses parents avant sa majorité. Fin de la correspondance.

Deux mois s'écoulèrent sans qu'il entame le deuxième carton. Une idée lui était venue. Pour que ses dossiers acquièrent une quelconque valeur, il devait les confronter aux procès qui avaient scellé le sort des mineurs réclamés par leurs parents. Dans le fond, il s'agissait surtout de procrastiner. Il venait de déposer auprès du ministère de la Justice une demande pour avoir accès aux minutes des procès en question. La réponse lui parviendrait sous deux mois, une aubaine : il n'aurait aucun compte à rendre durant ce délai. Il avait trois ans devant lui. Une éternité. Depuis la rentrée, il ne vivait plus de sa misérable bourse universitaire : il touchait un authentique salaire d'enseignant-chercheur. Pas encore le Pérou, mais de quoi respirer un peu. Il était censé dispenser ses premiers cours à partir du mois de février. D'ici là, rien ne pressait. Il avait décidé de goûter à la saveur du farniente. De temps à autre, la décence lui imposait tout de même d'aller se montrer aux Archives. Il y saluait les autres chercheurs que le professeur K. avait enrôlés dans son équipe, demandait au préposé ses cartons, les ouvrait, en tirait des poignées de dossiers, qu'il étalait sur sa paillasse, puis se dispersait en rêveries. La tâche qui l'attendait était si vaste, si dépourvue de contours, qu'il laissait filer le temps sans s'affoler. Lui qui s'était abîmé cinq années durant dans le bachotage, cramponné à un objectif, redoutant l'échec et fuyant l'oisiveté, se plaisait soudain à s'allonger sur une pelouse pour suivre les divagations d'un nuage en se curant le nez.

Dans la cafétéria des Archives, il bavardait avec d'autres chercheurs. Des médiévistes, des modernistes lui causaient de leurs travaux. Tous lui faisaient regretter son choix. En fin de compte, il aurait dû opter pour l'exotisme. L'entre-deux-guerres lui foutait le bourdon – rien que ce nom, une période définie par ce qu'elle n'est plus, et ce qu'elle n'est pas encore. La Grèce antique l'aurait passionné, mais il ne lisait pas le grec. Pourquoi pas le Moyen-Âge ? Un médiéviste lui avait raconté, des étoiles dans les yeux, qu'une technique d'investigation archéologique dernier cri faisait trembler la discipline. Une lumière nouvelle se levait sur les siècles obscurs. Les vieilles certitudes de l'histoire urbaine en étaient tout ébranlées. Depuis toujours, on affirmait que durant le Haut Moyen-Âge, les villes s'étaient réduites à leur plus simple expression à cause des invasions germaniques. La preuve en était apportée par les épaisseurs de terre noire, accumulée partout en Europe autour des cathédrales et des beffrois : les archéologues les avaient systématiquement interprétées comme les vestiges des friches et des champs qui avaient brusquement remplacé les faubourgs des villes antiques. Eh bien non. Pas du tout. Une analyse spectrale des microfossiles, rendue possible par les dernières innovations, révélait que ces strates de terre résultaient en fait de l'action des vers et des bactéries, qui avaient consommé pendant plusieurs siècles les excréments, les déchets domestiques et les baraques en torchis de quartiers si misérables qu'ils avaient été digérés sans laisser d'autres traces. Pas une pierre de taille. Pas un testament. Une plèbe périssable, évanouie dans la pourriture et l'azote, mais une plèbe désormais ressuscitée. Un miracle de la science. Une humanité retrouvée. Il en avait de la veine, ce médiéviste, se lamentait Walid en lui payant des cafés. Il n'avait rien à dire, lui, à propos de ses archives de rond-de-cuir.

À part ça, le CAC40 dévissait en enfer, c'était la grande affaire du moment. Le gouvernement s'évertuait à rassurer les investisseurs qui commençaient à faire leurs valises. La presse anticipait une nouvelle explosion de l'inflation, la fuite incontrôlée des capitaux, l'aggravation du *credit crunch*, une dette en surchauffe, et ainsi de suite. Les sept fléaux d'Égypte allaient s'abattre sur la France, mais Walid demeurait étranger au suspense. Ou plutôt, il se réjouissait en silence. Tout ce qui pouvait précipiter la fin de cette aventure néo-pétainiste était bon à prendre.

Il glandait, il bouquinait, il dormait, s'avisant seulement ici ou là qu'il devrait peut-être faire meilleur usage de ses journées. Le ministère de la Justice tardait à lui délivrer son accréditation pour consulter les minutes des procès. Son directeur lui demandait parfois où il en était de son dépouillement, et Walid répondait par des mails évanescents : *Je n'ai pas encore une vue d'ensemble des dossiers... Les lenteurs administratives me causent des difficultés non négligeables... Je suis suspendu à l'accréditation du ministère...*

Jusqu'au jour du verdict, la réponse – négative !

Alors, il s'affola. Sans les minutes des procès, ses cartons ne valaient probablement pas un clou. Mais comment l'expliquer à son professeur, qu'il faisait lanterner depuis la rentrée ? L'hiver était là. Il tergiversa plusieurs jours, en proie à une irrésistible montée de paranoïa. Fuyant les archives, fuyant sa chambre, il arpentait de longues heures les rues glacées en ressassant cette fin de non-recevoir. Le racisme, c'était la seule explication possible ! Il avait fait Sciences Po, il préparait une thèse à la Sorbonne, et on lui refusait son accréditation ? Sans justification d'aucune sorte ? Renseignement pris auprès d'autres chercheurs, il était de fait le seul à avoir essuyé un tel refus.

Dans un mail adressé à son directeur de thèse, il s'interrogea sans détour : *Comment expliquer qu'on m'ait refusé cette accréditation, sinon à cause de mon patronyme ?*

Déposez un recours, lui répondit-il, avant de le convoquer pour un rendez-vous de travail. *Venez avec vos notes. Nous allons évaluer vos premières pistes d'analyse.*

Walid s'y rendit l'estomac noué. Il avait entre-temps consulté à la hâte une centaine de dossiers. Par chance, certains avaient révélé un peu de matière, mais il était encore incapable de présenter la moindre mise en perspective. Le professeur K. le reçut dans le même cagibi. Il l'écouta sans broncher se perdre dans son baratin avant de l'interrompre. « Vous vous passerez des minutes de procès... » Il avait certainement compris que Walid n'avait encore rien tiré de l'exploration de ses cartons. Peu importe, il allait devoir s'y replonger en suivant un nouveau fil d'Ariane. Comme les autres chercheurs de son équipe, Walid serait chargé de répertorier toutes les traces laissées dans ces cartons par les personnages de l'entre-deux-guerres qui auraient par la suite servi le régime de Vichy. Il pourrait s'agir de n'importe qui, un préfet, un procureur, un commissaire, un magistrat, un plaidant, un avocat, un condamné, pourvu que l'individu ait joué pendant l'Occupation un rôle dans les rouages de l'État français.

La consigne avait de quoi surprendre. Walid voulut savoir quel projet allait nourrir ce travail, mais le professeur K. se contenta d'une réponse un peu vague. Il préparait une étude sur la question, c'était encore un peu tôt pour en définir les axes. Les archives allaient faire émerger une problématique. Ce genre d'enfumage. C'était de bonne guerre, mais Walid commençait à comprendre que son directeur avait un plan pour sortir de son placard, et qu'il allait être mis à contribution. Il ignorait encore tout du guêpier qui l'attendait.

La semaine suivante, le gouvernement alluma un contre-feu pour faire oublier la déroute de la Bourse. L'opération fut exécutée en deux temps. Le ministre de la Culture et des Traditions créa d'abord la polémique par un tweet lapidaire : *La philosophie des Lumières est périmée.* Voilà, le buzz était lancé. Fallait-il jeter à la poubelle les idées de Voltaire, Rousseau et consorts ? La question méritait soudain d'être posée, les éditorialistes aiguisaient leurs arguments.

Le ministre de l'Identité française se chargea de la seconde étape. Puisque le principe d'égalité était battu en brèche, il proposait de modifier en profondeur la Constitution, afin de mettre en place un nouveau cadre légal, plus adapté aux défis du pays. Dans un monde secoué par les vents contraires de la mondialisation, la France, fidèle à sa mission historique, allait ouvrir une voie nouvelle : la citoyenneté à deux niveaux. Mais que chacun se rassure, l'idée serait soumise par référendum à l'approbation de la Nation.

Qui pouvait douter du résultat ? Un suspense d'opérette fut entretenu autour de l'évidence. Les Français allaient bientôt se diviser en deux catégories : les citoyens de souche et les citoyens d'octroi. Serait considéré comme citoyen de souche tout citoyen issu de trois grands-parents français. Les autres, les « octroyés », comme on les appellerait bientôt, pourraient prétendre à la citoyenneté de souche après avoir montré patte blanche à l'entrée d'un labyrinthe de démarches administratives. Un *escape game* à la Kafka. En attendant, ils devraient patienter dans une nouvelle catégorie juridique, dépourvue du droit de vote, ne bénéficiant plus des mêmes prérogatives face au mariage, à la succession, aux allocations familiales ou aux emplois publics.

Pendant que la France se refaisait comme ça une dignité, Walid priait le Ciel de ne pas lui fermer les portes de la carrière. C'est à cette époque qu'il décida de quitter sa résidence universitaire pour se rapprocher de la Sorbonne. Une façon de conjurer le sort. Il dénicha une chambre de bonne sous les combles, rue d'Hauteville. Aux Archives, il n'adressait plus la parole à personne. Le second semestre commençait. Il dispensait ses premiers TD et corrigeait ses premiers paquets de copies. Le plus souvent, sa vie se réduisait aux quatre murs de sa chambrette. Un lavabo, un lit simple, une plaque électrique posée sur un frigo. Les cloisons le séparant de ses voisins étaient si minces, qu'il se réveillait souvent en sursaut, persuadé que quelqu'un se promenait dans sa chambre.

En mai, il atteignit un degré d'isolement où le sentiment de solitude, faute de pouvoir se mesurer, finit par s'effacer. Il flottait dans une bulle. Les échanges humains se réduisaient au strict nécessaire. Parfois, il traînait sur le web. Le résultat du référendum suscita assez peu de commentaires. Voilà, c'était fait, Walid deviendrait le 1er juillet un « octroyé ».

***

Régis arpente la salle des pas perdus, son gobelet de café à la main. Il transpire sous sa robe. Il s'essouffle. Voilà belle lurette qu'il n'est pas monté sur une balance, il doit frôler les cent vingt kilos. Au palais de justice de Bordeaux, le mois dernier, il s'est déjà avisé qu'après de longues heures de prétoire le sol commençait à s'incliner. L'impression de marcher sur un faux plat. Une grosse fatigue. Et puis cette robe de merde, en viscose. Il devrait songer à s'en faire tailler une dans un tissu plus respirant. Il rallume son portable – quinze messages. Quelle vie de con. Toujours aux quatre vents, toujours à ferrailler. Trente ans qu'il ère d'une cour à l'autre, à bouffer des sandwichs club et s'affaler dans les mêmes chambres d'hôtel. Trop tard. Tout seul. Quand il plaide à Paris, c'est pire, il rentre chaque soir chez lui, où personne ne l'attend qu'une solitude de vieux garçon.

Mais que faire d'autre ? Une cour d'assises reste le dernier endroit où il peut encore, sans mauvaise foi, éprouver un soupçon de dignité. Depuis la victoire de l'extrême droite, la fable amère de la justice, écrite par avance en correctionnelle, doit encore transiger aux assises avec le mystère des jurys populaires. Régis fouille sous sa robe, ses reflux gastriques le reprennent, mais pas moyen de mettre la main sur un sachet de Gaviscon. Le président traverse la salle des pas perdus, son téléphone sur l'oreille. Même en civil, rien ne ressemble plus à un prêtre qu'un magistrat.

Son gobelet de café est vide, aucune poubelle à l'horizon. Ça aussi, c'est exaspérant, un palais de justice sans poubelles, éclairé comme un tombeau, où le chiotte le plus proche se trouve rarement à moins de dix minutes à pied. Tiens, voilà l'avocat général, le Grand Inquisiteur. Ce n'est un secret pour personne, ils se vouent l'un l'autre une haine recuite. Ils savent à quoi s'en tenir. Jusqu'à présent, ils n'ont guère échangé que des politesses, ils réservent leurs coups. Le choc est à venir. Régis va devoir monter sur deux fronts. D'abord, le consentement, une mission dans ses cordes. Mais ensuite, celle du racisme anti-français, qui risque plus sûrement d'envoyer Walid à l'échafaud. L'épaisseur du Code pénal en la matière offre à l'avocat général une position de force, sans compter l'instruction uniquement à charge, comme c'est devenu la coutume avec les octroyés. Régis est pris au piège de la preuve inversée : à lui de démontrer que Walid n'a jamais nourri le moindre sentiment anti-français. Un chemin semé d'embûches, le long duquel la surprise et l'esquive seront ses seuls atouts.

Le professeur K. va bientôt paraître à la barre, un témoignage décisif. Les jurés sont encore dans l'expectative, mais plus pour longtemps. On va entrer dans le dur. La famille. Les passions. Les secrets. De l'idée que se feront les jurés du professeur dépendront en grande partie celles que leur inspireront ensuite sa femme et sa fille. La confrontation s'annonce serrée. Sur le papier, le professeur K. représente un morceau de choix pour l'accusation. Un adversaire de haute volée.

Régis se dirige vers la salle d'audience. Il va falloir faire preuve de doigté. Dans un premier temps, il a prévu de se dérober aux débats, laisser l'avocat général à la manœuvre, avant de prendre le mors aux dents pour emmener le professeur là où personne, escompte-t-il, ne les attend. Un duel en rase campagne, au fleuret. Il lui faut mordicus détourner l'attention des jurés de tout ce qui pourrait les incliner à l'empathie. Se tenir le plus loin possible de la famille. Tordre sa relation avec Walid. Brouiller son image académique. Le tisonner. Forcer le trait. Lui éprouver les nerfs. Et par ricochet, troubler l'âme des jurés.

***

C'est drôle, Jean-Louis passe plusieurs fois par semaine devant les grilles du palais de justice et jamais il n'y pense. Il aura fallu attendre le procès de Walid, vingt ans plus tard, pour que lui reviennent les détails de son divorce. La juge des affaires familiales l'avait convoqué dans un minuscule bureau, sous les combles du palais. Il n'avait pas revu sa femme depuis plusieurs mois et il la retrouvait dans un couloir mal éclairé, parmi d'autres couples qui portaient comme eux l'échec et la rancune sur leur visage. Le jugement n'avait pas duré plus de vingt minutes. Il s'agissait de clore le grotesque règlement de comptes auquel ils se livraient par avocats interposés. Sa femme ne pouvait prétendre à rien d'exorbitant – ils n'avaient pas d'enfants – mais elle s'était lancée à corps perdu dans une comptabilité maniaque de leurs deux ans d'union légale. « Tu m'as traitée comme une sous-merde, je vais te le faire regretter. » Elle avait obtenu la voiture, un original de Daumier, le service en faïence, et toute une collection de saloperies design qu'elle était parvenue à lui faire acheter ici et là, certains samedis de désœuvrement. Son avocat avait par-dessus le marché réussi à requalifier l'intégralité de ses bijoux en cadeaux. Évidemment, rien de tout cela n'avait éteint sa haine et sa rancune, qui brillaient encore au fond de ses yeux, le jour où elle était venue récupérer son dû. Claire était là. Elle attendait dans le canapé, arborant avec insolence sa jeunesse, sa beauté, et une grossesse déjà bien avancée. Claire avait insisté, elle voulait voir à quoi ressemblait cette épouse, dont Jean-Louis s'était toujours ingénié à émousser l'existence. Dans le fond, elle cherchait surtout à savourer une victoire que rien ne présageait au début de leur relation clandestine.

Jean-Louis comprendrait plus tard que cette rencontre avait représenté le nœud tragique de sa vie. Trois femmes se défiant en silence dans la même pièce. Son épouse bafouée, sa jeune maîtresse, et dans le ventre de celle-ci, la petite Héloïse. Aucune des trois ne lui accorderait jamais son pardon.

Après une demi-heure d'attente dans la salle des témoins, un huissier vient le chercher. La première personne que rencontrent ses yeux, en pénétrant dans le prétoire, c'est sa femme. Claire pose sur lui son regard bleu, hiératique, empli de ténèbres. Sa mélancolie lui paraît si flagrante qu'il a du mal à se figurer que personne ne l'a percée à jour. Mais il sait qu'il se trompe, Claire a toujours su donner le change. Il faut la fréquenter longtemps pour saisir ce qui se cache au fond de ses yeux, cet obscur ressentiment contre la vie.

Il gagne la barre, la démarche un peu raide. C'est donc vrai ce qu'on raconte, un témoin a d'abord l'impression que la cour s'est réunie pour le juger. Jean-Louis se sent la proie d'un pénible sentiment de culpabilité, lui qui a toujours pris les scrupules pour une faiblesse d'esprit. Morland-Kieffer veille comme un ogre devant le box de Walid. Jean-Louis ne serait pas surpris de devoir répondre à quelques questions sur ses propres infidélités, comme sur celles de sa femme. Vingt ans de mariage, répondrait-il en substance, chacun s'arrange comme il peut.

Vingt ans d'écart, surtout. Leur couple a très vite atteint le nerf de la discorde. Héloïse grandissait. Ils ne voulaient ni l'un ni l'autre envisager le divorce. Sans jamais qu'ils n'abordent ouvertement le sujet, l'adultère s'est présenté comme une solution, un pis-aller. Une sorte de contrat tacite voulait qu'ils ne s'avouent jamais rien, mais personne n'était dupe. Nul besoin d'être grand clerc pour comprendre que d'autres hommes, souvent plus jeunes, procuraient à sa femme un réconfort qu'il n'avait plus le pouvoir de lui offrir. Au départ, ils évitaient de marivauder dans leur entourage mutuel. Et puis à force, on finit par admettre que rien n'est plus piquant qu'un baiser volé à une amie de sa femme. Lui s'absentait parfois pour rejoindre une maîtresse, dans leur maison de Fausse-Repose, laissant Claire libre de s'offrir à son dernier prétendant.

« Permettez-moi de commencer par le plus pénible, professeur. Quel a été votre sentiment lorsque vous avez appris que Walid avait été arrêté et inculpé pour le viol de votre épouse ?

— Eh bien, j'étais sidéré, c'était inconcevable. Claire m'a prévenu depuis l'hôpital. Les policiers l'avaient emmenée pour les examens médico-légaux. Elle était effondrée, complètement perdue. Pendant longtemps, j'ai fait des cauchemars de vengeance. Et puis la haine s'est peu à peu dissipée, mais enfin, voyez-vous, il m'est difficile de décrire le sentiment de trahison qui m'habite encore aujourd'hui. J'ai accueilli Walid dans mon équipe de doctorants. Il est tombé amoureux de ma fille. Je lui ai ouvert les portes de ma famille, de mon appartement. Je n'ai rien vu venir.

— Revenons à votre première rencontre avec l'accusé. Lorsque vous l'avez intégré à votre équipe, ses origines ou son patronyme ont-ils pesé dans la balance ?

— Pas le moins du monde.

— Et lorsque vous avez compris qu'il entretenait une relation avec votre fille ?

— Non plus. »

Jean-Louis appartient à une génération qui a grandi pendant la guerre froide. Il avait l'âge de ses thésards quand le mur de Berlin est tombé. Un choc que seul l'effondrement des Twin Towers a depuis égalé. Deux secousses historiques parfaitement opposées, la seconde ayant vitrifié la planète dans la terreur et l'angoisse, tandis que la première l'avait précipitée dans une décennie d'euphorie. Des chercheurs parmi les plus sérieux osaient alors théoriser la fin de l'Histoire. La philosophie libérale triomphait sous toutes les latitudes. En France, il n'y avait guère qu'Arlette Laguiller pour ânonner encore le catéchisme bolchévique, ou Jean-Marie Le Pen pour cracher sur le rêve européen. Jean-Louis ne dénigrait pas la portée de l'évènement, mais il se méfiait de cette kermesse œcuménique. Il n'a jamais pensé que le XXIe siècle serait plus accommodant que son prédécesseur. Il a hésité un long moment avant de se convertir au souverainisme – à l'époque, il fallait avoir le goût de la solitude. La peur du plombier polonais était admise seulement chez les incultes. À Paris I, le camp des eurosceptiques pouvait se compter sur les doigts d'une main. Tu risquais la relégation à Limoges ou Clermont-Ferrand en osant soutenir que l'Union européenne devenait l'idiot utile d'un néolibéralisme courant à sa perte. Il a fallu qu'Al-Qaïda sonne la fin de la récréation pour qu'on commence à regarder les choses en face. La nouvelle tectonique des plaques. Le défi djihadiste. L'explosion migratoire. Certains confrères ont attendu les émeutes de 2005 pour ouvrir les yeux, d'autres ont eu besoin de Charlie Hebdo, puis du Bataclan. La première génération d'immigrés s'était fait exploiter sans moufter, la seconde avait brûlé des voitures, la troisième se laissait pousser la barbe. Pour autant, Jean-Louis n'a jamais hurlé avec les loups. La xénophobie lui est toujours apparue comme une méprisable passion. L'humanité est faite d'individus. Walid était un garçon méritant, peut-être même davantage que certains majors de l'agrégation. Jean-Louis n'avait pas à rougir de son futur gendre, quelle que soit son origine.

« Quelle a été votre première réaction ?

— J'ai d'abord pensé que cette aventure ne durerait guère plus de quelques mois… comme toutes les précédentes. Alors je n'ai fait aucun commentaire. Héloïse s'est vexée. Elle a pris mon silence pour une sorte de désaveu. Évidemment, je ne vais pas vous cacher que la situation me plongeait dans l'embarras. Je n'avais jamais été confronté à ce mélange des genres. Que pouvais-je faire ? Le flair n'a jamais été mon point fort avec ma fille, je dois bien l'admettre. Je n'ai pas compris que, cette fois, c'était différent. Je me voyais mal féliciter Walid pour apprendre la semaine suivante qu'elle l'avait quitté. Alors, je me suis tu. J'ai attendu.

— Et ensuite ? Quand vous avez réalisé que cette relation était plus durable que les précédentes ?

— J'ai accueilli Walid dans ma famille sans aucune réserve, il peut en témoigner. J'ai admis mon erreur. Héloïse avait l'air heureuse, c'était évident. J'ai eu une discussion avec Walid, nous avons convenu qu'il lui fallait trouver un nouveau directeur de thèse, vu les relations personnelles qui nous unissaient désormais. »

Le président l'interroge ensuite sur les premiers pas de Walid dans sa famille. La rencontre avec Claire. Les dîners. Le réveillon. Jean-Louis répond avec le souci du détail. C'est un peu assommant, il n'a aucune révélation à faire. Il redoute qu'on le questionne sur ses maîtresses, qu'on le confronte aux infidélités de sa femme, mais non, rien ne vient.

« N'avez-vous jamais nourri le moindre doute ? »

La question est posée par Morland-Kieffer. Jean-Louis fait mine de s'étonner.

« À propos de quoi, maître ?

— Mais voyons, professeur, à propos de ce qui explique votre présence à la barre. À propos de cette accusation de viol, dont doit répondre Walid, ici présent, ce jeune homme que vous connaissez si bien, et qui a passé les deux dernières années de sa vie en prison.

— La nouvelle m'a sidéré, je le répète, mais non, je n'ai ensuite jamais douté.

— Pourquoi ?

— Parce qu'il n'y avait aucun motif raisonnable de remettre en question ce que Claire avait raconté à la police, aucun motif raisonnable de contester ce que la médecine légale avait établi, aucun motif raisonnable de se figurer que la souffrance et la détresse de mon épouse relevaient de la comédie, maître.

— Vous est-il arrivé d'être confronté auparavant à des "accès de souffrance et de détresse", comme vous dites, de la part de votre épouse ?

— Rien de semblable, non.

— Je reformule ma question, professeur. Votre femme avait-elle des antécédents dépressifs ?

— Ce n'est pas un secret, me semble-t-il. Claire a des fragilités. Elle a en effet traversé quelques épisodes de dépression dans les premières années de notre mariage.

— A-t-elle fait des séjours dans des établissements spécialisés ?

— C'est arrivé.

— Combien de fois ?

— Deux.

— Elle a donc, j'imagine, suivi des traitements médicamenteux pour soigner son état ?

— En effet.

— Prenait-elle encore des médicaments pendant la période qui nous intéresse, c'est-à-dire entre l'arrivée de Walid dans votre vie et son arrestation ?

— Non.

— Aucun ? Pas même des somnifères ?

— Quel rapport ? La moitié de la population française prend des cachets pour dormir.

— Et auparavant, durant ses périodes de traitements, vous souvenez-vous du type de médicaments qu'elle prenait ? »

Le président intervient : « La question n'est pas recevable, maître. Madame K. n'était plus sous traitement au moment des faits.

— En est-on si sûr ? insiste l'avocat.

— Ce que vous dites porte un nom, maître, cela s'appelle de l'insinuation et cela n'a rien à faire dans une cour d'assises.

— Très bien, passons à autre chose, puisqu'on me le demande. Vous n'ignorez pas, professeur, que certains de vos confrères vous surnomment Talleyrand, n'est-ce pas ? »

Jean-Louis ouvre de grands yeux. D'où tient-il cette information ? Il décide de sourire.

« Oui, c'est le genre de boutade qu'on entend dans les couloirs de l'université.

— Mettons qu'il s'agisse d'une boutade. Vos confrères rendent tous hommage à la valeur de vos travaux. Certains vous prêtent, plus qu'à d'autres, une habileté florentine à naviguer dans les intrigues de la Sorbonne, voilà tout. Mais alors, dites-nous un peu, pourquoi occupiez-vous un bureau sans fenêtres, aux dimensions dignes d'un placard à balais, à l'époque où mon client vous a rencontré pour la première fois ? »

Jean-Louis s'attendait à tout, sauf à cela.

« Je comprends qu'on puisse y voir le signe d'une mise à l'écart, ou même d'une sanction. Mais cette période correspond en réalité à une sorte de chômage technique. Le département d'histoire contemporaine a dû faire face, comme partout ailleurs, à des coupes budgétaires dramatiques. Ma chaire a temporairement été suspendue. Il se trouve qu'on a affecté mon bureau à un autre usage dans le cadre d'un réaménagement global. Il a été transformé en bibliothèque. »

Morland-Kieffer acquiesce en forçant le trait, faisant savoir qu'il n'en croit pas un mot.

« Vous avez depuis réintégré votre chaire, ainsi qu'un bureau plus conforme à votre poste ?

— En effet.

— Arrêtez-moi si je me trompe. Ces chamboulements ont commencé à la rentrée suivant les élections présidentielles ?

— Si vous insinuez que la nouvelle majorité a encouragé certaines évolutions dans le fonctionnement des universités françaises, allez-y franchement... c'est un secret de polichinelle. Elle s'y est employée, comme toutes les majorités avant elle. Mais au risque de vous décevoir, les changements dont vous faites état étaient prévus de longue date.

— Hum... C'est aussi à cette époque que vous avez signé votre premier article dans la revue *Convergences*, me semble-t-il.

— Tout à fait.

— Un article dans lequel vous retracez en quelque sorte la genèse de la préférence nationale.

— C'est son titre. *Histoire de la préférence nationale.* Il me semblait utile d'inscrire le débat public dans un temps long, c'est mon métier. Je ne vois vraiment pas où vous voulez en venir, maître.

— Je suis sûr que si.

— J'ai signé plus de trois cents publications dans toute ma carrière.

— Celle-ci a la singularité d'avoir été acceptée par une revue qui se positionne politiquement à la droite de la droite.

— Ce point de vue n'engage que vous, maître. *Convergences* est une revue pluridisciplinaire, ouverte à tous les travaux, pourvu qu'ils soient sérieux.

— Peut-être. Pourquoi pas. Permettez-moi quand même de rappeler que l'édito du numéro en question plaide pour l'entrée de Maurras dans la Pléiade.

— C'est une opinion. Probablement pas la vôtre, certainement pas la mienne. Une opinion toutefois libre de s'exprimer, me semble-t-il. Après tout, Céline et Drieu La Rochelle y sont depuis longtemps, à la Pléiade. »

Le président s'impatiente : « Venez-en à l'affaire qui nous intéresse, maître Morland-Kieffer.

— J'y viens, j'y viens... Il me paraît cependant digne d'importance d'éclairer la cour sur la nature des recherches dirigées par le professeur K., dans lesquelles mon client s'est vu enrôlé.

— Votre client m'a sollicité, rectifie Jean-Louis. Je ne suis pas militaire, je n'ai jamais enrôlé personne.

— Soit. Vous n'êtes ni militaire ni partisan. En me penchant sur vos travaux, il m'a toutefois semblé que vous alimentiez, comme certains de vos collègues, un nouveau discours sur le régime de Vichy. Non pas nouveau, en réalité, disons plutôt un discours ressuscité, une certaine doctrine longtemps battue en brèche, qui insiste notamment sur la bonne foi de Pétain. Vous prétendez au fond rendre à Vichy son visage perdu, celui du "bouclier protecteur", selon les propres termes du Maréchal.

Un bouclier patriotique, dressé dans l'effort, un véritable sacrifice pour atténuer les souffrances des Français. »

Jean-Louis commence à bouillir.

« Vous vous aventurez hors de votre pré carré, maître. L'histoire ne s'écrit pas dans les prétoires.

— Et pourtant ! rétorque Morland-Kieffer, balayant l'espace d'un geste théâtral. Vous savez comme moi que cette doctrine a vu le jour ici même, en ces murs, au mois d'août 1945, pendant le procès de Philippe Pétain. Maître Isorni, son avocat, a eu ce talent : dissoudre l'histoire dans la légende. Sa plaidoirie aura nourri la bonne conscience française pour les trente années suivantes. Les soixante-quinze pour cent de Juifs sauvés par Vichy ? C'est lui ! Les fusillés criant sous les balles allemandes "Vive le Maréchal" ? Encore lui ! Le rôle complémentaire des gaullistes et des pétainistes ? Toujours lui ! À entendre l'avocat du Maréchal, Vichy n'était rien d'autre qu'une forme de résistance passive. Il aura fallu attendre qu'une génération passe pour envoyer aux oubliettes de l'Histoire cette imposture. Vichy aurait donc sauvé soixante-quinze pour cent des Juifs de France ? En voilà, une nouvelle ! Je ne sais pas pour vous, professeur, mais en ce qui me concerne, si quelqu'un me brisait la moitié des dents à coups de marteau, il ne me viendrait pas à l'idée de le remercier d'avoir épargné l'autre moitié ! »

Jean-Louis est ébranlé par l'attaque, il cherche ses mots : « Vous divaguez, maître !... Jamais je n'ai repris à mon compte le moindre de ces arguments ! »

Morland-Kieffer a obtenu ce qu'il voulait, il esquisse un petit sourire vainqueur dans un haussement d'épaules.

« Non, c'est vrai, convient-il humblement. Vous avez seulement nourri la thèse selon laquelle les patriotes de l'Hôtel du Parc, à Vichy, ont tout fait pour limiter les compromissions avec l'ennemi, tandis qu'à Paris les excités de la collaboration ruinaient leurs efforts. Les premiers auraient avec Pétain péché par naïveté, les seconds avec Laval par idéologie. On connaît la chanson. En me penchant sur vos travaux, j'ai entendu sa petite musique. »

Jean-Louis est pétrifié de colère. Par chance, le président vole à son secours : « Cette cour a été saisie pour juger Walid Z., maître Morland-Kieffer. Je vous prie d'interroger le professeur K. comme le témoin qu'il est, et non comme l'accusé.

— Tout à fait, monsieur le président... Le témoin, le beau-père et le directeur de thèse. À y regarder de près, les travaux du professeur K. s'inscrivent dans une forme de réhabilitation de la Révolution nationale, un projet politique s'apparentant par de nombreux aspects à celui du gouvernement actuel : une entreprise de revanche idéologique et de discrimination civique... »

L'avocat général l'interrompt en abattant son poing sur le pupitre.

« Je demande la parole, monsieur le président !

— Je vous la donne, monsieur l'avocat général.

— Vous dépassez toutes les bornes, maître Morland-Kieffer ! De quoi cherchez-vous à dédouaner votre client en accablant son professeur ? Il est aussi vain de vouloir requalifier ce viol en affaire politique, que changer une citrouille en carrosse. Vous plaidez aux assises, maître, pas dans un conte de fées. Venez-en aux faits !

— Qu'à cela ne tienne. Il y a six mois, monsieur K., vous avez publié un article intitulé « La Révolution nationale, un anachronisme ? ».

— Il recommence ! s'étrangle l'avocat général.

— Je poursuis ! Mais si vous persistez à m'interrompre… »

Le président s'interpose : « Non ! Vous ne poursuivrez pas dans cette voie, maître. Nous allons revenir à l'affaire qui nous occupe. Les débats s'égarent. Les esprits s'échauffent. La justice en pâtit. »

Morland-Kieffer pose sur l'avocat général un regard lourd de fureur : « J'obéirai aux remarques du président, mais soyez assuré, monsieur l'avocat général, que je ne m'inclinerai pas devant vos sommations ! »

Tout le monde semble avoir perdu son sang-froid, Jean-Louis le premier. Il se demande si les débats ont déjà pris cette tournure la veille. Claire était si fuyante hier soir, elle n'a rien raconté de précis. Walid est défendu par un grand fauve qui pourrait bien précipiter le procès sur une pente périlleuse.

Le président reprend la parole : « Je crois qu'il est temps que nous nous accordions une pause. Le témoin veut-il ajouter quelque chose ? »

Jean-Louis tâche de rassembler ses esprits. Il respire calmement et laisse passer un ange, comme il le fait en amphi, lorsqu'il s'agit de regagner l'attention de ses étudiants.

« Je vous remercie, monsieur le président. Chacun aura compris, maître Morland-Kieffer, quel genre d'opportuniste vous cherchez à faire de moi. Seulement, qui s'en laissera convaincre ? Voudriez-vous faire oublier aux jurés que j'ai accordé sans réserve ma confiance à Walid, lorsqu'il est venu frapper à ma porte ? Que je l'ai choisi, lui, parmi d'autres étudiants au patronyme plus français ? Que je l'ai accueilli non seulement dans mon équipe, mais encore dans ma propre famille ? »

Mais les derniers mots de Jean-Louis sont étouffés par le remue-ménage de Morland-Kieffer, qui agite ses dossiers devant le box. Les jurés ont l'air pressés de prendre leur pause. Le président le remercie. En quittant la barre, Jean-Louis fulmine, il s'est fait surprendre sur son propre terrain.

***

En sortant dans la petite cour, Blaise se demande où s'embourbe ce procès. Tout se déroule comme si la présence de Z. dans le box n'était plus que le prétexte à des règlements de comptes personnels. L'avocat général montre les dents. Morland-Kieffer excelle dans l'art de la diversion, faut reconnaître. Il dramatise les détails. Le voilà qui sort à son tour. Il a ôté sa robe, il est tout débraillé. Probablement le genre de type à se lécher les doigts au restaurant. Penché sur son téléphone, il halète comme si pianoter un texto réclamait le même effort que grimper à une échelle. Son bilan cholestérol ne doit pas être beau à voir. Les assesseurs sont eux aussi plongés dans leur écran. Les jurés s'évitent. Le président s'éclipse à la même vitesse qu'il est apparu. Pendant les pauses, la tension retombe à plat. C'est étrange, un peu triste. L'ambiance évoque les coulisses d'un plateau de cinéma : des comédiens qui n'auraient soudain plus rien à se dire, fumant des clopes, blasés d'être là.

Juliette ne fait pas exception. Un peu à l'écart, elle tape distraitement un message en tortillant une boucle de cheveux. Ce matin, cela dit, elle lui a concédé un sourire.

Un peu étrange, vu le vent qu'elle lui a mis la veille. Il n'a jamais rien compris aux femmes. C'est même de pire en pire, il lui arrive de les envisager comme une espèce à part. L'impression de n'être plus relié à elles que par les lois de la biologie. Juliette porte un haut vert émeraude, échancré, bien moulant. Il ne peut s'empêcher de l'imaginer devant sa glace, au réveil, jaugeant ses seins dans plusieurs tenues successives, selon des angles variés. Cette idée l'excite et l'exaspère. Depuis quand une fille, en se mirant ainsi, n'a-t-elle pas songé à lui ? La réponse, vague et amère, se coince dans sa gorge.

***

La nuit précédant son exécution, Laval a tenté de se suicider en avalant une capsule de cyanure. Hélas, le poison était éventé. Le procureur général a fait venir un médecin pour lui administrer une piqûre de morphine, puis deux autres de camphre, afin de le remettre sur ses jambes. Laval a dû se résoudre à franchir la porte de sa cellule pour prendre douze balles dans la peau. Douze balles françaises, tirées par un peloton de gendarmes, sur le chemin de ronde de la prison de Fresnes. À quoi pensait-il ? Treize ans plus tôt, il faisait la une du *Time Magazine* : « Pierre Laval, Man of the Year 1932 ». Il succédait à ce titre au Mahatma Gandhi. Les New-Yorkais lui avaient même réservé l'honneur d'une parade. On l'admirait pour le tact et la fermeté avec lesquels il pilotait la France dans les bourrasques de la Grande Dépression. Les actualités Pathé le montraient en haut-de-forme et queue-de-pie, sa délicieuse fille à son bras, remontant encore et encore la Cinquième

Avenue sous un déluge de confettis. Et voilà qu'il crevait comme un chien, dans les herbes hautes, à l'ombre d'une muraille de prison.

Walid a très tôt été fasciné par cette trajectoire. Laval, l'enfant du peuple, fils d'un modeste bougnat. L'avocat des pauvres, des ouvriers, des anarchistes. Le candidat socialiste. Le maire d'Aubervilliers. L'affairiste. Le renégat de la SFIO. Le nouveau magnat de la presse. L'anticommuniste. L'homme de droite. Le ministre de l'Intérieur. Le ministre du Travail. Le ministre des Colonies. Le ministre des Affaires étrangères. Le président du Conseil. La catastrophe du Front populaire et la traversée du désert. La divine surprise de juin 1940. La revanche et les manœuvres. Le chef du gouvernement de Pétain. La collaboration. Le zèle. Les lettres de Goering et le Luger d'Abetz. Les trains à bestiaux, ponctuels et remplis de Juifs. Le STO. L'État milicien. Juin 1944. La fuite devant les chars du général Leclerc. La Forêt-Noire. Sigmaringen. Le Maréchal devenu muet, sa cour mérovingienne. Les ultimes suppôts du Reich – Doriot, Déat, Le Vigan, Céline et son chat. La dernière fanfare.

Walid aime s'imaginer la surprise des enquêteurs, lorsqu'ils ont découvert dans sa chambre deux lettres autographes de Laval.

« J'ai cédé à la fascination. »

Le président cligne des yeux sans rien dire, une manière désormais familière de lui faire comprendre que la réponse ne le satisfait pas.

« Des lettres de Pierre Laval ! insiste Walid. En tombant dessus, dans les archives, je n'en croyais pas mes yeux. J'ai voulu les emprunter, les garder quelque temps auprès de moi, c'était comme des pièces de collection. J'allais les remettre à leur place. »

Une ligne de défense balayée par l'avocat général : « Quel manque d'imagination ! Vous avez volé ces archives. Vous les avez soustraites en toute conscience aux dossiers. Vous avez falsifié votre travail et ce faisant vous avez cherché à saboter celui de votre professeur. »

Morland-Kieffer se dresse devant Walid.

« Avant de répondre à l'accusation, j'aimerais porter à la connaissance des jurés le contenu de ces lettres. Le contexte est important, me semble-t-il. Mon client était chargé par son directeur de thèse de traquer dans ses archives toutes les traces laissées avant la guerre par des individus qui ont ensuite servi le régime de Vichy. Il tombe sur deux lettres de Pierre Laval. De quoi s'agit-il ? C'est assez surprenant. Elles sont datées de l'année 1924. Le jeune député Laval, fraîchement élu, avait mené la liste du Cartel des gauches dans le département de la Seine. La Chambre l'avait nommé dans la foulée rapporteur d'une loi d'amnistie. L'idée des parlementaires était de passer l'éponge sur une série de délits commis pendant la Grande Guerre, une vieille promesse de la gauche. Ses lettres sont adressées au garde des Sceaux. Pour résumer, Laval plaide la cause d'une de ses administrées, une mère de famille misérable, une veuve de guerre, qui réclame le retour de son fils. À l'âge de huit ans, son enfant a été surpris dans un champ par le garde champêtre, alors qu'il volait des fraises. Le tribunal pour enfants et adolescents de la Seine l'a condamné à être enfermé dans un patronage de rééducation jusqu'à ses dix-huit ans. Eh oui, vous m'avez bien entendu… pour un vol de fraises ! Alors, chacun comprendra, je n'en doute pas, l'étonnement de mon client. Pierre Laval, le futur protégé de Hitler, qui ferraille avec le garde des Sceaux en faveur d'un pauvre gosse, pour une histoire de fraises… Bon, c'est un fait, Walid a décidé d'emprunter ces lettres. En toute franchise, j'ignore à quel moment il comptait les remettre dans leur dossier. Ce que je sais, c'est qu'il avait l'intention de le faire. Je le sais pour une raison évidente : il a retranscrit l'intégralité de ces lettres dans ses notes de travail, retrouvées par la police sur son disque dur. Autrement dit, il n'a pas cherché à dissimuler leur existence. » Morland-Kieffer s'interrompt et se retourne vers Walid : « Quand avez-vous emporté ces lettres ?

— Au mois de mars, je crois.

— C'est-à-dire durant cette période où vous viviez reclus, dans une sorte de dépression, en attendant de basculer dans le statut de citoyen de seconde zone ? »

Le président s'irrite : « On s'égare, surveillez votre langage. Où voulez-vous en venir, maître ? »

Morland-Kieffer lance ses deux bras en l'air : « Au terme de ce détour ! Mon client n'avait aucune intention de nuire à son directeur de thèse. Quelle idée ! Il traversait un moment difficile. Il passait beaucoup de temps seul dans sa chambre… »

Walid baisse les yeux. Il commence à douter de la stratégie de Morland-Kieffer. Son show permanent, ses paraboles et ses outrances. Il va finir par fatiguer les jurés avec cette manie de tout ramener à la politique du gouvernement. Walid va encore se taper le rôle de l'Arabe en colère contre le reste du monde. C'est comme sa relation avec Jean-Louis, Morland-Kieffer ne l'a pas attaquée sous le bon angle ce matin. Il vient de rater une

a proposé d'aller discuter dans la cour de la Sorbonne. Elle ne se souvient plus de quoi ils ont causé, assis sous les arcades. Il avait l'air un peu coincé tout d'un coup. C'était décevant. Vu comme il avait fondu sur elle dans l'amphi, elle aurait aimé qu'il lui fasse des avances franchement sexuelles. Rien ne la trouble plus que l'idée de se faire attraper par un inconnu dans les toilettes, derrière une porte, au fond d'un parc. Non pas que ça lui soit souvent arrivé, mais elle aime cultiver ce fantasme, ça l'aide à garder le sens de la réplique en face d'un mec qui lui fait de l'effet.

Quand on les devance, certains garçons se dérobent, d'autres en perdent leurs moyens. Ceux-là en deviennent touchants. Évidemment, tous finissent par se ressembler après t'avoir baisée. Ils remontent leur braguette, ravis, détendus, s'imaginant t'avoir rendu un grand service. Avec Walid, les choses se sont passées différemment. Elle a été surprise par l'effet de ses mains sur son corps, un mélange de précision et de frénésie. Il n'arrêtait plus de l'embrasser. Non seulement elle a joui dès la première fois, mais lui n'a pas semblé trouver ça digne d'étonnement. De deux choses l'une : soit elle était tombée jusqu'alors sur des tocards, soit elle venait de dénicher la perle rare.

« Quand avez-vous envisagé de parler de cette liaison à votre père ? »

À son père ? Évidemment, Walid, ça ne le mettait pas en joie d'annoncer à son directeur de thèse qu'il couchait avec sa fille. Mais pour Héloïse, le problème ne se situait pas là. Elle connaissait l'animal, elle trouverait bien le moyen de l'amadouer. Sa mère, c'était une autre affaire. Elles ne s'adressaient pour ainsi dire plus la parole. Après des années d'orages et de réconciliations, leur relation avait fini par voler en éclats. En entrant au lycée, Héloïse avait commencé à comprendre que sa mère projetait sur elle toutes ses frustrations. Elle revivait sa jeunesse par procuration. Elle avait ses fixettes, exactement les mêmes que sa propre mère, vingt ans plus tôt ! Elle suivait l'évolution de son poids quasi quotidiennement. Les courbes de son corps l'obsédaient. Elle paniquait à chaque repas. Elle n'achetait plus de pain. Elle fermait la porte du salon lorsqu'une amie apportait des biscuits pour prendre le thé. Elle voulait tout savoir, tout contrôler, tout prévoir.

À dix-sept ans, la coupe était pleine. Héloïse a informé ses parents qu'elle deviendrait comédienne. Fin de la discussion. Foutez-moi dehors si ça vous chante, vous ne changerez rien à ma détermination. Impressionné par son numéro, son père était ensuite parvenu à convaincre sa mère qu'il valait mieux la garder sous leur toit, lui payer des cours d'art dramatique dignes de ce nom, plutôt que de l'abandonner à ses nouvelles fréquentations. Leur cohabitation s'est dès lors résumée à une rancune glaciale. Héloïse suivait des cours de théâtre, s'alimentait dans le frigo, croisait sa mère dans le couloir, sans que ses parents ne captent rien de son emploi du temps, sinon qu'elle avait tendance à dormir le jour plutôt que la nuit.

Elle a intégré une compagnie qui entamait une création dans un petit théâtre de Montreuil. L'extrême droite venait de l'emporter. La pièce était montée dans l'urgence, une libre adaptation de Richard III, entièrement dépourvue de dialogues. Il s'agissait d'une allégorie de la violence et de la désolation vers lesquelles le nouveau pouvoir précipitait le pays. À sa grande surprise, ses parents se sont pointés à la première. Rien ne les préparait à la voir se déchaîner sur le plateau, à demi nue, le corps enduit de peinture noire, chevauchant et frappant des bidons métalliques. Une sono déversait des cascades de décibels sur le public. On avait distribué des bouchons d'oreille à l'entrée. La pièce s'achevait dans une apothéose de fumigènes, de flashs lumineux et de bébés en caoutchouc gisant dans des flaques d'eau. En ombre chinoise, une femme voilée pendait au bout d'une corde. Son père n'a fait aucun commentaire. Sa mère a tout simplement évité de la croiser pendant plusieurs semaines.

Quelque temps plus tard, Héloïse a eu avec elle une dispute à propos de l'islam. Sa mère soutenait que le Coran couvait en son sein les appels au meurtre lancés par les djihadistes. C'était peut-être fâcheux, mais les octroyés payaient maintenant le prix de cet entêtement à refuser la critique de certaines sourates. Héloïse a commencé par prendre sur elle. Elle n'avait pas lu le Coran, mais elle connaissait des musulmans sincères qui se faisaient une autre idée de leur texte sacré. Sa mère a insisté. Elle n'aurait pas dû. Héloïse a explosé : « T'es plus soumise que n'importe quelle femme voilée ! T'as zéro leçon de dignité à me donner. Toute ta putain de life s'est déroulée à l'ombre de papa, dès le départ, t'as capitulé ! Ça fait quinze ans que vous faites chambre à part ! Tu t'es contentée des miettes, comme toutes tes copines ! Comme n'importe quelle Saoudienne ! » Sa mère a serré les dents. Avant de quitter la pièce, elle a seulement lâché, le dos tourné : « Ne t'avise jamais de ramener un musulman à la maison ! »

Alors, lui présenter Walid ? Elle n'y songeait pas. Au début, en tout cas. Pendant cette période où l'amour emporte tout. La vie explose. On ne se quitte plus. Tout devient épatant. Tu baignes dans un bonheur radioactif, presque niais. Les inconnus te sourient. Les flics te parlent gentiment. Pour un peu, tu t'attendrirais sur ta cinglée de mère.

Héloïse n'a pas tardé à prendre ses quartiers dans la chambre de Walid. Ils ont laissé filer plusieurs mois entre ses quatre murs, indifférents au reste du monde. Transis de passion. Walid dispensait quelques cours à l'université, dépouillait ses archives, et lui consacrait le reste de son temps. Sauf que dehors, le gouvernement passait à la vitesse supérieure. Il avait mis en place les commissions de révision, qui privaient de leur nationalité française des vagues de binationaux. On épurait l'état civil. Dans certaines agglomérations, des patrouilles de « citoyens vigilants » ont obtenu le statut d'auxiliaire de police. Les débordements ne se sont pas fait attendre : ratonnades, salles de prières vandalisées, humiliations publiques. Le ministre de l'Intérieur a bien été obligé de regretter quelques bavures. Mais la plupart du temps, il faisait porter le chapeau aux victimes.

Chaque fois qu'elle abordait le sujet, Walid la rembarrait. Il pouvait se montrer sec et cassant. Ses origines étaient devenues un tabou. Elle, au contraire, chérissait chaque parcelle de l'Arabe qu'il était. Elle ne se privait pas de le provoquer en l'appelant mon p'tit rebeu, mon octroyé, ma prise de chasse. Walid s'énervait, il s'emportait. Elle n'attendait que ça. Qu'il la plaque sur le lit, lui écrase les poignets et lui morde l'oreille en la traitant de sale petite bourge, de garce dévergondée, de poule de luxe. Ils s'aimaient sur un ring, se poussaient dans les cordes.

Le temps passait. Un jour, il faudrait pourtant l'annoncer à son père. Walid était plus réticent qu'elle, cette perspective l'intimidait. Il a tout de même accepté de visiter l'appartement familial, en l'absence des parents d'Héloïse. Elle avait pensé que ce serait un bon moyen pour lui d'apprivoiser le décor, avant d'y faire son entrée.

Ils s'y sont rendus par un après-midi de mai. Rien que le palier a frappé Walid par ses dorures et ses tapis. Héloïse l'a conduit de pièce en pièce en le tirant par la main. Il tripait sur tout, les rayonnages en acajou, les livres anciens, les estampes et les gravures. Sur le seuil de la chambre de sa mère, il a un peu tiqué. Les draps étaient en désordre, un verre d'eau à moitié vide traînait sur la moquette. Il a voulu se tirer. Héloïse ne l'entendait pas de cette oreille, « viens plutôt dans ma chambre ». Sur le trajet, elle a pioché un livre dans la bibliothèque, « mon préféré, quand j'étais petite ». Walid le lui a ôté des mains. C'était un manuel d'anatomie de la fin du XVIIe siècle. Il a feuilleté les planches avec un air de dégoût – des entrailles déroulées, un utérus en coupe, des tranches de fœtus. Héloïse a éclaté de rire. Quand elle était gamine, c'était son petit secret. Elle prenait une chaise et attrapait le livre pour se faire un frisson. Le plus exaltant, ce n'était pas le côté hardcore, mais l'idée qu'il s'agissait selon elle d'un livre de sorcellerie. Elle s'imaginait que sa mère était en fait une sorcière : avant Héloïse, elle aurait eu d'autres enfants et se serait inspirée des illustrations pour les disséquer vivants, chacun leur tour. Walid a eu un doute, « tu plaisantes ? ». Elle lui a pincé la joue, « viens ! ».

Elle l'a conduit au bout du couloir, dans le bureau de son père. Walid a sifflé d'émerveillement en découvrant une pièce cinq fois plus grande que sa propre chambre. Le parquet grinçait sous leurs pas, il hésitait à fouler les tapis persans. Elle lui a proposé de s'installer derrière le bureau, pour voir ce que ça faisait de prendre la place du boss, après lui avoir enlevé sa fille. L'idée l'a fait sourire, mais il s'est inquiété de savoir si quelqu'un pouvait les surprendre. Aucune chance. On était vendredi, sa mère était déjà partie à Fausse-Repose. Son père avait comme toujours autre chose à foutre. Il a insisté, « et la femme de ménage ? ». Elle venait le lendemain. Walid commençait à se détendre dans le fauteuil, caressant le cuir du bureau. Il lui a demandé si elle avait une idée du prix de tout ça. Elle a ri, elle n'en avait aucune.

Il a longuement promené son regard dans la pièce, avant de demander, « tu nous sers quelque chose, ma poule ? ». Héloïse a sorti plusieurs bouteilles du buffet, mais Walid a changé d'avis. Il l'a tirée par la manche, « viens sur la banquette ». Elle s'est moquée, « on appelle ça un récamier ». Il l'a fait basculer sur le velours.

Ensuite, ils se sont servi du cognac. Walid était sur un nuage. Pieds nus, en caleçon, il souriait aux meubles, aux tableaux sur les murs, à la plante verte dans sa faïence chinoise.

Finalement, il a demandé, « qui doit mettre au parfum le vénérable professeur K. ? Sa fille ou son thésard ? ».

Héloïse n'a pas hésité un instant. « Laisse-moi faire. »

Elle s'est exécutée le lendemain, à Fausse-Repose. Sa mère s'est étonnée de la voir débarquer pour le dîner. Son père a trouvé la surprise formidable, le pauvre. Au fromage, elle a balancé son pavé.

« Je suis amoureuse de Walid, le thésard de papa. Notre relation dure déjà depuis quatre mois. Puisque vous n'osez pas me le demander, c'est chez lui que je passe la plupart de mes nuits. Je sais, la situation est cruelle pour tout le monde. Mais on s'aime, on est en couple. On veut vivre cet amour sans nous cacher. »

Son père n'a d'abord fait aucun commentaire. Il a fini son morceau de reblochon, son visage n'exprimant rien de précis. En face, sa mère se décomposait. Et puis son père s'est levé, il a plié sa serviette, s'est dirigé vers le jardin. « Je vais prendre l'air, vous m'excuserez. » Héloïse n'a pas eu le courage de rester en tête à tête avec sa mère. Elle s'est levée à son tour, « bon, ben voilà, je suis attendue à Paris ».

Ensuite, rien. Deux semaines se sont écoulées sans que ses parents abordent le sujet. Héloïse en faisait une question de principe : la balle était dans leur camp, c'était à eux de renouer le dialogue. Walid était complètement flippé. Il interprétait le silence de son père comme un défi. Un jour, il a craqué. « Ton père m'a déclaré la guerre ! Il cherche à me décourager. Il espère que son silence nous empoisonnera. Il me tient par les couilles, tu comprends ? C'est ma thèse ou sa fille, voilà ce qu'il veut me faire savoir ! Mais quoi ? Qu'est-ce qu'il s'imagine ? Que je vais continuer de lui lécher les bottes en fermant ma gueule ? »

Héloïse a éclaté de rire. « Arrête ton psychodrame. Je le connais, mon daron. C'est peut-être une huile de la Sorbonne, mais dans le fond, c'est un lâche. Laisse-moi faire. » Elle a sorti son téléphone pour envoyer à son père ce texto : *J'aime Walid. Nous allons nous marier.*

Walid a paniqué, « tu déconnes ! ».

Elle était morte de rire.

Son père n'a rien répondu, mais Walid a reçu le lendemain un mail le conviant à un rendez-vous de travail. Elle se marrait toujours : « Vas-y, t'inquiète, c'est dans la poche. Tu vas voir, il va te demander ce que tu souhaites pour la dote. »

Walid a grommelé : « Très drôle, tu me fous vraiment dans la merde. »

De ce qu'elle en sait, le rendez-vous a tourné au supplice chinois. Son père a commencé par lui poser une foule de questions sur ses archives, son travail, ses difficultés, l'air de rien. Il a pris en note ses réponses, a fait quelques suggestions. Walid attendait le coup de grâce, mais le coup de grâce ne venait pas. À la fin, son père a simplement fait remarquer, le sourire aux lèvres, que cette histoire de mariage ne manquait pas de culot. Ils auraient peut-être l'occasion d'en reparler, en temps voulu. En attendant, Walid était invité à dîner, rue de Babylone. Le lendemain, par exemple ? Walid n'a pas eu le temps de répondre que son père ajoutait, « autre chose, si vous n'y voyez pas d'inconvénient, nous nous en tiendrons au vouvoiement ».

À son retour, Héloïse triomphait : « Tu vois, j'avais raison, il attendait que tu fasses le premier pas ! »

***

Depuis l'arrestation de Walid, Claire a changé trois fois de numéro de téléphone. Elle ne supportait plus les avalanches de messages, un florilège de faux-semblants. De vagues connaissances se rappelaient soudain à son souvenir. Des voisines, des filles du yoga, des mères de l'École alsacienne… *Comment vas-tu, Claire ? On pourrait boire un thé toutes les deux ? Je t'embrasse.* Elles voulaient des détails. Les nouvelles circulent à une vitesse fantastique dans le 6e arrondissement, Claire en sait quelque chose. Une gamine de la rue de Sèvres a des poux ? Ton voisin fait monter une call-girl ? Le scoop est éventé dans la minute, la perfidie féminine n'a pas de limites. Au fond, elle n'a jamais su nouer de véritables amitiés. Quelques épouses désœuvrées lui tiennent lieu de copines, et voilà tout.

Claire a toujours eu le sentiment d'appartenir à une espèce à part, d'être une créature de la nostalgie. Dans les périodes fastes, elle se demande à côté de quel destin elle est passée. Dans les mauvaises, elle a envie de mourir. La vie est tantôt un ennui, tantôt un combat. Si elle était sincère, elle l'avouerait à la cour : vous n'imaginez pas comme je regrette d'être assise sur ce banc.

Elle avait vingt et un ans lorsqu'elle a rencontré Jean-Louis. Il était maître de conférences à la Sorbonne. Elle sortait de khâgne. Leur liaison est restée secrète pendant quelques mois, jusqu'au jour où elle a compris qu'elle était enceinte. Jean-Louis était marié. Elle découvrait l'amour. Pour des raisons qui maintenant lui échappent, ils n'ont ni l'un ni l'autre envisagé l'avortement. Très vite, Jean-Louis a demandé le divorce. Ses collègues en ont fait des gorges chaudes dans les couloirs de l'université, mais sa carrière n'en a pas été affectée. Claire ne peut pas en dire autant de la sienne. Cette grossesse a mis fin à la période de sa vie qu'elle considère comme la moins sombre. Elle s'émancipait de sa famille. Elle brillait à la fac. L'agrégation n'était pas loin. Quand elle y pense… quelle femme serait-elle devenue, si elle n'était pas tombée enceinte ? Elle est la fille unique d'un couple de pharmaciens. Un père absent, soumis, démissionnaire. Une mère toxique qui rêvait pour elle de gloire et de paillettes. Le week-end, elle l'emmenait demander des autographes à la sortie des studios de télé, en lui répétant que sa beauté deviendrait soit un talent, soit une malédiction – il fallait choisir. Elle n'a jamais choisi, les garçons s'en chargeaient. Une litanie de déceptions. Et puis elle a rencontré Jean-Louis, si brillant à ses yeux, elle en est tombée follement amoureuse. Se marier avec un homme de dix-huit ans son aîné n'a soulevé chez sa mère qu'une vague réserve, sachant qu'il enseignait à la Sorbonne.

Elle a interrompu ses études pour s'occuper d'Héloïse. Elle les a reprises deux ans plus tard, mais le cœur y était moins. La brillante khâgneuse était devenue maman. Quel anachronisme. Un trou noir, empli de cris de bébé, dont elle est sortie trois ans plus tard, munie d'un misérable CAPES d'histoire-géographie. Son échec était consommé. Elle a intégré l'Éducation nationale. Comme c'est l'usage, on l'a parachutée en zone d'éducation prioritaire : un collège oublié de la civilisation, au nord de Bobigny. Un enfer. Elle n'y a pas tenu six mois. Depuis, elle n'a jamais plus y travaillé.

« Madame K., dans quelles circonstances avez-vous rencontré Walid Z. pour la première fois ?

— Mon mari avait pris l'initiative de l'inviter pour faire les présentations. Avec Héloïse, ce n'est un secret pour personne, nos relations étaient complexes. Jean-Louis s'est d'abord montré réticent à l'idée qu'un de ses doctorants fréquente sa fille. Il lui a fallu quelques semaines. Pour ma part, j'étais soulagée qu'elle nous présente un thésard.

— C'est faux ! » s'emporte Héloïse à la barre.

Claire tressaille, son cœur lui bat dans la gorge. Elle n'a revu sa fille qu'à deux reprises depuis l'arrestation de Walid. Elle savait dans quelles dispositions Héloïse allait se présenter au procès, mais elle ne mesurait pas combien sa voix de crécelle pouvait encore l'atteindre. Le président intervient pour prier Héloïse de faire preuve de retenue, elle aura la parole plus tard.

« J'ai accueilli Walid avec une certaine réserve, si c'est ce que tu veux dire, Héloïse…

— Adressez-vous directement à la cour, s'il vous plaît.

— Bien sûr, excusez-moi. Cette rencontre représentait probablement beaucoup pour ma fille. Jamais elle ne nous avait présenté un garçon. Mais je n'étais pas dupe… Je m'imaginais facilement le genre de portrait qu'elle avait pu faire de moi. Je n'allais pas m'ingénier à le démentir, comme une demi-mondaine, entre le fromage et le dessert. Alors oui, c'est vrai, je ne lui ai pas beaucoup adressé la parole… j'ai préféré l'écouter. Il a surtout parlé avec mon mari pendant le repas. Ils essayaient d'établir une nouvelle relation. »

Héloïse lui tourne le dos. Claire devine au rythme de sa respiration qu'elle retient sa rage. Elle a dû faire un travail sur elle-même, elle a tellement changé. Paradoxalement, elle lui ressemble de plus en plus. Héloïse a longtemps, elle aussi, été une fille modèle. Elle brillait à l'école. Son professeur de piano la voyait rafler des premiers prix. Elle était avide de grandir. Un peu capricieuse, parfois explosive, mais rien qui ne laissait présager une métamorphose si brutale.

Le jour de ses treize ans, elle a décrété que les bourgeons qui lui poussaient sur la poitrine l'autorisaient à s'habiller comme elle l'entendait. Les youtubeuses beauté ont fait le reste. Impossible de la raisonner, elle se cognait littéralement la tête contre les murs à l'idée de mettre un vêtement choisi par sa mère. En quelques semaines, elle a pris des allures de bimbo. Claire était catastrophée. Sortir avec sa fille dans la rue est devenu du jour au lendemain une épreuve. Les hommes devaient lui donner au moins seize ans, ils la mangeaient des yeux. Cette phase s'est prolongée jusqu'à la fin du collège. Ensuite, nouvelle transformation. Un vrai désastre. Sous l'influence de petites pestes de l'Alsacienne, elle a opté pour un look et une attitude qu'elle qualifiait elle-même de « destroy ». Le monde s'est soudain divisé à ses yeux entre le « badant » et le « kiffant », avec un net avantage pour la première catégorie. Elle était perpétuellement blasée. Elle prenait du poids. Elle s'habillait comme une clocharde. Jean-Louis et Claire lui faisaient la guerre, mais elle menaçait en retour de s'ouvrir les veines s'ils continuaient à lui pourrir la vie. Or, il n'était pas à exclure qu'elle mette un jour à exécution ses menaces. Elle se scarifiait déjà les avant-bras et dissimulait ses croûtes sous d'horribles bracelets de force. Ses crises de nerfs dépassaient toute mesure. Qu'elle commence à fumer des joints acheva de les consterner. Claire retrouvait des morceaux de shit au fond de ses poches, des paquets de cigarettes éventrés dans sa chambre. Héloïse s'attifait toujours du même sweat à capuche, constellé de trous de boulettes. Elle écoutait du rap, parlait comme une racaille. Deux ans de cauchemar.

Ensuite, elle a commencé à fréquenter des apprentis théâtreux, des artistes maudits autoproclamés, un moindre mal. Dans ses moments d'optimisme, Claire se disait qu'Héloïse finirait par comprendre que l'art, la littérature et le théâtre sont les formes ultimes de l'exigence. Que les pièces de Shakespeare ou de Tchekhov, qu'Héloïse se prenait soudain à vénérer, étaient moins les fruits d'une rébellion puérile que de la contrainte et du travail. Que le meilleur moyen de se frotter aux grandes œuvres consistait pour elle à intégrer une hypokhâgne.

Alors oui, c'est vrai, quand Héloïse a commencé à leur parler de Walid, elle aurait dû se réjouir : un doctorant en histoire, un garçon sérieux, de l'avis de son mari. Pourtant, elle n'y parvenait pas. Elle restait secrètement rétive. Au cours de ce premier repas, Walid l'a plongée dans la perplexité. Elle s'attendait à passer un moment détestable en compagnie d'un octroyé qui ne pouvait mettre les pieds dans sa famille que pour de mauvaises raisons : soit il était sincèrement amoureux d'Héloïse, et on pouvait alors douter de son équilibre psychique, soit il était d'un opportunisme achevé.

Il est pourtant parvenu à la surprendre. De ce qu'elle en savait, Walid avait grandi dans une sinistre barre de cité, encombrée de familles musulmanes, et voilà qu'il soutenait de solides conversations sur le Paris médiéval, les soirées de Médan, ou même le vin de Bourgogne. Il n'avait pas les codes rive gauche, mais il s'adaptait en souplesse. Sa chemise avait été choisie avec goût. Son regard était franc, ses épaules droites, sa voix savait moduler son propos avec intelligence. Un jeune homme prometteur, déjà si désirable. Claire avait le sentiment qu'elle ne le laissait d'ailleurs pas indifférent, c'était touchant. Elle s'est livrée à quelques regards appuyés. S'il était intimidé, il n'en a rien montré. Héloïse le mangeait des yeux. Claire enviait sa fille. Au fond, elles sont faites du même bois toutes les deux. Séduisantes. Mélancoliques. Le regard des hommes a longtemps été pour Claire un remède. Une fuite. Elle ne couche plus avec Jean-Louis depuis des lustres. Il y a bien eu quelques amants, souvent plus jeunes, mais chaque fois, passé le premier baiser, l'ennui venait reprendre ses droits.

Le dîner traînait en longueur. Jean-Louis buvait trop. Walid prenait de l'assurance, ses lèvres s'étirant dans des sourires de jeune loup. Son charme opérait, il le savait. Au dessert, personne ne semblait plus fournir aucun effort pour nourrir la discussion, à l'exception de Claire, qui se taisait dans son coin. Elle aurait pu se lever et partir, personne ne l'aurait retenue. Elle restait pourtant là, troublée, se demandant pourquoi, dans le fond, il était impensable que ce garçon devienne un jour son gendre.

Le président se tourne vers le box : « Dans ses dépositions, le professeur K. ne relève rien de particulier concernant cette soirée. Monsieur Z., en revanche, vous avez pris quelques notes, le soir même, qui nous éclairent un peu sur votre état d'esprit. À propos de Mme K., vous avez écrit dans votre journal qu'elle vous faisait l'effet d'une femme "mûre et délaissée", une "vieille poupée". Qu'entendiez-vous par là ? »

Claire sent se décupler l'effet de la gravité. Elle n'a pas voulu forcer sur les médicaments avant le procès. Bien mal lui en a pris. Le journal de Walid, elle le connaît presque par cœur. Dès qu'elle a eu accès au dossier, elle en a recopié des passages entiers. Seulement comme ça, en public, c'est une autre histoire. Les mots cinglent dans le prétoire, elle était pourtant prévenue.

« Ça peut paraître cruel, se justifie Walid. Je le reconnais… mais Claire n'a presque pas ouvert la bouche de tout le dîner. Je savais quelles étaient ses relations avec sa fille. C'est vrai, Héloïse n'était pas tendre quand elle parlait d'elle. Je m'attendais à une femme hostile, qui me bombarderait de questions sur ma vie, ma famille, la cité… au lieu de quoi elle s'est contentée d'écouter, sans rien dire. Elle paraissait triste. Un peu ailleurs. Héloïse et son père, ils n'avaient pas l'air de s'en inquiéter. Pour tout dire, les rares fois où Claire a pris la parole, Jean-Louis a eu l'air surpris. »

Claire s'attend à devoir répondre, mais le président se tourne vers sa fille.

« Mademoiselle, quel souvenir vous a laissé ce dîner de présentations ?

— Je m'en souviens comme si c'était hier. Je connais ma mère. Je m'y étais préparée. Elle n'allait pas desserrer les dents de tout le repas, c'était écrit d'avance. Pourquoi ? C'est très simple. Parce que Walid est d'origine arabe. Ma mère a un problème avec ça. Elle a enseigné six mois dans un collège de Bobigny, quand j'avais quatre ans. Elle a fait une dépression. Ça fait presque vingt ans qu'elle est en arrêt-maladie. Et depuis, elle a une dent contre tout ce qui vient de l'autre côté de la Méditerranée…

— Venez-en aux faits, s'il vous plaît.

— Ma mère m'en a toujours voulu. Elle est tombée enceinte de moi pendant ses études. Cette grossesse a tout foutu en l'air. Elle aurait pu obtenir l'agrégation, faire carrière... sauf qu'elle a fini dans une ZEP de banlieue. À ses yeux, je suis la cause de son échec. Elle est jalouse de moi. Elle est encore plus jalouse de Walid. Elle aurait voulu suivre cette voie, elle aussi... se faire une place à l'université. Voilà pourquoi elle n'a pas décroché un mot ! Elle me maudissait en silence, elle maudissait Walid. C'était trop pour elle. Vous savez, ma mère, c'est une grande dépressive. Elle fétichise sa jeunesse... Tout ce qui s'est passé depuis ses vingt ans n'a pour elle aucune valeur. Sauf que j'ai de bonnes raisons de penser qu'à vingt ans elle était déjà vieille. Elle est encore capable d'écouter des nuits entières le même CD de Mylène Farmer, d'aller tous les jours chez le coiffeur, ou j'sais pas... de se lancer tout à coup dans la fabrication de sculptures avec des pots de yaourt. Les weekends à Fausse-Repose se terminaient systématiquement dans les larmes. »

Morland-Kieffer réclame la parole.

« Mademoiselle, votre père a évoqué certains épisodes dépressifs de votre mère. Il nous a aussi fait part de séjours en établissements spécialisés. Sauriez-vous dire combien elle en a effectué ?

— Je ne sais pas, peut-être trois ou quatre.

— À quand remonte le dernier ?

— Je devais avoir seize ans.

— Avez-vous rendu visite à votre mère durant ces séjours ?

— Une seule fois. Je n'ai jamais voulu y retourner. Il y avait une fille qui mangeait des fleurs et un vieux qui parlait avec sa chaise. Ma mère avait l'air complètement perdue, je pense qu'ils l'assommaient de calmants.

— Suivait-elle un traitement lorsque Walid a fait connaissance avec elle ?

— Oui, je pense. J'ai toujours vu traîner un pilulier dans la cuisine. Mais je vous avoue que ça ne m'intéressait pas. Je ne voulais pas entendre parler de sa maladie, ou de ses médicaments.

— Si je vous comprends bien, votre mère n'a jamais cessé d'utiliser un pilulier avant l'arrestation de mon client ?

— Oui, c'est ça.

— Avez-vous le souvenir du nom des médicaments qu'elle prenait ?

— Non, désolée. »

Morland-Kieffer se tourne vers Claire.

« Madame K., voulez-vous nous éclairer à ce sujet ?

— Ce qu'Héloïse appelle un pilulier n'est rien d'autre que ma boîte de somnifères. J'en ai besoin pour dormir. Je ne suis plus aucun traitement depuis des années.

— Mademoiselle, demande-t-il à Héloïse, confirmez-vous cette information ?

— Je n'y crois pas une seconde ! Je sais très bien à quoi ressemble un pilulier… c'est une boîte qui sert à organiser les prises de médicaments pendant la semaine. Ce pilulier n'a jamais disparu de la cuisine ! Ma mère est une menteuse, une manipulatrice ! Elle m'a toujours fait porter la responsabilité de son malheur. Elle n'a jamais cessé de me demander pourquoi je la faisais tant souffrir ! »

Claire commence à se sentir mal. Vraiment mal. La voix d'Héloïse est une hache qui frappe à grands coups répétés. Que sa fille demeure loyale à Walid, c'était prévisible, mais une telle déclaration de guerre… Claire n'était tout simplement pas prête. Elle a présumé de l'état de ses forces.

« Madame K. ? Vous vous sentez bien ? Voulez-vous dire quelque chose ? »

Claire lève les yeux en direction du président. Au premier plan, la silhouette de sa fille est devenue floue. Des barbelés s'enroulent dans sa poitrine.

« C'est tout à fait exagéré, s'entend-elle répondre dans un filet de voix. La vie, vous savez… j'ai été maman si jeune… » Son avocat se penche vers elle pour lui glisser quelque chose à l'oreille, mais elle n'entend plus rien.

Le président donne de la voix dans son micro : « Je crois qu'une petite pause fera du bien à tout le monde. La séance est levée ! »

***

Walid reprenait courage. Quelques semaines après les présentations officielles, rue de Babylone, Jean-Louis avait demandé à le voir dans son nouveau bureau de la Sorbonne. L'épisode de sa proscription n'était plus qu'un souvenir : au deuxième étage du département d'histoire contemporaine, Walid a pénétré dans une pièce haute et claire, meublée Second Empire. Le soleil éclaboussait le parquet, une odeur d'encaustique flottait dans l'air.

La situation étant ce qu'elle était, Jean-Louis l'a avisé qu'il allait cesser de diriger sa thèse. Walid a pensé que c'était une élégante manière de lui signifier qu'il adoubait sa relation avec sa fille. Il lui avait d'ailleurs déjà trouvé un nouveau directeur de thèse, une éminence de l'EPHE qui allait suivre de loin en loin l'avancée de ses recherches. Pour les rendez-vous de travail, bien entendu, Walid continuerait de s'en remettre à lui. Il ne s'agissait pas non plus de délaisser le chantier collectif que Jean-Louis avait mis sur les rails.

L'avenir s'élargissait. L'air devenait plus respirable. Walid pouvait aussi espérer que les surenchères xénophobes du gouvernement épargneraient sa carrière. Tôt ou tard, la tragédie s'épuiserait d'elle-même. Il fallait faire le dos rond et se montrer patient. La France finirait bien par se réveiller, une barre dans le crâne, comme un lendemain de cuite, vaguement honteuse, en se demandant ce qui lui avait pris de se mettre dans un état pareil.

C'était sans compter l'imagination en plein essor des patriotes. Surgi de nulle part, un amendement s'était glissé en dernière minute dans une loi rectificative du Code de la fonction publique. Pour conserver leur statut, tous les fonctionnaires et assimilés devaient désormais porter un prénom français. Celles et ceux dont le prénom était présumé d'origine non européenne étaient mis en demeure de le franciser. Ils devaient faire leur choix dans une liste officielle, puis le soumettre à l'administration, laquelle aviserait dans un délai de deux mois.

Si Walid voulait conserver son poste d'enseignant-chercheur, il devait cesser de s'appeler Walid. C'était ridicule. À la réflexion, effroyable. Il a mis quelques jours avant d'en parler à Héloïse. Sa réaction était trop prévisible – elle est sortie de ses gonds. Pour elle, c'était tout simplement inacceptable. Walid devait refuser. Le gouvernement franchissait une nouvelle ligne rouge. La France faisait un pas de plus vers le fascisme. On force les gens à changer de prénom ! Et après ? On leur demande de renier leurs parents ? De s'éclaircir la peau ? Elle ne décolérait pas. En reniant son prénom, Walid accepterait une humiliation qui en justifierait bien d'autres.

Il a protesté que c'était facile, à sa place, de monter sur ses grands chevaux. Lui, à la sienne, n'y voyait pas seulement une affaire de dignité. Son poste et sa carrière étaient en jeu. Entre le déshonneur et le chômage, il choisissait le déshonneur.

Un coup dur pour leur couple, Walid a bien senti le changement. Ils ont commencé à s'embrouiller pour des bricoles : choisir un film sur Netflix, baisser la lunette des toilettes ou régler le volume du réveil. L'amour et le désir étaient intacts, mais ça crevait les yeux, Héloïse ne le tenait plus en si haute estime. En réaction, il se mettait parfois à la juger. Qui était-elle pour lui donner des leçons de résistance et de dignité ? Qu'est-ce qui l'autorisait seulement à en parler ? Elle s'était donné la peine de naître dans le 6e arrondissement, elle était montée sur une scène de théâtre à moitié à poil, elle avait sonné la charge sur des bidons en fer, et c'était tout.

Hors de question de débattre avec elle de son futur prénom. Mais de son côté, il n'arrivait pas à choisir. Avant d'entamer les démarches, il est allé prendre conseil auprès de Jean-Louis. Il s'était exercé devant la glace à s'apostropher selon certains prénoms de la liste officielle : Alain, Charles, Joseph, Thibault, Xavier ?

« William ? s'est étonné Jean-Louis. Ils autorisent William ? Mais c'est très bien ! Un prénom plein de panache. Un excellent choix. Walid… William…, répétait-il, songeur. Walid… William… vous l'avez choisi pour l'allitération, n'est-ce pas ? »

Rendez-vous pris au bureau des Patronymes et des Prénoms, il a patienté plusieurs heures devant une porte en compagnie de ses semblables – des Arabes essentiellement, quelques Noirs, qui s'apprêtaient à renier une partie d'eux-mêmes. Le préposé qui l'a reçu lui a aussitôt fait comprendre que le succès de sa démarche n'était nullement garanti. Son choix pouvait contrarier les critères d'attribution retenus par l'administration, raison pour laquelle il lui a reproché de n'avoir soumis qu'un seul prénom. La loi en autorisait trois.

Walid a fait remarquer que la loi en autorisait aussi un seul, et qu'il tenait à celui-là. Le préposé s'est énervé. Il était lui-même partie prenante du processus d'évaluation des dossiers. Pour aboutir, la requête de Walid allait passer par plusieurs services administratifs, qui chacun lui attribueraient une note, dont la moyenne, *in fine*, serait souveraine. Disant cela, le type a noté au stylo rouge, dans un angle du dossier : 2/10. C'était sa première note.

Walid n'a rien dit. Probable que ce gratte-papier avait pour mission de décourager les requérants en leur attribuant à tous une note catastrophique. Sorti du bureau, une seconde étape l'attendait : la visite médicale. Au terme d'une autre éternité, une infirmière l'a reçu dans une minuscule cabine. Quelques minutes lui ont suffi pour prendre son pouls, relever sa pression artérielle, remplir un formulaire et procéder à un prélèvement de cheveux pour l'ADN.

C'était tout pour la journée, mais le calvaire ne faisait que commencer. Les requérants devaient prendre un rendez-vous à la préfecture de police, puis encore un autre au département des modifications d'état civil. Les démarches allaient s'étendre sur plusieurs mois. Divers subalternes lui poseraient chaque fois les mêmes questions sur sa famille, son enfance, ses habitudes, son parcours et ses motivations. Des questions vagues, sans autre objet, lui semblait-il, que de l'obliger à poireauter des heures entières dans des couloirs, lui faire remplir des formulaires et l'écouter distraitement faire allégeance à la patrie.

Campée dans son indignation, Héloïse refusait d'en entendre parler. En retour, Walid l'évitait. Il s'isolait. Semaine après semaine, l'attente se peuplait d'angoisses oubliées. Dans sa chambre, sur son lit, il se tournait les sangs, s'abîmant dans la conviction croissante qu'on écarterait son choix pour l'obliger à se prénommer Gérard ou François.

Un matin, sur l'écran de son téléphone, un message lui a ordonné de se tenir chez lui, telle date, entre 8 heures et 17 heures, pour recevoir la visite d'un fonctionnaire de la Supervision civile.

Le jour dit, le thermomètre approchait de zéro, le ciel était d'un bleu polaire. L'individu a fini par se pointer en fin d'après-midi. D'allure négligée, presque sale, il a franchi le seuil sans se présenter. Walid lui a proposé de s'asseoir, mais il n'a rien répondu. Il est resté un long moment debout, au milieu de la pièce, à détailler le décor. Il était en dépit de la saison vêtu d'un tee-shirt et d'un gilet sans manches, garni d'une multitude de poches. Après un moment de flottement, il a demandé à Walid de s'installer sur la chaise. Lui resterait debout, c'était l'usage.

Dans un premier temps il a voulu s'assurer que Walid vivait bien à cette adresse. Son regard était fuyant, il se déplaçait d'un meuble à l'autre, se penchant distraitement sur une photo, un livre, une babiole, comme si les réponses de Walid n'avaient pas plus d'importance que ses propres questions.

À un moment, il a pointé du doigt un dessin sur le mur : « C'est votre copine ? » Il s'agissait d'un portrait au fusain, un truc à touristes réalisé sur la butte Montmartre, un soir d'été, et qui représentait Walid enlaçant Héloïse. « Oui, c'est elle... Enfin, c'est nous. »

L'agent s'est détourné pour s'intéresser au tiroir de son bureau : « Vous permettez ? » Walid a acquiescé. Le tiroir faisait office de vide-poche : de la petite monnaie, des trombones, des stylos. L'agent y a déniché un briquet. « Vous fumez ? — Non. » Il a eu l'air déçu. Déboutonnant son gilet, il s'est adossé au mur, face à Walid, et l'interrogatoire a pris un tour bizarre. Les questions se succédaient, sans rapport les unes avec les autres. Walid, par exemple, se souvenait-il du dernier vainqueur de *The Voice* ? Demandant cela, le type a sorti un peigne pour se recoiffer et Walid a remarqué que les revers de son gilet étaient tapissés de poches supplémentaires, de tailles et couleurs variées. À ce moment, il s'est demandé s'il n'était pas victime d'un canular. Ce clown ne s'était pas présenté, il n'avait fait état d'aucun service. Entre deux questions, il s'est avancé vers le frigo, a demandé s'il pouvait l'ouvrir, avant d'en inspecter le contenu. Walid s'exhortait à se tenir tranquille. Tout cela n'avait pas de sens. Refermant le frigo, le type est retourné s'adosser au mur, puis a demandé si Walid se rappelait avoir déclaré, lors de son interrogatoire à la préfecture de police, qu'il mangeait du porc. C'était donc ça. « Oui, je m'en souviens. » L'autre a plissé les yeux : « En moyenne, combien de fois par semaine ? » Walid a hésité. Peut-être fallait-il répondre une fois ? Peut-être cinq ? « Environ trois fois par semaine », a-t-il hasardé. Dans un haussement de sourcils, l'agent a demandé si Walid pouvait produire des témoins pouvant confirmer cette affirmation, parce que le contenu de son frigo ne plaidait pas pour lui.

Alors Walid a avoué. Il avait menti. En vérité, il ne mangeait jamais de porc. À la préfecture, les questions avaient été posées avec une telle lassitude, ses réponses enregistrées de manière si mécanique qu'il avait cru pouvoir mentir. L'agent a paru déçu de cet aveu. Il espérait probablement que Walid s'enliserait dans son mensonge. « On sait depuis longtemps que tu ne manges pas de porc. » Il a extrait d'une de ses nombreuses poches un carnet, y a couché quelques notes, puis l'a remis à sa place. L'entretien était terminé. « Tu recevras un courrier en temps voulu. » Et il a pris congé.

***

La douleur lui paralyse le mollet. Il va falloir ruser pour se lever de son siège. Le médecin l'a prévenu : à rester trop longtemps assis, ses varices risquent l'œdème. S'il ne veut pas que l'affaire tourne à la phlébite, François doit régulièrement se dégourdir les jambes et appliquer sur l'inflammation une compresse chaude. Les médicaments ne suffisent plus. Jusqu'à présent, il a tenté d'espacer les suspensions de séance pour n'éveiller aucun soupçon. Force est d'admettre qu'il va devoir les rapprocher. Dans une contorsion un peu grotesque, il s'extrait de la tribune et invite les assesseurs à le précéder.

Dans le couloir, il lui en coûte de vives souffrances pour dissimuler sa claudication. Il gagne les toilettes en serrant les dents, ôte sa robe de magistrat, fait glisser son pantalon et s'assied sur la cuvette. Pas le temps de retirer ses bas de contention. Il avale un cachet d'Héparine, enroule plusieurs épaisseurs de papier toilette qu'il passe sous l'eau chaude. L'application le soulage un peu.

François a soixante et un ans. Il vise la cour d'appel. C'est maintenant ou jamais. Le premier président doit rendre sous quinzaine sa cote d'évaluation. François lui a remis une synthèse retraçant sa carrière. Il a de bons atouts à faire valoir, son parcours est exemplaire de mobilité – aussi bien géographique que fonctionnelle. Il a officié au Parquet comme au siège. Avant les assises de Paris, il a présidé à celles de Limoges et de Beauvais. Sauf imprévu, son nom apparaîtra le mois prochain au tableau d'avancement. Depuis le changement de majorité, la composition du Conseil supérieur de la magistrature a été modifiée dans un sens tout à fait favorable. Le nouveau garde des Sceaux ne devrait avoir aucun grief à lui opposer. Sa seule crainte : qu'un collègue découvre qu'il a des difficultés pour marcher – il n'aurait qu'à glisser un mot au premier président de la cour d'appel et tout s'arrêterait là.

Il se fait tard, François quitte les toilettes. La fatigue le gagne. Son esprit commence à montrer des signes de ralentissement. Il connaît, il a du métier, c'est le moment de redoubler de vigilance. Penser contre soi-même. Un faux pas, un mot de trop pourrait trahir son intime conviction – Morland-Kieffer n'attend que ça pour prendre les jurés à témoin. Ce vieux roublard a la réputation d'allonger les débats et d'épuiser la cour. François l'attend au tournant. Il sait qu'à un moment ou un autre, Morland-Kieffer va déterrer la hache de guerre, il n'a fait que s'échauffer pour l'instant. La question n'est pas tant de savoir quand, mais comment. Toutes les options sont encore sur la table : provoquer des incidents dilatoires pour mettre la fin des débats sous pression, miser plus classiquement sur la mauvaise conscience des jurés, susciter un schisme au sein de la cour, ou encore contre-attaquer dans une direction complètement hétérodoxe. Morland-Kieffer est un avocat de basse extraction, il résonne *socialement.* À ses yeux, tout s'explique, tout se comprend. Il ne croit pas à l'existence du mal. Il excelle dans la caricature et l'esquive. Voilà ce qui fait de lui un redoutable pénaliste. Tous les magistrats connaissent son habileté à tordre l'esprit d'un procès pour le précipiter dans un ultime tête-à-queue.

La sonnerie retentit. François pénètre dans la salle. Sur son banc, Mme K. a retrouvé quelques couleurs pendant la pause. Le public s'assied, le silence se fait.

« Madame, quand avez-vous revu l'accusé ?

— Un peu avant Noël. C'était en semaine, peut-être un jeudi. Walid est passé prendre Héloïse. Nous avons échangé quelques mots dans le vestibule, le temps qu'elle finisse de se préparer.

— De quoi avez-vous parlé ?

— Je ne m'en souviens pas précisément… le genre de platitudes qu'on échange dans ces moments-là. »

François jette un coup d'œil en direction de Morland-Kieffer, lequel fait semblant de se désintéresser de l'interrogatoire, comme chaque fois qu'il se tient en embuscade.

« Votre sentiment à son égard avait-il évolué depuis votre première rencontre ?

— Non, je ne crois pas.

— Je précise ma question. Pensiez-vous que votre fille pouvait lui faire confiance ? »

À la barre, Héloïse serre les dents. On peut s'attendre à un nouveau coup d'éclat.

« Oui, répond Mme K., Walid me paraissait sérieux. »

François donne la parole à sa fille.

« Elle vous ment ! Ma mère pensait exactement le contraire ! Elle m'a dit qu'elle le trouvait intelligent, beau garçon, mais qu'il avait l'air de dissimuler une part de sa personnalité. J'ai un peu halluciné… Ça ne lui ressemblait pas de me dire des trucs pareils, complètement intrusifs. Je pense qu'elle avait bu. Je me suis mise en colère… elle n'avait aucune leçon à me donner dans ce domaine. Mais elle a insisté. Ça m'a mise hors de moi. Je suis partie en claquant la porte.

— Madame K., quel souvenir gardez-vous de cette dispute ?

— Oh, une dispute semblable à toutes les autres. J'ai simplement fait remarquer que Walid n'aimait pas trop parler de sa famille, ni de son enfance. Qu'est-ce que je n'avais pas dit ! Héloïse est devenue folle de rage. Elle m'a même insultée. J'étais une conne… une raciste… je ne comprenais rien… je vivais dans un bocal rempli de formol, des amabilités de ce genre. »

Ça y est, Morland-Kieffer sort de ses rêveries. Il demande la parole.

« Mademoiselle, vous venez de nous dire que votre mère n'avait aucune leçon à vous donner en matière de relations amoureuses. Qu'est-ce que vous entendez par là ?

— Ce n'est un secret pour personne, ma mère a eu des aventures. Je n'ai jamais rien su de précis à ce sujet. Je n'ai d'ailleurs jamais rien voulu savoir. Un jour, je suis tombée sur un inconnu dans le couloir de l'appartement. Je devais avoir douze ans. Il marchait en caleçon. Lorsqu'il m'a vue, il s'est mis à sourire comme un benêt avant de décamper. Depuis cet incident, je n'ai jamais plus regardé ma mère de la même façon. Je voyais bien comme elle minaudait en présence de certains hommes… parfois même des collègues de mon père, le week-end, à Fausse-Repose. »

Une fois n'est pas coutume, l'avocat de Mme K. demande la parole. C'est exactement ce qu'escomptait François.

« Je constate que la défense cherche encore à instruire un procès dans le procès. Walid Z. est accusé d'avoir violé ma cliente, et c'est ma cliente qu'on accuse d'infidélités… une stratégie vieille comme les assises. La vérité s'apprête à se faire jour, mesdames et messieurs les jurés, alors on cherche à vous égarer dans un vaudeville. Mais qui s'y laissera prendre ? Oui, ma cliente a pu entretenir, durant certaines périodes de sa vie, des liaisons extra-conjugales. Elle l'a reconnu devant le juge d'instruction, elle n'a pas cherché à s'en cacher. Et alors ?

— Nous avons beaucoup parlé de la libido de mon client, rétorque Morland-Kieffer. Il n'est pas saugrenu d'évoquer celle de Mme K. Sa fille est en train de nous livrer un témoignage crucial, me semble-t-il. Pensez-vous, mademoiselle, que votre mère ait pu ressentir une certaine attirance pour Walid ?

— Bien sûr, c'est évident. Ma mère, quand elle n'était pas au fond du trou, elle avait souvent ce petit côté allumeuse. Walid lui faisait cet effet-là, ça crevait les yeux. Elle voulait se rassurer dans son regard, passer pour une femme encore dans la course. Et puis vous savez bien, des tas de racistes fantasment sur les beurettes... Bah, pour les femmes, c'est la même chose. Dans le cas de ma mère, c'était coup double : un Arabe et mon mec à la fois... Ça m'énervait bien sûr, mais j'avais l'habitude avec elle. Je ne me suis pas méfiée.

— Qu'avez-vous pensé lorsqu'elle a porté plainte contre lui ?

— J'étais folle de rage. Évidemment qu'il ne pouvait pas s'agir d'un viol ! Avec ma mère, je vais vous dire... la question du consentement ne se pose même pas. C'est elle qui l'a poussé à la faute ! C'est elle qui voulait qu'il lui saute dessus ! Elle savait combien je l'aimais. Apprendre qu'ils avaient eu cette relation... ça m'a détruite. Mais porter plainte pour viol ? Je ne m'en remettrai jamais. C'est à cause d'elle qu'on en est là. Deux ans de prison, un procès d'assises ! Elle nous a tous embarqués dans son cauchemar !

— Mademoiselle, intervient François, un peu de retenue, s'il vous plaît. Vous vous éloignez des faits.

— Les faits ? Je l'ai suppliée de retirer sa plainte, des dizaines de fois ! Je l'ai accablée de textos, parce que je ne voulais pas la voir. Vous savez ce qu'elle me répondait ? Rien ! Silence radio ! J'ai fini par comprendre qu'elle ne ferait jamais machine arrière parce que Walid était arabe.

Reconnaître qu'elle avait couché avec un Arabe, c'était tout simplement pas possible. Son gendre, à la limite, mais ça... non ! Je vous le dis, elle est malade !

— Mademoiselle ! Vous dépassez les bornes ! »

Héloïse se renfrogne, rouge de colère. Morland-Kieffer réclame la parole.

« Avec votre permission, monsieur le président, j'aimerais pouvoir demander à Mme K. si, parmi ses amants, certains étaient circoncis. »

Un murmure ému circule dans l'assemblée. François fait mine d'hésiter à autoriser la question – il sait qu'il ne va pas le faire, il a néanmoins tout intérêt à entretenir cette illusion.

« Non, maître, votre question n'est pas recevable. En qualité de plaignante, Mme K. n'est pas tenue de rendre publique sa vie intime.

— C'est bien dommage, répond Morland-Kieffer. Il serait extrêmement utile aux jurés de savoir si Mme K. s'est déjà commise avec des jeunes hommes d'origine maghrébine.

— "S'est déjà commise", maître ? On vous a connu moins moralisateur.

— Je ne vois pas de raison d'écarter le terme.

— Et moi, en vertu du droit, je ne vois pas de raison de poursuivre sur ce terrain. »

Un procès d'assises, c'est une partie d'échecs, dit le bon sens populaire. Rien n'est plus faux. François est bien placé pour savoir que ça ressemble davantage à une première à l'Opéra. Avant d'entrer en scène, chacun enfile son costume. La partition a été travaillée longtemps à l'avance. Lorsque se lève le rideau, tout est déjà en place. Le décor est immuable. L'avocat général, un ténor en robe rouge, poursuit de sa colère un contre-alto enfermé dans son box. Devant lui, un baryton vêtu d'une robe noire se dresse pour prendre sa défense. Sur le banc de la partie civile, une frêle soprano pousse sa complainte. Et le chœur des jurés, en fond de scène, est convaincu qu'il tient le drame entre ses mains. Bien entendu, il arrive parfois que le baryton, contre toute attente, triomphe du ténor. Que le chœur surprenne par sa clémence. Mais c'est si rare. Pour un coup de théâtre, une année judiciaire compte cent verdicts tout à fait prévisibles. Rien à voir avec une partie d'échecs. Présider aux assises, c'est s'illustrer dans l'art de la mise en scène.

Mme K. a revu Walid le soir de Noël. Son mari avait décidé de l'inviter pour qu'ils réveillonnent en famille. À partir de là, le dossier contient quelques révélations qui risquent chacune d'exploser dans le prétoire comme une bombe à fragmentation. François a prévu de garder Héloïse le plus longtemps possible à la barre, afin que l'effet de souffle soit maximal.

« Monsieur Z., dans quelles dispositions vous êtes-vous rendu à ce réveillon de Noël ?

— D'abord, j'ai hésité à y aller. J'avais reçu la réponse de l'administration quelques jours plus tôt. Mon choix était accepté. Je me prénommais désormais William. Le courrier que je venais de recevoir était tamponné par les services du garde des Sceaux. On m'informait que je disposais de deux mois pour faire connaître ce changement d'état civil à qui de droit. Passé ce délai, l'usage officiel de mon ancien prénom allait s'apparenter à une usurpation d'identité. Il était encore temps de faire machine arrière. Je changeais d'avis vingt fois par jour. J'étais un peu perdu… jusqu'au dernier moment, j'ai hésité à invoquer n'importe quel prétexte pour ne pas venir.

— Les jurés méritent à ce propos un éclaircissement. Votre changement de prénom, alors entériné par l'administration, a été automatiquement suspendu au moment de votre mise en examen, et ce jusqu'à l'énoncé du verdict. Revenons à notre affaire. À en croire les dépositions des uns et des autres, ce dîner a été cordial. Aucun incident à déplorer, mademoiselle ? »

La question s'adresse à Héloïse.

« Je tiens tout de même à préciser que ma mère a été la seule à l'appeler William pendant toute la soirée. Même papa continuait à dire “Walid”, il n'arrivait pas à s'y faire. Ma mère, je la connais, je voyais bien comme elle aimait répéter “William ceci, William cela”… un vrai plaisir ! »

Mme K. lève les yeux au plafond. Inutile de s'appesantir là-dessus. François se tourne vers le box : « Monsieur Z., vous avez consigné vos impressions dès le lendemain dans votre journal. Les voici : *Mère à moitié bourrée. L'alcool révèle sa face cachée. Un œil de nonne, un œil de cochonne. Elle fait tout pour me tenir à distance. Je crois que, dans le fond, je lui plais.* Monsieur Z., un éclaircissement ?

— C'était mon impression. Il y avait quelque chose d'un peu trouble dans son regard. »

À la barre, Héloïse semble encaisser avec difficulté ces révélations. François se tourne vers la partie civile : « Madame K., un commentaire ?

— Sordide fantaisie. Je n'ai rien à ajouter. »

François demande à l'accusation si elle souhaite réagir.

« Rien à ajouter non plus, dit l'avocat général, sinon que ces griffonnages abjects nous font entrer dans le cerveau d'un garçon aveuglé par le sexe et la vanité. »

Morland-Kieffer réclame la parole. Pas de problème, François le sent sur la défensive. Il tourne ses gros yeux vers le banc de la partie civile.

« Mon client a eu l'impression de lire un trouble dans les yeux de Claire K. Sa fille vient de nous confier qu'elle avait le sentiment que sa mère lui faisait effectivement du charme, comme c'était son habitude avec certains hommes. Mme K. nous affirme le contraire. À qui doit-on prêter foi ? À celle qui a entretenu des relations adultères avec des hommes dont on ignore tout ? À sa propre fille ? À celui qui note en toute sincérité ses impressions dans les pages de son journal ? Je me pose la question, mesdames et messieurs les jurés. Et pour ma part, je n'accuserai personne d'être aveuglé par le sexe et la vanité. Je n'ai pas ce pouvoir, je ne lis pas dans les âmes. »

Morland-Kieffer se rassied, l'air renfrogné. Il n'avait donc rien d'autre dans sa besace ? C'est rassurant. Les jurés doivent commencer à sentir tourner le vent. François avait prévu d'enchaîner directement sur la prochaine pièce du dossier pour accentuer l'effet de surprise. Seulement voilà, la douleur se réveille. Il sent ses varices durcir à la surface de son mollet. Dans dix minutes, il lui sera difficile de se lever sans demander de l'aide, un risque qu'il ne prendrait pour rien au monde.

« Mesdames et messieurs, nous allons nous accorder une courte pause. La séance est levée, nous reprenons dans un quart d'heure. »

***

Héloïse retient sa rage. Pour la seconde fois, l'huissier la raccompagne dans la salle des témoins. On lui a confisqué son téléphone. On l'enferme dans ce placard. Quatre chaises en plastique. Aucune fenêtre. Et l'huissier qui l'invite une nouvelle fois à se mettre à l'aise. Il est gentil, mais elle se demande s'il ne serait pas un peu con, quand même.

Elle s'assied. L'huissier s'en va. Elle voudrait mettre un peu d'ordre dans ses idées. C'est Gaza sous son crâne. Un paysage ravagé avec des colonnes de fumée qui s'élèvent vers le ciel. Depuis deux ans, Héloïse est en guerre contre le monde. En fait, à y regarder de près, sa vie entière n'a été qu'un champ de bataille. Contre sa mère, son père, les profs, le lycée, Trump, Macron, Le Pen, les flics, Walid, la France – le genre humain. Sans exception. En commençant par elle-même. Quelle conne. Ce procès est à l'opposé de ce qu'elle avait imaginé. Elle s'est préparée pendant deux ans à cette épreuve. Elle y a mis tout ce qu'elle avait dans le ventre… et voilà, patatras ! Le journal de Walid vient d'ébranler ses certitudes. *Un œil de nonne, un œil de cochonne.* Elle n'en revient pas. Walid a dû ricaner de sa trouvaille, tout seul dans sa chambre. Devant une cour d'assises, c'est tout de suite moins drôle. Héloïse se sent trahie. Elle était persuadée que Walid était resté indifférent aux vieilles chatteries de sa mère. Qu'il avait fini par céder à ses avances, perdu, désespéré, quand il s'était retrouvé seul avec elle. Jamais elle ne s'était imaginé qu'ils aient pu échanger des œillades et des sous-entendus.

Le réveillon s'était pourtant déroulé sans accroc. Elle s'était retenue de mettre la misère à sa mère. En face, Walid faisait bonne figure. Il avait même réussi à attendrir son père en racontant qu'il s'agissait de son tout premier réveillon. Enfant, à Chalon, leur mère se reprochait de les priver, lui et sa sœur, des réjouissances de Noël. Son père ne voulait pas en entendre parler. C'était un truc de chrétiens, doublé d'une arnaque commerciale. Mais ils avaient fini par trouver un compromis. Leur famille fêterait le Père Noël en même temps que le jour de l'An – deux réveillons en un. Le père était paraît-il ravi de la trouvaille, surtout que ça permettait de se procurer un sapin gratis : passé le 25 décembre, y'en avait plein les trottoirs.

À la fin du repas, tout le monde était un peu pété. Héloïse n'a rien remarqué de particulier chez sa mère. Walid ne lui a jamais raconté cette histoire de regard trouble. Or maintenant qu'elle y repense, un incident s'est produit, quelques jours plus tard. Un truc pas net. Walid l'a questionnée sur les infidélités de sa mère. Héloïse lui en avait vaguement parlé, un soir de confidences, mais c'était tout. Elle a balayé le sujet : est-ce qu'elle lui demandait, à lui, ce que faisaient ses vieux sous une couette ?

Il a lâché l'affaire, et puis le lendemain, il est revenu à la charge. Héloïse lui a répété ce qu'elle en savait. Rien. Walou. Nada. Fin de la discussion. Walid a insisté. Une curiosité malsaine brillait dans ses yeux, ça ne lui ressemblait pas. Il voulait absolument savoir quel genre d'homme faisait de l'effet à sa mère, le week-end, à Fausse-Repose. Héloïse s'est énervée. C'était quoi son problème ? Il tripait sur des trucs vraiment glauques.

Mais ça le faisait rire, comme s'il cherchait à la faire craquer. Il a commencé à dresser la liste des profs de fac susceptibles d'avoir été invités à Fausse-Repose. Tout le département d'histoire contemporaine y est passé. Quand il a évoqué Marc Lancin, Héloïse a échoué à masquer son trouble. Walid a éclaté de rire, triomphal. Sa belle-mère s'était donc tapé ce gros con de Marc Lancin ? En plus de rayer de ses dents le parquet de la Sorbonne, Lancin était gras, poilu, et on l'entendait venir de si loin dans les couloirs que certains thésards l'avaient surnommé Marcassin.

Héloïse s'est figée. Une violente envie de le gifler. Elle a souri froidement : « Non, Marc n'a pas couché avec ma mère. Il a couché avec moi. »

Walid s'est décomposé. Elle a fait l'erreur d'insister. « On l'a peut-être fait cinq ou six fois. Et alors ? Qu'est-ce t'as à dire ? J'avais dix-sept ans. Marc n'était pas franchement un athlète, mais les poils ne m'ont jamais rebutée, au contraire. » Elle remuait le couteau dans la plaie. Walid a ricané, « tu plaisantes, bien sûr ? ». Mais non, elle ne plaisantait pas. Il a balbutié, « tu as réellement couché avec Lancin ? ». Elle voyait bien qu'elle avait poussé le bouchon un peu trop loin. Il s'est levé. La seconde suivante, il avait disparu.

Pendant quarante-huit heures, il n'a pas donné de nouvelles. Normal, rien à dire. Elle a attendu le troisième jour pour s'excuser platement. Un bref texto où elle reconnaissait ses torts et lui rappelait combien elle l'aimait. Il n'a rien répondu. Le lendemain, elle a envoyé un autre message. Juste, elle trouvait un peu exagéré qu'il continue à faire le mort.

« Sa disparition s'est prolongée bien au-delà de ce que vous imaginiez, mademoiselle. C'est en tout cas ce que vous avez affirmé au cours de l'instruction. »

Elle déteste le ton sur lequel le président lui fait cette remarque. Il joue avec ses nerfs, il entretient un mauvais suspense. Il y a quelque chose de louche derrière cette neutralité froide. Son cœur se serre à l'idée de tout ce qu'elle ignore encore.

« C'est bien ça. Je n'ai reçu aucune nouvelle pendant deux semaines.

— Treize jours, pour être précis. L'enquête a montré que son téléphone n'a borné nulle part pendant treize jours. Il est resté éteint tout ce temps-là. »

Le président se tourne vers Walid : « Dans votre journal, aucune mention n'est faite de votre dispute avec Héloïse. En revanche, plusieurs pages sont manquantes à la suite de votre compte rendu du réveillon. Les avez-vous arrachées ?

— Probablement. Il m'arrivait d'utiliser mes carnets pour écrire une liste ou gribouiller un dessin.

— Soit. Vos notes reprennent dix jours après votre disparition : *Je me traîne sur le plancher. Je suis une blatte. Les blattes n'ont pas de cœur. Ça me va. Une bouillie jaune et froide à la place du cœur. Tranquille, quoi. Tranquille comme une blatte.* Un commentaire ?

— Héloïse m'avait blessé... Ce n'est pas tant le fait qu'elle ait un jour couché avec Marc Lancin, mais ses mots, cette manière de me l'annoncer. Je n'avais jamais été jaloux. Je ne savais de la jalousie que ce qu'en disent les livres. Autrement dit, pas grand-chose. La véritable jalousie, elle m'est tombée dessus comme une allumette sur de l'essence. Je n'ai pas compris ce qui m'arrivait.

J'étais complètement dévoré par la haine et la panique... incapable de raisonner. Alors j'ai commencé par éteindre mon téléphone et je me suis acheté une bouteille de vodka. J'ai pris une cuite monumentale, tout seul, dans ma chambre. En silence. La gueule de bois m'a tenu au lit toute la journée du lendemain. Je ne voulais surtout pas rallumer mon téléphone. Le soir, je suis allé sur Internet. Par désœuvrement, pour penser à autre chose. J'ai alors découvert que l'opération Richelieu venait de débuter avec deux mois d'avance sur le calendrier fixé par le gouvernement. Les premières vidéos commençaient à circuler... c'était un choc. Impossible de m'y soustraire. Dans le fond, je crois que je n'attendais que ça, une sale excuse pour ne pas rappeler Héloïse. Ces images m'ont hypnotisé. J'ai plongé dans l'écran de mon ordinateur. Je n'en suis plus ressorti. Des nuits entières, j'ai regardé flamber Saint-Denis, Aulnay-sous-Bois, Vaulx-en-Velin, Évry, Mantes-la-Jolie... Je guettais le moment où s'enflammerait le Plateau Saint-Jean. Je l'espérais. Je le redoutais. J'enrageais de voir s'embraser toutes les cités de France, à l'exception de la mienne. »

Dans le souvenir qu'elle en garde, cette période s'apparente en tout point à un cauchemar. À deux reprises, elle est allée frapper chez lui. Aucun signe de vie. Elle n'a jamais su s'il se tenait alors derrière la porte, immobile et silencieux. C'était absurde. Elle connaissait son caractère. Il avait dû se mettre en pilote automatique, mode vexé à mort, et il n'arrivait plus à trouver la marche arrière. Une pure question d'orgueil. Tous les jours, elle laissait un blanc sur sa boîte vocale. Walid était coriace. Une vraie tête de lard. Mais il n'allait pas tarder à craquer, et ce jour-là, il allait l'entendre ! Elle affûtait ses arguments. Un déluge intérieur qui ne demandait qu'à sortir. Elle ne parvenait plus à fixer son esprit sur autre chose.

Bizarrement, elle a mis du temps à envisager un accident, une arrestation, un suicide. Mais une fois enclenché, le film gore ne s'est plus arrêté. La réalité rejoignait le cauchemar. Elle aussi, elle s'est abandonnée au spectacle de l'opération Richelieu… si violent que c'en devenait irréel. Les indignations se déversaient par millions sur les réseaux sociaux, mais l'état d'urgence avait été prolongé pour interdire toute contestation. Une épidémie d'autocensure sévissait sur les chaînes de télé. Il fallait fouiller sur le web pour découvrir l'envers du décor, des vidéos amateurs, tremblantes, que même Facebook refusait d'héberger : des cités entières plongées dans les ténèbres, les projecteurs d'hélicoptères balayant les façades, les étages évacués par enfumage comme des galeries de taupe, les familles allongées par centaines sur des parkings, les mains dans le dos, face contre terre, les humiliations, les gazages, les coups de crosse, les suspects embarqués sous des bâches, les témoignages de tortures, les mères en larmes devant les grilles des commissariats… La méthode était comparée à celles des paras du général Massu, pendant la bataille d'Alger. Coude à coude, la police et l'armée nettoyaient les quartiers dans un déchaînement de brutalités. Tolérance zéro, comme ils disaient. Héloïse ne savait plus sur qui déverser sa rage et sa détresse. Walid avait peut-être disparu dans un fourgon de CRS. Ce con aurait été capable de s'embrouiller avec un flic dans la rue – les Arabes, les octroyés, ils n'attendaient que ça pour les embarquer.

Elle s'est rendue au commissariat. La fliquette qui l'a reçue a ricané en demandant, « vous êtes de la famille ? ». Héloïse a dit que Walid était son fiancé et qu'elle était sans nouvelles. Elle se retenait de sauter par-dessus le comptoir pour l'étrangler. Cette connasse flottait dans son uniforme, sèche comme une trique. Lèvres pincées, regard plein de haine, le charisme d'un pneu croisé avec un rottweiler. Elle a fait une grimace de dégoût : « Donc, tu es sa fiancée ? » Héloïse a senti trembler sa mâchoire, elle était sur le point d'exploser. Sa gorge faisait des nœuds. Elle a préféré se retourner, vacillant sur son axe, avant de regagner la sortie. Ses jambes flanchaient. Une sensation de vertige. L'impression qu'on lui pompait le cœur. Dehors, les voitures de police stationnées sur le parking tanguaient dans la lumière. Elle a mis le cap droit devant elle, sans réfléchir. Boulevard Saint-Germain. Rue Monge. Le monde avait perdu sa consistance. Elle avançait dans un décor peuplé de figurants. Comment était-ce possible ? Les gens circulaient dans les rues du 5e arrondissement, la gueule enfarinée : des étudiants, des grappes de touristes, des mamies tirant leur caddie… tandis que là-bas, de l'autre côté du périph', la banlieue partait en fumée. On croit toujours que le pire est à venir, alors que le pire est là, depuis longtemps, rôdant autour de nous. L'indignation qui perçait ici ou là sur Internet s'en prenait à l'extrême droite, au gouvernement, à la férocité des flics… elle avait bon dos l'extrême droite ! Mais elles étaient où, ces belles âmes, quand Macron renvoyait les migrants à coups de matraque ? Quand il laissait cuire des gosses sur l'*Aquarius* ? Quand son Benalla se déguisait en keuf ? Que les keufs ratonnaient des journalistes ? Balançaient des fêtards dans la Loire ? Raflaient les lycéens ? Si la peste brune faisait son retour, c'était bien parce qu'on lui avait pavé la route. Pour survivre, le macronisme avait pris tout le monde en otage : c'était lui ou le fascisme. L'arnaque a si bien fonctionné que les riches ont fait péter le champagne. Héloïse en sait quelque chose, elle a vécu vingt ans dans un ghetto de bourges. Plus Macron daubait sur la misère, plus ils le trouvaient épatant. « On met un pognon de dingue dans les minima sociaux, et les gens restent pauvres ! » Les copines de sa mère ne l'auraient pas dit autrement. Les crève-la-faim, les bras cassés, les fainéants, ils n'avaient qu'à monter une start-up, après tout. Non seulement ils allaient arrêter de siphonner le pognon des autres, mais en plus, on allait mettre au point des stratagèmes pour qu'ils remboursent leurs dettes. Le Loto du patrimoine, par exemple... quelle trouvaille ! Tu fais les poches des gueux pour retaper les églises et les châteaux. La bombe était prête. Parce que malgré les apparences, c'était déjà plié, toutes les pétasses du Bon Marché, elles n'attendaient que ça, au fond, des boucs émissaires pour leur sauver les miches.

« Si je vous ai bien compris, vous espériez que votre cité brûle ?

— Pas exactement. Je sombrais dans la colère. À ma jalousie s'ajoutaient ces images de guerre civile... »

Le président se cabre.

« Choisissez vos termes avec davantage de discernement. L'opération Richelieu n'était pas à proprement parler une bagatelle, chacun en conviendra, mais la guerre civile, c'est autre chose... Vous avez fait Sciences Po, vous n'ignorez pas le sens de ces mots. »

Walid se renfrogne.

« Des images d'une grande violence, si vous préférez. Des blessés, des morts, des immeubles en flammes. À l'idée que le Plateau brûle à son tour, je ressentais un sentiment, je ne sais pas… une fascination mêlée de culpabilité. Vous savez, mon père n'a jamais lu un livre. La misère l'a chassé de son champ de cailloux. Ma mère a fui les égorgeurs du djihad. Je me disais parfois, en regardant flamber les banlieues, que tout ça était de leur faute, qu'ils l'avaient bien mérité. L'histoire, en les écrasant, ne faisait que poursuivre son chemin… et puis je me détestais de penser ça, je me révoltais contre moi-même. Je m'effondrais. Ces images m'ont plongé dans un état de confusion qui me tirait vers le fond. J'étais tout simplement incapable de répondre à Héloïse.

— Ce n'est pas du tout la version que vous avez fournie aux policiers pendant votre garde à vue, monsieur Z. À trois reprises, vous leur avez répété que vous n'aviez pas repris contact avec elle parce que vous aviez tout simplement décidé de ne plus jamais la revoir. »

Héloïse sent une décharge lui traverser le corps, un arc électrique, de l'utérus à la mâchoire. C'est quoi, cette histoire ? Elle se cramponne à la barre.

« Quelle importance ? Le fait que j'aie souhaité ou non quitter Héloïse ne change rien à la situation.

— C'est exactement ce que je voulais souligner. Pourquoi donc leur avoir menti à ce sujet ?

— J'avais peur.

— Ah, vous aviez peur. Et vous avez attendu deux ans pour le dire ? »

Morland-Kieffer réclame la parole, le président lui jette par-dessus ses lunettes un regard agacé, mais il accepte. Héloïse sent bourdonner ses oreilles. Elle imagine sa mère se délecter dans son dos, elle pourrait la tuer.

« Mesdames et messieurs de la cour, je vais tâcher de remettre les propos de mon client dans leur contexte. Walid Z. a été arrêté, enfermé dans une cellule et interrogé durant de longues heures, sans connaître le motif de son arrestation. L'opération Richelieu était encore en cours. Alors oui, il avait de bonnes raisons de s'inquiéter. Car enfin, dites-moi un peu, qui aurait osé, à sa place, expliquer aux policiers que les images de l'opération Richelieu l'avaient plongé dans la stupeur ? Qui n'aurait pas redouté que, par mesure de rétorsion, par excès de zèle, par sentiment de vexation, que sais-je, qui n'aurait pas redouté que ces policiers mettent en application certaines de leurs "méthodes de persuasion", comme on dit poliment ? Eh oui ! N'ayons pas peur des hypothèses. C'est un secret de polichinelle, l'objectif principal de la torture n'a jamais été le renseignement... »

L'avocat général bondit derrière son pupitre : « Je demande la parole !

— Je vous l'accorde, emboîte le président.

— La torture, maître ? La torture ! Ce mot vous engage ! Vous insinuez qu'on pratique la torture dans les commissariats français ? Mais, en disant cela, ce n'est pas seulement la police que vous diffamez ! Ce ne sont pas seulement les institutions que vous insultez ! C'est la France tout entière que vous souillez ! Et si vous persistez, c'est bientôt contre vous que mon devoir me poussera à requérir, maître Morland-Kieffer ! Vous savez de quoi se paient les parjures envers la police, me semble-t-il… Je vous demande expressément de retirer vos propos ! »

L'avocat général est écarlate. Même à cinq mètres, Héloïse peut voir palpiter les veines de son cou. En face, Morland-Kieffer prend un air de gros matou qu'on vient de réveiller de sa sieste.

« Allons… un peu de sang-froid. Vous en avez vu d'autres, me semble-t-il. Mais enfin, si ça peut vous détendre, je veux bien retirer le mot torture. Il n'est pas très en faveur ces derniers temps. Je disais donc que le renseignement était un objectif tout à fait secondaire des "interrogatoires musclés", si vous préférez, attendu qu'ils sont souvent contre-productifs…

— C'est vous qui le dites ! Les faits prouvent le contraire !

— Ah ? Mais je ne suis pas le seul. Sachez, monsieur l'avocat général, qu'en quelques heures n'importe qui pourrait vous faire avouer votre implication dans l'assassinat de Kennedy. Un jeu d'enfant, je vous assure. Un seau, une bassine et un chiffon. Les paras ont épuisé la technique en Algérie, souvenons-nous. Le principal objectif de ces méthodes a toujours été de terroriser l'adversaire… »

L'avocat général jaillit de son fauteuil : « Ça suffit ! Vous l'aurez cherché, maître !… Vous l'aurez cherché !… »

Le président hausse le ton dans le micro : « Messieurs ! Un peu de retenue ! »

Chacun se rassied. Rage et soupirs. Le président se penche en direction de Morland-Kieffer.

« Je vous mets en garde, maître. L'avocat général a raison, par ce genre d'insinuations, vous jetez l'opprobre sur la police, mais aussi sur la justice et sur l'État. C'est un avertissement solennel. Nous allons suspendre les débats quelques minutes, afin de retrouver une atmosphère digne de nos devoirs respectifs. »

***

À l'aube du 14 juin 1940, porte de la Villette, la Wehrmacht pénétrait dans une ville fantôme. Les deux tiers des Parisiens avaient pris le chemin de l'exode, les autres se terraient derrière leurs persiennes. Sous un ciel radieux, les uniformes vert-de-gris se répandaient dans des avenues désertes, emplissant le silence d'un bruit de bottes et de sabots. Hôtel-de-Ville, rue de Rivoli, Concorde, Champs-Élysées, quai d'Orsay, boulevard Saint-Germain, rue de l'Université, les régiments s'infiltraient et se dispersaient avec méthode, selon un plan établi à Berlin, plusieurs années plus tôt. Les archives, voilà l'objectif. Avant même que la croix gammée flotte au sommet de la tour Eiffel, tous les ministères furent envahis, les bureaux fracturés, les armoires fouillées et les dossiers saisis – livrés dans la foulée à la bureaucratie du Reich. L'administration française était mise à nu.

Mais il n'y avait pas que l'administration qui intéressait les nazis. Avant midi, un détachement SS enfonçait la porte du 138, rue Marcadet, puis faisait main basse sur les archives de la Ligue des Droits de l'Homme – une mine d'or pour Heydrich, le chef du renseignement SS. La Ligue avait été fondée quarante-deux ans plus tôt, par un avocat républicain, en défense du capitaine Dreyfus. Elle serait dissoute la semaine suivante par le maréchal

Pétain, bien aise qu'on lui offre, à son âge, d'en découdre avec le Front populaire, la juiverie, les francs-maçons.

Dans la salle des pas perdus, Régis rumine sa colère. Ressuscitée à la Libération, la Ligue des Droits de l'Homme a été dissoute pour la seconde fois, voilà neuf mois, au terme d'un procès qu'il a perdu. Le ministère de l'Intérieur attaquait la Ligue pour incitation à la sédition, parce qu'elle avait osé, en prenant la défense de victimes de violences policières, employer elle aussi le mot « torture ». Le président et l'avocat général ne cachent plus leur connivence, ils s'érigent en défenseurs des basses œuvres du régime. Une cigarette serait la bienvenue, mais Régis n'a aucune envie de sortir dans la petite cour, pour se retrouver nez à nez avec les jurés. Hors de question qu'il leur offre sa fureur en spectacle. C'est toujours dans ce genre de moment que les doutes l'assaillent. Parfois, il songe carrément à jeter sa robe aux orties, ses forces le désertent, il se sent alors comme une grosse bête malade, et il pense à la mort qui rôde déjà dans ses artères.

Une cigarette s'impose quand même. Tant pis, il sort. Les jurés se tiennent dans un coin, petite troupe silencieuse. Si la procédure l'y autorisait, il irait les défier un à un, au fond des yeux, en leur demandant qui parmi eux a déjà vu tomber une tête dans un panier. Il ne fait que ça, au fond, depuis le début de ce procès, retenir sa colère. Tout à l'heure, pendant l'interrogatoire du professeur K., il a bien failli prendre le président à partie en lui rappelant que les juges qui avaient condamné Pétain à la peine de mort en 1945 étaient les mêmes qui lui avaient prêté serment en 1941. Un magistrat du siège – un seul ! – avait alors eu le cran de tomber la robe. Tous les autres, comme leurs indignes successeurs, avaient accepté de célébrer la noce du fascisme et du droit.

Ce procès, Régis le sent de moins en moins. Il fait mine de consulter ses messages, mais du coin de l'œil, il surveille les jurés, et son petit doigt lui dit que leur silence inquiet ne présage rien de bon. Et s'il s'était trompé de stratégie ? S'il fallait tout repenser ? La peur le gagne, très mauvais signe. Les débats vont révéler dans quelques minutes des pièces cruciales – du pain béni pour l'accusation. Régis avait prévu une contre-attaque cinglante : retourner les armes du ministère public contre la partie civile. À défaut de preuve, maltraiter les fausses évidences à grands coups de butoir. Ouvrir une brèche dans l'esprit des jurés. Accéder par effraction à leur mauvaise conscience pour y noyer leur intime conviction. Faire triompher le doute. Il était sûr de lui, mais maintenant qu'il regarde un peu mieux les jurés, une autre idée lui vient. Son instinct se réveille. Descendus de leur tribune, ils ont l'air un peu paumé, s'évitant mutuellement comme des autistes en promenade. À l'évidence, la charge de cavalerie leur est déjà passée dessus, Régis les a surestimés. Dans leur état, la stratégie du coup de force serait probablement contre-productive. Il écrase sa clope et file à l'intérieur.

***

Walid se frotte les poignets, on vient de lui retirer les menottes, lorsqu'il voit débouler Morland-Kieffer, rouge, hirsute, un gobelet de café à la main.

« Tenez ! chuchote-t-il, j'ai grillé toute la file pour vous ramener ça. Ne me remerciez pas, c'est la moindre des choses.

— Merci quand même.

— Et dites-vous bien ceci, Walid : ce soir, vous allez passer votre dernière nuit en prison. »

Walid rit jaune : « Vous avez un sens de l'humour qui me dépasse, maître, et votre café est froid.

— Je ne plaisante pas, nous avons toutes nos chances ! Je le connais, ce président, je vous l'ai dit, je l'ai déjà pratiqué à deux reprises. D'habitude, il conduit les débats au pas de charge, il a horreur de finir tard. C'est plutôt le genre de magistrat à se méfier des procès trop bavards. Sa devise, vous voulez savoir comme je la vois ? C'est très simple ! Exactement la même que la mienne : un juré fatigué, c'est un juré dangereux. Voilà pourquoi les témoins précédents ne sont jamais restés longtemps à la barre. Il cherche à ménager sa cour. Or là, que se passe-t-il ? Je ne le reconnais plus ! Il décrète à tout bout de champ des suspensions de séance, il garde Héloïse en otage, il laisse traîner les choses, il fatigue les jurés. Je ne vois qu'une seule explication : il tient Héloïse pour la pièce maîtresse du procès. Ce qui veut dire qu'il n'a pas beaucoup d'estime pour les autres éléments à charge, vous comprenez ? Vous saisissez ? Il veut user ses nerfs, voilà sa stratégie ! Elle n'a aucune connaissance des dernières notes de votre journal, vous le savez bien. Il joue là-dessus, il espère la faire craquer… obtenir d'elle un retournement de situation spectaculaire. Héloïse qui s'effondre devant la cour en prenant connaissance de ce que vous avez écrit sur elle ! Un effondrement en forme de désaveu ! Votre seul soutien qui vous trahit... Vous voyez où je veux en venir ? »

Walid opine, mais il répond que non, en fait, il ne voit rien du tout.

« C'est pourtant simple ! Nous changeons de stratégie. Vous n'allez pas chercher à minimiser les propos que vous avez tenus dans votre journal, vous allez les endosser à mille pour cent. Moi, je vais m'effacer, je ne dirai rien. Héloïse va se décomposer. Ne craignez ni ses larmes ni son épouvante... au contraire ! Soyez sincère. Rajoutez-en ! Faites tout ce qui est en votre pouvoir pour lui faire comprendre qu'elle ne doit pas vous épargner : vous avez été méchant, vous avez été cruel, vous vous êtes perdu dans les flammes de la jalousie... mais tout ce temps-là, vous n'avez jamais cessé de l'aimer. Et vous l'aimez encore ! Cet amour réciproque doit s'imposer à l'esprit des jurés, leur fendre l'âme ! Plus l'épreuve paraîtra cruelle, plus votre amour leur semblera sincère. Oubliez les contre-attaques, on va prendre le jury à revers : par les sentiments. Vous me recevez ? »

Mais l'huissier se lève : « La cour ! »

Le président a l'air d'avoir des difficultés pour s'asseoir, comme s'il avait vieilli pendant la pause. Il remue les pages de son dossier en grimaçant.

« Monsieur Z., attaque-t-il, j'ai ici un arrêt de travail de quinze jours que vous avez transmis à l'administration de La Sorbonne. Il est daté du 28 janvier. D'après les relevés, vous n'aviez toujours pas remis en marche votre téléphone. Interrogé par les enquêteurs, le médecin qui a signé cet arrêt de travail s'est souvenu d'un patient épuisé, proche de l'anémie, à qui il a prescrit une cure de repos, soutenue par des antidépresseurs. Seulement les recherches sont formelles, cette ordonnance n'a été présentée dans aucune pharmacie. Vous n'avez pas suivi ce traitement ?

— Non. J'étais au bout du rouleau. Je broyais du noir… seul dans ma chambre. Je buvais. Impossible de dormir plus de deux heures d'affilée. Je me laissais dériver dans une sorte de résignation. En sortant de chez le médecin, j'ai trouvé la force de poster mon arrêt de travail et je suis remonté m'enfermer dans ma chambre.

— Trois jours plus tard, les relevés indiquent que vous avez rallumé votre téléphone. Or vous n'avez envoyé aucun message, passé aucun coup de fil. Ni à Héloïse, ni à quiconque. Vous avez lu ses textos, vous avez pris acte de ses nombreux appels, et c'est tout. Le soir même, vous avez couché dans votre journal un monologue dont j'aimerais donner lecture aux jurés : "*Tu finiras comme ta mère. Une femelle hargneuse. Desséchée. Nostalgique de tous les Marc Lancin qui te sont montés dessus. Existe-t-il quelque chose de plus répugnant qu'une vieille baiseuse ménopausée ? Tu chercheras coûte que coûte une dernière queue sur laquelle t'empaler. Comme une bête. Comme une chienne en chaleur à qui les enfants jettent des pierres. Le professeur K. est-il seulement ton père ? Il faudrait se pencher un jour sur la question*"… »

Héloïse est exsangue. Chaque mot lui a transpercé la poitrine. Elle suffoque. Le président a reposé sa feuille. Il se tourne vers Walid, attend un commentaire. Elle se demande pourquoi Morland-Kieffer n'intervient pas. Il préfère se gratter le menton, avachi, en l'évitant du regard. Les jurés, eux, n'ont d'yeux que pour elle. Ils la prennent en pitié. Ils ont bien vu comme chaque mot l'a déchirée de part en part. Ils doivent se demander si elle va tenir le coup. Les paroles de Walid lui parviennent depuis un monde lointain : « J'en voulais à Héloïse, à son père, à sa famille, au gouvernement, à la police... une haine universelle. Mais au fond, j'avais la haine contre moi-même. Parce que je me sentais impuissant. Parce que j'avais accepté de changer de prénom. Parce que je m'étais perdu dans mon orgueil. J'aurais voulu pouvoir dire que je me suffisais à moi-même, que la solitude était ma liberté... que personne ne pourrait me prendre ça : souffrir et haïr tranquillement, entre mes quatre murs. Mais je réalisais que même ça, j'en étais incapable. Une sale illusion. Sans Héloïse, plus rien n'avait de sens... pas même mon désespoir. Je l'aimais à en mourir. Alors j'ai pris un stylo et je l'ai insultée. Ça ne m'a aidé en rien. »

Le président feuillette le dossier quelques instants.

« Cinq jours plus tard, vous avez consulté un autre médecin. Une crise hépatique, c'est bien ça ?

— Une douleur abdominale m'a réveillé dans la nuit. Ça irradiait vers l'épaule, j'avais du mal à respirer... des crampes violentes me pliaient en deux. En arrivant chez le médecin, j'étais tout juste capable d'aligner trois mots d'affilée. Il m'a fait une injection de morphine pour calmer la douleur. Deux minutes plus tard, je ne sentais plus rien... je planais complètement. Le médecin a rédigé une ordonnance et m'a demandé de revenir la semaine suivante, pour un bilan.

— D'après l'enquête, vous avez repris contact avec Héloïse le soir même.

— En sortant du cabinet, j'avais l'impression que les effets de la morphine n'arrêtaient pas de monter. J'ai eu des hallucinations dans la rue. J'étais joyeux, la vie me souriait, les visages des passants se modifiaient à mon approche… tout scintillait dans une lumière presque aveuglante. Le médecin avait dû avoir la main lourde. Je ne sais pas comment j'ai réussi à trouver le chemin d'une pharmacie. En entrant, c'était comme si tout le monde m'attendait. J'ai même songé à acheter un petit cadeau, à l'occasion, pour remercier le pharmacien de sa gentillesse.

— Vous étiez toujours dans cet état lorsque vous avez appelé Héloïse ?

— Un peu moins. C'était le soir… les effets commençaient à s'estomper.

— Selon les relevés, ce coup de fil a duré une minute et vingt-trois secondes. Une conversation étonnamment brève. »

En voyant « Walid » s'afficher sur l'écran de son téléphone, Héloïse s'est pétrifiée. Elle était allongée sur son lit, dans sa chambre, rue de Babylone. Elle a décroché. Il lui a fallu quelques secondes pour admettre que c'était bien sa voix. Il avait l'air enjoué. Il parlait comme si de rien n'était. Un cauchemar dans un cauchemar. Il n'a posé aucune question. N'a fait aucune allusion à sa disparition. Une minute et vingt-trois secondes ? Elle aurait dit un quart d'heure, voire une demi-heure. Une petite éternité de n'importe quoi. Il lui a donné rendez-vous le lendemain, chez lui, sans même demander si elle était libre, ou si elle avait tout bonnement envie de le voir.

Elle y est allée. Elle ne l'a pas reconnu. Il ne s'était pas rasé depuis plusieurs jours. En plus de la barbe naissante, son visage avait un teint épouvantable. Ses yeux étaient jaunes, injectés de sang. À cause de son foie, a-t-il dit. À peine est-elle entrée qu'il a éclaté en sanglots. Elle a voulu le prendre dans ses bras, mais il est tombé à ses pieds. Il implorait son pardon. C'était horrible, il s'agrippait à ses cuisses, il était secoué de spasmes. Elle essayait de le calmer, mais il tenait à s'expliquer, à lui raconter des choses auxquelles elle ne comprenait pas un mot. Des propos sans queue ni tête, noyés par les pleurs.

Au bout d'un moment, il a fini par se calmer. Elle l'a pris dans ses bras en lui répétant des paroles rassurantes. Elle l'appelait Walid, mon Walid, mais il a dit, en séchant ses larmes, qu'elle ne devait plus l'appeler comme ça. Il se prénommait William désormais. Il l'avait accepté. Il tournait la page. Elle devait lui pardonner, écrire un nouveau chapitre avec lui. Il débloquait complètement. C'était flippant. Il répétait que, sans elle, il n'était ni Walid, ni William, ni personne. Qu'elle était tout pour lui. Qu'il l'aimait comme un fou. Cent fois, il lui a demandé de lui pardonner. Elle était tétanisée. Perdue. Elle voulait s'enfuir. Mais elle a trouvé la force de l'interrompre pour lui dire ce qu'elle avait sur le cœur. Personne, avant lui, ne l'avait autant fait souffrir. Il avait disparu presque un mois. Un mois de rage et de désespoir. Elle l'avait cru mort. Elle avait perdu l'appétit. Elle était épuisée moralement, physiquement. Elle ne savait plus quoi faire, quoi penser. Elle lui a dit qu'elle l'aimait… du moins qu'elle pensait encore l'aimer. Mais elle avait besoin de prendre du recul. Il lui faisait peur. Elle lui a répété qu'il devait prendre soin de lui, se reposer, se raser. Qu'ils se reverraient dans quelques jours. Ce serait mieux. Il a répondu que oui, ce serait mieux. Ils ne se sont pas embrassés. Elle est partie.

Deux jours plus tard, Walid a reçu un coup de fil de Jean-Louis. Il a hésité à répondre. Son arrêt de travail prenait fin le lendemain. Héloïse avait-elle averti son père de la situation ? Rassemblant son courage, il a quand même décroché. Jean-Louis s'est enquis de sa santé, avant d'embrayer : il désirait le rencontrer le plus rapidement possible pour lui faire une proposition. Le genre d'opportunité qui ne se refusait pas. Jean-Louis s'imaginait probablement que Walid lui réclamerait des précisions, ce qu'il n'a pas eu le réflexe de faire.

Le lendemain, il s'est rendu à la Sorbonne. Il s'était rasé, mais au lieu de lui donner un air plus frais, ça faisait ressortir ses cernes et ses yeux jaunes. Jean-Louis s'en est alarmé. Il lui a demandé s'il était encore malade, il trouvait sa mine effroyable. Walid a dû protester qu'il n'y avait pas lieu de s'inquiéter, les symptômes s'attardaient, mais la crise était derrière lui. Jean-Louis est entré dans le vif du sujet. Il avait été approché par un conseiller du garde des Sceaux. Le ministère de la Justice achevait la première phase de son programme de redressement à destination des mineurs délinquants. La responsabilité pénale des enfants de plus de dix ans avait été accrue. Un nouveau corps d'enquêteurs sociaux voyait le jour, avec pour mission d'évaluer les familles. Les députés avaient rétabli la correction paternelle et l'enfermement préventif. Restait à adosser l'ensemble à de véritables centres de redressement. Un établissement pilote avait bien ouvert quelques mois plus tôt, dans l'Yonne, un collège transformé en centre semi-carcéral, mais le premier bilan d'étape ne donnait pas entière satisfaction. Afin d'améliorer le dispositif, le garde des Sceaux se mettait en quête d'experts capables d'apprécier ce qui avait porté ses fruits par le passé. Pour enjôler Walid, Jean-Louis a évoqué Tocqueville et ses nombreuses propositions en la matière, dont certaines avaient inspiré la création de la colonie agricole de Mettray, que Walid, par ses recherches, connaissait bien. Il avait donc pensé à lui. Il s'en était déjà ouvert au conseiller du garde des Sceaux : le profil de William Z. entrait parfaitement en résonance avec le poste, avait-il fait valoir. Un chercheur confirmé, au fait du sujet. Un jeune homme de son temps. Un Français issu de l'immigration qui connaissait quelques aspects de la délinquance juvénile, pour les avoir observés dans sa propre cité. Et bien sûr, un fonctionnaire loyal, qui venait d'accepter la francisation de son prénom.

Walid n'a rien répondu. Jean-Louis n'attendait d'ailleurs aucune réponse, un rendez-vous étant déjà pris au ministère, deux jours plus tard. Walid était sonné. Il n'avait pas encore revu Héloïse. Il ne comptait pas la revoir avant d'avoir repris quelques couleurs, et voilà que Jean-Louis le précipitait dans un nouveau cauchemar.

Le conseiller qui l'a reçu au ministère, le surlendemain, a répondu durant l'entretien à plusieurs coups de fil. D'une urgence à l'autre, il le renseignait par intermittence. Rien n'était encore décidé, tout était à imaginer. William était en quelque sorte à l'essai, pour un poste qui restait à définir, chargé de mission, ou quelque chose dans ce goût. Pour le moment, on attendait de lui qu'il rédige une note de synthèse sur les colonies pénitentiaires et les patronages fermés durant l'entre-deux-guerres :

statistiques générales, tableau comparatif des méthodes d'amendement, niveaux de récidive, points positifs, points négatifs… bref, quelque chose d'utile. Dix jours, c'était envisageable ? Et puis, aussi, très important ! William se rendrait aussitôt que possible dans l'Yonne. Avant la fin de la semaine, ce serait idéal. Le directeur de l'établissement pilote attendait sa visite : William fournirait à ce sujet une seconde note de synthèse, selon les mêmes délais. Le ministre était pressé, il devait présenter les grandes lignes de son programme pénitentiaire pour mineurs avant la fin du mois. Il lui fallait des éléments, des références, du concret.

Héloïse l'a revu le lendemain de cette visite. Elle lui avait donné rendez-vous dans un bar lounge, rue Saint-André-des-Arts. Un truc démodé. Elle savait que le lieu serait presque désert. Il allait un peu mieux. Elle, non. Elle ne s'était pas encore remise de leur dernière entrevue. Elle était paralysée. Elle l'aimait, elle en était convaincue, mais elle avait l'impression de l'avoir perdu. Le William qu'elle avait eu en face d'elle, une semaine plus tôt, était à moitié fou, et celui qu'elle retrouvait avait l'air d'un convalescent. Il ne s'en rendait pas compte. Il faisait tout pour paraître en forme. En même temps, il disait que c'était trop tôt pour s'expliquer. Il lui demandait encore pardon. Il voulait qu'ils se retrouvent. Qu'ils se passent de mots. Qu'ils s'aiment à nouveau, comme au premier jour. Ensuite, ils en parleraient. Il serait prêt. Héloïse ne s'en sentait pas capable. Elle n'était sûre de rien.

« A-t-il évoqué son rendez-vous au ministère ? Sa visite dans l'Yonne ?

— Non… il n'en a pas eu l'occasion. J'avais très froid. Le bar était pourtant surchauffé. Je me suis mise à grelotter… il m'a tendu sa veste, je me suis rendu compte que j'étais venue sans manteau, en plein hiver. Il s'est approché, il a voulu m'embrasser, mais je me suis détournée. Je lui ai demandé de me laisser un peu de temps. Il m'a dit qu'il m'aimait… j'ai failli en pleurer. Alors je me suis levée. Je lui ai rendu sa veste. Je ne voulais pas pleurer devant lui… pas comme ça, pas dans ce bar sinistre. Je lui ai dit qu'on se reverrait plus tard. Il a agrippé ma manche, sa main tremblait. Il voulait savoir quand, exactement. J'ai répondu que je n'en savais rien… bientôt… peut-être la semaine suivante.

— L'avez-vous revu ?

— Non. Jamais… Pas avant aujourd'hui.

— Nous vous remercions, mademoiselle. Il est tard. Vous pouvez partir à présent. »

Héloïse a les larmes aux yeux, des sanglots coincés dans la gorge. Elle lâche la barre, mais elle s'immobilise un instant. Elle voudrait ajouter quelque chose. Quoi ? Elle n'en sait rien. Un mot, un dernier.

« Merci », dit-elle dans un murmure.

Elle tourne son visage vers Walid. C'est à lui qu'elle s'adressait, mais il ne l'a probablement pas entendue. Le parquet craque sous ses pieds. Dans un silence de mort, elle regagne la salle des témoins. Ses gestes sont lourds, chaque pas lui coûte. La sensation de marcher sous l'eau.

***

La séance est levée, Blaise pousse un soupir de soulagement. L'heure est venue de se détendre devant une bonne bière… La longueur des débats, toute cette tension, il est vanné. Dans le couloir, un assesseur fait remarquer au président que sa jambe a l'air de le faire souffrir. C'est vrai qu'il boite un peu. Le président lui rend un regard noir. Blaise s'attend à un reproche cinglant, au lieu de quoi le président se met à sourire : « Non, non, tout va bien, c'est gentil de vous inquiéter… quelques fourmis dans les mollets. » Il s'éloigne en claudiquant vers les toilettes. Les jurés se bousculent dans la petite salle des délibérés pour récupérer leurs affaires. Blaise joue des coudes. Il est trop pressé pour rester une minute de plus dans cette pièce. Il enfile sa veste et prend la fuite.

À deux pas du palais de justice, il s'installe à un comptoir. Les cacahouètes sont payantes. À la fin de sa première pinte, il a déjà claqué quinze balles. Il hésite à enchaîner sur la deuxième. Pis quoi encore ? Il ne va pas y laisser son salaire. Il quitte le bar et fait l'acquisition d'une flasque de whisky dans une épicerie. Ses pas l'emmènent ensuite le long des quais. La nouvelle flèche de Notre-Dame se dresse, fantomatique, sous le roulement des nuages. Un ciel compliqué, embrasé ici et là par les lumières de la ville. C'est émouvant, faut reconnaître. Il songe à Z. – probable qu'il ne goûtera pas de sitôt une petite promenade comme celle-là, à humer la fraîcheur de la Seine. Le whisky lui met du baume au cœur. Après quelques gorgées, une autre pensée le traverse. Au moment de son arrestation, Z. vivait dans une chambre de bonne, au dernier étage du 82, rue d'Hauteville. Pourquoi ne pas aller y faire un tour ? Dans l'état d'oisiveté où il se trouve, poser la question, c'est déjà y répondre. Son inspiration l'entraîne, il descend dans le métro.

Comme il fallait s'y attendre, la porte du 82 est fermée. Il bat la semelle sur le trottoir. Dix bonnes minutes s'écoulent, et puis soudain, une petite vieille sort de l'immeuble. Blaise se glisse dans l'ouverture. Un ascenseur le conduit jusqu'au sixième étage. Pour les chambres de bonne, au septième, il faut terminer à pied. Les ampoules ne doivent pas être changées bien souvent, une douzaine de portes se font face dans une semi-pénombre. Des odeurs de cuisine et de produits ménagers se disputent l'atmosphère. Blaise avance de quelques pas, sans faire de bruit. Il tend l'oreille. Un rai de lumière apparaît au bout du couloir.

« Vous cherchez quelqu'un ? »

La voix est hostile.

« Non, pas vraiment… je ne faisais que passer. »

Blaise veut faire demi-tour, mais l'inconnu ouvre grand sa porte — une silhouette un peu tassée qui l'observe dans le contre-jour.

« Vous êtes là pour l'Arabe ? »

La minuterie arrive à son terme, l'ampoule s'éteint. C'est dans une épaisse obscurité que Blaise répond : « Vous voulez parler de Walid Z. ? Il habitait là ?

— Qu'est-ce que vous venez faire par là ?

— Je ne sais pas. Rien de précis. J'assiste à son procès… la curiosité m'a poussé jusqu'ici, voilà tout. »

L'homme sort pour rallumer la lumière. Il a peut-être cinquante ans, le crâne dégarni, un nez d'amateur de pastis. Campé sur ses deux jambes, il détaille Blaise de pied en cap : « Alors comme ça, vous assistez à son procès ?

— Comme je vous dis, dans le public.

— Il a été condamné ?

— Non, le verdict tombe demain.

— Qu'est-ce que vous en dites, vous ?

— Ce que j'en dis ?

— Il aura la tête tranchée ? »

Blaise hausse les épaules.

« J'en sais rien.

— Vous l'espérez ?

— Pas vraiment.

— En voilà un avis ! Quand il s'agit de décapiter un homme, vous ne savez pas quoi dire ? »

Un craquement se fait entendre derrière une porte, juste à côté de Blaise, comme si quelqu'un, à l'intérieur, venait d'y coller son oreille. L'homme donne un coup de menton dans cette direction : « Il vivait là, dans cette piaule. Maintenant, c'est quelqu'un d'autre. Je vous offre un verre ? »

Blaise est pris de court : « Pourquoi pas ? »

L'homme le fait entrer dans une chambre minuscule : « Ne faites pas attention au désordre. »

La pièce ne mesure pas dix mètres carrés. Un lit occupe la largeur d'un mur, sous un œil-de-bœuf. Une cabine de douche ferme un angle. Un lavabo, un frigo et une armoire encombrent le reste de l'espace. L'homme sort deux bières et lui indique le bord de son plumard : « Mettez-vous à l'aise. »

Blaise regrette de ne pas avoir décliné l'invitation. Quelle idée de venir traîner là ? Il s'assied. Le type se met à quatre pattes pour fouiller sous le lit : « Je vais vous montrer quelque chose. » Il en ressort muni d'une bassine en plastique, remplie de babioles. « C'est tout un tas de trucs, des affaires à lui. »

Blaise n'est pas certain de comprendre. Dans la bassine se mêlent des couverts, une statuette, des stylos, un chargeur de téléphone…

« Il vous les a donnés ? »

L'homme se vexe : « Je me suis servi, comme tout le monde. Les flics ont tout laissé en plan. Ils avaient arraché la serrure.

— Qu'est-ce que vous allez faire de tout ça ? »

L'homme se penche à nouveau sous son lit, en tire un rouleau de papier Canson, qu'il déroule sous ses yeux. Blaise voit apparaître un portrait de Z. enlaçant Héloïse, un dessin au fusain, souillé par des marques de doigts. Le genre de daubes à touristes qu'on peut voir à Montmartre.

« Comment vous le trouvez ? »

Blaise met un peu de temps à répondre qu'il ne le juge pas très ressemblant.

« J'ai cherché à le vendre, mais personne n'en veut.

— Ah bon ? » C'est tout ce que Blaise trouve à dire. Il sort sa flasque de whisky, il a besoin de quelque chose de plus raide que cette bière de chantier.

« Si ça vous intéresse, je vous fais un prix.

— Je ne vois pas ce que j'en ferais. »

Il est temps de déguerpir. Avant de se lever, Blaise propose une gorgée à son hôte, qui accepte, puis insiste : « Je vous le cède à cinquante balles.

— Vous n'y allez pas de main morte.

— Un condamné à mort, c'est mieux coté.

— Qui vous dit qu'il sera condamné à mort ? »

L'homme éclate de rire. Un rire sombre et amer, ponctué d'une longue rasade de whisky. Puis, redevenant sérieux : « Si vous étiez juré, vous feriez quoi ?

— La question ne se pose pas. Je ne suis pas juré. » Blaise se lève. « Merci pour la bière. Gardez la flasque.

— Attendez une minute. Si vous voulez mon avis, il ne lui a pas forcé la main, à la bourgeoise. Elle serait bien du genre à frétiller pour un bicot, pas vrai ?

— Peut-être.

— Si, si… observez-la, vous verrez.

— Qui ? La belle-mère ?

— Ne me prenez pas pour un con. »

La voix de l'inconnu a changé, elle a retrouvé la note hostile de leur face-à-face, dans le couloir.

« Pardon ?

— Ne me prenez pas pour un con, j'étais là. »

Blaise bafouille : « Vous étiez où ?

— À ton avis ? En face de toi, m'sieur le juré… dans l'assistance ! J'avais dans l'idée de refourguer ce portrait aux journalistes. Peau de balle.

— Vous plaisantez ? »

Le type avale une gorgée de bière, ses yeux plantés au fond des siens : « Pas vraiment. »

Blaise se lève, chaviré par la panique : « C'est maintenant que vous me dites ça ! »

L'homme se lève à son tour. « Parle moins fort. » En deux pas, il va se poster devant la porte avec une surprenante souplesse. « Je me demande ce que dirait le président si j'allais lui raconter qu'un juré et sa flasque de whisky sont venus traîner par ici. Peut-être qu'il annulerait le procès ? » Blaise se décompose. L'autre ajoute, à toutes fins utiles : « Peut-être aussi qu'il t'enverrait direct au trou ? »

Blaise fouille ses poches avec précipitation : « Vous voulez de l'argent ? C'est ça ? Vous avez dit combien pour le portrait ? Cinquante balles ?

— Si on ajoute cinquante pour que je la boucle, ça fait cent. Pile-poil. Les bons comptes font les bons amis. »

Blaise sort tout ce qu'il a : « Tenez, cinquante… quatre-vingt-dix… cent quarante… voilà ! Prenez tout ! »

L'autre fait disparaître les billets dans sa poche.

« N'oubliez pas votre portrait, monsieur le juré. »

Blaise attrape le dessin et ouvre la porte. Dans le couloir, impossible de trouver l'interrupteur. Il tâtonne, trébuche, se cramponne à la rampe et dégringole les sept étages, comme on tombe dans un puits.

III

Juliette est encore dans le coaltar. Elle enfile au pas de charge le couloir, il faut absolument qu'elle avale un café. Le martèlement de ses propres talons l'exaspère. Rien à faire, le palais de justice résonne sur son passage d'un boucan de tous les diables. Quelques curieux se retournent, d'autres se contentent de faire un pas de côté. Dans la petite cour, elle tombe sur Blaise. Il a une mine effroyable.

« T'as dormi sur ton palier ? »

Il n'est pas d'humeur à plaisanter : « Ni sur mon palier, ni ailleurs. Je n'ai pas dormi de la nuit. »

Le temps que son café coule, elle se plonge dans son fil d'actualités. Blaise souffle sur son gobelet, ce qui lui arrache une quinte de toux. Charmant. Elle gagne la salle des délibérés. Le président est déjà là, vêtu de sa robe de magistrat. Les assesseurs aussi. Autour de la table, trois jurés sont installés. La tenancière est en train d'expliquer au Corse de l'urbanisme que la restauration, ça commence à tourner au vinaigre parce que les gens ne veulent plus quitter leur canapé. Le soir, c'est un miracle si elle fait vingt couverts, et avec les commissions que lui extorquent Deliveroo et Uber Eats, ça frise l'esclavage. Puis elle fait craquer ses doigts et constate, d'un ton neutre : « En même temps, c'est facile pour personne, en ce moment. » Une odeur de menthe chimique flotte dans la salle. La retraitée Lavranche observe ses mains avec une attention exagérée, comme si quelqu'un venait de la contrarier – peut-être le dentiste Kleber, qui mastique nerveusement son chewing-gum. Blaise les rejoint, le jury est au complet.

Le président s'assied pour exposer le programme de la matinée. L'accusé va s'expliquer sur les faits qui lui sont reprochés. La plaignante défendra sa propre version. Le policier qui a dirigé l'arrestation viendra déposer à la barre, suivi d'un expert psychiatre. Le procès s'achèvera par les réquisitions de l'avocat général, la plaidoirie de la partie civile, et enfin celle de la défense. Le président conclut, pesant ses mots : « Ensuite viendra votre heure. Il sera temps de trancher. » Juliette acquiesce en silence, elle sent au fond de son estomac comme un dîner trop lourd, mal digéré. Les regards s'évitent. La sonnerie retentit.

« Pour commencer, monsieur Z., vous allez nous expliquer pourquoi vous n'avez jamais revu Héloïse, après cette entrevue dans un café du 5e arrondissement. »

Dans son box, Z. se lève. Lui non plus n'a pas l'air d'avoir beaucoup dormi. Ses yeux sont enfoncés dans leurs orbites, il a un teint de zombie.

« En quittant Héloïse, devant ce bar, je me suis accroché à ses derniers mots comme à une bouée. Elle m'avait dit qu'on se retrouverait bientôt… peut-être la semaine suivante. Je l'avais trouvée abîmée, méfiante. C'était compréhensible, après ma longue disparition. Et puis, mon état… j'étais encore malade. Son père me l'a d'ailleurs fait remarquer, quand il m'a reçu à la Sorbonne. Cette histoire de mission pour le garde des Sceaux m'a complètement déboussolé. Je ne savais pas quoi faire, pas quoi dire... Jean-Louis m'avait fait embaucher sans même me demander mon avis. Je n'ai pas bronché. Je me suis rendu dans l'Yonne, comme on me l'avait demandé. J'ai visité ce collège transformé en centre de détention pour mineurs. J'en suis ressorti bouleversé. Le soir même, j'ai cherché à joindre Héloïse. J'avais besoin de lui parler, mais elle n'a pas répondu. Je suis tombé à trois reprises sur sa boîte vocale, sans laisser de message. J'ai paniqué. Je me suis dit qu'elle avait probablement décidé de me quitter... le monde commençait à s'effondrer, j'étais perdu... Le troisième appel, je l'ai passé depuis un café, rue de Babylone, à deux pas de l'appartement familial. C'était un peu fou de ma part, j'espérais la voir entrer ou sortir de l'immeuble. J'ai descendu plusieurs pintes de bière, ce qui a eu pour seul effet d'aggraver mon désespoir. Au bout d'un moment, je me suis décidé à aller sonner à la porte. Il était près de 20 heures. Je suis monté au cinquième étage. C'est Claire qui m'a ouvert... j'ai eu l'impression qu'elle s'apprêtait à sortir. Elle portait une robe noire et des talons aiguilles. Elle sentait le parfum. En me voyant, elle a eu l'air troublée. Elle m'a dit qu'Héloïse était partie. J'ai demandé si elle savait quand elle serait de retour. Elle a simplement répondu ni ce soir ni demain. Je n'étais pas le bienvenu visiblement, mais je voulais en savoir davantage. Je lui ai demandé si elle avait deux minutes à me consacrer. Elle m'a fait entrer. Nous sommes allés nous installer au petit salon. Sur la table basse, une bouteille de champagne trempait dans un seau à glace, une coupe entamée était posée à côté. Claire m'a proposé de m'en servir une, par politesse, ce que j'ai refusé. Elle attendait peut-être quelqu'un, peut-être un amant. Il fallait faire vite. Je lui ai demandé si elle était au courant de la proposition que Jean-Louis m'avait faite. Elle l'était. Alors je lui ai raconté ma visite dans l'établissement pilote, au fin fond de l'Yonne… je me disais que mes confidences devaient être suffisamment salées pour qu'elle se sente tenue de les répéter à Héloïse. Je lui ai décrit la haine et la honte que j'avais lues dans le regard des jeunes détenus, leurs crânes rasés, leurs visages de marbre, les coups de matraque sur les portes des cellules, les châtiments corporels, les toilettes nettoyées à main nue, l'amendement par l'humiliation. Et j'ai conclu en lui disant que je ne pouvais pas accepter cette mission. Il fallait que j'en discute avec Jean-Louis, bien entendu. Mais je voulais d'abord en parler à Héloïse. Claire m'écoutait attentivement. À un moment, elle s'est resservi du champagne et j'ai relevé qu'elle terminait la bouteille. Lorsque j'ai eu fini de parler, elle m'a simplement demandé si c'était tout. Elle ne pensait pas que j'étais venu pour cette histoire, elle l'a dit sur un ton qui m'a surpris. Un peu comme si elle s'adressait à un enfant. Évidemment que je n'étais pas venu pour ça. Face à mon air empêtré, elle a pris des nouvelles de ma santé. J'ai compris qu'elle en savait un bout sur les déboires de notre couple. J'ai simplement répondu que j'allais mieux. Alors Claire m'a appris qu'Héloïse était partie avec son père. Elle était à Fausse-Repose. D'après elle, sa fille avait besoin de se mettre au vert quelques jours. J'ai dit que j'avais cherché à la joindre à plusieurs reprises, sans succès. Claire a pris le temps de réfléchir. Elle s'est laissée aller dans le fauteuil en soupirant. Puis elle m'a déclaré que, contrairement aux apparences, elle avait pour moi beaucoup d'estime. Elle pensait qu'Héloïse ne mesurait pas sa chance. C'était son caractère. Sa fille tenait ça d'elle. Une tare familiale. Elle en était navrée pour moi. Elle a eu un drôle de sourire en m'expliquant qu'une éternelle insatisfaction coulait dans ses veines, qu'elle avait parfois besoin de défier la vie, des choses dans ce goût... Son regard s'était voilé, elle m'observait maintenant avec une sorte de fascination. À ce moment-là, j'ai commencé à me dire que si je restais dans cette pièce, la situation pouvait déraper. Si je ne suis pas parti, c'est que j'espérais d'elle un aveu, une information... n'importe quoi qui puisse me rassurer. Et puis Claire s'est levée, elle a fait quelques pas devant moi, dans sa robe de soirée. Je l'ai suivie jusque dans l'entrée. Au moment où j'allais enfiler ma veste, elle a posé sa main sur mon bras. Elle m'a conseillé de ne pas trop m'en faire, de me trouver un peu de distraction. Elle a ensuite demandé si j'avais connu beaucoup de filles auparavant... j'ai répondu oui et non, un peu bêtement. Elle a dit que ça ne l'étonnait pas. En disant cela, elle s'est approchée, la tête légèrement penchée. À ce moment-là, je ne peux pas dire qu'elle me laissait indifférent. Claire est une belle femme. J'aurais pu partir, bien sûr... Elle a dit qu'elle avait remarqué comment je la regardais depuis quelque temps, que mes efforts pour ne rien laisser transparaître la touchaient. Je ne disais rien, je serrais les dents. Et puis elle a posé une main sur ma poitrine. J'ai eu envie d'elle... et puis voilà, la suite s'est déroulée sur le tapis de l'entrée. Une étreinte brutale, je le reconnais... Quand ça a été terminé, je me suis rhabillé en vitesse. Je me dégoûtais. J'ai claqué la porte derrière moi, sans un mot. »

***

Blaise est rincé de fatigue. La nuit n'a été que sueur et angoisses. Il a encore picolé sans retenue. La première chose qui lui est apparue, au pied de son lit, ça a été le portrait de Z. enlaçant Héloïse. Très mauvais départ, ça. Il a déchiré le dessin en mille morceaux, qu'il a balancés dans la cuvette des chiottes, avant de tirer la chasse d'eau.

En arrivant au palais de justice, il n'en menait vraiment pas large. Allait-il découvrir parmi la foule le visage de l'inconnu qui l'avait menacé, la veille au soir, de révéler sa petite virée rue d'Hauteville ? Il en tremblait. En tant que juré, il a fait le serment de n'entrer en contact avec aucune personne liée de près ou de loin à cette affaire. La violation de ce serment est passible de plusieurs mois de prison. Un mot de cet homme et c'est lui qui repartirait les mains dans le dos, entre deux flics.

En prenant place derrière la tribune, il n'a pas osé tout de suite scruter la salle. Il n'a jamais prié de sa vie, mais là, ses lèvres ont murmuré toutes seules : « Par pitié, Seigneur… faites qu'il ne soit pas là ! » Ses yeux se sont portés mécaniquement vers le box : Z. avait l'air ni plus ni moins en forme qu'une statue du musée Grévin. Rassemblant son courage, il a détaillé l'assistance. L'inconnu n'y était pas… sa grosse tête chauve lui aurait sauté aux yeux. Il s'est alors affaissé dans son fauteuil, abattu, soulagé.

Le président donne la parole à Mme K. : « Nous allons maintenant écouter la version de la partie civile. Prenez votre temps, madame. C'est un moment délicat pour vous, nous en avons bien conscience. »

Mme K. se lève. Son expression est difficile à déchiffrer, un mélange de distance et d'anxiété.

« Eh bien... Walid a sonné alors que je buvais une coupe de champagne. C'est une habitude, le vendredi soir. Je n'avais pas prévu de sortir. La robe qu'il s'est étonné de me voir porter n'avait rien d'exceptionnel. Il semblait très agité quand j'ai ouvert la porte. Après avoir appris qu'Héloïse était absente, il est resté un moment sans rien dire. Il avait l'air soucieux. Puis il a demandé s'il pouvait entrer quelques instants. J'ai trouvé sa requête un peu cavalière, mais j'ai accepté. Il m'a paru difficile de ne pas lui proposer de s'asseoir au petit salon. À peine installé, il a commencé à me raconter sa visite dans un centre de redressement pour mineurs. Un récit nerveux, décousu. Mon mari m'avait effectivement parlé de cette proposition. Je n'en connaissais pas les détails, mais j'avais compris qu'il s'agissait d'une opportunité à ne pas laisser passer. Je savais également que Walid était tombé malade. Concernant ma fille, en revanche, j'en étais réduite aux suppositions. Héloïse allait mal, c'était impossible de ne pas s'en rendre compte. Elle était irritable, elle se terrait dans sa chambre. Elle ne quittait plus l'appartement. Évidemment, j'ai soupçonné que leur couple traversait une crise. Avant de venir, Walid avait bu de la bière, son haleine le trahissait. Je me suis demandé s'il n'était pas saoul, ses propos devenaient de plus en plus confus. Je ne l'avais jamais vu dans cet état. Ses mains s'agitaient, ses yeux rebondissaient un peu partout dans la pièce. Selon lui, les jeunes délinquants de l'établissement étaient tous d'origine maghrébine. On les aurait réduits à l'état de bêtes de somme. Les surveillants se seraient montrés d'une cruauté inouïe. Sa voix était éraillée par l'alcool. J'ai tenté de lui manifester mon embarras. Je lui ai suggéré à plusieurs reprises d'en parler à mon mari, seulement il n'écoutait pas... il se saoulait de son propre monologue. Lui qui s'était toujours efforcé de mettre ses origines de côté, il les brandissait tout à coup avec fureur. Il prétendait avoir vu les siens, ses semblables, châtiés comme des sous-hommes. Je découvrais un autre William... enfin, je veux dire, un autre Walid. »

Sa voix s'éteint. Elle semble chercher ses mots.

« Avez-vous eu peur ? demande le président.

— Non, pas à ce moment-là. J'ai simplement inventé un prétexte pour le congédier. Je lui ai dit que j'attendais une amie. Il m'a regardé sans rien dire, mais son regard dissimulait mal son amertume. Peut-être a-t-il deviné que je lui mentais, je ne sais pas... ses yeux ont cessé de virevolter dans la pièce. Ils se sont posés sur moi, pleins de soupçons. Alors, je l'ai informé que je préviendrais Héloïse de sa venue, qu'il ne devait pas s'en faire : elle l'appellerait sans doute bientôt. Il ne disait toujours rien. Je me suis levée pour regagner l'entrée. Il me fixait depuis son fauteuil... je pouvais sentir ses yeux dans mon dos... »

La voix de Mme K. commence à dérailler, son regard s'évade. C'est étrange, Blaise a l'impression qu'elle entre en conversation avec une présence, un fantôme, quelqu'un qui serait venu se glisser derrière la tribune, et qu'elle serait seule à voir.

« J'ai commencé à m'inquiéter. Pas de ce qu'il allait faire, non... mais de ce qu'il était en train de s'imaginer, voyez-vous, en me regardant de cette façon. Je l'ai entendu se lever pour me suivre. Je voulais qu'il s'en aille sur-le-champ. En ouvrant la porte, je lui ai tendu la main et je lui ai souhaité une bonne soirée. Il l'a prise sans rien dire, et ne l'a pas lâchée. De son autre main, il a repoussé la porte. À ce moment, j'ai paniqué... Il m'a brusquement attirée vers lui pour m'embrasser. Je me suis détournée, j'ai tenté de me débattre, mais il a resserré son étreinte. Il m'a plaquée contre le mur. Tout son corps écrasait le mien. Ses doigts ont fouillé sous ma robe, ils ont arraché ma culotte. J'étais terrifiée. Je n'avais plus de force. Mes mots restaient coincés dans ma gorge. Il a attrapé mon entrejambe, sa bouche s'est collée contre mon oreille et il m'a murmuré que j'allais aimer ça. »

Mme K. s'interrompt. Elle bat des paupières, ses yeux se posent enfin sur le président. Son esprit semble avoir réintégré l'univers familier du prétoire.

« Est-il vraiment nécessaire que je poursuive ? demande-t-elle un peu sèchement.

— La cour comprendra qu'il vous est éprouvant d'entrer dans les détails, mais il est nécessaire que l'on vous entende, madame. »

Les yeux de Claire se voilent à nouveau.

« Il m'a forcée. Dans l'entrée, sur le tapis. Je me suis retrouvée d'un coup allongée sur le dos. Il m'a écarté les jambes, avant de me grimper dessus. Tout est allé si vite... J'étais sous le choc. Il était essoufflé, je l'entendais râler dans mon oreille... Ensuite, il s'est relevé. Il m'a giflée. Puis il a disparu en claquant la porte. »

La salle ressemble tout à coup à un congrès de statues de sel. Personne n'ose esquisser le moindre geste. Blaise a l'impression qu'on peut l'entendre déglutir à l'autre bout du tribunal.

« Le ministère public a-t-il des questions ?

— Pas pour le moment, monsieur le président : le récit glaçant de Mme K. se passe de commentaires et les conclusions de l'expertise gynécologique pratiquée quelques heures après les faits ont porté à la connaissance de la cour l'incontestable violence dont a fait preuve l'accusé.

— Maître Morland-Kieffer ?

— En effet, j'ai quelques questions. Ce qu'il y a d'incontestable, monsieur l'avocat général, c'est qu'une relation sexuelle a eu lieu entre Walid Z. et Mme K. ce soir-là. Pour le reste…

— Maître ! Veuillez adresser vos questions à la partie civile et vous en tenir aux faits.

— Je ne fais que ça, monsieur le président, m'en tenir aux faits. Permettez-moi par exemple de rappeler à Mme K. que sa propre fille, avant Walid, a décelé dans son attitude une inclination à lui faire du charme. Walid est beau garçon, il a de l'esprit, de l'ambition, de la retenue, toutes choses qui peuvent plaire à une femme. D'autant plus, peut-être, à une femme qui ne se refuse pas de temps à autre une aventure extraconjugale…

— Maître, votre question !

— La voici : sur une échelle de un à dix, madame, à combien évalueriez-vous votre attirance pour Walid Z. au moment où, seule avec lui, dans l'intimité de votre petit salon, alors que votre mari passait le week-end à

Fausse-Repose, vous lui avez proposé une coupe de champagne ?

— La question n'est pas recevable, maître. Je vous somme d'interroger la plaignante sur les faits.

— Ah, les faits ! Dans votre perspective, un mot bien étriqué, monsieur le président, un motif bien commode pour censurer toutes mes questions…

— Gare à vous, maître ! Vous frisez l'outrage !

— Les faits, donc… les faits factuels. Allons-y. Madame K. vous prétendez que Walid Z. vous a giflée avant de quitter les lieux. Pouvez-vous nous préciser sur quelle joue ?

— La droite.

— En êtes-vous certaine ?

— Absolument.

— Si vous êtes si catégorique aujourd'hui, c'est-à-dire deux ans après cet événement, pourquoi ne l'avez-vous pas dit à la police ? Pourquoi ne leur avez-vous pas parlé de cette gifle ?

— Ça ne m'est pas venu à l'esprit. Je l'ai évoquée plus tard, lorsque le juge d'instruction m'a demandé de détailler les faits.

— Les policiers aussi, madame, vous ont demandé de détailler les faits. Ils ont enregistré votre arrivée au commissariat à 22 h 46, soit plus de deux heures après le départ de Walid. Comment avez-vous occupé ces deux heures ?

— Ça peut paraître absurde, mais j'ai commencé par prendre une douche.

— Combien de temps cette douche a-t-elle duré ?

— Je n'en sais rien. J'avais perdu toute notion du temps. Ce dont je suis sûre, c'est d'avoir observé l'eau disparaître dans la bonde un long moment… un très long moment… en la suppliant d'emporter avec elle ce qui venait de se passer.

— Si l'on se fie à leur procès-verbal, madame, les policiers vous ont fait répéter votre emploi du temps à deux reprises. À chaque fois, vous avez répondu la même chose. Une douche. Le temps de vous préparer. Puis votre départ pour le commissariat.

— J'étais confuse. Les détails de mes faits et gestes, après le départ de Walid, n'avaient à mes yeux aucune importance.

— Pas plus d'importance que cette fameuse gifle. En effet, on peut parler de confusion. Vous n'êtes pas restée deux heures sous le jet d'eau, n'est-ce pas ?

— Je l'ai précisé au juge d'instruction, maître. À la suite de ma douche, j'ai passé un certain temps sur mon lit à regarder le plafond en me demandant ce que je devais faire.

— Avez-vous songé à appeler votre mari ? »

Mme K. semble hésiter avant de répondre.

« Non.

— Avez-vous songé à appeler quelqu'un d'autre ?

— Non plus.

— Avez-vous eu peur qu'il revienne ?

— Cette possibilité ne m'a pas effleuré l'esprit.

— Avez-vous continué à boire ?

— Je vous demande pardon ?

— Vous m'avez très bien compris. Avez-vous continué à boire ?

— Non.

— Avez-vous pris des médicaments ?

— Non plus.

— Nous vous croyons sur parole, madame K. Nous n'avons d'ailleurs pas d'autre choix, puisque contrairement à mon client, vous n'avez fait l'objet d'aucune analyse toxicologique, alors que vous reconnaissez avoir bu une bouteille de champagne à vous seule.

— C'est une question ?

— Oui, en quelque sorte. Reconnaissez-vous avoir bu seule cette bouteille de champagne ?

— En effet.

— Aviez-vous bu autre chose auparavant ?

— Non. »

Morland-Kieffer ouvre grand les bras.

« Voyez-vous, madame, j'apprécie pour ma part beaucoup le vin de Bordeaux, mais je ne dédaigne pas le champagne… je devrais d'ailleurs me montrer plus raisonnable, il paraît que j'ai quelques kilos à perdre. »

Un ricanement solitaire s'échappe de l'assemblée. Le président s'énerve : « Je vous saurai gré de respecter la dignité de la partie civile, maître.

— Je voulais simplement faire remarquer, monsieur le président, qu'en dépit de mes cent vingt kilos, je dois reconnaître qu'après avoir bu trois quarts de litre de champagne, je ne suis plus tout à fait dans mon état normal. Est-ce aussi votre cas, madame ? »

Mme K. se crispe.

« Je sais me tenir.

— Je ne mets pas votre parole en doute. Que l'on se fie à votre version ou à celle de mon client, il n'apparaît pas que vous ayez donné l'image, ce soir-là, d'une ivrogne. Vous savez vous tenir, comme vous dites… vous connaissez votre affaire. Les policiers aussi connaissaient la leur. Ils vous ont interrogé selon les règles du métier.

Ils ont diligenté une expertise gynécologique. Ils ont aussitôt ouvert une enquête. Et pourtant, à aucun moment, ils n'ont jugé nécessaire de mesurer votre alcoolémie. À aucun moment, ils n'ont relevé dans le procès-verbal que vous aviez vidé à vous seule une bouteille de champagne, avant de porter plainte. À aucun moment, vous ne l'avez précisé par vous-même.

— Je l'ai dit plus tard, dans le bureau du juge d'instruction.

— Non, c'est inexact. Sauf votre respect, madame, vous lui avez seulement indiqué que vous buviez une coupe de champagne lorsque Walid est arrivé. »

L'avocat de Mme K. réclame la parole.

« Ma cliente serait-elle coupable de ne pas avoir répondu à des questions que personne ne lui a posées ? Si je peux me permettre, la ficelle est un peu grosse.

— Non, répond Morland-Kieffer. En effet, personne ne peut en accabler votre cliente. La cour pourrait néanmoins le reprocher aux enquêteurs, comme au juge d'instruction. N'êtes-vous pas surpris, monsieur le président, de découvrir seulement ce matin, si près du verdict, que la plaignante avait dans les veines une dose d'alcool qui aurait pu l'envoyer en prison, par exemple, si elle avait pris le volant ?

— Votre question n'est pas recevable, rétorque le président. Vous savez comme moi, maître, que l'alcool est un paramètre récurrent dans les affaires de viol. Il contribue à abattre les barrières morales du violeur, pour autant qu'il en ait. Il excite sa libido prédatrice. Les circonstances, hélas, induisent souvent que la victime, elle aussi, a consommé de l'alcool, ce qui, dans son cas, tend plutôt à saper ses capacités de défense. Avez-vous d'autres questions ?

— Non ! »

***

Comment Claire a-t-elle pu mentir avec un tel aplomb ? Walid enrage en silence, la poitrine oppressée. Depuis quelques minutes, c'est comme si la composition même de l'air avait changé. L'espoir s'est évaporé. On vient de l'amputer d'une illusion, son heure de vérité. Deux ans qu'il attendait ça. Deux ans qu'il en peuplait chaque minute de sa vie carcérale. Mais qu'espérait-il au juste ! Un coup de tonnerre ? Une intervention divine ? À l'abri du box, il enfonce ses ongles dans ses cuisses… il se maudit. C'est la Bérézina. Il s'est perdu dans l'orgueil et la superstition. Derrière les barreaux, sa confrontation avec Claire brillait comme une promesse, il avait tout misé là-dessus… nul besoin de preuve fumante, se persuadait-il ! Claire allait apparaître dans toute l'ambiguïté de sa personnalité. À défaut de faire éclater la vérité, ils allaient l'un et l'autre laver leur linge sale en public, offrant au jury le spectacle non pas d'une victime et de son bourreau, mais d'une femme trouble et d'un garçon désespéré, écrasés par la honte et le remords. Or c'est tout le contraire qui vient de se produire. Walid se fait l'effet d'un monstre de foire. Claire s'est drapée sans effort dans une fable délirante, le martyre lui va comme un gant… à croire qu'elle a vraiment vécu la scène qu'elle vient de décrire !

« Monsieur l'inspecteur, vous allez nous raconter comment s'est déroulée l'interpellation de l'accusé. Soyez le plus circonstancié possible, je vous prie.

— Éric Stankovic, lieutenant de police à la direction régionale de la police judiciaire de Paris. Il y a deux ans, j'ai été en charge de l'interpellation de William Z. Après avoir pris connaissance de la déposition de Mme K., et vu la nature des faits, mon équipe a attendu 6 heures du matin pour se présenter au domicile du suspect. Nous étions trois policiers. William Z. n'était pas chez lui. Comme le veut la procédure, après deux appels francs, nous avons fracturé la porte pour mener à bien notre perquisition. Nous n'avons rien trouvé de singulier. À 7 h 15, nous étions sur le point de partir, lorsque le suspect a poussé la porte de son studio. Il a eu l'air surpris de nous découvrir à l'intérieur. »

Le président se tourne vers Walid.

« Vous confirmez, monsieur Z. ? Cette découverte vous a surpris ?

— Je n'ai pas compris tout de suite que j'avais devant moi des policiers. Trois inconnus en civil occupaient tout l'espace de ma chambre. L'un était assis sur mon lit, à éplucher mon courrier, un autre penché sur l'écran de mon ordinateur. Les tiroirs de mon bureau avaient été renversés sur le parquet. Le troisième fumait une cigarette, debout au milieu de la pièce, j'ai appris quelques instants plus tard qu'il s'agissait du lieutenant Stankovic. Il m'a demandé si j'étais bien William Z., mais j'ai mis un peu de temps à répondre. J'étais paralysé par la peur. L'inspecteur a enclenché son boîtier d'intervention et m'a prévenu que tout ce que je dirais serait désormais enregistré.

— En effet, confirme le président. Comme le veut la loi, l'interpellation a donné lieu à un enregistrement. Nous allons le faire écouter aux jurés, afin qu'ils puissent évaluer eux-mêmes vos réactions. »

Le président fait un signe de tête au greffier, qui lance la lecture depuis son ordinateur. Walid se tend, il déteste entendre sa propre voix. Il la trouve nasillarde, mal assurée – elle se répand subitement dans la salle, à plein volume.

« Police judiciaire ! Je répète ma question : es-tu William Z. ? »

« Oui, c'est moi. »

« Tu as l'air surpris. »

« En effet. »

« Nous avons aussi quelques raisons de l'être, William. Où as-tu passé la nuit ? »

« Ici, enfin... »

Le président fait interrompre la séquence.

« Lieutenant Stankovic, l'enregistrement fait état d'un silence de douze secondes à la suite de cette réplique. Pouvez-vous nous expliquer comment s'est comporté le suspect pendant ces douze secondes ?

— Il s'est penché sur la serrure fracturée, probablement pour gagner du temps.

— Monsieur Z. ?

— Non, c'est absurde. Je ne cherchais aucunement à gagner du temps. J'en étais tout simplement incapable. La situation me sidérait. Je venais de réaliser qu'ils avaient défoncé ma porte pour entrer. Les vis étaient arrachées de l'huisserie. »

Le président fait relancer l'enregistrement.

« Pourquoi êtes-vous entrés chez moi ? »

« C'est à toi de nous le dire, William. »

« Je ne comprends pas… Vous avez tout cassé. Que se passe-t-il ? »

« Nous menons une perquisition à ton domicile sur ordre du Parquet. Tu vas repartir avec nous de gré ou de force. Tu resteras en garde à vue jusqu'à ce que le procureur décide de te libérer, ou de te placer en détention provisoire. »

« Je veux appeler un avocat. »

« Un peu de patience. Selon l'article 56 du Code de procédure pénale, tu pourras contacter la personne de ton choix et bénéficier de la présence d'un avocat à partir de la trente-septième heure de ta garde à vue. »

« De quoi s'agit-il ?… De quoi m'accuse-t-on ?… »

« Détends-toi. Dorénavant, c'est moi qui pose les questions. Tu peux choisir de ne pas y répondre. Tu peux essayer d'épuiser ma patience au cours des trente-six prochaines heures, si ça te chante. Tu peux aussi te montrer coopérant. Dis-moi simplement où tu as passé la nuit. »

« Ici ! » Sa voix tonne dans les enceintes. Les jurés sursautent. Walid remarque que l'avocat général, derrière son pupitre, boit du petit-lait. *« J'ai passé la nuit dans mon lit, mais je n'arrivais pas à dormir… alors je suis sorti prendre l'air et je suis rentré… comme vous pouvez le constater. »*

« Tu as dormi seul ? »

« Tout seul. »

« À quelle heure es-tu rentré chez toi, hier soir ? »

« Vers 22 heures. »

« Où étais-tu auparavant ? »

« Dans un bar, rue de Babylone. Puis dehors… j'ai pris l'air, je me suis promené avant de rentrer chez moi. Pourquoi m'arrêtez-vous ? »

« C'est tout ? »

« Oui. C'est tout. »

« Parfait, présente-moi tes poignets. C'est la procédure. »

L'enregistrement est terminé.

« Racontez-nous la suite, lieutenant.

— Nous avons emmené le suspect au siège de la DRPJ pour l'interroger.

— A-t-il davantage coopéré dans les locaux de la police judiciaire ?

— Nous sommes montés dans mon bureau. J'ai commencé par lui demander s'il était maintenant disposé à me dire pourquoi il était là. Il a répondu qu'il n'en avait toujours pas la moindre idée. »

Le président se tourne vers le box.

« Monsieur Z., la raison de cette interpellation était pourtant évidente.

— Non. J'avais bien une hypothèse, mais elle ne me semblait pas justifier une garde à vue.

— Expliquez-vous.

— En découvrant les policiers qui fouillaient ma chambre, j'ai immédiatement pensé aux archives que j'avais empruntées.

— Pourquoi n'avez-vous pas évoqué cette hypothèse devant le lieutenant Stankovic ?

— Parce que j'avais l'intention de les remettre à leur place. Je ne voulais pas accréditer l'idée qu'il s'agissait d'un vol.

— Et l'hypothèse d'une arrestation pour viol, vous n'y avez pas songé ?

— Il ne s'agissait pas d'un viol ! Pour moi, c'était un désastre… voilà tout. J'avais cédé aux avances de la mère d'Héloïse. J'avais franchi un point de non-retour.

Je devenais à mes propres yeux un monstre. En m'éloignant de la rue de Babylone, je suis allé me réfugier dans ma chambre. Mes pensées s'embrouillaient... je ne parvenais plus à les fixer sur rien. Seules surgissaient les images de ce qui s'était passé sur le tapis de l'entrée. Je me suis enroulé dans ma couette... je voulais disparaître. Au bout d'un moment, je me suis décidé à ressortir pour prendre l'air. Le jour n'était pas levé. J'ai erré dans les rues désertes pendant plus de deux heures. Il gelait. Je ne me souviens plus où m'ont conduit mes pas, j'étais déboussolé. Mon corps était encore vivant, il marchait dans la rue, mais dans le fond... j'étais mort. C'était une idée fixe, j'étais déjà mort. Ma vie se désagrégeait, j'avais tout perdu : mon amour, mes études, ma famille... je ne m'appelais même plus Walid. J'étais devenu William. Et ce William était un monstre qui marchait dans les rues glacées, un monstre qui rentrait dans son immeuble, un monstre qui montait vers sa solitude et son néant... voilà à quoi je pensais, lorsque j'ai poussé la porte fracturée de ma chambre.

— Et vous dites qu'en découvrant la présence des policiers, vous avez immédiatement oublié Mme K. pour songer aux archives volées ?

— C'est la seule idée qui me soit venue en voyant mes tiroirs renversés sur le sol.

— Vous avez donc choisi de mentir aux policiers en leur cachant votre passage rue de Babylone, la veille au soir, et par voie de conséquence votre relation sexuelle avec Mme K.

— Cette affaire ne les concernait pas. C'était mon cauchemar personnel. L'hypothèse des archives était pour moi la plus évidente, mais qui sait ? Les policiers en avaient peut-être après moi pour une autre raison… une erreur, un quiproquo. Alors oui, je n'ai rien dit.

— Pour un jeune homme perdu en plein cauchemar, vous avez fait preuve d'un remarquable esprit pratique. »

Cette pique taille une incise bien nette dans l'exaspération de Walid. Un air de raillerie est brièvement passé sur le visage du président. Il le croit coupable depuis le début, ça ne fait plus un pli. Bientôt, il va se retirer en coulisses, souverain, seul avec sa cour… il tiendra sa vie entre ses mains ! Morland-Kieffer aussi commence à lui courir, avec ses effets de manche et ses mystères. Walid ne sait toujours pas quelle ligne de défense il va suivre dans sa plaidoirie. L'imminence du verdict lui donne des vertiges. S'il pouvait seulement revoir Héloïse… une minute, une seule petite minute.

« Le ministère public a-t-il des questions ?

— Oui, une ou deux, en effet. Si l'on s'en tient à sa version, l'accusé n'a pas fait le lien entre son arrestation et la relation sexuelle qu'il venait d'avoir avec sa quasi-belle-mère. Un coït qu'il qualifie lui-même de brutal, non pas par souci de franchise, mesdames et messieurs les jurés, mais parce qu'il sait, depuis le début de l'instruction, que les expertises médicales s'accordent à le décrire ainsi. L'accusé invoque tantôt les brumes du désespoir, tantôt les vertus de la logique pour justifier son mensonge auprès des policiers. Un accusé qui aurait passé douze heures dans une cellule de commissariat à se demander pour quelle obscure raison on avait bien pu l'y enfermer, sans soupçonner un instant que son mensonge y fût pour quoi que ce soit ! Un accusé à qui j'aimerais poser une dernière question, avant que s'achèvent les débats. Monsieur Z., celle qui allait peut-être devenir votre belle-mère, cette femme qui, selon votre imagination, se consumait secrètement de désir pour vous, cette femme qui aurait mendié puis obtenu vos faveurs, cette femme en somme si corrompue… pourquoi aurait-elle inventé cette histoire de viol ? Pourquoi aurait-elle préféré, monsieur, l'opprobre au silence ?

— Il faudrait lui demander », lâche Walid entre ses dents.

L'avocat général ouvre grand les bras, l'air de dire, vous voyez, il s'enfonce tout seul.

« Je n'ai plus de questions, monsieur le président. »

***

À présent, le président annonce le docteur Taragopian en clôture des débats. Pas trop tôt. L'attention de Juliette touche à ses limites. Une petite femme replète sort de la salle des témoins. Elle gagne la barre d'un pas martial. Son visage est affligé de grosses lunettes à monture d'écailles. Elle semble rompue à l'exercice.

« Docteur Taragopian, expert psychiatre auprès de la cour d'assises de Paris. J'ai mené trois entretiens avec Walid Z. dans les locaux du service médical de la prison de Villepinte. Voilà ce qu'il en ressort. Le sujet s'exprime bien et n'a manifesté aucune contradiction majeure au cours de nos séances. Il sait qu'il est poursuivi pour le viol présumé de Mme K., mais il réfute cette qualification. Il s'enquiert parfois des opinions éventuelles de l'expert, et semble assez soucieux de sa propre image. Il est lucide, conscient, indemne de troubles au plan cognitif. Les informations portées à sa connaissance sont mémorisées sans difficulté. On peut donc en déduire une parfaite clarté de conscience. Il n'existe aucun problème de logique de pensée. Les mécanismes intellectuels sont rapides et les capacités d'abstraction se situent dans une zone élevée. Sur le plan psychomoteur, le sujet est droitier, il est manuellement habile. Les tests projectifs de Rorschach confirment une pleine adhésion à la réalité et éliminent l'hypothèse d'un trouble identificatoire. Les figures parentales sont structurantes, mais l'image paternelle archaïque est parfois anxiogène. Le spectre émotionnel est de nature introvertie. Le protocole révèle une organisation névrotique moyennement structurée et témoigne d'une certaine fragilité affective. Au demeurant, le sujet rappelle souvent son goût pour la solitude et la lecture. L'humeur est instable. Il fait état d'idées noires et d'épisodes mélancoliques depuis qu'il est incarcéré. Aucun projet suicidaire n'a été évoqué. Aucune conviction religieuse non plus. Il dort mal, mais il refuse les prescriptions thérapeutiques pour favoriser son sommeil. L'exploration de la sphère psychosexuelle s'est heurtée à une certaine réticence du sujet, avant qu'il accepte de répondre aux questions. Il a commencé une activité masturbatoire à l'âge de treize ans. Afin de se stimuler, il avait le plus souvent recours à des vidéos pornographiques. Il maraudait sur des sites gratuits, ou bien ciblait ses recherches à l'aide de mots-clés qu'il n'a pas souhaité porter à la connaissance de l'expert. Depuis son incarcération, il doit se passer d'Internet et pense à l'image d'un sexe féminin de façon isolée. Le sujet précise que la masturbation est parfois utilisée comme un exutoire avec un accroissement de la fréquence lors des moments de déprime et une diminution lorsque la tension psychique est moins élevée. La masturbation est donc clairement pratiquée comme un moyen de gestion des émotions négatives. Ses rapports sexuels lui ont globalement laissé des souvenirs satisfaisants. Il se soucie, dit-il, du plaisir de ses partenaires. Concernant son rapport avec Mme K., il explique s'être comporté de façon inhabituellement brutale. Selon lui, Mme K. le désirait d'une manière si pressante qu'il a été en retour saisi d'un désir irrépressible. Mais il rechigne à entrer dans les détails. Un sentiment de dégoût pour lui-même a immédiatement succédé à l'orgasme. En conclusion, on peut souligner le caractère prolixe des récits produits par le sujet, emprunts d'un souci d'exactitude, mais aussi une tendance à l'ellipse lorsqu'il s'agit de sa sexualité, ce qui masque peut-être un autre rapport à la vérité. »

Juliette aimerait qu'elle répète la fin de son exposé. C'était beaucoup trop dense. Un vrai pudding. Le président demande si le ministère public a des questions. L'avocat général se lève, ses yeux parcourent pensivement ses notes.

« Je n'aurai qu'une question, docteur. Peut-être deux. L'accusé vous a-t-il fait part d'une relation sexuelle fugace avec une jeune fille, quelques semaines avant de passer le bac ?

— Oui, je crois. Si ma mémoire est bonne, il s'agissait de son premier rapport sexuel.

— Tout à fait. Vous a-t-il précisé que la jeune fille en question était la sœur d'un certain Baptiste, son meilleur ami ?

— Non.

— Je vous remercie, docteur. Je n'ai pas d'autres questions. »

L'avocat général se rassied, très satisfait de lui-même. Le président se tourne vers la défense.

« Des questions ?

— Certainement, répond Morland-Kieffer. La procédure exige que je les pose à l'expert… mais c'est pourtant aux jurés, monsieur le président, que j'aimerais pouvoir m'adresser. Plus exactement, à la moitié masculine du jury. Si la procédure m'y autorisait, je demanderais à ces hommes qui nous écoutent s'ils se reconnaissent un peu, beaucoup, passionnément, ou pas du tout dans les aveux de mon client. Leur est-il arrivé, à eux aussi, de "marauder sur des sites pornographiques" ? Ont-ils déjà eu recours à des "mots-clés" ? Souhaiteraient-ils les porter à la connaissance d'un "expert" ? À quelle fréquence se masturbent-ils ? En éprouvent-ils un soulagement psychique ? J'aimerais pouvoir vous poser ce genre de questions, messieurs les jurés, mais rassurez-vous, je n'en ai pas le droit. Alors je vais me contenter de les poser au seul interlocuteur que m'autorise le Code de procédure pénale, c'est-à-dire à moi-même. Et voilà ma réponse : "un peu". Je vous fais grâce des détails, mesdames et messieurs de la cour, mais dans l'ensemble, je m'y reconnais un peu. Voilà, c'est tout. Je vous remercie, docteur. »

Juliette ne peut s'empêcher de jeter un coup d'œil en direction du box. Le moment est terriblement gênant, elle cède au voyeurisme et ne voudrait pour rien au monde croiser le regard de l'accusé, mais la tentation est trop grande. C'est étrange, Walid Z. ne se ressemble plus. Il fixe ses chaussures en serrant les dents. Juliette s'attarde sur son visage. Elle serait bien en peine de dire précisément ce qui a changé. Son teint ? Sa bouche ?

Ses yeux ? Un peu tout et presque rien, c'est en fait le même visage, habité par quelqu'un d'autre.

***

« Voici venue l'heure des réquisitions. »

François se mord la joue, la douleur s'est réveillée. Il a pourtant déjà gobé une demi-plaquette d'Héparine depuis le petit déjeuner. Très mauvais signe, ça. Il ne pourra décemment décréter aucune suspension de séance avant la fin des plaidoiries. Son martyre ne fait que commencer. L'avocat général s'avance dans le prétoire, il se place sous le regard de la cour. Par-dessus ses lunettes, il couve un instant l'accusé de son dégoût, avant de se tourner vers la tribune.

« Au seuil de mes réquisitions, mesdames et messieurs les jurés, je voudrais vous livrer une confidence… »

François réprime un soupir. C'est affligeant de banalité, tous les parquetiers de France partagent le même cerveau. L'étendue de leur imagination est comparable aux horaires d'ouverture d'un guichet de poste. L'avocat général savoure son petit suspense, dévisageant un à un chaque juré, avant de leur confesser que la seule leçon, en fin de compte, qu'il a retenue de ses vingt années de carrière, c'est la fragilité de la loi. Il lève un bras pour balayer l'espace d'un mouvement lent, giratoire. François a l'impression de regarder un mauvais film pour la vingt-cinquième fois.

Avec des accents de tragédien, l'avocat général annonce alors que, sans le concours des jurés, la loi n'est rien. Il ajoute que tout à l'heure, dans un instant, ils vont se retirer pour prendre une décision au nom du peuple français. Et ils la prendront seuls, dans l'intimité du scrutin.

Il laisse s'installer un silence, son regard s'obscurcit.

« Voilà, reprend-il dans un murmure énigmatique, en quoi la loi est fragile. Cela étant, la loi est aussi inflexible ! Façonnée dans le creuset de la représentation nationale, telle l'épée dans une forge, elle protège les victimes et punit les coupables. Or, tout le monde l'aura compris, dans ce procès, la défense voudrait faire croire que l'accusé fut avant tout une victime ! La victime tour à tour de sa filiation, de sa condition sociale, de la nouvelle majorité, du gouvernement, de son directeur de thèse, des évènements... et quoi encore ? De la pluie et du vent ? Face à ces vaines spéculations, je me propose de nous en tenir aux faits... aux seuls faits. C'est mon humble devoir. »

Nouveau silence.

« Et les faits sont têtus, enchaîne-t-il sans surprise. Ils sont là, dans le dossier, sous ma main, demeurant à l'endroit exact où les a laissés leur auteur, comme les cailloux semés derrière lui par le Petit Poucet. »

Il retire ses lunettes et scrute l'assemblée de ses petits yeux de taupes – dire qu'il en est encore à son introduction. François en bâillerait d'ennui si son mollet ne le faisait pas tant souffrir. Tout à son intrigue, l'avocat général balaye ensuite des reproches que personne n'a jamais formulés. Une astuce qui fonctionne toujours en fin de procès. Les jurés se demandent alors à quel moment ils ont loupé un wagon, ce qui a pour double effet de réveiller leur attention et de les plonger dans un vague sentiment de culpabilité. Puis il chausse à nouveau ses lunettes et se tourne vers l'accusé.

« Plus que votre enfance, monsieur Z., c'est votre adolescence qui m'intéresse ! Penchons-nous sur votre arrivée au lycée Pontus-de-Tyard… »

François n'écoute plus. Il se demande combien de jurés se sont eux aussi posé la question : Baptiste était-il amoureux de Walid Z. ? À ses yeux, cela ne fait aucun doute, Baptiste est homosexuel. Si François ne s'est pas aventuré sur ce terrain lors de son audition, c'était pour une raison stratégique. Un souci du contraste, comme au cinéma. Lorsqu'ils veulent susciter l'empathie pour un personnage, les scénaristes le flanquent d'un faire-valoir – un enfant handicapé, un mari brutal, etc. Au contraire, pour éveiller un sentiment de rejet, ils le plongent dans une situation où, face à une incarnation de l'innocence, il réagit en heurtant la décence commune. C'était exactement l'effet souhaité par le témoignage de Baptiste, une chute à la Chabrol : le dépucelage de Z. dans la maison familiale, à Givry, entre les cuisses de la petite sœur. L'impact aurait été moindre si Baptiste était apparu sous les traits d'un garçon inverti, tourmenté par son attirance pour Walid, plutôt que comme l'ami loyal et dévoué, qui reçoit à la fin un coup de poignard dans le dos. François rêvasse. Il ne sort plus, ou si peu, mais les probabilités qu'il croise un jour Baptiste dans un sauna, par exemple, ne sont pas nulles. Comment réagirait ce garçon ? François a déjà croisé certains témoins, des années après, par accident. L'idée le fait sourire. Son mollet le rappelle à l'ordre, il se ressaisit. L'avocat général est monté d'une octave, on approche enfin de la péroraison.

« … au fond, peu nous importe ! Le hasard ou la ruse aura mis Héloïse dans votre lit, et voilà que soudain le jeune étudiant très occupé de lui-même tombe amoureux. Je m'incline devant ce mystère ! Mais alors, de quel amour parlons-nous ? D'un amour qui aurait éclos seul, pour la première fois, dans le cœur d'un jeune homme touché par la grâce ? Ou d'un amour prospérant en compagnie d'intentions plus pragmatiques, dans le secret d'une âme qui a toujours craint la lumière ? La réponse vous appartient, monsieur Z. Ce que nous savons tous ici, en revanche, c'est que cet amour vous a ouvert des portes, et non des moindres. Oh ! Pas tout de suite… évidemment. Il vous faudra attendre quelques mois avant que le professeur K. vous ouvre celles de sa maison. En y entrant, vous devenez son futur gendre. Voilà l'amour récompensé – ou la patience, c'est selon ! Dans la foulée, vous acceptez de changer de prénom. On vous appelle William, désormais. C'est sous cette nouvelle identité que vous assistez à votre premier réveillon en famille, rue de Babylone. N'y a-t-il pas, à ce moment de votre vie, une forme d'accomplissement balzacien ? Il est tentant de le croire… et pourtant, le lendemain, que se passe-t-il ? Vous claquez la porte ! Vous disparaissez ! Plusieurs pages de votre journal font les frais de votre jalousie et de votre emportement. Votre téléphone reste coupé durant presque trois semaines. Dans la fureur et les ténèbres de votre exil, vous finissez par lire le SMS qu'Héloïse vous a depuis longtemps adressé. Des mots tout simples. Une preuve d'amour, envoyée comme une bouée à un homme qui se noie. Or, que faites-vous de cette bouée ? Vous la rejetez ! Vous continuez à battre des mains dans un délire haineux qui s'étend désormais à la France tout entière, depuis que l'opération Richelieu a commencé. Et vous attendez, vous enragez, vous espérez de toute votre âme que s'embrase la cité de votre enfance ! Je ne vais pas relire ici les flots de hargne que vous déversez alors dans votre journal, et dont tout le monde se souvient. Je ne vais pas imposer une seconde fois cette épreuve à la cour ! »

Il ouvre grand les bras, sa robe se déploie.

« Voilà ! Nous y sommes, la bombe est prête… il ne reste plus qu'à allumer la mèche. Quelques jours plus tard, c'est chose faite ! Le professeur K., votre bienfaiteur à tous égards, vous soumet une proposition qui ne se refuse pas : le cabinet du garde des Sceaux a besoin de vos services. Rien que ça ! Vous êtes reçu par un conseiller du ministre. Le gouvernement que vous haïssez vous offre une promotion inespérée… mais c'est trop tard ! Rien ne peut plus consoler votre cœur desséché par l'amertume. Votre première tâche consiste à visiter un établissement de redressement judiciaire pour mineurs. Aveuglé par vos préjugés, vous enragez d'y croiser des jeunes maghrébins, vos frères, vos semblables, humiliés, prétendez-vous, par des Français de souche. C'en est trop ! L'heure de la vengeance a sonné ! Deux jours plus tard, vous vous retrouvez en tête à tête avec Mme K., rue de Babylone. Par le fait du hasard ? À la faveur d'une combine ? Peu importe ! L'occasion est trop belle. Et là, voyez-vous… je ne vais pas chercher à démêler les entrelacs de votre libido. Je ne vais pas me perdre dans l'exégèse de votre expertise psychiatrique… au diable les spéculations ! Je vais m'en tenir aux faits. Ce que nous savons tous, ce que vous avez vous-même confessé au docteur Taragopian, dans un poignant moment de faiblesse, c'est que vous avez brutalisé Mme K. ! Et vous l'avez brutalisée moins pour satisfaire votre lubricité que pour assouvir une soif de vengeance et d'humiliation. En un mot, vous l'avez violée. Bien entendu, vous niez l'évidence. Dans une fable invraisemblable à tout point de vue, vous prétendez que votre victime était consentante. Et pour faire bonne mesure, inspiré sans doute par l'adage selon lequel un gros mensonge passe mieux qu'un petit, vous allez jusqu'à insinuer qu'elle a forcé votre propre consentement ! »

Il pointe un index furieux vers le box de l'accusé.

« Vous ! Le jeune homme en pleine force de l'âge ! Vous ! Le bonimenteur notoire ! Allons, allons... revenons un peu sur terre. Il ne fait plus de doute que vous avez violé Mme K. Il ne fait plus de doute que vous êtes là pour répondre de ce crime. Il ne fait plus de doute que la cour, vers laquelle je me tourne à présent, accomplira son devoir... Quelle sentence mérite un tel crime ? Mesdames et messieurs les jurés, voilà la question à laquelle vous allez répondre dans un instant, à l'ombre du secret... Pour ce faire, vous serez guidés par deux principes et deux principes seulement. Votre intime conviction d'abord. La loi ensuite. Concernant la première, je crois avoir fait tout ce qui était en mon pouvoir pour l'éclairer. Concernant la seconde, voici ce que dit la loi : le viol est puni de quinze ans de réclusion criminelle. Mais aussitôt, mesdames et messieurs, la loi ajoute que le viol est puni de la peine de mort, lorsqu'il est commis par une personne agissant sous l'impulsion d'un racisme anti-français. La défense, je n'en doute pas, voudra vous effrayer devant la sévérité de la loi... c'est son droit. C'est en fait son unique échappatoire !

Elle voudra vous faire peur, assaillir votre conscience, ébranler votre jugement, et finalement, mendier votre complaisance… la plus molle des passions. Mais vous n'oublierez pas, j'ose le croire, au moment de vous retirer dans le secret de la délibération, ce qui fonde votre mission : punir les coupables, protéger les victimes, défendre la nation. Voilà. J'en ai fini. Mesdames et messieurs de la cour, vous allez dans quelques instants juger au nom du peuple français… vous avez cet honneur ! En plus de s'être rendu coupable de viol, l'accusé a-t-il fait preuve de racisme anti-français ? A-t-il violé Mme K. parce qu'elle incarnait tout ce que la France lui inspirait de haine et de dégoût ? Aucun doute, je crois, ne subsiste désormais, et je vous demande de répondre par l'affirmative à ces questions. Monsieur le président, mesdames et messieurs les assesseurs, mesdames et messieurs les jurés, je vous demande de condamner Walid Z. à la peine de mort. »

L'avocat général se rassied. Dans l'assistance, tous les regards se tournent vers le box. François laisse se prolonger le silence. La tragédie arrive à son point d'orgue, le mystère de la mort s'est invité dans la salle. François est probablement le seul à ne pas s'en émouvoir. Il ne sent plus son mollet. La douleur enfle et monte le long de sa cuisse. Il ne sera bientôt plus capable de se lever sans demander de l'aide. Alors, adieu la cour d'appel. Le rêve qu'il caresse chaque matin en se rasant devant la glace… vaincu par des varices. C'est étrange comme les médailles brillent toujours plus, à mesure qu'on vieillit. Probablement l'approche de la mort, une manière d'oublier qu'on a peur.

Le moment est venu d'annoncer la plaidoirie de la défense. François s'exécute en se souvenant des obsèques de sa propre mère, deux ans plus tôt. Lui qui porte l'hermine et tutoie la moitié de la haute magistrature française s'est retrouvé quasi seul devant le cercueil. Il y avait sa sœur, la pluie et une poignée de grabataires que le hasard n'avait pas plus tôt poussés dans la tombe. François finira comme ça, il le sait. Qu'ils connaissent tout Paris n'y change rien, les vieux homos retombent immanquablement dans la solitude et l'oubli, avant de retourner à la terre.

***

Régis s'est enfermé dans les toilettes, seul avec son trac. Il extrait des plis de sa robe une petite flasque en acier brossé, son antidote. En début de carrière, il vomissait avant chaque plaidoirie, c'était systématique. Maintenant, il s'envoie quelques lampées de scotch et arpente la salle des pas perdus, les mains dans le dos, en poussant des petits grognements pour éloigner les curieux.

Aujourd'hui, la salle est quasi déserte. Une acoustique d'église, c'est parfait. Il fait le vide, à pas lents, le front baissé. On l'attend. Tout est joué, rien n'est joué, voilà l'idée. Il ne tient qu'à lui de forcer le destin. Son cœur lui frappe les tempes. Il entre dans le prétoire. D'expérience, il sait que son état n'a rien de flagrant, c'est ainsi, sa frayeur est toujours passée aux yeux des autres pour un farouche appétit d'en découdre. Son atout maître.

Il s'assied. Le temps que la séance reprenne, il feuillette son dossier sans le voir. Dans son dos, Walid est silencieux comme une ombre. Enfin, le président annonce la plaidoirie de la défense. Régis se lève et s'avance sans notes au pied de la tribune.

« Mesdames et messieurs, en trente ans de carrière, je n'ai jamais plaidé le cœur aussi lourd. Pour la première fois, mon devoir m'impose de défendre la vie, puisqu'on vient de vous réclamer la mort. Voilà deux ans, j'ai sollicité Walid Z. pour l'assister et il m'a fait l'honneur d'accepter. Mais croyez-moi, je ne serais pas dans ce prétoire si j'avais pensé trouver en face de moi des Français résignés, des jurés sourds au destin de notre nation, des compatriotes apeurés par la charge de juger l'un des leurs... parce que Walid Z., n'en doutez pas, est l'un des nôtres ! Là réside peut-être tout l'enjeu de ma plaidoirie. Là se niche le fragile idéal d'égalité et de justice, sans lequel la France ne serait plus la France. Le ministère public vient de nous rappeler que la loi est faite pour punir les coupables, protéger les victimes et défendre la nation... c'est vrai, c'est beau, c'est juste. Mais il a simplement oublié d'ajouter que la loi, aussi, parfois, protège les innocents. Dans quelques instants, cette loi se tiendra tout entière dans vos mains. Absoudrez-vous Walid Z. ? Je l'ignore, et j'ose espérer qu'en votre âme et conscience, mesdames et messieurs de la cour, vous l'ignorez encore. Je me permets aussi de rappeler que M. l'avocat général avait promis des faits. Il faudrait s'entendre sur le terme, parce que moi, les faits, je les attends encore ! Depuis trois jours, on cherche désespérément à faire de mon client un étranger ! Un déviant ! Un imposteur ! Mais comme on sait que tout cela est bâti sur du vide, on se tourne vers le passé. On convoque son enfance à la barre. On exhume de mauvaises plaisanteries de collégien. On travestit son ambition en arrivisme, sa ténacité en ressentiment, son amour en calcul. Pour tout dire, on brasse des mots… Bon, mais alors, où sont-ils, les faits promis avec tant de force ? »

Régis se tait, il se tourne vers Walid.

« Je n'en vois qu'un, moi ! Un seul fait ! Que personne ici n'a jamais contesté : Mme K. et Walid Z. ont eu ensemble une relation sexuelle. À la suite de ce fait, Mme K. a porté plainte pour viol. Ce procès devait donc avoir lieu, c'est l'honneur de la justice. Mais quel procès ! Quelles manières ! J'ai eu beau lire et relire en tous sens les ordonnances signées par le juge d'instruction qui a demandé le renvoi devant cette cour, je n'y ai pas trouvé un seul mot à décharge. Nulle trace de contradictoire ! "Vous qui entrez ici, oubliez toute espérance", écrivait Dante. Mais il parlait de l'enfer, pas d'un prétoire ! »

D'un geste emphatique, Régis prend les jurés à témoin. Ses yeux s'arrêtent sur le visage du président : il est tout pâle. Qu'est-ce qui lui arrive ? Il a l'air complètement ailleurs. Régis pousse un soupir d'exaspération en le fusillant du regard.

« Alors ! Mesdames et messieurs de la cour ! Je vais devoir lutter avec les quelques petites armes que l'instruction a bien voulu me concéder avant d'entrer dans cette arène. Pot de terre contre pot de fer ! Je ne vais pas m'épuiser à démonter pièce par pièce la philippique menée par l'avocat général contre les années de jeunesse de Walid Z. Vous l'avez comme moi entendu assaillir une âme qui aurait toujours "craint la lumière"… Vous l'avez écouté conspuer son "désir de revanche sociale"… Vous l'avez vu décrire avec force détails la façon dont Walid Z. aurait accompli dans la salle à manger du professeur K. son “destin balzacien”… Bref, vous avez comme moi écouté l’accusation s’échauffer dans une honorable prose romantique. Je vous laisse juger de la forme, mon opinion là-dessus importe peu. Quant au fond, il est à ce point gazeux qu’il serait vain de chercher à s’en saisir. Je préfère, moi, les arguments solides – les faits, comme je disais ! La plaignante et mon client ont eu une relation sexuelle. Voilà notre point de départ. Voilà le consensus. Ensuite, toutes nos divergences se résument à une question, une seule question : cette relation sexuelle était-elle consentie par Mme K. ?

« Commençons, si vous le voulez bien, par la sexualité de mon client. Au fond, l’expertise du docteur Taragopian nous a dressé le tableau d’une libido qui pécherait plutôt par son manque de fantaisie. L’avocat général a pourtant cru pouvoir en extraire la pierre de touche de sa démonstration. C’est vrai, Walid Z. a confessé une certaine brutalité durant son rapport avec Mme K. Faut-il dès lors en conclure qu’il s’agissait d’un viol ? Quand l’accusation est incapable de prouver quelque chose, elle se retranche derrière des interprétations. Mais alors, me direz-vous, cette femme aurait menti ? Eh bien non… peut-être pas. Au risque de vous surprendre, je pense qu’il est tout à fait concevable que Mme K. soit sincère. Laissez-moi vous raconter ce qui s’est peut-être passé ce soir tragique, rue de Babylone, entre Claire et Walid. C’est une hypothèse parmi d’autres, mais vous conviendrez, j’ose croire, qu’elle n’est pas moins crédible que la version de la partie civile. Avant d’y venir, je vais me permettre un petit détour.

« Il y a quelques années, j’ai moi-même défendu une femme qui s’était précipitée dans un commissariat pour confesser l'assassinat de son mari. Elle l'avait abattu d'un coup de fusil, après avoir prémédité son geste. Elle en était persuadée. Elle se répandait en pleurs aux pieds des policiers. Et le mari, lui, gisait effectivement dans son propre sang, au milieu de la cuisine, le crâne à demi emporté par une cartouche de chevrotine… exactement comme l'épouse l'avait détaillé dans ses aveux. Et pourtant, quelques mois plus tard, le juge d'instruction a fait requalifier l'assassinat en meurtre. À l'ouverture des débats, le président de la cour l'a encore rétrogradé en homicide involontaire. Et puis, finalement, au terme d'un procès d'école, l'avocat général lui-même a requis l'acquittement de l'accusée. Elle s'était accablée d'un crime qu'elle n'avait pas commis. Les psychanalystes ont donné un nom à ce genre d'égarement : la forclusion. Dans certaines situations traumatiques, les principes de désir et de réalité peuvent en quelque sorte s'emmêler. N'étant plus en mesure d'affronter le réel, le sujet parvient par une inconsciente alchimie à transformer un fantasme en certitude… le délire devient réalité. Dans l'affaire dont je viens de vous parler, cette femme avait menacé son mari, le fusil à la main. Elle était prête à le tuer. Sa haine avait atteint un point de non-retour. Mais avant qu'elle appuie sur la gâchette, son mari lui avait arraché l'arme des mains. L'instant suivant, il avait retourné le canon dans sa bouche. En appuyant lui-même sur la gâchette, il avait mis à exécution la pulsion initiale de son épouse… Dans son vertige, face à l'horreur, cette pauvre femme s'est ensuite persuadée d'avoir elle-même appuyé sur la détente, exactement comme elle envisageait de le faire l'instant précédent. Après neuf mois de détention, elle s'est finalement rétractée… la réalité triomphait du fantasme ! Les expertises psychiatriques et balistiques sont ensuite venues confirmer cette version des faits. Tout ça, mesdames et messieurs les jurés, pour vous dire que, durant neuf mois, la vérité de cette tragédie n'était connue de personne, pas même de l'unique survivante de la scène.

« Mais alors, quel rapport avec l'affaire qui nous concerne ? Nous y voilà ! Qui dit vrai ? Mme K. ? Walid Z. ? Ce qui est sûr, c'est que, pour nous autres, le mystère reste entier. Nous sommes comme des aveugles dans un théâtre d'ombres… des mots s'échappent, se contredisent, et nous réduisent aux spéculations. Ils nous condamnent à la modestie. La version de Mme K. est encore vive dans nos esprits. Ce sont les mots d'une femme qui souffre… je ne conteste pas cette souffrance, je m'incline devant elle. Je ne chercherai pas à vous tromper ! Mais le mystère, je crois, ne se dénouera pas dans ce prétoire. Depuis trois jours, j'ai vu beaucoup d'arrogance du côté du ministère public, entendu beaucoup de certitudes. Il ne s'agit maintenant plus de ferrailler. Comme dans l'affaire que je viens de vous relater, un mirage est possible… un mirage rapporté par Mme K., pourrait-on dire, en toute sincérité, la vérité étant trop dure à affronter. Ce mécanisme de défense que les psychanalystes appellent la forclusion. Car enfin, avant d'imaginer ce qui s'est passé entre Claire et Walid, mon devoir m'oblige à vous rappeler quelques faits. Mme K. ne s'en cache pas, elle a été internée à plusieurs reprises en établissement psychiatrique, suite à des épisodes dépressifs sévères. Son mari se souvient de deux séjours, sa fille de trois ou quatre. Le nombre précis nous échappe. Il nous serait également bien utile de connaître, si près du verdict, la nature des traitements qui lui ont été prescrits, ainsi que de savoir si, oui ou non, elle prenait encore des médicaments au moment des événements qui nous intéressent. Seulement ni la procédure ni les débats ne nous ont permis d'établir aucune certitude à ce sujet. Héloïse nous a parlé d'un pilulier qui n'aurait jamais disparu de la cuisine. Sa mère évoque une boîte destinée à stocker ses somnifères. Encore une fois, qui dit vrai ? Ce qui est sûr, c'est que l'une et l'autre entretenaient des rapports pour le moins explosifs, ambigus, douloureux. Ce qui est sûr, c'est que Mme K. avait déjà connu plusieurs liaisons adultères. Ce qui est sûr, enfin, c'est que ses versions successives ont évolué au fil du temps. Devant les policiers, elle n'a évoqué ni le champagne ni la gifle. Des omissions qui devraient nous rappeler que sa propre fille l'a qualifiée à la barre de "manipulatrice", un terme dont je lui laisse la responsabilité. Je préfère pour ma part suggérer l'hypothèse d'une auto-manipulation, ou pour parler comme les psychanalystes, d'un mécanisme de forclusion.

« Alors voilà, mesdames et messieurs les jurés, où je voulais en venir. Je ne prétendrai pas vous décrire avec la même certitude que l'avocat général ce qui s'est déroulé ce fameux soir, rue de Babylone. Laissez-moi seulement imaginer un autre scénario que celui de Mme K. Une histoire à la fois sinistre et banale. Dans son salon, Claire sirote une bouteille de champagne, avant l'irruption de Walid. L'un et l'autre sont un peu ivres. Lui désespère de revoir un jour Héloïse. Elle est seule, vêtue pour un motif inconnu d'une robe de soirée. Leur tête-à-tête est inédit, une gêne s'installe. Walid s'épanche avec véhémence, amertume peut-être, sur sa visite dans un établissement pénitentiaire de l'Yonne. Le face-à-face patine. La confusion les gagne. Sur le papier, plusieurs tabous les séparent, mais Claire sent monter une tension sexuelle. Elle a toujours ressenti une attirance pour lui, un désir secret. Seulement Walid est le compagnon de sa fille. Walid, surtout, est un octroyé, un Maghrébin, un circoncis. Le partenaire sexuel, peut-être, qu'elle ne s'est jamais autorisée. Les voilà tous les deux dans l'entrée, seuls au monde. Le désir est-il à ce moment réciproque ? Oui, Walid l'a confessé. Un désir non dénué, lui aussi, de pulsions morbides. Ils battent en retraite vers l'entrée. La porte palière se dresse là, tout près d'eux, offrant une issue au dilemme de ce tête-à-tête. Leur planche de salut. La morale publique voudrait qu'ils l'ouvrent, mais le désir leur susurre une autre mélopée. Après tout, personne ne les regarde que leur conscience, ils sont à ce moment-là seuls au monde. Le fruit de la tentation est à portée de main. Alcool, pulsions, passage à l'acte… et voilà les tabous brisés sur le tapis de l'entrée. Ensuite, rapidement, Mme K. se retrouve à nouveau seule. Elle a commis l'irréparable ! Le choc psychologique est trop violent pour être affronté de face. Il entraîne une modification de la perception et du souvenir. Le consentement se mue en contrainte. Ce n'est qu'une hypothèse parmi d'autres, mais vous conviendrez qu'elle plane ici comme un doute. Un doute épais, impossible à dissiper de bonne foi. Or, en droit, rappelez-vous, le doute profite toujours à l'accusé. Voilà, c'est dit.

« Mais il est aussi autre chose ! On m'a reproché de faire de ce dossier un procès politique. Je l'assume. Qu'ailleurs, sous d'obscures tyrannies, on se sente légitime à condamner un homme en raison de ses origines, c'est hélas une triste réalité. Mais pas ici ! Pas dans cette enceinte ! Pas dans cette cour ! Oh, ne faites pas de moi un faux naïf... je sais comme vous que la peur a calcifié nos esprits. La peur nous a habitués à tous les dérapages, depuis déjà trop longtemps. Nous avons franchi une à une toutes les lignes rouges, au pas de l'oie, en calomniant tous ceux qui nous mettaient en garde.

« Alors oui... c'est un procès politique. Mais il n'est pas de mon fait ! Un piège vous est tendu. Cette tête qu'on vous réclame avec tant de rage chuterait dans le panier comme en son temps celle de Danton ! Une victime expiatoire. Une faute historique. Mais vous ne tomberez pas dans le piège tendu par l'accusation. Nous ne vivons pas une catharsis. La tête de ce jeune homme est bien vivante ! Vous n'êtes pas les figurants d'une de ces mauvaises fables identitaires et xénophobes qui grugent depuis trop longtemps l'histoire de notre pays... car j'en viens maintenant à la France ! Ce mot que le ministère public se complaît à faire sonner comme le tocsin, moi, j'aimerais qu'il sonne à nouveau comme le fredonnaient fièrement les soldats de l'An II ! Les volontaires marseillais, ceux de Toulouse, de Rouen, de Montauban, de Beaune et de Dijon, de Grenoble, Besançon, Châtellerault, Lille ou Bordeaux... ces foules de Français qui se mettaient en marche au nom de la liberté. Non pas la France du Tribunal révolutionnaire, de la Terreur et du hachoir... Pas davantage celle de Maurras ou de Pétain, mais la France de Danton, justement ! Celle de Victor Hugo ! De La Bruyère !... dont les mots résonnent encore depuis les profondeurs du Grand Siècle : “Un innocent condamné est l'affaire de tous les honnêtes gens"… La France de Pelletier de Saint-Fargeau, qui réclamait déjà, en 1791, l'abolition de la peine de mort… La France de Michelet, qui comparait l'histoire de notre peuple à un fleuve bouillonnant, réunion capricieuse de multiples affluents : Gaulois, Ibères, Romains, Francs, Normands, Germains, Belges, Italiens, Juifs, Polonais, Algériens, Tunisiens, et j'en passe… notre peuple, au nom duquel, mesdames et messieurs les jurés, vous allez juger Walid Z. – votre compatriote.

« L'heure est tragique. Personne ne vous envie votre place. L'affaire va se terminer, le rideau va tomber. Vous avez dans vos mains l'honneur d'un pays… et vous avez vos doutes. Des doutes que vous allez emporter de l'autre côté de cette petite porte. Il est tard, vous savez tout. J'en ai fini. Affranchis des passions, vous allez vous retirer pour prendre une décision devant laquelle la France, en vertu de son histoire, ne pourra que s'incliner. »

Régis se tait. D'un pas lourd, il regagne son banc. Il voudrait que le silence se prolonge, que résonne dans le prétoire l'écho de sa dernière phrase, mais le président enchaîne : « Pour finir, la parole est à l'accusé. Monsieur Z., voulez-vous prononcer quelques mots ? »

Walid se lève, les mains tremblantes, défiguré par l'effroi. Régis lui a fait répéter à plusieurs reprises ce qu'il devait dire, sur quel ton, dans quelle posture. Au lieu de quoi il est là, debout, pantelant, semblant chercher ses mots. Ses doigts s'emmêlent, il a l'air d'un fou ! Que lui arrive-t-il ?

« Non, je n'ai rien à dire », lâche-t-il sèchement. Un rictus affolé lui déforme le visage et, au moment de se rasseoir, il ajoute : « Enfin, si… je plaide coupable, monsieur le président… Voilà… mes excuses ne valent rien, mais je les présente quand même… je m'excuse auprès de Claire… Je m'excuse auprès d'Héloïse, de Jean-Louis, de ma sœur, de mes parents… Je m'excuse auprès de vous… auprès de la France et des Français. Je vous remercie. »

Une clameur se lève dans la salle. Régis agrippe le poignet de Walid : « T'es devenu dingue ! Qu'est-ce qui te prend ? » Un cri fuse depuis les derniers rangs : « Violeur ! » La clameur tourne au tollé. Des voix se répondent : « Guillotine !… Raciste !… Violeur !… » Régis se met à bouillir, il est sur le point d'exploser : « Relève-toi ! Bon sang, debout ! » Mais Walid est pétrifié, sourd, impénétrable. Les gendarmes commencent à s'inquiéter, ils se rapprochent. L'huissier attend les instructions, debout, le torse bombé, tournant la tête comme un coq effrayé. Régis fait volte-face et se dresse face à la cour.

« Monsieur le président ! Permettez-moi ! À circonstances exceptionnelles, mesures exceptionnelles !… J'aimerais m'entretenir avec mon client… ce ne sont pas là ses derniers mots ! Il a perdu la raison ! Trop de fatigue ! Trop d'émotions ! »

Mais le président ne l'écoute plus, il se penche vers l'huissier : « Faites évacuer la salle, transmettez aux gendarmes. » Puis, dans le micro : « La séance est levée ! La cour va se retirer pour délibérer. Je vous remercie ! »

Régis proteste, tremblant tout entier de rage impuissante. Ses paroles sont couvertes par les cris de la foule : « Violeur !… Guillotine !… Peine de mort !… » Les gendarmes passent les menottes à Walid et l'exfiltrent en souplesse. Le chahut prend des proportions menaçantes. Régis se cramponne à la tribune : « Monsieur le président, ce dénouement n'est pas digne d'une cour d'assises !

— C'est terminé, maître, la séance est levée ! » Le président se tourne vers un assesseur : « Cette affaire m'a littéralement scié les pattes. Vous serez gentil de m'aider à me lever... discrètement, s'il vous plaît... voilà, comme ça... allons-y. »

Les jurés se dévisagent les uns les autres, médusés. Ils emboîtent le pas du président, soutenu par son assesseur. Les gendarmes font évacuer la salle, la petite porte se referme dans les boiseries. C'est fini. Régis est effondré.

***

Ça chauffe. La tension grimpe. Blaise se demande pourquoi le président laisse le Corse du cadastre s'énerver comme ça. La salle des délibérés paraît soudain trop étroite, on étouffe. Immédiatement, les débats se sont engouffrés dans le mystère de ce coup de théâtre. Pourquoi Z. a-t-il plaidé coupable ? Personne n'est en mesure d'y répondre, et néanmoins chacun y va de sa petite idée. Les assesseurs comptent les points en silence. Le président fait tourner la parole, pâle et grimaçant. Le Corse insiste, Z. est un pervers narcissique, il savait qu'il finirait sur l'échafaud, aucun doute là-dessus, mais par orgueil, il a voulu se condamner lui-même.

Après avoir suscité l'étonnement, voilà que ses allégations font une émule : la retraitée Lavranche convient maintenant que oui, en effet, c'est plausible. Le dentiste Kleber commence à montrer des signes d'hésitation. La tenancière Guichart objecte que c'est quand même un peu hasardeux de s'avancer de la sorte, qu'il a peut-être plaidé coupable sur un coup de folie.

« Ça change quoi ? rétorque la retraitée du Fret.

— Mais... ça change tout !

— Ce serait quand même une provocation.

— Vous vous rendez compte ? Monsieur s'excuse auprès de la France et des Français ?

— Une provocation anti-française !

— Je ne suis pas d'accord, intervient Juliette. Cette réaction est à l'opposé du comportement d'un pervers. Vous avez regardé son visage ? Ses yeux ? Moi, j'ai vu un homme qui craque, les nerfs qui lâchent... absolument rien de prémédité. »

Deux camps se forment. Blaise n'a pour sa part qu'une certitude : le doute l'emporte. Le président décide enfin que c'est le moment d'intervenir. Chacun guette avec avidité ses paroles, mais au lieu de se poser en roi Salomon, il botte en touche. Face à un revirement de cette nature, le droit, hélas, reste muet. La situation est tout à fait inédite et chacun l'aura compris, eu égard à sa fonction, le président ne va pas s'inviter dans la controverse. Autrement dit, libre à chacun de fabuler selon son humeur. Blaise se sent de plus en plus nerveux, une fatigue à vif. L'air se fait rare. Les charognards viennent de marquer un point.

Walid oscille sur son banc, les mains sous les aisselles. Il est gelé. Les cris des autres prévenus résonnent dans les boyaux de la souricière. Quelque part, un cinglé se tape la tête contre un tuyau. C'est insupportable. On se demande ce que foutent les gendarmes ! Il voudrait se concentrer. Le froid est de plus en plus tranchant. Depuis combien de temps le jury est-il en train de délibérer ? Une demi-heure ? Trois heures ? Impossible à dire. Des souvenirs s'entrechoquent dans la brume. Il n'a jamais été si fatigué, jamais soupçonné l'effarante élasticité de ses limites. Pourtant, s'il s'allongeait et fermait l'œil, il sait qu'il ne dormirait pas. Peut-on mourir de fatigue ? Ce serait un comble.

Penser à Héloïse – voilà ce qu'il faudrait faire !

Échec et mat. Il n'arrive qu'à songer à Claire. Il la revoit dans la lumière tamisée du petit salon, sapée pour un gala. Rien que ses talons aiguilles devaient coûter trois SMIC. Elle était belle, désirable et détestable ! Il y avait dans ses yeux une lueur trouble… un appel… une envie de consolation. Le genre d'ondes qui font frémir les hommes au bon endroit. Non pas la femme qui transpire le sexe et réclame son dû, mais celle qui vous enveloppe d'une soif de caresses. Il n'a pas réagi lorsqu'elle a posé sa main sur sa poitrine. C'est tout de suite, pourtant, qu'il aurait fallu fuir ! Des visions lui reviennent, obscènes et irréelles… si ça pouvait tout effacer, il se crèverait les yeux !

Juliette a beau retourner l'affaire en tous sens, elle retombe systématiquement sur le même os. La sensation d'être prise au piège. Parce qu'en ce qui concerne la culpabilité, elle n'est toujours sûre de rien. Elle a beau faire le vide en elle-même, aucune conviction ne se dégage. La raison lui commande de se ranger à l'argument de Morland-Kieffer : le doute profite à l'accusé. Mais son intuition, c'est une autre histoire. Pourquoi réfuter la version de Mme K. ? Comment faire la part des choses ? D'autant qu'au premier vote succédera peut-être un second pour déterminer la peine. L'ombre de la guillotine plane déjà dans la pièce. Or Juliette est claire là-dessus, la peine capitale est une abomination. Comment pourrait-elle se regarder dans une glace ? Ce revirement de Z., au dernier moment… c'est du pain béni pour l'accusation. De la pure folie ! Résultat, suivre son intuition, ce serait déjà le pousser vers l'échafaud. Ses doutes s'entrechoquent. De quel côté se trouve son devoir ? Son honneur ? Elle change d'avis vingt fois par minute.

Sous la table, Blaise exécute un compte rapide. Il a besoin de ses doigts, parce que son cerveau commence à lui jouer des tours. Six jurés, deux assesseurs, le président. En ce qui concerne ce dernier, aucun suspense – Blaise lève un pouce. Les assesseurs, c'est moins net, on n'a presque jamais entendu le son de leur voix. Probable toutefois que la carrière les condamne au mimétisme : il ouvre deux doigts supplémentaires. Avec le Corse et la retraitée, ça fait déjà cinq. Pour que Walid Z. soit reconnu coupable, une majorité des deux tiers est requise. Il n'en manque plus qu'un. Juliette n'a rien dévoilé de définitif. La tenancière Guichart a défendu Z. à plusieurs reprises avec les yeux de Chimène. Reste le dentiste Kleber et son rictus énigmatique.

Un assesseur commence à distribuer les bulletins de vote. Chacun doit y inscrire « oui » ou « non », avant de le plier en quatre. Blaise a oublié son stylo, la tenancière lui propose le sien avec une étonnante décontraction. À l'abri de sa paume, il écrit « non ». Ses doigts sont moites. Avant de plier son bulletin, il considère ces trois lettres avec un pessimisme qui lui soulève le cœur.

Le miracle n'aura pas lieu. Le destin de Walid Z. va faire l'objet d'un second vote, Blaise en est maintenant persuadé. Le prochain bulletin leur conférera à chacun un pouvoir de vie et de mort.

Le président pose une urne en bois au milieu de la table. Un cube ouvragé, lourd et sonore, probablement aussi vieux que le palais de justice. Combien de vies se sont déjà achevées dans cette boîte ? Le président rappelle la règle. Un scrutin à un tour. Une majorité qualifiée. Impossible de s'abstenir. L'usage veut qu'il soit le premier à glisser le sien dans la fente. Il passe ensuite l'urne à son voisin de gauche. Le sens des aiguilles d'une montre. Un compte à rebours étouffant, presque silencieux, rythmé seulement par le trajet de la boîte sur la table, qui glisse d'un juré à l'autre, et qui fait franchement penser, en arrivant devant Blaise, à une urne funéraire.

Walid sursaute. Ses oreilles ont entendu le son de sa propre voix, alors qu'il n'a pas desserré les dents. Serait-il en train de délirer ? Tout est devenu si étrange. Il se mord la joue, se pince le cou. Ce qu'il a maigri ! Il aimerait se regarder dans un miroir, voir un peu à quoi ressemble sa gueule avant le verdict.

Quelque part, un autre prévenu hurle des obscénités par wagons à l'intention de la police et des juges. Walid ferme les yeux. Sous ses fesses, le banc se met à tanguer. Il lui semble soudain qu'il est assis dans une barque… l'écho lointain des insultes résonne comme un ressac. La nausée lui remue les entrailles, mais il se force à garder les yeux clos. La barque est pleine… des gens sont entassés autour de lui. Ensemble, ils oscillent sur la houle lente d'une eau glaciale. Personne ne parle. L'ambiance est celle d'un groupe qui se connaît peu, des gens réunis malgré eux dans ce bateau dérisoire. La nausée devient difficile à supporter. Il jette aux passagers un coup d'œil circulaire… leurs silhouettes sont enveloppées d'une brume laiteuse, ils ont l'air de tramer quelque chose. Walid distingue un visage qu'il semble bien connaître, mais qui cherche à lui échapper, comme dans un mauvais rêve. Une angoisse l'étreint : il se souvient en scrutant ce visage qu'il a oublié quelque chose d'important, quelque chose qu'il n'avait pas le droit d'oublier… Salmane ? C'est toi ? Le visage se tourne vers lui, le clair de lune lui révèle son erreur… Amira ! Qu'est-ce que tu fais là ? Sa sœur se détourne, l'angoisse l'étouffe. Il voudrait se lever et se jeter à ses pieds, mais la barque tangue de plus en plus fort… pourquoi ne répond-elle pas ?

« Amira ! »

Sa propre voix le fait sursauter, mais il s'accroche à son mirage, enfoncé en lui-même… Où est passée sa sœur ?… La barque ?… Les autres passagers !…

Juliette est en plein désarroi. Où qu'elle penche, la culpabilité la submerge. L'urne tourne autour de la table. Elle approche, la voilà… son cœur lui bat dans les oreilles, un rythme court, mille remords par minute. Elle voudrait suspendre le temps, déplier son bulletin. Jusqu'au dernier instant, elle a hésité, et elle hésite encore… Pour un peu, elle se mettrait à chialer. Voilà, c'est à elle. Sa main glisse son bulletin dans la fente, un crève-cœur ! L'urne poursuit sa route. Le président est pris d'une petite toux sèche. Il n'a pas l'air de se laisser emmerder par les doutes, celui-là. Il a du métier.

Les assesseurs l'enveloppent de leur présence inutile, mornes comme des enfants de chœur. L'urne a terminé son voyage. Sans un mot, le président soulève le couvercle. Un bruit mat. Il renverse le contenu sur la table. L'heure des comptes a sonné. Juliette se pince la lèvre. Les jurés considèrent le petit tas de papiers avec des yeux exorbités. Elle reconnaît le sien, ça crève les yeux, il est tout froissé, bruni par la sueur, pétri d'incertitudes.

« C'est l'heure, debout ! »

Walid tressaille, arraché à ses divagations. La lumière lui blesse les yeux, deux silhouettes se dressent dans le contre-jour.

« Tourne-toi. »

Il se lève, pris de vertiges. Un gendarme le retient par l'aisselle pour assurer son équilibre, l'autre verrouille les menottes.

« Qu'est-ce qui se passe ? demande-t-il plaintivement.

— La cour a fini de délibérer. Ils t'attendent. »

Walid réalise qu'il a les joues inondées de larmes. Il s'essuie dans un mouvement d'épaules, les gendarmes le tirent dans le couloir. Sous son crâne, la douleur pulse de plus belle. Il passe devant la cellule du cinglé qui hurle à la police et à la magistrature d'aller se faire foutre jusqu'à la fin des temps. Il commence à paniquer. Des cercles jaunes se mettent à tournoyer devant lui. Tout le poids de son corps s'est réfugié sous ses aisselles, dans les mains des gendarmes. L'évanouissement n'est pas loin. Comprenant qu'il lui reste quelques secondes avant de paraître dans le box, il les supplie de faire une pause. Aucune réponse. Sa voix est si faible qu'il se demande s'ils l'ont vraiment entendu. Trop tard. La petite porte est là, juste là, devant ses yeux. Au moment où elle s'ouvre, il baisse le front, pénètre dans le box.

Le silence est plus épais que d'habitude. On lui retire les menottes.

« La cour ! » crie l'huissier.

Le président apparaît presque immédiatement derrière la tribune. Blêmes, épuisés, les jurés ont l'air de sortir d'un tombeau – nul ne lui adresse un regard.

« La cour a délibéré, annonce le président. À la question, "Walid Z. est-il coupable d'avoir violé Mme K. ?", la cour a répondu "oui", à sept voix contre deux. »

Une clameur s'élève dans la salle. Walid sent ses jambes se dérober, les gendarmes le soutiennent.

« Je vous en prie ! lance le président à l'attention des agités. Un peu de dignité ! »

Walid commence à tourner de l'œil. La clameur s'estompe, reléguée dans un lointain écho.

« À la question, "Walid Z. a-t-il été motivé dans ses actes par un racisme anti-français ?", la cour a répondu "oui", par six voix contre trois. En conséquence… »

Ses paupières tombent. Il n'entend plus rien. Un bourdonnement a recouvert la voix du président. La barque réapparaît dans un halo de lumière blanche, bercée par les vagues. Elle est vide. Où est passée sa sœur ? La lumière se met à clignoter, s'éloigne vers l'horizon… et disparaît derrière la mer.

***

Chaque matin, il faut commencer par les piqûres de punaises. Son corps est constellé de petites cicatrices, auxquelles viennent s'ajouter les morsures de la nuit. Sur les bras, les jambes, les épaules… passe encore. Mais une seule dans le dos et la matinée tourne au supplice. Il n'a pas fallu trois jours à Walid pour comprendre que la première urgence, sitôt la lumière allumée, consiste à calmer les démangeaisons. Des tas de remèdes de grand-mère existent, paraît-il, mais ici, on ne peut compter que sur le dentifrice, raison pour laquelle il est plus facile de négocier une plaquette de Lexomil qu'un tube de Colgate. Certains ont essayé le sel, le Tabasco, ou même l'urine, mais ça n'a rien donné. En cas de pénurie de dentifrice, il faut pouvoir compter sur une patience de fakir, parce que céder à la tentation de se gratter, c'est courir au-devant d'une infection – après la guillotine et les morsures de rat, c'est ici la première cause de mortalité.

La seconde tâche de la journée : faire taire le gamin de la cellule d'en face. Il n'a jamais de dentifrice, il n'a jamais rien à proposer en échange. Une haine perpétuelle lui emplit le regard. Depuis deux mois qu'il est arrivé, il n'a retenu aucune leçon. Il s'appelle Salif. Selon l'état civil, il a dix-neuf ans, mais on lui en donne seize. En plus de cette haine sauvage, qu'il semble avoir tétée au sein de sa mère, son petit corps abrite une foule de certitudes, toutes plus décourageantes les unes que les autres. Les gardiens se branleraient dans les gamelles. Une seconde prison, située en dessous de celle-là, dissimulerait un centre d'expérimentation où l'on disséquerait des condamnés vivants. La guillotine serait si mal affûtée que le bourreau devrait souvent s'y reprendre à deux fois. La moindre rumeur se fige dans son cerveau, amplifiée et déformée par les dérèglements de son imagination. Salif n'a pas dû avoir une vie facile. Sa plus grande certitude, c'est qu'il sortira vivant d'ici. Il a un plan. Une combine imparable, qu'il serait prêt à dévoiler à Walid contre un tube de dentifrice. La seule chose qui pourrait tout faire foirer, c'est que les néonazis du centre d'expérimentation souterrain s'intéressent à son cas avant la date de son évasion.

Parfois, Walid se demande si Salif est réellement cinglé, ou s'il fait semblant, histoire qu'on le laisse tranquille. Les fous dans son genre, tout le monde s'en méfie, y compris les matons. Non pas qu'ils se privent de le dérouiller de temps à autre, mais dans les douches, lors des promenades, ils gardent toujours un œil sur lui, de crainte que ses provocations déclenchent une rixe. Du coup, il peut faire le malin sous bonne garde. Les matons aiment ça, du reste, les provocateurs. Ils peuvent s'en servir. Au contact des détenus, partageant avec eux les punaises et les murs sans fenêtres, ils ont appris à jouer des sentiments comme d'une matraque télescopique. Ils s'amusent. Un de leurs jeux préférés consiste à déplacer un détenu dans une cellule faisant face à celle de son pire ennemi, puis à attendre que leur hostilité atteigne son point de fusion. Alors, ils ouvrent les grilles, comptent les points, et ramassent à la fin les dents qui traînent sur le ciment.

Mais le plus souvent, nul besoin de déplacer quiconque : l'architecture des lieux se charge de la besogne. De quel cerveau malade a émergé l'idée de reconvertir un parking souterrain en prison ? Deux cent cinquante boxes pour voitures, répartis sur cinq niveaux de sous-sols, accueillent autant de condamnés. L'administration pénitentiaire a fait aménager des sanitaires, fermer chaque box par une grille, et le tour était joué. Le résultat tient à la fois du couloir de la mort et du parking de centre commercial. Les montées et les descentes pour la promenade s'effectuent par les rampes en colimaçon, empruntées autrefois par les voitures. On n'a même pas pris la peine d'effacer les flèches peintes au sol pour indiquer le sens de circulation. Des rangées de néons permettent de recréer à bon prix l'alternance du jour et de la nuit. Seul dans sa cellule, chaque détenu s'offre en permanence au regard de ceux qui lui font face. Bizarrement, c'est beaucoup plus difficile à supporter qu'une prison surpeuplée. À Villepinte, chacun chiait à la vue de tous et personne n'y trouvait rien à redire. L'existence carcérale était une forme de vie communautaire qui supposait ce genre de désagrément. Tandis qu'ici, seul dans sa cage, le condamné a l'impression de se donner en spectacle chaque fois qu'il s'assied sur la cuvette. Les derniers jours de sa vie s'écoulent dans cet ingénieux purgatoire, un cauchemar sans fenêtres, à température constante, où l'idée de sa propre exécution scintille comme une promesse de délivrance.

On ne dort plus, on attend. C'est peut-être pour cette nuit, peut-être pour la prochaine. Sur son lit, quand tout est calme, Walid plonge en lui-même. Les rugissements des matons se sont tus. L'obscurité est totale. Les souvenirs se bousculent. Il regarde défiler, pêle-mêle, des fragments de vie que plus aucune nostalgie ne vient troubler. Son esprit flotte entre les nappes du passé, étranger aux remords. Depuis quelques mois déjà, il a atteint cet état qu'il pourrait qualifier de gazeux, et il s'en félicite. Le seul effort qu'il doive encore fournir consiste à ne pas convoquer les détails de son exécution. Parce que, s'il ne regrette plus la vie, il craint toujours la mort. Il n'a pas encore dépassé ce stade. Et c'est dorénavant tout ce qui le préoccupe : réussir à grimper sans trembler les marches de l'échafaud.

Parfois, dans la cour de promenade, il se joint à d'autres détenus. Ils évoquent leur passé, dans d'autres prisons. Avec le troc, c'est l'unique sujet qui soit ici permis. Walid s'est longtemps demandé quel obscur code d'honneur avait imposé cette restriction, mais le fait est que les condamnés seraient incapables de parler d'autre chose. Puisque tout le monde va bientôt la quitter, la vie, la vraie, s'est élevée au rang du sacré. Elle relève du tabou.

D'un pas lent, les mains dans le dos, ils arpentent la cour par groupe de trois ou quatre en débattant des vertus des prisons *d'avant*. La plupart d'entre eux ont un long passé carcéral. Pour ceux-là, c'est plus facile. D'une part, ils jouissent d'un prestige directement indexé à leur cursus. D'autre part, le grand air leur a laissé moins de souvenirs que la taule. De quoi parlent-ils ? On pourrait croire, en arrivant, qu'ils ressassent toujours les mêmes histoires – certains se traînent ici depuis deux ans, en raison de la lenteur des recours. Et pourtant, dans l'air chaud de juillet comme sur le givre de janvier, Walid n'a jamais entendu se répéter une anecdote. Les parloirs, les trafics, les sapes et la drogue, les combines de cellule, l'arrivée d'un colis, les WhatsApp en cachette, le carré de ciel qu'on n'avait pas encore songé à leur enlever… la prison d'antan est devenue un mythe. L'incarnation de la douceur de vivre. Leur paradis perdu. Une heure par jour, ils peuvent y replonger à leur guise, s'il n'est pas venu à l'esprit d'un maton que, tiens, aujourd'hui, pour une obscure raison, la promenade restera silencieuse.

Chaque prison de France avait ses particularités. Aucun atelier n'était semblable à un autre. Aucune cantine n'offrait le même approvisionnement. Les règles officielles – comme les officieuses – s'inspiraient d'un modèle unique, mais elles se déclinaient localement selon d'infinies variations liées au climat, à la taille de la cour, à la vénalité des matons, et par-dessus tout, aux protocoles de visite. Les prisons françaises se divisaient en deux catégories. Celles où tu pouvais baiser, et les autres. Avant d'être incarcérés pour la première fois, ils avaient tous entendu circuler des histoires à ce propos. Ils les prenaient pour des légendes. C'est seulement derrière les barreaux qu'ils mesuraient combien certaines filles peuvent fantasmer sur les taulards. À part les fous, les barbus et les pédés, tous les détenus possédaient un profil Tinder. Les likes pleuvaient. Des inconnues se bousculaient pour se faire passer pour ta meuf. En attendant le feu vert de l'administration, elles t'envoyaient des messages et des photos. Il y avait de tout : des nymphomanes, des paumées, des bourgeoises comme des raclies, des Mère Teresa mouillant leur culotte à l'idée de sauver une brebis égarée... Et puis, le jour venu, l'élue passait la porte du parloir, le plus souvent en mini-jupe. Walid n'a jamais assisté à de telles apparitions – à Villepinte, il n'y avait pas de parloirs familiaux.

Dans la cour, il règne un calme étrange, une forme de communion. La vie a disparu, on ne parle pas de la mort, ou si peu, par périphrases, lorsqu'un condamné disparaît. Le petit peuple des détenus murmure en tournant sur lui-même. Tous semblables, tous résignés. Leurs crânes sont rasés. Leurs uniformes gris ne se distinguent que par les taches de graisse et le numéro d'identité, cousu sur la poitrine et le pantalon. Ils méprisent les larmes. Ils ont banni l'espérance. À part quelques ex-barbus, rasés de force, qui continuent à se cogner le front sur le ciment de leur cellule, personne ne parle d'éternité. L'idée de Dieu a déserté les lieux. Privée de lumière, la foi aussi finit par dépérir.

Un ersatz de religion a toutefois pris racine dans les sous-sols de la prison. Une croyance qui prospère comme un champignon. S'il fallait lui donner un nom, Walid l'appellerait le Culte de la Grâce présidentielle. Une liturgie rudimentaire. Une doctrine à peu près comparable à celle des jansénistes. Le principe en est simple : seuls quelques élus seront épargnés de la guillotine, par l'effet d'une grâce tombée de l'Élysée. Seulement les voies du salut sont inaccessibles à la raison humaine, une telle faveur ne procède d'aucune logique. Les chances de succès des meilleurs dossiers seraient même bien inférieures à celles, déjà infinitésimales, des affaires les plus graves. Des théories se murmurent, des rumeurs courent. Cela dit, jamais personne n'a été témoin d'un tel miracle. Comme dans n'importe quelle dévotion, cette foi repose sur une soif d'éternité, assistée de quelques artifices : dans le cas présent, des boîtes aux lettres. L'administration pénitentiaire en a fait installer une à chaque niveau. Elle trône, tel un tabernacle, au centre du couloir principal. Sur fond jaune y est inscrit en lettres noires : *Bureau des Grâces de l'Élysée.* Ironie du sort, tous les courriers qu'il a dépouillés dans ses cartons d'archives, écrits par des parents éplorés réclamant le retour d'un enfant, avaient été adressés en vain à ce même bureau, entre 1918 et 1936.

Walid est un des rares détenus à n'avoir glissé aucune lettre dans cette boîte. Salif aussi est un de ceux-là.

D'après son imagination maladive, le stratagème vise à tuer dans l'œuf toute tentative d'évasion. On ne le baise pas avec ce genre de mytho. Lui, il va se débrouiller tout seul pour s'en sortir. Walid aimerait bien savoir comment un gosse qui se fait systématiquement chacaler son dentifrice pense pouvoir s'évader de cette oubliette fortifiée. Salif tourne dans sa cage comme un petit fauve affamé, ses tendons lui tirent la peau du cou. Il ne croit peut-être pas aux grâces, mais il éructe par paquets d'autres inepties. À ce rythme-là, il va finir enterré vivant sous son propre crâne, avant même qu'on lui tranche le cou. Walid est fatigué. Il attend que le maton se pointe, pour le conduire à la douche.

Salif lui raconte qu'aux dernières nouvelles la maison d'arrêt de Tarbes aurait brûlé. Encore une rumeur, encore sa parano. Le feu aurait pris si vite que les gardiens n'auraient pas réussi à maîtriser l'incendie. Et plutôt que d'ouvrir les portes, au risque de libérer les détenus, ils auraient préféré les laisser cramer. Il n'y aurait aucun survivant. Si, si… Salif est formel, il le tient de source sûre. Walid acquiesce : « Tu vois, on n'est pas si mal ici, y'a des extincteurs à tous les niveaux. À quoi bon s'évader ? »

***

Régis contemple dans le miroir la ruine de son visage. Il n'a dormi que trois heures – et encore, trois heures à décuver. Il boit trop. Tous les soirs. C'est pitoyable, mais il en est arrivé là, lui aussi. Le chômage. La colère, puis l'ennui. L'ennui, puis l'alcool. Tout simplement pour oublier qu'on s'emmerde à mourir. Il allume la radio, étale la mousse sur ses joues flasques et râpeuses. Le présentateur psalmodie les titres de la matinale. Il y a six mois, ce même présentateur a balancé son nom à la vindicte populaire : *« Maître Morland-Kieffer, parfois surnommé le tyrannosaure des assises, celui qui se faisait un honneur de défendre les violeurs, les terroristes et les assassins, a été radié du barreau à l'issue d'un dernier rebondissement de procédure… »*

Depuis, Régis se force tous les jours à écouter cette voix de laquais, devant le miroir de la salle de bains, pour dissiper dans la rage sa gueule de bois. Parfois, il se repasse carrément le podcast du jour de sa radiation, histoire de s'ouvrir l'appétit. Noyer chaque soir la lâcheté des hommes dans le single malt, c'est devenu une technique de survie. Se la rappeler chaque matin devant la glace, c'est une question d'honneur.

Aujourd'hui, le laquais annonce que la police de Tarbes tient une piste sérieuse : l'incendie qui a ravagé la maison d'arrêt, deux jours plus tôt, et qui a fait plus de six cents morts, aurait été déclenché par un détenu radicalisé… Régis éteint le poste. Qui songerait à formuler le moindre doute ? La police et la magistrature sont à plat ventre. Les vagues d'épuration successives ont montré aux derniers récalcitrants combien il était illusoire de se croire irremplaçable. Quant aux journalistes, ils n'ont eu besoin de personne pour leur montrer la porte, ils savent depuis trop longtemps où elle se trouve.

Les exécutions de droit commun, qui en parle encore ? Il y en a trop, tout simplement. L'opinion commence à se lasser du frisson de l'échafaud. Régis, lui, est mort de trouille. Dans moins de deux heures, il va être témoin de la décapitation de Walid. Depuis seize mois, il n'a reçu aucune nouvelle. Walid croupit dans un sous-sol de la mort. Si l'on en croit la procédure, il n'est pas encore au courant que son heure est arrivée. Un maton va bientôt l'extraire de sa cellule, le conduire chez le directeur. Il aura compris. Soixante minutes pour se préparer à mourir. Un dernier repas lui sera servi, auquel il ne touchera probablement pas. On lui signifiera que sa famille n'a pas souhaité assister à son exécution. Pas davantage que la victime. Il apprendra que seuls seront présents le directeur, le bourreau, le médecin légiste et lui, Régis Morland-Kieffer, radié du barreau, à qui l'administration, de guerre lasse, a fini par délivrer une autorisation. Comment va réagir Walid ? L'esprit de ce garçon est insaisissable. Régis noue sa cravate. Il espère ne pas commettre une erreur en se rendant là-bas. Après tout, que souhaiterait-il, lui, à sa place ? Mourir seul, sans témoin, pour laisser le souvenir d'un homme bien vivant ? Ou finir tranché en deux, sous les yeux des siens, dans un dernier coup d'éclat ?

Il n'en sait rien… c'est mauvais signe, le métier se perd, la vieillesse gagne. Régis s'engouffre dans l'ascenseur et descend au sous-sol. Il s'installe sur le siège de sa Twingo. La dernière fois qu'il a parlé à un journaliste, c'était au volant de cette bagnole, qu'il venait d'acquérir sur le Bon Coin, après avoir vendu son Audi. Il s'était dit que sa carrure d'ogre, à l'étroit dans une Renault lilliputienne, ferait une bonne séquence. Il ferraillait alors dans une procédure infernale pour conserver son droit d'exercice. Le journaliste lui avait demandé ce qu'il ferait en cas de radiation. Il avait répondu en se tapant sur la poitrine : « Une grève de la faim ! J'ai de la réserve ! » La lutte le galvanisait. Pour la première fois, il était en même temps l'avocat et l'accusé. De quoi lui emplir les tripes du feu sacré. On parlait de lui dans les journaux, on lui tendait le micro. Et du jour au lendemain, on l'oublia. Maître Morland-Kieffer avait disparu des radars, sans laisser de traces.

Il n'a pas fait de grève de la faim. Au contraire, il a pris quinze kilos. Maintenant, il s'essouffle dans l'escalier dès la première marche. Se relever des chiottes est devenu un calvaire. S'extraire de sa bagnole, un exploit. Quelle connerie d'avoir acheté cette Twingo ! Passée la Seine, il est ralenti par un embouteillage, boulevard Sébastopol. La situation ne s'améliore qu'après La Chapelle. Il quitte enfin Paris et s'engouffre dans le tunnel de l'A1, pied au plancher. Il en ressort à Saint-Denis. Sur sa droite se déploie le Stade de France. Une bretelle de sortie. Un feu. Il stoppe devant une enclave – une « résidence pour octroyés », comme ils disent à la radio. Les musulmans sont devenus des pestiférés. On a transformé leurs téléphones en bracelets électroniques. On les rassemble dans des cités entourées de clôtures sécurisées, comme celle qui se dresse là, devant sa voiture. Une poignée de policiers montre les dents à l'entrée. Ils contrôlent les papiers, fouillent les poches, arrachent les foulards et les capuches. Leur checkpoint se signale par un écriteau rédigé dans la novlangue du régime : *Nous assurons votre sécurité.*

Jusqu'à Sarcelles, il croise une demi-douzaine d'enclaves, gardées par des dispositifs identiques. Lorsque le GPS indique qu'il est arrivé à destination, un paysage de désolation s'étend autour de lui. On se croirait en Syrie. Quatre tours désaffectées surplombent le quartier. Toutes leurs vitres sont brisées. Les façades sont couvertes de gigantesques filets, qui retiennent dans leurs mailles des grappes de débris. La prison a été aménagée dans une cité vidée de ses habitants : *Les Flanades*. Régis réprime un frisson en se demandant si quelqu'un a déjà réellement ressenti l'envie de flâner par ici. Le quartier est livré aux courants d'air. Sa Twingo ronronne dans un silence religieux. Il tourne quelques instants entre des devantures condamnées, avant de tomber sur un portail de parking souterrain, flanqué d'une guérite aux vitres fumées. Il allume les warnings, descend de sa voiture. Un flic jaillit de la guérite, revolver à la main : « Vous n'avez pas le droit de stationner là ! » Régis lui montre son autorisation : « Je viens assister à une exécution, c'est ici ? » Le flic s'empare de la feuille tamponnée, avant de retourner dans sa guérite.

De longues minutes s'écoulent. Régis allume une cigarette en tâchant de rassembler son courage. Rien ne laisse supposer qu'une prison se trouve ici. Le décor semble plutôt livré aux squatteurs et aux pillards. Régis est saisi d'un doute : et si l'administration pénitentiaire l'avait tout simplement envoyé au diable ? Il se précipite sur la guérite et tambourine à la vitre. Le flic sort de sa boîte, il est furax : « Vous êtes malade ! Je pourrais vous balancer un pruneau dans la tronche ! » Régis ôte la clope de sa bouche et s'approche tout près de son visage : « Mon client va être décapité dans moins d'une demi-heure, monsieur l'agent… Si on ne m'a pas roulé dans la farine, disons que je suis un peu pressé. » L'autre grommelle quelque chose que Régis n'écoute pas, parce que le mécanisme du portail se met en route au même instant. Il grimpe dans sa voiture.

En bas d'une rampe en colimaçon, il est arrêté par une sorte de herse, précédée d'une rangée de clous escamotables. Le tout est surveillé par une caméra et plusieurs œilletons métalliques, au travers desquels on imagine facilement se glisser le canon d'un fusil. La grille se lève. Les clous disparaissent. Régis avance, et le cœur lui flanche. Il y a longtemps qu'il n'a pas ressenti une telle appréhension. Sa Twingo maraude quelques instants dans les allées d'un parking souterrain, avant de trouver une place entre une Toyota et un vieux SUV Peugeot. C'est un peu comme pénétrer dans le dernier cercle de l'enfer, sauf qu'au lieu de croiser César ou Homère, on tombe sur les voitures du personnel pénitentiaire. Un maton vient à sa rencontre. Il l'appelle « maître Morland-Kieffer », un soupçon d'ironie dans la voix. Régis le suit dans un dédale de béton. Ils atteignent un ascenseur, pénètrent dans la cabine, ressortent à la surface.

Alors, Régis comprend. Devant lui s'ouvre le patio d'un petit centre commercial reconverti en espace de détente. Quelques matons sirotent un Coca autour d'une table, à la terrasse de la cafétéria. D'autres sont assis sur le rebord d'un massif de fleurs, absorbés par l'écran de leur téléphone. Une fontaine berce l'atmosphère d'un glouglou pittoresque. Derrière les baies vitrées, on devine des boutiques transformées en bureaux. L'ensemble est dominé par un drapeau français, flottant en haut de son mât.

Régis est conduit jusqu'à une devanture, au-dessus de laquelle l'enseigne commerciale a été remplacée par un modeste *Directeur*, en lettres bleu marine. Difficile de dire quel commerce prospérait là, avant sa reconversion.

En passant la porte, une odeur aigre et familière lui chatouille les narines. Peut-être un pressing ? Le directeur est installé derrière un bureau rutilant, flanqué de deux plantes vertes. Visage émacié, prolongé par un bec d'aigle. Cravate lie-de-vin. Costume un peu trop large. Deux mains noueuses prolongent les manches, dont l'une est pourvue d'une alliance. Comme monsieur Tout-le-monde, ce croque-mitaine embrasse probablement ses gosses en rentrant du boulot.

« Asseyez-vous, je vous en prie. »

Régis obtempère, le maton s'efface.

« Je peux fumer ?

— Je crains que non, maître. Vous en aurez tout le loisir dans le patio. Avez-vous déjà assisté à une exécution ?

— C'est la première fois. J'ose espérer que c'est la dernière.

— Bien sûr, c'est terrible… on pense qu'on s'habitue, mais en fait, non. On finit même par espérer qu'on ne s'habituera jamais. Parce que pour cela, il faudrait en quelque sorte renoncer à la meilleure part de soi-même. »

Régis sort quand même une cigarette. La colère commence à lui remuer les tripes. Il allume son briquet, deux plumets de fumée jaillissent de ses narines : « Écoutez, monsieur le directeur du couloir de la mort, je suis venu pour assister mon client dans ses derniers instants. À chacun son devoir. Et le vôtre, à ce que je sache, ne consiste pas à me faire la danse des sept voiles. Vous présidez à cette besogne barbare… faites-le comme le suggère le règlement, ça me suffira. »

Le directeur rajuste sa cravate dans un sourire contrarié. Il se demande peut-être s'il ne va pas user de son pouvoir discrétionnaire pour foutre son visiteur à la porte, seulement Régis connaît ce genre de préposé : les courbettes, l'humiliation, la bave du courtisan, cet homme a longtemps rampé pour parvenir jusqu'à ce fauteuil. Or il n'est pas encore arrivé à destination. Il y a d'autres échelons à gravir. S'extraire au plus vite de cet infâme cloaque, perdu au fond de la Seine-Saint-Denis, voilà l'objectif qui agite sans aucun doute une âme envieuse et torturée, derrière cette placidité de garde-chiourme. Une âme qui craint le scandale et les complications, comme une grenouille l'eau bouillante. Un fonctionnaire qui ne voudrait surtout pas mêler son nom à celui de Régis dans une dépêche de l'AFP.

« Ce n'est pas inscrit au règlement, maître, répond-il avec un air de défiance, mais je peux tout de même vous offrir un café.

— Non, merci, ça ira. Où est Walid ?

— Il se prépare.

— Comment vont se dérouler les choses ? »

Le directeur se lève, le prie de le suivre. Ils quittent son bureau par le fond de la boutique. Une porte s'ouvre sur une arrière-cour, et là, sans prévenir, se dresse la guillotine. Le plus effrayant, à première vue, c'est sa hauteur : la lame culmine à six mètres, au bas mot. Ensuite, les proportions étouffantes de l'endroit où elle se trouve. Le condamné n'a pas trois pas à faire pour mettre un pied sur la première marche. Le panier dans lequel va tomber sa tête est presque collé au mur opposé. À quoi pouvait bien servir cette cour auparavant ? Des ventilateurs de climatisation tournent paresseusement derrière leurs grilles. Une porte de service à double battant s'ouvre sur le côté. Probablement un ancien local à poubelles.

« Je sais, c'est un peu étriqué, fait le directeur, comme s'il lisait dans ses pensées. Nous allons prendre place derrière cette glace sans tain, avec le médecin légiste. »

Ils font le tour de l'échafaud et pénètrent dans une petite pièce, meublée d'une poignée de chaises pliantes.

« Voilà, c'est ici. Vous êtes sûr que vous ne voulez pas un café ? »

Le directeur laisse enfin transpirer une certaine nervosité. Régis se demande comment il se comporte lorsque la famille du condamné accepte d'assister à l'exécution. Est-ce qu'il ose leur proposer du café ?

Le médecin légiste entre dans la pièce, il salue Régis d'un hochement de tête : « Le détenu est prêt. »

Le directeur désigne une chaise : « Installez-vous, maître. Nous avons encore quelques minutes. Je vous demanderai simplement d'éteindre votre téléphone portable. »

Régis prend place. Avant de s'asseoir, le directeur va entrouvrir la fenêtre : « M. Z. souhaitera peut-être dire un dernier mot, nous l'entendrons mieux si c'est ouvert. Vous pouvez prendre des notes, c'est votre droit. Je dois aussi vous dire que vous pouvez quitter la pièce à tout moment.

— Ça ira. Maintenant, j'aimerais passer les quelques minutes qu'il nous reste dans le recueillement. »

Le directeur et le médecin prennent place à leur tour. Silence. Régis ne sait pas quoi faire de ses mains. Son ventre se met à gargouiller. Le directeur tousse, sans doute pour meubler son anxiété. Régis se demande comment ils procèdent en cas de pluie. Il s'en veut aussitôt d'être traversé par une pensée aussi minable. Il n'a jamais été ce qu'on appelle un contemplatif. Devant un tableau, un paysage, il s'ennuie. Il divague. C'est systématique. Dans les musées, il a toujours préféré lire les notices plutôt que contempler les œuvres. Alors, il ferme les yeux et repense à Walid. Il cherche à faire remonter un souvenir, une image, un viatique. Mais seule sa voix lui revient. Des mots abrasifs, solitaires, qui éclatent à la surface de sa mémoire, comme des bulles remontant d'un gouffre aquatique. *« Faire appel ?... »* La voix de Walid était teintée d'ironie. *« Vous pensez vraiment que j'ai envie de faire appel ?... »* Régis se souvient, il avait pris le temps d'insister : les faiblesses de l'accusation, son parcours universitaire, le changement de prénom, Walid avait de sérieux atouts à faire valoir en cour d'appel. Rien n'était foutu. Il ne devait pas se laisser aller au désespoir. Il n'avait pas le droit. Ce combat, il le devait à lui-même, à sa famille, à Héloïse. En appel, il pouvait espérer prendre dix ans. Avec les remises de peine, ajoutées à ses deux années de préventive, il sortirait probablement au bout de quatre ans. Autrement dit, il fêterait ses trente ans en homme libre. C'était quoi, quatre ans, dans toute une vie ? Un peu d'espoir ! Beaucoup de patience ! Walid avait déjà montré qu'il en était capable. Il aurait tout le loisir, en maison d'arrêt, de poursuivre ses études, et de préparer sa libération. *« Ma libération ? Vous êtes sérieux, maître ? Ma libération ! Regardez donc autour de vous... Vous osez me parler de liberté ? »*

Quelqu'un lui secoue l'épaule : « C'est l'heure, maître. »

Régis ouvre les yeux. Dans la cour apparaît Walid, flanqué de deux matons. Il porte une combinaison grise, tachée de graisse. Son crâne est rasé, son visage amaigri. Méconnaissable. Un bracelet en plastique lui lie les mains dans le dos. Il tourne la tête. Régis a l'impression de croiser son regard, et pourtant c'est impossible. Dans la glace sans tain, c'est probablement son propre reflet que contemple Walid – une dernière fois.

Un homme entre dans la cour. Le bourreau. Il est lui aussi vêtu d'une combinaison, genre armée de l'air. Ça lui donne une allure de garagiste véreux. Régis sent son cœur bondir contre ses côtes. Il voudrait se lever, hurler, les sommer de tout interrompre, mais il n'est plus qu'un bloc de granit pétrifié sur sa chaise. Le bourreau grimpe la volée de marches d'une façon faussement solennelle. Walid lève la tête, son regard s'attarde sur la lame.

« Monsieur, dit le bourreau en lui tendant la main. C'est le moment. »

Les matons l'aident à monter. Régis a du mal à respirer. C'est comme s'il pesait cinquante kilos de plus tout à coup. Il redoute que la chaise pliante s'effondre sous son poids. Le bourreau ligote Walid contre la bascule, en position verticale. Tout ça prend un temps effarant. Walid se laisse faire, le regard fixe. Difficile de dire s'il observe la lunette de la guillotine, en face de lui, ou s'il regarde plus loin, au-delà des choses. Les matons descendent les marches, puis disparaissent en refermant la porte derrière eux.

« Si vous le souhaitez, dit le bourreau, vous pouvez dire quelques mots. Ils seront consignés dans le procès-verbal de votre exécution. »

Walid lève à nouveau la tête. C'est à présent la seule partie de son corps qu'il peut encore bouger, tout le reste est aussi raide que la planche de bois contre laquelle il est sanglé. Il plisse les yeux en direction des nuages : « Le temps se gâte. Je parie qu'il va pleuvoir. »

Par réflexe, le bourreau lève les yeux au ciel.

« Je plaisantais, dit Walid. Qu'on en finisse… accomplis ton devoir. »

Le directeur se tortille nerveusement sur sa chaise. Walid est au courant que Régis est assis là, derrière la vitre. Cette mauvaise plaisanterie lui était sans doute adressée. Régis a envie de pleurer. Il ravale la boule qui lui obstrue la gorge et déclare d'une voix suffisamment sonore pour qu'on l'entende depuis la cour : « Vous consignerez tout ça sur le PV, monsieur le directeur !

— Je vous en prie, chuchote l'autre. Nous verrons cela plus tard. »

Walid grimace un semblant de sourire, il a entendu la voix rauque de Régis. Le bourreau le fait basculer à l'horizontale, le pousse vers l'avant, ferme la lunette sur sa nuque. Un dernier coup d'œil à sa montre.

C'est l'heure.

Sa main se pose sur la manette.

D'un coup sec, il libère la lame, qui s'abat en chute libre.

Régis ferme les yeux, mais c'est trop tard… il a vu la tête sauter dans le panier, il a entendu le bruit, exactement celui d'un hachoir sur un billot.

Un scarabée traverse en zigzaguant l'allée de graviers. Il dérape, se redresse, repart de son petit trot maladroit, pressé de se mettre à couvert. Depuis son banc, Amira s'occupe à l'observer. Elle est arrivée en avance. Il fait beau. Sur les trembles, les feuilles jaunes signalent que l'automne a commencé. Un nuage solitaire file vers l'horizon, alors qu'il n'y a ici-bas aucun souffle de vent. Ce genre de détail inoffensif, interchangeable, l'absorbe depuis ce matin. Une manière d'oublier la boule de souvenirs qui lui remonte lentement dans la gorge.

Le scarabée arrive au terme de sa traversée, il se faufile derrière une tombe et s'offre une pause. Amira ramasse une brindille, qu'elle lance dans sa direction. Aucune réaction. Il paraît que ces petites bestioles pourraient supporter n'importe quelle catastrophe nucléaire, ça force le respect. Un scooter rase le mur du cimetière, mitraillant le silence. Amira se redresse. Héloïse ne devrait pas tarder – à moins qu'elle lui pose un lapin. Avec cette fille, il faut s'attendre à tout. L'année dernière, elle est apparue avec deux heures de retard, décharnée, vêtue comme une cassos. Elle sortait, paraît-il, d'un séjour en hôpital psychiatrique.

C'est devenu leur rituel. Elles se retrouvent ici chaque année, après être tombées nez à nez devant la sépulture de Walid, voilà trois ans. Amira est venue avec un bouquet de roses blanches. Autour d'elle, les tombes se répètent en désordre, un camaïeu de gris et de beiges, plus ou moins délavés par les intempéries. Certaines rutilent au soleil, d'autres évoquent déjà la poussière et les os blanchis. Il y a quelques fleurs artificielles, des souvenirs de rubans, le portrait d'une vieille dame en médaillon, à demi effacé par les coulures de rouille.

Sous les dalles reposent des inconnus dont la mort n'a rien de scandaleux. Ils ont vécu pour la plupart pas loin d'un siècle, avant de rendre leur âme à Dieu. La sépulture de son frère détonne dans le voisinage. Aucune croix. Un patronyme pas vraiment local. Et une soustraction d'une effarante simplicité – vingt-sept ans.

Cette pensée lui soulève le cœur. Elle décide de faire quelques pas, histoire de se changer les idées. Debout, on peut apercevoir au-delà du mur d'enceinte le toit de la cathédrale et les deux cheminées de l'usine Saint-Gobain. Tant de souvenirs. Comme elle passe sous l'ombrage d'un bouleau, les graviers crissent dans son dos. Amira se retourne.

« Je suis en retard ? demande Héloïse, essoufflée.

— Non, pas du tout. »

Elle a l'air plus en forme que l'année dernière. Elle s'est remplumée de quelques kilos. Des cheveux soignés, couleur miel. Un regard plus franc. À la main, un bouquet de glaïeuls. Elles échangent une brève étreinte.

« Comment vas-tu, Héloïse ?

— Pas trop mal. »

Un ange passe. Elles se dirigent machinalement vers la tombe de Walid. Héloïse dépose son bouquet au pied de la stèle, et Amira l'imite, hésitant à dire quelque chose, évoquer un souvenir, mais elle se ravise. Il n'y a rien à dire. L'exécution de Walid a creusé dans sa vie un grand trou, rempli d'un infini besoin de consolation. Souvent, le soir, les larmes jaillissent toutes seules, sans prévenir, et elle se met à répéter son prénom. Mais là, son cœur est vide, ses yeux sont secs. À côté d'elle, Héloïse semble elle aussi à court d'inspiration, elle change de pied d'appui toutes les trois secondes. Pourquoi renouveler ce rendez-vous chaque année ? Elles ont si peu à se dire. Amira croise et décroise les doigts en songeant qu'au fond, c'est peut-être pour cette raison, précisément, qu'elles tiennent à se voir. Elles commémorent ensemble une douleur qu'il serait vain de vouloir partager. Avant tout, ce qui importe, c'est l'écoulement des mois, des semaines, des millions d'instants où elles peuvent chacune promettre à un frère, à un amant, le cœur gonflé de cette attente, qu'elles se verront bientôt.

« À choisir, demande Héloïse, tu préférerais qu'il fasse tout le temps jour, ou tout le temps nuit ?

— Je ne sais pas, c'est une drôle de question.

— Avec Walid, on n'était pas d'accord là-dessus. Moi, je lui disais que je choisirais de vivre uniquement la nuit, parce que le monde m'effrayait moins qu'en plein jour. Lui, il était un peu chiant, il voulait pas trancher. Il dissertait, thèse, antithèse, synthèse… juste pour m'emmerder. J'adorais ce genre de discussions, ça ne finissait jamais… » Sa voix se brise. « T'imagines pas comme il me manque. »

Elle éclate en sanglots. Amira la prend dans ses bras, et c'est la contagion. Une houle se lève dans sa poitrine. L'armure se fend, la douleur se libère. Elle se liquéfie sur l'épaule d'Héloïse, des kilos de sanglots. Ça dure comme ça un long moment, et puis tout s'arrête net. Elles se regardent, les yeux rougis, la goutte au nez, et elles éclatent de rire. Un rire nerveux, barbouillé de larmes, qui s'efface par à-coups.

« Ça fait du bien, dit Héloïse en s'essuyant les joues. T'as pas envie de marcher un peu ? »

Amira acquiesce. Elle a l'impression d'avoir déjà vécu cette scène, elle en mettrait sa main au feu. L'année dernière, pourtant, elles n'ont pas pleuré. Héloïse n'a pas proposé de faire une promenade. Bizarre. Il paraît que ça arrive à tout le monde. Le temps d'une fulgurance, on peut prédire ce qui va se passer la seconde suivante. Et puis alors, les choses adviennent exactement comme on les avait prévues, sauf que tout est allé si vite que personne ne peut plus témoigner de ce prodige.

Elles déambulent entre les pierres tombales remuant quelques souvenirs. Au bout d'un moment, un trio de moineaux vient se poser tout près d'elles. Ils ont l'air de vider une querelle, sautant et piaillant sur une dalle de marbre mauve. Finalement, le plus excité des trois tourne la queue et s'envole dans le feuillage d'un bouleau, poursuivi par les deux autres.

Amira se sent plus légère, sa gorge s'est dénouée, l'air de l'automne pénètre à grandes bouffées, tout près de son cœur. L'année prochaine, elles se donneront à nouveau rendez-vous. Il fera beau. Héloïse séchera ses larmes, proposera une promenade. Des oiseaux se disputeront sur une tombe, avant de prendre leur envol. Elles lèveront alors les yeux au ciel, et ce sera toujours le même étonnement, un bleu aussi profond, des jaunes si vifs.

Tous mes remerciements à Lisa Liautaud et Cécile Rivière, qui ont accompagné ce livre dans ses dernières péripéties.

Photocomposition PCA

Achevé d'imprimer en novembre 2020
par CPI BUSSIÈRE (18200 Saint-Amand-Montrond)
pour le compte des Éditions Calmann-Lévy
21, rue du Montparnasse, 75006 Paris

PAPIER À BASE DE
FIBRES CERTIFIÉES

CALMANN LÉVY s'engage
pour l'environnement en réduisant
l'empreinte carbone de ses livres.
Celle de cet exemplaire est de :
700 g éq. CO_2
Rendez-vous sur
www.calmann-levy-durable.fr

N° d'éditeur : 8847751/02
N° d'imprimeur : 2054646
Dépôt légal : janvier 2021
Imprimé en France.

Anselm Grün

Ein ganzer Mensch sein

Anselm Grün

Ein ganzer Mensch sein

Die Kraft eines reifen Glaubens

HERDER

FREIBURG · BASEL · WIEN

INHALTSVERZEICHNIS

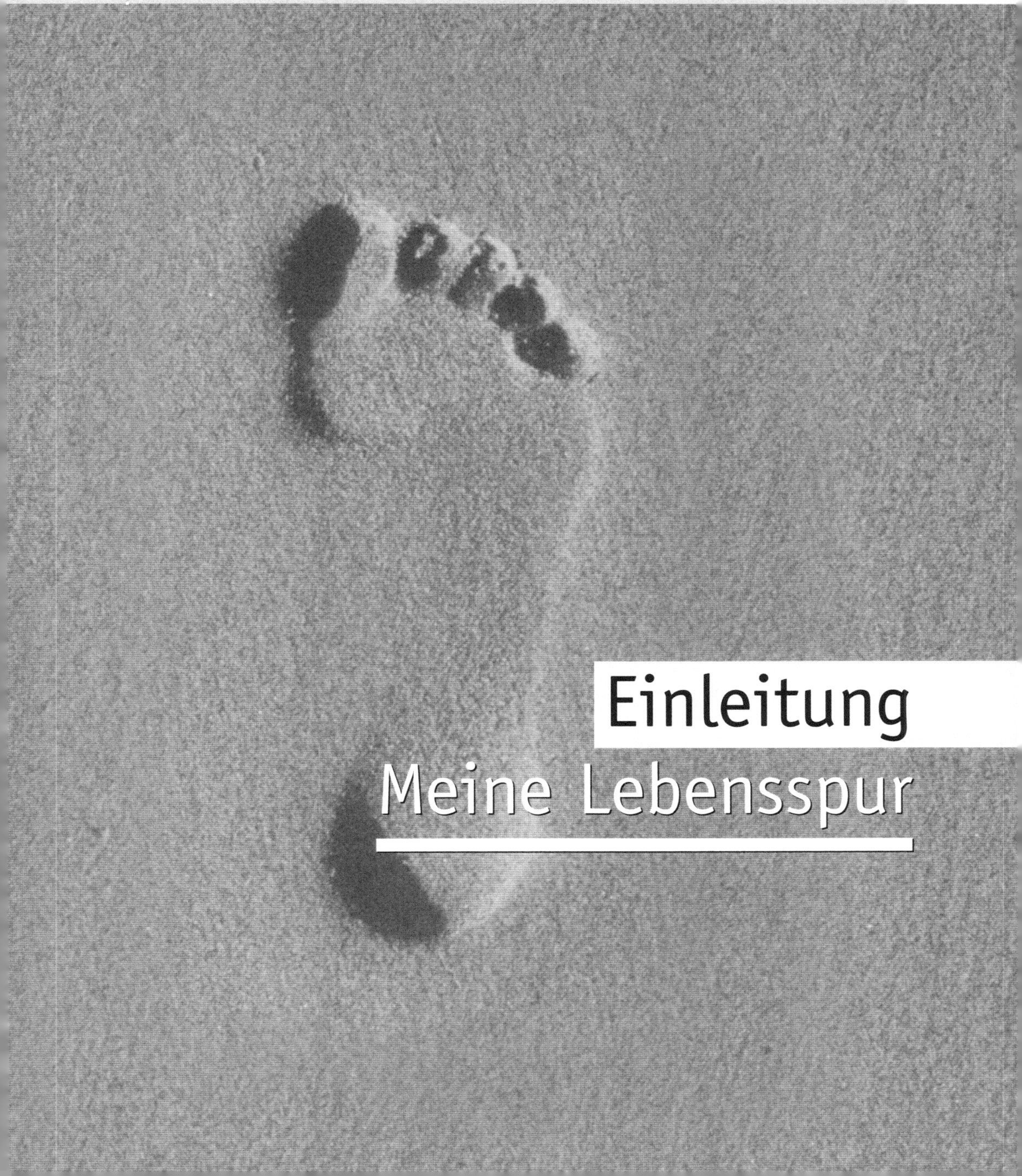

Einleitung

Meine Lebensspur

Ich bin gekommen,
damit sie das Leben haben und
es in Fülle haben.
Johannes 10,10

1
Was ist menschliche Reife?

Das Bild des Reifens kommt vom Wachsen einer Frucht. Reifen ist ein Wachstumsprozess. Reif ist eine Frucht, wenn sie zu dem geworden ist, was sie von ihrem Wesen her sein soll und wenn sie für andere genießbar geworden ist. Reif ist ein Mensch, der sein Wesen entfaltet hat und der zum Segen für andere geworden ist. Reife bedeutet nach *Gordon W. Allport* die Ausfaltung der Person zur Persönlichkeit. Ich habe alles, was in mir bereitliegt an Fähigkeiten und Möglichkeiten, an Licht- und Schattenseiten, in meine Persönlichkeit integriert.

Reif ist ein Mensch, der in sich stimmig geworden ist, der nicht mehr hin- und hergerissen wird von seinen verschiedenen Bedürfnissen und Möglichkeiten. Er hat alles in sich vereint. Er ist ein ganzer Mensch geworden. Er fällt nicht mehr in verschiedene Rollen auseinander, sondern ist mit sich eins geworden. In jedem Menschen steckt eine tiefe Sehnsucht, reif zu werden und alles in sich zu vereinen. Viele fühlen sich heute eher zerstückelt und innerlich zerrissen. Da sehnen sie sich danach, eins zu werden und ganz.

Reife ist nicht etwas, das man nur für sich selbst entwickelt, sondern immer auch etwas, das für andere einen Genuss darstellt. Die Frucht reift, damit man sie genießen kann. Der Mensch reift, damit andere an seiner Reife teilhaben und sich darüber freuen können. Mit einem reifen Menschen sich zu unterhalten macht Spaß. Mit unreifen Menschen sich herumschlagen zu müssen ist dagegen eher mühsam. So wie man eine reife Frucht gerne genießt, so ist es auch mit einem reifen Menschen. In seiner Nähe fühlt man sich wohl. Die innere Stimmigkeit seiner Persönlichkeit bewirkt auch eine positive Stimmung in der Gruppe, in der er sich befindet. Seine Ganzheit wirkt auch einigend auf andere. Der reife Mensch kreist nicht um sich selbst, sondern antwortet aus der eigenen Mitte heraus auf die Herausforderungen des Lebens und der Situation, in die er gestellt ist.

2
Was bedeutet Spiritualität?

Glaube und Frömmigkeit wurden nicht immer mit menschlicher Reife in Verbindung gebracht. Als fromm galten früher Menschen, die täglich beteten, die gerne in den Gottesdienst gingen und sich für religiöse Bücher interessierten. Im frühen Mönchtum war Frömmigkeit etwas anderes. Da war nichts Frömmelndes dabei, vielmehr sehr viel Kraft. Die frühen Mönche sprachen von der *militia christi*, vom Kriegsdienst für Christus. In diesem Dienst musste man innerlich wachsen und reifen, damit man zu kämpfen verstand. Es war eine kraftvolle Spiritualität, die die Mönche verkündeten und mit der sie viele junge Männer und Frauen ansprachen.

Die Scharen von jungen Männern, die in die Wüste zogen, um als Mönche zu leben, spürten die Kraft und die Leidenschaft, die in der Gottsuche der Wüstenväter steckten. Man nannte die Mönche damals „Athleten". Sie waren Kämpfer für Gott. Sie ließen sich herausfordern von ihrer Leidenschaft für Gott. Sie wollten in der Wüste, am dunkelsten Ort der Welt, dem Ort, an dem die Dämonen hausten, gegen die Dämonen kämpfen. Und sie waren überzeugt: Durch ihren Sieg gegen die Dämonen leisteten sie auch einen wesentlichen Beitrag für die Welt. Denn wenn der dunkelste Ort der Welt durch ihren Sieg heller würde, würde die ganze Welt ein wenig heller und heiler.

Der spirituelle Weg war im Mönchtum immer auch ein menschlicher Reifungsweg. Selbsterkenntnis und Gotteserkenntnis gehörten eng zusammen. So sagt der wohl wichtigste Mönchsschriftsteller aus dem 4. Jahrhundert, *Evagrius Ponticus*: „Willst du Gott erkennen, lerne vorher dich selber kennen." *Evagrius* war überzeugt, dass es keine wirkliche Begegnung mit Gott gibt ohne ehrliche Selbstbegegnung. Spiritualität bedeutete für ihn, dass sich der Mönch erst einmal mit den Leidenschaften seiner Seele beschäftigte und sein Inneres reinigte, um sich für Gott zu öffnen. Denn Gott möchte in einem reinen Herzen wohnen. In diesem Sinn interpretierten die Mönche das Wort Jesu

„Selig die ein reines Herz haben; denn sie werden Gott schauen" (Matthäus 5,8). Es war harte und ehrliche Arbeit nötig, um ein reines Herz zu erlangen.

Glauben hatte nichts Infantiles an sich, sondern war eine Herausforderung an die eigene Lebenskraft, ein Ansporn persönlich zu wachsen und zu reifen. Der Glaube hatte eine Kraft in sich, die den Menschen auch menschlich voranbrachte. Von dieser Kraft eines reifen Glaubens möchte ich in diesem Buch erzählen.

Abbas Antonios sprach: Gott schickt dem gegenwärtigen Geschlecht nicht solche Kämpfe wie den Vätern. Er weiß ja, dass es schwach ist und nicht bestehen könnte.[1]
Die Mönche liebten diese Bilder vom Kampf. Der Kampf macht den Mönch bewährt. Je stärker der Kämpfer, desto stärker auch der Gegner. So heißt es von der Wüstenmutter Synkletika:
Wiederum sagte sie: Je mehr Fortschritte die Wettkämpfer machen, desto stärker müssen die Gegenspieler sein, mit denen sie kämpfen.[2]

3
Die Herausforderung: Das eigene Leben leben

Reif werden im spirituellen Sinn heißt, dass ich *das einmalige Bild* verwirkliche, das Gott sich von mir gemacht hat. Dieses spirituelle Konzept von Reife fußt auf einem ganz bestimmten Menschenbild. Jeder Mensch – so sagt *Romano Guardini* – ist *ein einmaliges Wort*, das Gott nur über diesen Menschen spricht. Und unsere Aufgabe besteht darin, dieses einzigartige Wort, das Gott nur uns persönlich zugesprochen hat, in unserem Leben in dieser Welt vernehmbar werden zu lassen. Jeder vermag mit seinem Leben etwas von Gott auszudrücken, was nur durch ihn zum Ausdruck gelangen kann. Wenn ich mit meinem Urwort in Berührung bin, dann bin ich stimmig, dann komme ich in Berührung mit meinem wahren Selbst, mit dem ursprünglichen und unverfälschten Bild Gottes in mir.

Ich kann diese Einmaligkeit des Menschen auch mit einem anderen Bild ausdrücken: Jeder Mensch gräbt mit seinem Leben eine Lebensspur in diese Welt, die nur er allein einzugraben vermag. Reif ist der Mensch, der seine *urpersönliche Lebensspur* in diese Welt gräbt, anstatt sich nur nach den Spuren der anderen zu richten.

Als wir in einem Kurs über dieses Bild der Lebensspur sprachen, erzählte mir ein junger Mann vom Skifahren. Er sei mit seinen Skiern durch Neuschnee gefahren und habe dann von oben seine Spur angeschaut. Das habe ihn fasziniert. So könne er sich gut vorstellen, dass er mit seinem Leben in den Neuschnee dieser Welt seine einmalige Spur eingräbt. Er vergleicht sich dabei nicht mit anderen. Er muss nicht andere Spuren kopieren. Es ist seine Spur, die seinem Wesen entspricht. Er hatte richtig Lust, diese Spur klar und eindeutig in den Neuschnee zu ziehen.

- Wie fühlt sich für Sie Reife an? Welche Bilder steigen in Ihnen auf, wenn Sie an eine reife Frucht denken?
- Kennen Sie reife Menschen, mit denen Sie gerne zusammen sind? Welche Merkmale zeigen diese reifen Menschen? Woran erkennen Sie einen reifen Menschen?
- Was ist das einmalige Wort, das Gott in Ihnen gesprochen hat? Denken Sie nicht lange darüber nach, sondern spüren Sie in sich hinein, welches Wort spontan in Ihnen auftaucht!

Teil 1

Das Ziel: Ein ganzer Mensch sein

4
Hilfen auf dem Weg: Hinweise der Psychologen

Was ist ein ganzer, ein reifer Mensch? Die verschiedenen psychologischen Schulen geben auf diese Frage eine jeweils andere Antwort.

Psychoanalyse (Sigmund Freud)

Für *Sigmund Freud*[3] ist der reif, der ein starkes Ich entwickelt, der fähig ist zu genießen und zu verzichten, der sich in der Welt behaupten kann. Und zur Reife gehört, dass ich mich vom Über-Ich befreie, von den inneren Stimmen der Eltern, die mich weiter bestimmen und prägen. Ich soll das Über-Ich erst einmal untersuchen, um unterscheiden zu können, was die Stimmen meiner Eltern und was meine eigenen Stimmen sind. Und dann geht es darum, mein eigenes Gewissen zu entwickeln und zu schärfen.

Zur Reife gehört dabei, dass ich mich nicht einfach nur gegen die Stimmen der Eltern wende, sondern nur frei werde vom Bestimmtsein durch diese Stimmen. Wenn ich innerlich frei geworden bin, kann ich auch die positiven Werte der Eltern entdecken und kann sie für mein Leben verwirklichen. Reif ist nach Freud der, der sich mit dem Unbewussten vertraut gemacht hat, mit den verdrängten Trieben und unterdrückten Bedürfnissen. Freud nennt diesen Bereich das Es.

Das Es „ist der dunkle, unzugängliche Teil unserer Persönlichkeit". Sich mit den Trieben vertraut zu machen, bedeutet nicht, seine Triebe auszuleben, sondern sie zu berücksichtigen und in Freiheit mit ihnen umzugehen. Der Prozess des Reifens schließt für Freud auch ein, dass ich mich immer mehr mit der Realität aussöhne und mich in freier Weise an sie anpasse. Wer noch in infantilen Vorstellungen hängen bleibt, ist unreif. Er meint, die Wirklichkeit würde sich nach seinen Ideen richten. Die Realitätsanpassung bedeutet einen angemessenen Umgang mit der Wirklichkeit um mich herum. Wenn ich mich auf die Welt einlasse, so wie sie ist, dann werde ich frei von irgendwelchen Ideologien. In der Ideologie zimmere ich mir meine eigene Welt zusammen, um vor der realen auszuweichen. Doch dann lebe ich in einer künstlichen Welt und kann nicht wachsen und reifen.

Humanistische Psychologie

Für die *humanistische Psychologie*[4] ist der reif, der sich selbst verwirklicht, der seine einmalige Berufung im Laufe seines Lebens entfaltet. Der reife Mensch hat seine eigene innere Wertung entdeckt und handelt ihr gemäß, anstatt sich nach den Erwartungen der anderen zu richten. Er hat seine Persönlichkeit entfaltet und zu seiner Einzigartigkeit gefunden. Er ist in Berührung gekommen mit seiner inneren Quelle, mit den Ressourcen, die ihm von Kindheit an zur Verfügung stehen.

Jeder hat in sich eine Quelle, aus der er schöpfen kann. Es ist einmal die Quelle des Heiligen Geistes, die in ihm sprudelt. Wenn wir mit ihr in Berührung sind, können wir viel arbeiten, ohne zu erschöpfen. Und wir bekommen neue Ideen. Und wir haben in uns Quellen, die uns von den Eltern mitgegeben wurden. Der eine hat zum Beispiel von seinen Eltern mitbekommen, dass Probleme lösbar sind. Wenn er aus dieser Quelle schöpft, vermag er leichter mit den Konflikten umzugehen, die sich ihm in den Weg stellen, als andere, die das Gefühl haben, jeder Konflikt raube ihnen ihre ganze Energie. Zur Reife gehört es, die eigenen Quellen zu entdecken und aus ihnen zu schöpfen. Wer aus seinen Ressourcen lebt, wächst heran und blüht auf.

Tiefenpsychologie (Carl Gustav Jung)

Für *Carl Gustav Jung*[5] bedeutet Reifung, den Weg der Individuation, der Selbstwerdung zu gehen. Dieser Weg sieht vor, dass ich vom Ich zum Selbst gelange, zu meinem innersten Personkern, der Bewusstes und Unbewusstes umschließt, Göttliches und Menschliches. Das Ego will sich in der Welt behaupten. Es gehört zur Reifung, ein starkes Ego zu entwickeln. Doch ich darf nicht beim Ego stehen bleiben. Sonst kreise ich nur um meine eigene Selbstbehauptung. Das Ego könnte man im Brustbereich ansiedeln. Wer vom Ego geprägt ist, der muss sich in die Brust werfen und sich nach außen besonders vorteilhaft präsentieren.

Doch das ist eher ein Zeichen von Unreife.

Jeder Mensch ist für *Jung* polar strukturiert. Wir haben in uns Liebe und Aggression, Verstand und Gefühl, Disziplin und Disziplinlosigkeit, Kraft und Schwäche. In der ersten Lebenshälfte leben wir oft einen Pol einseitig. Dann gerät der andere Pol in den Schatten. Wenn wir beispielsweise einseitig den Verstand leben, gerät das Gefühl in den Schatten und wirkt sich dann als Sentimentalität in uns aus, die uns überschwemmt. Der Schatten wirkt oft destruktiv auf uns.

Zur Reifung gehört, dass ich mich mit meinen Schattenseiten aussöhne, mit den Seiten, die ich in der ersten Lebenshälfte übergangen und verdrängt habe. Denn im Schatten liegt für *Jung* zugleich eine eigene Kraft. Wenn ich den Schatten unterdrücke, fehlt mir ein wesentlicher Aspekt meiner Lebendigkeit. Gerade auf dem spirituellen Weg sind wir oft in Gefahr, uns mit einem hohen Idealbild zu identifizieren. Das führt dann dazu, dass wir unsere weniger idealen Seiten wie Aggressionen, Sexualität und andere vitale Bedürfnisse verdrängen. Wir merken dann gar nicht, wie die unterdrückte Aggression sich in der Unduldsamkeit gegenüber anderen Menschen ausdrückt oder unsere verdrängte Sexualität sich in der Eitelkeit zeigt, mit der wir unsere spirituellen Erfahrungen vor anderen präsentieren, oder in der Brutalität, mit der wir gegen uns selbst oder andere vorgehen.

Je höher die Ideale, desto tiefer der Schatten. *C. G. Jung* empfiehlt daher genau wie die frühen Mönche die Demut als eine entscheidende Tugend. Die Demut verlangt, dass wir unsere Schattenseiten ehrlich anschauen und uns mit ihnen aussöhnen. Demut ist der Mut, hinabzusteigen in die Abgründe unserer Seele, in denen all das Verdrängte haust und darauf wartet, von unserem Bewusstsein erlöst zu werden, indem wir uns ihm liebevoll zuwenden.

Zur Reifung gehört nach *C. G. Jung* auch, dass wir *anima* und *animus* in uns integrieren. Jeder Mensch – so meint *Jung* – habe in sich *anima* und *animus*, weibliche und männliche Seelenkräfte. Animus meint Tatkraft, Verstand, Wille, Ideale, Kreativität, aber auch im negativen Sinn Sturheit und Tyrannei. Anima steht für Mütterlichkeit, Zärtlichkeit, Gefühl, Beziehungsfähigkeit, Wachstum, das Bergende und Pflegende. Im negativen Sinn bezeichnet *anima* das Verschlingende, die Amazone oder die Intrigantin. Normalerweise projiziert der Mann seine *anima* in der ersten Lebenshälfte auf die Frau und die Frau ihren *animus* auf den Mann. Aber spätestens in der zweiten Lebenshälfte ist es an der Zeit, die Projektion zurückzunehmen und *anima* und *animus* in sich selbst zu integrieren. Nur so wird der Mann zum ganzen Mann und die Frau zur ganzen Frau. Wenn ein Mann seine *anima* nicht integriert, zeigt sie sich in der Launenhaftigkeit oder auch im Hang zum Alkohol. Wenn eine Frau den *animus* nicht integriert, drückt er sich in Rechthaberei aus; sie muss dann immer das letzte Wort haben. Wenn der Mann seine *anima* integriert hat, hat er es nicht mehr nötig, die Frau zu entwerten. Er achtet sie vielmehr und erfährt von ihr Inspiration. Die Frau, die ihren *animus* in sich entfaltet, wird nicht mehr gegen den Mann kämpfen, sondern sich von ihm befruchten lassen. Auch auf dem spirituellen Weg brauchen wir die Integration von *anima* und *animus*. Wenn Religion einseitig weiblich geprägt ist, dann wenden sich Männer davon ab. Männer brauchen auch die männlichen Aspekte der Religion, wie Askese, Ekstase, Klarheit, Schweigen. Frauen stoßen sich oft an einer zu männlichen Sprache der Liturgie. Sie sehnen sich danach, dass auch weibliche Gottesbilder vorkommen.

Wenn sich Frauen an jedem männlichen Gottesbild stoßen und ihre eigene Empfindlichkeit zelebrieren, wenn Männer auf ihre Macht in der Kirche pochen und dabei Frauen entwerten, ist das kein Zeichen von Reife, sondern von einem unreifen Geschlechterkampf, der auf mangelnde Integration von *anima* und *animus* schließen lässt. Im frühen Mönchtum gab es Mönchsväter und Mönchsmütter. Und beide achteten sich gegenseitig. Beide waren fasziniert vom spirituellen Weg und rangen auf diesem Weg um die Weisheit und um Durchlässigkeit für Gott.

Die letzte Stufe des Reifungsweges besteht nach *C. G. Jung* darin, zum innersten Selbst vorzustoßen. Das gelingt nur, wenn wir auch das Gottesbild in uns integrieren. Zur Ganzwerdung des Menschen gehört daher auch das Zulassen der religiösen Dimension. Ohne die religiösen Symbole zu berücksichtigen kommt der Mensch nicht zu seinem wahren Selbst. *Jung* spricht als Psychologe und nicht als Theologe. Er spricht von Gott als dem Urbild, als Archetyp der Seele. Aber persönlich glaubt er an Gott und ruft ihn auch an. Ja, er sagt sogar: er brauche nicht an Gott zu glauben, er wisse um ihn: „Ich weiß, dass es um eine universale

Ich weiß, dass ich offenbar mit einer an sich unbekannten Größe konfrontiert bin, die ich in consensu omnium Gott nenne. Ich gedenke Seiner, ich rufe Ihn an, wann immer ich mich Seines Namens bediene, in Zorn oder in Angst, und wann immer ich unwillkürlich sage: O Gott. Das geschieht dann, wenn ich jemandem oder etwas begegne, die stärker sind als ich. Es ist eine passende Bezeichnung für alle überwältigenden Emotionen in meinem eigenen psychischen System, Emotionen, die meinen bewussten Willen überwältigen und die Gewalt über mich an sich reißen. Es ist das Wort, mit dem ich alles benenne, was meinen vorsätzlich geplanten Weg gewaltsam und rücksichtslos durchkreuzt, alles, was meine subjektiven Anschauungen, Pläne und Absichten umstürzt und meinen Lebenslauf auf Gedeih und Verderb in andere Richtung drängt. Insofern der Ursprung dieser Schicksalsmacht meinem Einfluß entzogen ist, nenne ich sie in ihrem negativen wie in ihrem positiven Aspekt, der Tradition entsprechend, Gott. Ich nenne sie einen persönlichen Gott, da mein Schicksal im eigentlichen Sinn auch mich selbst darstellt, vor allem wenn jene Macht in Gestalt des Gewissens an mich herantritt als eine vox Dei, mit der ich sogar sprechen und mich auseinandersetzen kann.

Aus einem Brief von Carl Gustav Jung[6]

Erfahrung geht, und da ich keine Ausnahme bin, weiß ich, dass auch ich eine solche Erfahrung besitze, die ich Gott nenne."

Das Ziel der Menschwerdung ist es, mit dem Selbst in Berührung zu kommen und immer mehr „Selbst" zu werden. Das Selbst bei *Jung* entspricht dem unverfälschten Bild, das Gott sich von jedem einzelnen Menschen gemacht hat.

Erik Erikson

Erik Erikson[7], ein amerikanischer Psychologe, hat ein anderes Modell der Reifung entwickelt. Für ihn sind Intimität, Generativität und Ich-Integrität Zeichen menschlicher Reife. Zur Reife gehört, dass ich mich auf das Wagnis der Intimität einlasse, dass ich fähig bin zu guten menschlichen Beziehungen. Die Voraussetzung dafür ist allerdings ein sicheres Selbstgefühl. Ich brauche ein Gespür dafür, wer ich selber bin. Ohne klare Identität geraten wir in der Begegnung mit anderen Menschen oft in Abhängigkeit oder Hörigkeit.

Das sehen wir gerade auf dem religiösen Gebiet oft, wenn Menschen einen Priester oder geistlichen Autor anhimmeln und ihn als Guru verehren. Da projizieren sie ihre eigenen verdrängten Bedürfnisse in den Guru und machen sich von ihm abhängig. So bleiben sie in der Unreife stecken. Andere haben viele Kontakte, aber keine wirklichen Beziehungen. Sie sind unfähig zu wahrer Freundschaft, in der sie ihr Herz dem Freund oder der Freundin öffnen.

Generativität definiert *Erikson* als „das Interesse an der Erzeugung und Erziehung der nächsten Generation". Sie ist auf das Kind gerichtet, aber ebenso gut auch auf eine schöpferische Leistung. Beim generativen Menschen fließt das Leben. Er hat Lust daran, Visionen für die Zukunft zu entwickeln und daran zu arbeiten. Wem die Generativität fehlt, der kreist um sich selbst. *Erikson* meint, ein solcher Mensch sei sein eigenes Kind und würde sich selbst verwöhnen. Aber es geht von ihm nichts aus. Sein Leben wird unfruchtbar. Manche Formen von Spiritualität atmen diese Unfruchtbarkeit. Da geht es nur um das Sich-Wohlfühlen. Man bleibt auf einer kindlichen Ebene stehen und kreist um sich selbst und seine religiösen Gefühle. Aber man weigert sich, für diese Welt Verantwortung zu übernehmen und sie mitzugestalten.

Den seelischen Zustand der Integrität beschreibt *Erikson* so: „Er bedeutet die Annahme seines einen und einzigen Lebenszyklus und der Menschen, die in ihm notwendig da sein mussten und durch keine anderen ersetzt werden können. Er bedeutet eine neue, andere Liebe zu den Eltern, frei von dem Wunsch, sie möchten anders gewesen sein, als sie waren, und die Bejahung der Tatsache, dass man für das eigene Leben allein verantwortlich ist." In manchen spirituellen Kreisen ist es heute modern, an die Reinkarnation zu glauben. Für *Erikson* ist das Verweigerung der Integrität. Integrität entsteht nur, wenn ich dieses eine Leben, das mir gegeben ist, annehme und gestalte und mich auf die Begrenztheit meines Lebens einlasse. Nur wenn ich Ja sage zu diesem einen Leben, das Gott mir geschenkt hat, werde ich an diesem Leben bewusst bauen und mich mit meinen Grenzen aussöhnen und innerhalb dieser Grenzen das zur Entfaltung bringen, was in mir steckt.

Initiatische Therapie (Karlfried Graf Dürckheim)

Für mich persönlich ist auf meinem menschlichen und spirituellen Reifungsweg die Begegnung mit *Karlfried Graf Dürckheim*[8] wichtig geworden. Dürckheim war Psychotherapeut. Als Christ ist er dem Zen-Buddhismus begegnet und hat versucht, auf dem Hintergrund des Zen-Weges und der Jungschen Psychologie die so genannte *initiatische Therapie* zu entwickeln. *Initiare* heißt eigentlich: „den Weg zum Geheimen öffnen". Das Geheime, in das uns der initiatische Weg einweihen soll, ist „die uns immanente Transzendenz, der uns innewohnende Christus".[9] *Dürckheim* nennt es auch unser „Wesen". Wir sind in Berührung mit unserem Wesen, wenn wir unser Ego, das sich nur behaupten will, loslassen und durchlässig werden für das Sein, für Gott. Das Ziel der initiatischen Therapie ist die Verwandlung des Menschen zu dem, der das überweltliche Sein bezeugt, „die Verwandlung des ganzen Menschen zur Transparenz".[10] Der Weg zu dieser Verwandlung geht über den Leib, über die Meditation und über die so genannte Leibarbeit, in der der Leib seine Verkrampfungen und Fixierungen loslässt und durchlässig wird für das Wesen, für das Göttliche.

Auf dem Weg zu seinem Wesen begegnet der Mensch seinen Grundnöten, die mit seiner Existenz gegeben sind. Es sind die Grundnöte „des Todes, des Absurden und der totalen Einsamkeit".[11] *Graf Dürckheim* nennt es Nachfolge Christi, sich diesen Grundnöten zu stellen und dabei das Kreuz der eigenen Menschwerdung anzunehmen, die nur über das Loslassen des Welt-Ichs möglich wird. Das Welt-Ich klammert sich an weltliche Sicherungen. Doch das spirituelle Selbst, zu dem der Mensch vordringen sollte, ist durchlässig für Gott, „durchtönend für Christus".

Ob jemand durchlässig für Gott ist, das können wir am Leib feststellen. Wenn einer sich in seinen Schultern festhält, dann drückt er damit seine Angst aus. Er kann noch so sehr seinen Glauben mit Worten bezeugen, in seinem Innersten glaubt er nicht. Er setzt sein Vertrauen nicht auf Gott. Er hält sich an sich selbst fest. Offensichtlich hat er Angst, sich Gott zu überlassen. Ich bin immer skeptisch, wenn einer sein Vertrauen in Gott in allzu starken Worten ausdrückt. Ich schaue mir dann den Menschen genau an und sehe oft, wie verkrampft er ist, wie er sich innerlich an

Der selige Altvater Paulos der Einfältige, Schüler des heiligen Antonios, erzählte den Vätern folgende Begebenheit: Einmal war ich in einem Kloster zur Visitation und zum geistlichen Nutzen der Brüder. Nach der üblichen gegenseitigen Besprechung gingen sie in die heilige Kirche Gottes und wollten den herkömmlichen Dienst verrichten. Der selige Paulus, sagte er, betrachtete jeden der in die Kirche Eintretenden, mit welcher Seelenverfassung er zur Versammlung komme. Es war ihm nämlich vom Herrn die Gabe gewährt, dass er jeden sehen konnte, wie er in der Seele war, so, wie wir einander ins Gesicht schauen.[12]

> Endlich entsteht aus eigentlich menschlicher Reife, dem Einswerden des Welt-Ichs mit dem Wesen, als Frucht: der zur Transparenz verwandelte Mensch, der, wahrhaft Person geworden, Christus hindurchtönen lassen kann ihm selbst vernehmbar, aber schöpferisch-erlösend auch hintönend in seinen Umkreis.
>
> *Karlfried Graf Dürckheim*[13]

etwas festklammert, das nicht Gott ist. Denn wenn er Gott vertrauen würde, würde ich das in seinem Leib wahrnehmen, an seiner Lockerheit und Gelassenheit erkennen.

Wenn einer kein Gespür für seinen Leib hat, ist er nicht wirklich reif geworden. Ob einer reif ist, das erkennen wir an seinem Stehen, an seinem Gang, an seiner Stimme, an allem, was er leibhaft zum Ausdruck bringt. Wenn einer sein Ego darstellen will, hat er seinen Mittelpunkt in der Brust. Er möchte sich beweisen. Andere sind kopflastig. Von ihnen sagt *Dürckheim*: „Wo beispielsweise der Mensch seine Kopflastigkeit nicht in seiner leibhaften Mitte aufzuheben vermag, bleibt seine Verwandlung meist Einbildung. Nur der in seine Mitte ‚Gelassene' kann frei werden von Angst. Der Schwerpunkt zu weit oben ist Ausdruck eines immer um seine Position besorgten, d.h. ohne Grundvertrauen lebenden und daher für die Angst anfälligen Ichs".[14]

Transpersonale Psychologie (Abraham Maslow)

Abraham Maslow[15] gilt als Begründer der so genannten *transpersonalen* Psychologie. Sie geht davon aus, dass der Mensch nicht nur seine Grundbedürfnisse nach Sicherheit, Essen und Trinken, Sexualität, Macht und Erfolg befriedigen muss, sondern auch seine spirituellen Bedürfnisse, oder Metabedürfnisse, wie *Maslow* sie nennt. Solche Metabedürfnisse sind das Bedürfnis nach spiritueller Erfahrung, nach Bewusstseinserweiterung, nach Gott. Doch nur der Mensch, der gut mit seinen Grundbedürfnissen umgeht, wird auch die spirituellen Bedürfnisse auf reife

Weise leben. Andernfalls würden sie für ihn zur Flucht vor der Wirklichkeit seines Alltags.

Daher beschreibt *Maslow* den reifen Menschen so: „Er hat ein Gefühl der Zugehörigkeit und Verwurzelung, sein Bedürfnis nach Liebe ist befriedigt, er hat Freunde und fühlt sich geliebt und liebenswert, er besitzt einen Status und einen Platz im Leben und wird von anderen geachtet, sein Selbstwertgefühl und seine Selbstachtung sind ausreichend ausgebildet.“[16] Wir dürfen allerdings nicht bei einem guten Selbstwertgefühl stehen bleiben. In uns sind noch andere Bedürfnisse.

Wir sehnen uns nach Gott, nach Gotteserfahrung, nach Einssein mit Gott und mit der ganzen Schöpfung. Wer diese Metabedürfnisse lebt, wird frei vom Kreisen um sich selbst. Er übernimmt für andere Verantwortung. *Maslow* zählt folgende Kennzeichen für einen reif gewordenen Menschen auf: „Das Bewusstsein der Eigenverantwortung für die eigene Erfahrung und das eigene Wohlergehen; oder mehr Sensibilität gegenüber anderen, erkennbar an mehr Liebe, Mitgefühl und Großzügigkeit; ein tiefes Empfinden für das Mysterium des Lebens, das sich in Staunen, Ehrfurcht, Dankbarkeit und ökologischem Gespür niederschlägt; und nicht zuletzt die rückhaltlose Teilnahme am Leben, in dem man sich allen Freuden und allem Kummer des menschlichen Daseins öffnet.“[17] In diesen Worten spürt man die Einheit von menschlicher und spiritueller Reife.

Wenn sich Menschen auf den spirituellen Weg machen, die den Weg der Menschwerdung überspringen, dann entwickeln sie eine Spiritualität, die nur ihre Unreife bestätigt. Ihre Spiritualität macht auf andere oft einen peinlichen Eindruck. Sie sprechen von Gott in einer Weise, die dem ganz anderen Gott nicht gerecht wird. Sie ziehen Gott in ihre infantile Haltung hinab. Gott bleibt für sie auf der gleichen Ebene wie Vater und Mutter. Sie schwärmen von der Geborgenheit, die sie in Gott erfahren. Aber sie kreisen nur um sich. Sie haben kein Gespür für die Menschen und ihre Nöte. Sie sind taub für die Fragen der Zeit. Damit unsere Spiritualität auch andere berührt und in ihnen ihre spirituelle Sehnsucht weckt, braucht es die Verbindung von menschlicher und spiritueller Reife.

Evagrius Ponticus beschreibt den ehrlichen Umgang mit den Gedanken und Emotionen, mit den Leidenschaften und Dämonen so:
Sollte ein Mensch aus eigener Erfahrung die schlimmen Dämonen kennen lernen und sich mit ihrer Kunst vertraut machen wollen, rate ich ihm, gut seine Gedanken zu beobachten. Achten sollte er auf ihre Intensität, auch darauf, wann sie nachlassen, wann sie entstehen und wieder vergehen. Er sollte die Vielfalt seiner Gedanken beobachten, die Regelmäßigkeit, mit der sie immer wieder auftauchen, die Dämonen, die dafür verantwortlich sind, welcher die jeweils vorausgegangenen ablöst und welcher nicht. Dann sollte er Christus bitten, ihm all das zu erklären, was er beobachtet hat. Die Dämonen sind nämlich vor allem über die wütend, die mit solchen Erkenntnissen ausgerüstet die Tugend üben.[18]

5
Selbsterkenntnis als spirituelle Aufgabe

Das frühe Mönchtum hat diese innere Verbindung zwischen menschlicher und spiritueller Reife gesehen und gelebt. Da ging der Weg zu Gott über den ehrlichen Weg der Selbstbegegnung. Ohne Selbsterkenntnis – so sagt *Evagrius Ponticus* im vierten Jahrhundert – gibt es keine Gotteserkenntnis. Da würden wir nur unsere infantilen Wünsche in Gott hineinprojizieren. Aber wir würden nie dem wirklichen Gott begegnen.

Der Prozess der Reifung geht im Mönchtum über den Weg wachsender Gottesbegegnung und wachsender Selbstbegegnung. Je mehr ich Gott begegne, desto mehr werde ich auch mit mir selbst konfrontiert. Und umgekehrt: Je mehr ich mich selbst kennen lerne, desto mehr spüre ich, dass in mir eine tiefe Gottessehnsucht ist, die gestillt werden will. Der Reifungsweg ist im Mönchtum vor allem ein Verwandlungsweg. Indem der Mönch alle Bereiche seines Leibes und seiner Seele, seines Bewussten und Unbewussten, Gott hinhält, kann Gottes heilender Geist in sie eindringen und sie verwandeln.

Teil 2

Was uns abhält: Hindernisse für einen reifen Glauben

Es gibt viele Hindernisse auf unserem Weg zu einem reifen Glauben und zu einem ganzen Menschen. Es sind Hindernisse, die in der *Lebensgeschichte* des Einzelnen liegen, die in der Erziehung begründet sind oder in der Umgebung, in der jemand aufgewachsen ist. Und es gibt Hindernisse, die in einer *falschen religiösen Verkündigung* ihren Grund haben. Wenn Gott uns in einer infantilen Weise oder aber auf Angst machende Weise verkündet wurde, dann haben wir ein Hindernis auf unserem Weg, zu einer reifen Persönlichkeit zu wachsen.

Nicht jeder, der einen „festen Glauben" hat, ist auf seinem Glaubensweg auch menschlich gereift. Der Mangel an menschlicher Reife drückt sich dann aber auch in einem unreifen Glauben aus. Man sagt zwar, man würde an Gott glauben. Aber dieser Glaube hat weder den Leib noch die Seele verwandelt. Man sieht es einem verklemmten Menschen an, dass sein Glaubensbekenntnis nicht seiner wirklichen Verfassung entspricht. Oder man spürt bei einem allzu euphorisch Glaubenden, dass er mit seiner Euphorie nur seine mangelnde Reife überspringt.

Ich möchte im Folgenden (Kapitel 6 bis 8) drei Hindernisse auf unserem Weg zu einem reifen Glauben beschreiben.

6
Das erste Hindernis: Angst vor der Welt und Gott als Droge

Das erste Hindernis ist eine *infantile Frömmigkeit*. Sie zeichnet sich dadurch aus, dass die kindlichen Erfahrungen mit den Eltern auf Gott projiziert werden. Für das Kind ist es normal, dass es die Erwartungen an die Eltern auf Gott projiziert. Das ist für das Kind sogar ein guter Weg, von der Abhängigkeit von den Eltern frei zu werden. Das Kind spürt, dass die Eltern nicht alles sind. In den ersten Jahren sind die Eltern für das Kind wie Gott. Wenn Gott über den Eltern steht, dann kann sich das Kind von den Eltern lösen. Doch Gott ist nicht auf der gleichen Ebene wie Vater und Mutter.

Infantil ist eine Frömmigkeit, die Gott auf die Ebene von Vater und Mutter herabzieht und die affektiven Gefühle zu Vater und Mutter auf die Beziehung zu Gott überträgt. Ich kann nur dann eine reife Beziehung zum väterlichen und mütterlichen Gott gewinnen, wenn ich innerlich frei geworden bin vom leiblichen Vater und von der leiblichen Mutter. Wenn ich Menschen auf infantile Weise gebrauche und von ihnen völlig abhängig bin, dann wird auch meine Beziehung zu Gott infantil.

Der französische Psychotherapeut *Marc Oraison* meint: „Man kann nur wirklich Gott gegenüber ein Kind sein, wenn man den Menschen gegenüber in ausreichendem Maße erwachsen ist.“[19] Wer aber auch als Erwachsener infantil geblieben ist, der beeinträchtigt damit auch seine

> Man lebt ohne eine gewisse Gefährdung seiner geistigen Gesundheit nicht zu lange in der infantilen Umgebung respektive im Schoße der Familie. Das Leben ruft den Menschen hinaus zur Selbständigkeit, und wer diesem Ruf aus kindlicher Bequemlichkeit und Ängstlichkeit keine Folge leistet, wird durch die Neurose bedroht.
>
> *Carl Gustav Jung*[20]

Beziehung zu Gott. Er wird unerfüllte Erwartungen seiner Kindheit auf Gott projizieren und dadurch in seiner Infantilität stecken bleiben.

Gott schenkt uns Heimat und Geborgenheit. Er ist wie eine liebende Mutter, bei der wir uns bergen dürfen. Aber Gott ist auch der Exodus-Gott, der uns herausführt aus inneren Abhängigkeiten und uns in die Wüste führt, damit wir dort uns selbst begegnen und frei werden von infantilen Wünschen. Das Ziel des Auszugs aus Ägypten, aus dem Land der inneren und äußeren Gefangenschaft, ist das Gelobte Land, das Land, in dem wir ganz wir selbst sind, frei, unabhängig, unser Leben selbst gestaltend.

Ein gesundes Gottesbild entwickeln wir nur, wenn wir immer beide Pole Gottes betonen: Gott als liebenden Vater und bergende Mutter und den Gott, der uns herausfordert, der uns in die Welt sendet, damit wir diese Welt gestalten und erobern, damit wir den Geist Jesu bis an die Enden der Welt tragen. Die Jünger Jesu hatten in ihrem Glauben beide Pole Gottes präsent. Sie, die einfachen Fischer vom See Gennesaret, setzten ihr kindliches Vertrauen auf Gott und zogen in diesem Vertrauen in die Welt, stellten sich den Gefahren und bezeugten ihren Glauben im Martyrium.

Wenn wir uns Gott einseitig als den bergenden und sanften Gott vorstellen, dann sind wir in Gefahr, unsere Abhängigkeit von der Mutter auf Gott zu übertragen. Gott wird dann manchmal zur Ersatzmutter. Und wir bleiben ewig Kinder. Gott wird gleichsam zu einer Droge. Drogen zu nehmen ist ja auch der Versuch, für immer im Nest der Mutter zu bleiben. Sucht ist Muttterersatz. Gott darf nicht zur Droge werden, sonst wird unsere Beziehung zu ihm nie reif sein. Gott ist das Ziel unserer Sehnsucht. Gott allein vermag unsere Sehnsucht zu erfüllen. Aber wenn wir süchtig nach Gott sind beziehungsweise nach den Gefühlen, die wir mit ihm verbinden, dann wird Gott zur Droge. Er wird uns nicht befreien von menschlichen Abhängigkeiten. Und er wird uns nicht helfen, uns auf das Leben mit seinen Herausforderungen einzulassen. Wenn ich jedoch mit meiner Sehnsucht nach Gott in Berührung bin, dann kann ich Ja sagen zu meiner Durchschnittlichkeit und zu den oft banalen Anforderungen des Alltags. Dann befreit mich Gott zum Leben. Gott als Droge nebelt mich dagegen in eine illusionäre Gefühlswelt ein.

Viele berufen sich in ihrer infantilen Frömmigkeit auf das Wort Jesu: „Wenn ihr nicht umkehrt und werdet wie die Kinder, könnt ihr nicht in das Himmelreich kommen“ (Matthäus 18,3). Doch Jesus meint mit diesem Wort nicht, dass wir infantil bleiben sollen. Vielmehr sollen wir die Haltung der Kinder lernen, die offen sind für das Neue, die bereit sind, sich auf Neues einzulassen, ohne zu sagen: „Wir wissen ja schon alles.“ Es braucht nicht die Unreife der Kinder, sondern ihre Offenheit und ihre Freiheit von Vorurteilen, um ein Gespür für das Reich Gottes zu bekommen. Und es braucht das Vertrauen des Kindes, um mitten in einer Welt, in der wir alles in den Griff bekommen wollen, zu erahnen, dass es noch etwas anderes gibt, auf das wir unsere Hoffnung setzen dürfen.

Das kindliche Vertrauen, von dem Jesus auch selbst im Gebet spricht und zu dem er uns einlädt, ist nicht infantil. Es ist vielmehr ein Vertrauen, in dem ich mein Innerstes Gott gegenüber öffne und Gott auch meine Ohnmacht und Hilflosigkeit hinhalte. Jesus will uns mit seinem Wort zur Umkehr, zur *metanoia*, das heißt auf Deutsch: zum Umdenken, auffordern. Das Ziel dieser Umkehr ist ein anderes Denken, ein Denken, in dem Gott Platz hat. Reich Gottes meint, dass Gott in uns herrscht. In vielen Erwachsenen herrschen ihre Vorurteile oder ihre Bedürfnisse oder ihre Lebensängste. Damit Gott in uns herrschen kann, braucht es die Bereitschaft, sein Herz zu öffnen und Gott einziehen zu lassen. Wenn Gott in uns herrscht, dann bleiben wir nicht infantil. Vielmehr werden wir ganz wir – wahrhaft frei und wahrhaft wir selbst.

In manchen religiösen Liedern und Gebetstexten begegnen wir einer infantilen Frömmigkeit. Sie ist zu unterscheiden von einem kindlichen Vertrauen in Gott. Das kindliche Vertrauen führt Erwachsene dazu, dass sie sich ihrer Verantwortung für die Welt stellen. Die infantile Frömmigkeit dagegen bleibt unfruchtbar für diese Welt. Da geht es immer nur um schöne Gefühle. Man möchte immer unter sich bleiben und von Gott schwärmen. Aber man lässt sich von Gott nicht in die Welt schicken, um sie zu gestalten und zu formen. Infantile Fromme haben Angst, durch die Auseinandersetzung mit der Welt verletzt zu werden. Da bleiben sie lieber im sicheren Nest frommer Gefühle sitzen. Ihre Infantilität drückt sich vor allem darin aus, dass sie die Verantwortung für sich selbst und für ihr Leben verweigern. Weil sie für sich selbst keine Verantwortung übernehmen, sind sie auch nicht bereit, in der Welt Verantwortung für andere zu übernehmen. *Pascal Bruckner* hat als wesentliches Kennzeichen unserer Zeit die Infantilität gesehen. Der Mensch der Zukunft ist ein alterndes Riesenbaby mit Riesenerwartungen an die Gesellschaft. Aber er weigert sich, Verantwortung zu übernehmen. Wir dürfen in unserer Spiritualität diese krankmachende Tendenz unserer Gesellschaft nicht rechtfertigen, indem wir den christlichen Glauben als eine infantile Frömmigkeit verstehen.

- Finden Sie in Ihrer Frömmigkeit infantile Züge? Können Sie bei sich zwischen kindlichem Vertrauen in Gottes Liebe und Fürsorge und infantiler Frömmigkeit unterscheiden?
- Fühlen Sie sich geborgen in Gottes heilender und liebender Nähe? Sind Sie auch bereit, Ihren Glauben in der Öffentlichkeit zu vertreten und sich von Gott zur Gestaltung dieser Welt herausfordern zu lassen?
- Was bedeutet für Sie, Gott als Vater zu sehen, der Ihnen den Rücken stärkt und Ihnen Mut macht, das Leben zu wagen?
- Können Sie Gott auch als Mutter sehen, die Ihnen Schutz und Geborgenheit vermittelt, die Ihnen Heimat schenkt in Gottes Liebe?
- Ist Gott für Sie auf der gleichen Ebene wie Vater und Mutter? Oder ist Gott für Sie zugleich auch der ganz Andere, der Unbegreifliche?

7
Das zweite Hindernis: Triebverdrängung und Perfektionismus

Das zweite Hindernis auf dem Weg zu einem reifen Glauben ist eine *neurotische Frömmigkeit*. Die Neurose ist ein misslungener Versuch, unbewusste infantile Konflikte zu verarbeiten und zu lösen. Viele Neurosen entstehen in der Kindheit, wenn das Kind zum Beispiel emotional überfordert wird und in einen inneren Konflikt gerät. Es spürt die Verletzung durch die Eltern. Aber es vermag seine Aggressionen und Triebe, seine Bedürfnisse und Emotionen nicht angemessen auszudrücken. Denn damit würde es ja die Eltern kränken, die sich so um es sorgen.

Neurotische Lebensmuster entstehen durch die Unfähigkeit, das zu leben, was in mir steckt. Sie führen zu tiefen und anhaltenden Störungen im emotionalen Bereich und hindern uns daran, zu uns selbst Ja zu sagen.

Neurosen fixieren uns auf die Verletzungen der Kindheit. Wir kommen nicht mehr von ihnen los. In alle unsere Erfahrungen mischen sich die unbewältigten Konflikte und die traumatischen Verwundungen aus der Kindheit. Neurosen können auch dadurch entstehen, dass der Erwachsene aktuelle Konflikte dadurch zu lösen versucht, dass er sie verdrängt.

Für *C. G. Jung* sind Neurosen Ersatzleiden. Weil ich nicht bereit bin, das notwendige Leiden an meiner Endlichkeit zu akzeptieren, flüchte ich mich in Ersatzleiden. Ich möchte meine Ängste und Schwächen nicht wahrhaben. Also flüchte ich mich in Zwänge, in denen ich anscheinend alles kontrollieren kann, in Wirklichkeit aber von neuem abhängig werde und in ein inneres Gefängnis gerate. Weil ich meine Verletzlichkeit nicht annehme, versuche ich unempfindlich zu werden. Doch dann spüre ich gar nichts mehr. Weil ich mich nicht damit aussöhnen kann, dass ich krank werde und sterbe, flüchte ich mich in Allmachtsfantasien oder aber in eine hypochondrische Haltung, die überall Krankheitskeime wittert.

> Ich habe oft gesehen, dass Menschen neurotisch werden, wenn sie sich mit ungenügenden oder falschen Antworten auf die Fragen des Lebens begnügen. Sie suchen Stellung, Ehre, Reputation und äußeren Erfolg und Geld und bleiben unglücklich und neurotisch, auch wenn sie erlangt haben, was sie suchten. Solche Menschen stecken meist in einer zu großen geistigen Enge. Ihr Leben hat keinen genügenden Inhalt, keinen Sinn. Wenn sie sich zu einer umfassenderen Persönlichkeit entwickeln können, hört meist auch die Neurose auf.
>
> *Carl Gustav Jung*[21]

Neurotische Lebensmuster können sich auch in einer neurotischen Frömmigkeit ausdrücken. Dabei können wir oft nicht sagen, was zuerst ist: das neurotische Lebensmuster, das die Frömmigkeit verfälscht, oder eine neurotische Frömmigkeit, die auch unser Menschsein infiziert.

Es gibt auch so genannte „ekklesiogene", das heißt auf Deutsch: durch Kirchenerfahrung entstandene, Neurosen, also Neurosen, die gerade durch das kirchliche Milieu ausgelöst wurden. Wenn jemand in einer leibfeindlichen Atmosphäre aufgewachsen ist, in der Sexualität verpönt und tabuisiert war, dann hat das oft zu neurotischer Angst vor Sexualität und Vitalität geführt. Die ekklesiogene Neurose zeigt sich häufig in besonders starken Schuldgefühlen gegenüber sexuellen Fantasien und Gedanken. Manche Menschen fühlen sich schon schuldig und oft sogar schon verdammt, sobald sie in sich eine sexuelle Fantasie aufkommen sehen. Oft führt das dann zu sexuellen Ausweichhandlungen wie zwanghafter Selbstbefriedigung oder auch zu Zwangsvorstellungen. Es gibt Menschen, die können weder ein Kreuz anschauen noch dem Priester beim Zelebrieren zuschauen, ohne von sexuellen Fantasien überschwemmt zu werden.

Ein anderer Ausdruck solcher Frömmigkeitsneurosen sind depressive Verstimmungen. Weil man dem eigenen religiösen Idealbild nicht entspricht, reagiert die Seele mit

Depression. Oft sind solche Menschen dann völlig verzweifelt, weil ihr Kampf um das Besserwerden vergeblich zu sein scheint.

Die Neurose muss nicht zur neurotischen Frömmigkeit führen. Vielmehr kann eine gesunde Spiritualität durchaus eine Hilfe sein, von neurotischen Mustern loszukommen. Aber das gelingt nur durch eine Spiritualität, die die ganze Wahrheit des Menschen anschaut und sie Gott hinhält. Zur Demut gehört es, gerade auch die neurotischen Züge der eigenen Persönlichkeit Gott hinzuhalten. Dann kann man in der Neurose auch einen Selbstheilungsversuch der Seele sehen. Sie lädt mich ein, mich vor Gott bedingungslos anzunehmen. Neurose entsteht immer, wenn ich wesentliche Bereiche in mir nicht wahrnehmen möchte. Wenn ich dagegen meine Neurose ins Licht Gottes halte, kann ich erkennen, was sie mir sagen möchte. Sie möchte mir sagen, dass ich auch zu den Bereichen in mir Ja sage, die nicht in mein Idealbild von mir passen.

Eine neurotische Frömmigkeit zeigt sich darin, dass man Konflikten ausweicht, die das Leben notwendigerweise mit sich bringt. Da ist einer nicht bereit, den Konflikt zwischen seinen Trieben und seiner spirituellen Sehnsucht auszuhalten oder den Konflikt zwischen seinen Gefühlen und den Normen, die ihm von außen begegnen. Die neurotische Frömmigkeit zeichnet sich durch Verdrängung und durch Abspaltung aus. Verdrängung hat immer in der

> Eine Neurose ist dann wirklich „erledigt“, wenn sie das falsch eingestellte Ich erledigt hat. Nicht sie wird geheilt, sondern sie heilt uns. Der Mensch ist krank, die Krankheit aber ist der Versuch der Natur, ihn zu heilen. Wir können also aus der Krankheit selber viel für unsere Gesundung lernen, und was dem Neurotiker als absolut verwerflich erscheint, darin liegt das wahre Gold, das wir sonst nirgends gefunden haben.
>
> *Carl Gustav Jung*[20]

Angst ihre Ursache. Weil ich Angst habe vor meinen eigenen Aggressionen oder meiner Sexualität, verdränge ich sie.

Eine Form der Verdrängung ist die Verteufelung. Aggressionen und Sexualität sind schlecht. Daher will ich nichts damit zu tun haben. Doch was ich verdränge, das wirkt sich in meiner Seele weiterhin aus. Die Aggressionen zeigen sich dann oft in einem Wüten gegen mich selbst oder in einem grausamen Gewissen. Ich verurteile mich, wüte gegen mich, bestrafe mich, zerfleische mich mit Selbstvorwürfen. Oder aber ich richte die Aggressionen gegen andere, indem ich die, die anders leben oder glauben, beschimpfe. Aber ich nehme meine Aggressivität gar nicht wahr. Denn ich verurteile Andersdenkende ja im Namen Gottes. Wir erleben heute im Terrorismus, zu welch grausamem Verhalten eine verdrängte und dann im Namen Gottes ausgelebte Aggression führen kann.

Verdrängen und Unterdrücken sind zwei Weisen einer neurotischen Frömmigkeit. Das Verdrängte gerät in das Unbewusste und wirkt sich von daher negativ auf den Menschen aus. Das verdrängte Gefühl zeigt sich als Sentimentalität, die verdrängte Sexualität als Brutalität oder als Eitelkeit, die verdrängte Aggression als fanatisches Eintreten für den wahren Glauben oder die wahre Moral. Oft merken wir das neurotische Element im Glauben eines Menschen gar nicht. Da scheint einer einen starken und unerschütterlichen Glauben zu haben. Aber bei näherem Hinsehen spüren wir, dass ihm sein starker Glaube, mit dem er imponiert, nur dazu dient, sein mangelhaftes Selbstwertgefühl zu kompensieren.

Das Unterdrückte wirkt sich anders aus. Wenn ich meine Sexualität unterdrücke, dann nehme ich sie durchaus wahr. Aber ich bin dann ständig mit ihr beschäftigt. Wenn ich etwas unterdrücke, dann wecke ich in ihm eine solche Gegenkraft, dass ich überfordert bin, mit dem Unterdrückten angemessen umzugehen. Ich möchte das, was ich unterdrücke, in den Griff bekommen. Doch ich kann weder meine Aggression noch meine Sexualität in den Griff bekommen. Beides sind wichtige Lebensenergien. Ich kann mich nur mit ihnen aussöhnen, damit die Energie, die darin steckt, meinem Leben dient.

Wenn ich Aggression und Sexualität unterdrücke, fehlt mir ihre Energie zum Leben. Dann wird mein Tun und Denken kraftlos und leidenschaftslos. Meine Spiritualität wird langweilig. Sie verliert ihr Feuer und ihre Ansteckungskraft. Der Pastoraltheologe *Adolf Exeler* hat diese langweilige Spiritualität so gekennzeichnet: „Wo die Leidenschaftlichkeit verschwindet, da verliert das Gute seinen Glanz und seinen Schwung … Menschen, die sich sehr intensiv auf die Kirche eingelassen haben, werden oft als besonders brav und zugleich als besonders uninteressant und langweilig empfunden."

Eine reife Spiritualität hat die Sexualität in die Beziehung zu Gott und zu den Menschen und zu sich selbst integriert. Wenn jedoch die Sexualität nicht angenommen wird, dann rächt sich der nicht anerkannte Trieb an der Seele.

Ein wesentliches Merkmal einer neurotischen Spiritualität ist der *Perfektionismus*. Der Perfektionist möchte vollkommen sein. Religiöser Perfektionismus beruft sich auf ein Wort wie: „Seid also vollkommen, wie auch euer himmlischer Vater vollkommen ist" (Matthäus 5,48). Doch Jesus meint hier nicht, dass wir perfekt im Sinn von „fehlerlos" sein sollen, sondern ganz und vollständig wie Gott. Wir sollen alles in uns anschauen und integrieren. Jesus deutet sein Wort ja durch das Bild von dem Gott, der seine Sonne über Gute und Böse scheinen lässt, der es regnen lässt über Gerechte und Ungerechte.

Perfektionismus gibt sich als Gehorsam gegenüber Gottes Willen, und ist oft nur ein Dienst am eigenen Geltungsbedürfnis. Der Perfektionist stellt sich mit seinem Perfektionismus über die anderen. Und zugleich wird er ständig von Schuldgefühlen geplagt, weil er eben doch nicht so perfekt ist, wie er das zu sein hofft. Hinter den quälenden Schuldgefühlen verbirgt sich oft eine unbewusste Selbstbestrafungstendenz.

Perfektionismus macht unbarmherzig und unmenschlich. Denn um seiner Ideale willen darf der Perfektionist keine Schwachheit und Halbheit dulden. So versucht er mit Verbissenheit und Brutalität seine Ideale durchzusetzen. In seinem Streben nach absoluter Gerechtigkeit weichen Perfektionisten allerdings den normalen Pflichten des Alltags eher aus, als sich ihnen zu stellen. Alles oder Nichts lautet die Devise des Perfektionismus. Übersteigerte Ideale dienen dazu, sich über das Alltägliche zu erheben.

Aber dadurch geht vom Perfektionisten keine Verwandlung der Wirklichkeit aus. Er lebt in einem Zwangssystem. Er verwendet alle Energie darauf, seine inneren Normen und seine selbst auferlegten Pflichten zu erfüllen. So bleibt keine Kraft mehr übrig, sich dieser Welt zu widmen und sie zu gestalten und zu formen.

- Wo haben sich in Ihre Spiritualität neurotische Züge eingeschlichen? Sind Ihre Schuldgefühle angemessen oder Ausdruck einer neurotischen Triebverdrängung?
- Kennen Sie ein grausames Gewissen, das Ihnen ständig Schuld einredet, beim kleinsten Anflug von aggressiven oder sexuellen Gefühlen?
- Sind Sie perfektionistisch in Ihrer Frömmigkeit?
- Schauen Sie Ihre Frömmigkeit an, ohne sie zu bewerten. Auch neurotische Züge dürfen sein! Wohl keiner ist davor sicher. Wenn wir sie anschauen, können sie sich wandeln.
- Halten Sie Ihre Spiritualität so, wie sie ist, in Gottes erbarmende Liebe. Dann kommen die neurotischen Anteile ans Tageslicht und sie können sich auflösen.

8
Das dritte Hindernis: Wenn Bilder gefangen halten

Ein drittes Hindernis auf dem Weg zu einem reifen Glauben kann aus dem Wechselspiel von Gottes- und Selbstbild entstehen. Gottesbild und Selbstbild hängen eng zusammen. Wie jemand Gott sieht, so sieht er sich auch selbst. Wenn einer eine Buchhaltermentalität hat, wird er auch Gott als Buchhalter sehen, der über alle seine Taten wacht, um sie als Soll oder Haben zu buchen. Wer sich selbst bestraft, der entwickelt auch ein strafendes Gottesbild. Auch hier kann man oft nicht unterscheiden, was zuerst ist: das neurotische Gottesbild oder das kranke Selbstbild.

Kranke Gottesbilder haben auf jeden Fall eine krankmachende Wirkung auf die Psyche. *Josef Rudin* erklärt dies damit, dass das Gottesbild „der mächtigste Archetyp, das verborgenste Kraftzentrum, von dem alle Lebensbezirke letztlich durchgebildet werden", ist.[23] Das Gottesbild zieht die meiste seelische Energie auf sich. Es ist der „geheimste Mittelpunkt der menschlichen Existenz" und erweist sich damit gleichzeitig als der „gefährlichste Partner des menschlichen Daseins". Daher ist es wichtig, seine Gottesbilder anzuschauen und zu untersuchen, ob sie krankmachend oder heilend sind.

Viele haben heute aus Angst vor einem strafenden Gottesbild Bilder von Gott entwickelt, die das Gegenteil beschreiben: der liebende und barmherzige, der mütterliche und väterliche Gott. Es ist gut, solche Gottesbilder in seiner Seele zu haben. Aber es besteht auch die Gefahr, Gott damit zu verharmlosen. Gott wird dann entmachtet. Auf diese Weise verliert er seine Wirkung auf die menschliche Seele. Und oft genug sind diese harmlosen Gottesbilder nur an der Oberfläche. Darunter hausen weiterhin dämonische Gottesbilder. Ganz gleich, welche Gottesbilder ich in mir habe, sie brauchen die beiden Aspekte, die die Religionspsychologie als Kennzeichen des Heiligen beschreiben: das *Fascinosum* und das *Tremendum*, das Anziehende, Begeisternde und auch das Erschreckende und Betroffenheit Erzeugende. Ohne diese Spannung werden die Gottesbilder einseitig und letztlich krankmachend.

Karl Frielingsdorf hat in seinem Buch *Dämonische Gottesbilder*[24] gezeigt, dass viele Priester, die den barmherzigen Gott predigen, unbewusst dämonische und krankmachende Gottesbilder in sich tragen und davon existentiell geprägt sind. Ich habe einen Priester begleitet, der von seiner Theologie her immer vom barmherzigen Gott gesprochen hat. Er war davon auch überzeugt. Aber da sein Vater Alkoholiker war, hat er die Willkürlichkeit, die er bei ihm erlebt hat, unbewusst auch auf Gott übertragen. Und so zweifelte er manchmal an seinen eigenen Predigten und hatte Angst, Gott würde genauso willkürlich sein wie sein Vater. Er würde ihm einen Strich durch die Rechnung machen. Er könne ihm letztlich nicht vertrauen. Man weiß ja nie, was sich Gott alles ausdenkt.

Ein anderer Priester war in seinem Studium und auch in seinem geistlichen Leben immer von der Gnade Gottes fasziniert. Ihm war es wichtig, dass Gott uns aus Gnade angenommen hat und nicht, weil wir ihm durch unsere Leistung diese Annahme aufgedrängt haben. Aber in seinem Unbewussten spukte doch noch die Vorstellung, dass er Gott durch sein Tun zufrieden stellen, dass er vor Gott alles richtig machen und perfekt sein müsse. Wenn er spazieren ging, kamen sofort Gedanken hoch, er müsse doch noch so vieles in der Pfarrei tun, die oder jene Kranke besuchen oder noch etwas für die Predigt lesen. Er predigte andern, dass sie sich Zeit nehmen sollen für das Gebet und Stille. Aber selbst bekam er ein schlechtes Gewissen, wenn er einfach nur dasaß, um still zu werden.

Dämonische Gottesbilder können nicht durch theologische Argumente aus der Welt geschafft werden. *Der erste Schritt*, von ihnen frei zu werden, besteht darin, sie anzuerkennen und anzunehmen. Sie sind in mir. Und sie haben ja auch eine gewisse Berechtigung. Aber ich darf ihnen keine absolute Gültigkeit zugestehen.

Der zweite Schritt besteht darin, in meiner Psyche ähnliche Tendenzen zu entdecken, die in meinem Gottesbild stecken. Vielleicht habe ich in mir eine starke Tendenz, mich selbst zu bestrafen, wenn ich meinen eigenen

Vorstellungen nicht entspreche. Oder aber ich habe mir selbst gegenüber Misstrauen, dass ich nicht zuverlässig bin, dass ich nicht das lebe, was ich im Gewissen eigentlich möchte. Wenn ich das Gottesbild und in seinem Spiegel mich selbst anschaue, dann kann ich mich langsam von den dämonischen Anteilen an meinem Gottesbild und von meinem unmenschlichen Selbstbild lösen.

Ich soll dann aber nicht auf der gleichen Ebene ein anderes Gottesbild dagegensetzen, etwa gegen den strafenden den liebenden Gott, gegen den Willkürgott den väterlichen Gott, dem ich vertrauen darf. Denn dann besteht die Gefahr, dass ich meine eigenen Sehnsüchte in Gott hineinprojiziere. Das ideale Gottesbild führt dann dazu, dass ich mich selbst als minderwertig erlebe und mich mit diesem Gottesbild überfordere.

Vielmehr geht es *im dritten Schritt* darum, alle Gottesbilder zu übersteigen und mich dem ganz anderen Gott hinzugeben, der jenseits aller Bilder ist. Ich brauche Bilder von Gott. Aber ich muss sie immer wieder auch relativieren. Sonst identifiziere ich Gott mit dem Bild, das ich mir von ihm gemacht habe. Wenn ich mich dem ganz anderen Gott ergebe, dann werde ich wahrhaft frei. Dann bleibt Gott wirklich Gott. Er ist kein Konstrukt meiner Fantasie oder meines theologischen Verstandes, sondern der unbegreifliche und unendliche Gott, das Geheimnis, auf das hin ich mein Leben lang unterwegs bin.

- Welche Gottesbilder haben Sie in Ihrer Geschichte erlebt? Wie haben Sie Gott als Kind gesehen, als Jugendlicher, als Erwachsener?
- Wie sehen Sie Gott jetzt in diesem Augenblick? Haben Sie Bilder oder kommen Ihnen nur Assoziationen? Schreiben Sie diese Assoziationen auf!
- Wo stecken hinter Ihren bewussten Gottesbildern noch dämonische Bilder von Gott?
- Kennen Sie die Angst vor dem Willkürgott oder vor dem strafenden Gott?
- Kennen Sie den Leistungsgott, vor dem Sie immer noch mehr leisten müssen?
- Halten Sie auch diese Bilder Gott hin und distanzieren Sie sich davon.
- Stellen Sie sich vor, dass Gott jenseits all dieser Bilder ist. Die Bilder sagen etwas von Gott aus, aber Gott ist immer noch anders, ein unbegreifliches Geheimnis, aber auch ein faszinierendes Geheimnis von Liebe und Licht.

Teil 3

Ein ganzer Mensch werden: Schritte der Verwandlung

9
Das Geheimnis der Verwandlung

Der Weg zu einem erwachsenen Glauben führt für die frühen Wüstenväter über eine ehrliche Selbstbegegnung. Gott spricht zu uns nicht nur in Worten der Bibel oder der kirchlichen Lehre. Wenn ich das Wort Gottes nur als äußere Autorität übernehme, bin ich immer in Gefahr, mein eigenes Menschsein zu überspringen. Und vor allem ist die Frage, ob ich das Wort Gottes in der Bibel wirklich verstehe oder ob ich nicht doch auch meine verdrängten Bedürfnisse und Ängste in das Wort Gottes hineinprojiziere.

Viele Fundamentalisten meinen, sie würden dem Wort Gottes gehorsam sein. In Wirklichkeit aber verfälschen sie das Wort Gottes durch ihre eigenen Projektionen. Der Weg der Wüstenväter ist für mich ein guter Weg, frei zu werden von solchen Projektionen:

- Nur wenn ich mir selbst begegne, werde ich wahrhaft Gott begegnen.
- Und nur wenn ich mich erkenne, werde ich Gott erkennen.
- Nur wenn mich die Begegnung mit Gott verwandelt in allen Bereichen meines Lebens, werde ich zu einem erwachsenen Glauben finden.

Das Ziel des geistlichen Weges im Mönchtum ist die Verwandlung des Menschen. In alle Bereiche des Menschen soll Gottes Geist eindringen, damit er das Unbewusste und Dunkle erhellt, das Entfremdete integriert und das Verwundete heilt. Das Ziel der Verwandlung ist, dass ich immer mehr in das einmalige und ursprüngliche Bild verwandelt werde, das Gott sich von mir gemacht hat. Um dieses Bild zu entdecken, muss ich mich jedoch meiner Wirklichkeit stellen mit allen Facetten meines Seins. Die Mönche haben fünf Bereiche beschrieben, die wir anschauen und Gott hinhalten sollen, damit sie verwandelt werden können:

1. Die Gedanken und Gefühle (Kapitel 10)
2. Der Leib (Kapitel 11)
3. Die Träume (Kapitel 12)
4. Die Beziehung zu den Mitmenschen (Kapitel 13)
5. Die Arbeit (Kapitel 14).

Ich möchte diese fünf Bereiche anschauen, um die Reifung eines glaubenden Menschen zu beschreiben. Dabei ist mir das Bild der Verwandlung wichtig. *Verwandlung* ist etwas anderes als *Veränderung*. Wir wollen uns verändern, wenn wir uns so, wie wir sind, nicht annehmen können. Manchmal haben Veränderungsstrategien etwas Aggressives an sich. Wir wüten gegen uns selbst. Verwandlung ist sanfter. Verwandelt werden kann nur, was ich angenommen habe. Daher gilt es darum, alles in sich anzuschauen und anzunehmen und es dann Gott hinzuhalten. Verwandlung braucht immer die Begegnung. Ich muss sie nicht selber machen. Und ich überlasse sie auch nicht einfach Gott. Mein Anteil ist, mich ganz und gar in die Begegnung mit Gott zu wagen. Dann kann Verwandlung geschehen. In dieser Begegnung wird nichts ausgeklammert. Vielmehr werde ich mir gerade vor Gott bewusst, was in mir noch dem eigentlichen und ursprünglichen Bild widerspricht, das Gott sich von mir gemacht hat.

Das Märchen von den drei Sprachen

Ein Schweizer Graf schickt seinen Sohn zu einem Meister, damit er etwas Sinnvolles lerne. Nach einem Jahr kehrt er zurück. Er hat die Sprache der bellenden Hunde gelernt. Der Vater ist wütend und schickt ihn zu einem andern. Da lernt er die Sprache der Frösche und im dritten Jahr die Sprache der Vögel. Der enttäuschte Vater gibt den Befehl, ihn zu töten, doch er kann entfliehen.

Auf seiner Wanderung kommt er in eine Burg. Dort möchte er übernachten. Doch der Burgherr kann ihm nur den Turm anbieten, in dem wilde bellende Hunde hausen, die schon manchen verschlungen haben. Doch der junge Mann hat keine Angst. Er vermag ja, die Sprache der bellenden Hunde zu verstehen und mit ihnen zu sprechen. Er beginnt freundlich mit den Hunden ein Gespräch. Sie verraten, dass sie deshalb so wild sind und so laut bellen, weil sie einen Schatz hüten. Sie zeigen ihm den Schatz, helfen ihm, ihn auszugraben. Und dann verschwinden sie. Und das Land ist im Frieden.

Der Junge zieht daraufhin nach Süden und kommt an einem Teich vorbei, in dem die Frösche sich unterhalten. Da wird er traurig, weil er spürt, dass sie sich über ihn unterhalten. Schließlich kommt er nach Rom; dort ist gerade der Papst gestorben. Die Kardinäle können sich nicht auf einen neuen Papst einigen. Da beschließen sie, Gott selber solle ihnen durch ein Wunder anzeigen, wen er zum Papst haben möchte.

In diesem Augenblick kommt der junge Mann in den Petersdom. Zwei weiße Tauben setzen sich auf seine Schulter. Das ist für die Kardinäle ein Zeichen, dass er es ist, der zum Papst gewählt werden soll. Erst wehrt er sich dagegen. Doch die Tauben reden ihm zu, dass er die Wahl annehmen solle.

Im Märchen von den drei Sprachen gibt es ein treffendes Bild für Verwandlung. Dort, wo die Hunde in uns am lautesten bellen, dort liegt auch der Schatz in uns. Schatz ist in der Bibel ein Bild für das wahre Selbst, für das ursprüngliche Bild Gottes in uns. Die Aggressionen, die in uns bellen, die Sexualität, die Eifersucht, die Angst, die Depressivität, sie alle zeigen uns, dass wir noch an unserem wahren Selbst vorbeileben, dass wir uns ein Bild übergestülpt haben, das unserem eigentlichen Sein nicht entspricht.

Wir sollen dankbar sein, wenn die Hunde bellen. So können wir uns auf die Schatzsuche machen. In diesem Sinn sollten wir unsere Gedanken und Gefühle, unsere Krankheiten und unsere Probleme in der Arbeit und im Miteinander anschauen. Es geht nicht darum, sie in den Griff zu bekommen, sondern sich von ihnen auf den Schatz verweisen zu lassen, der in uns ist.

Das Bild des Märchens für den spirituellen Menschen ist der „Papst". Zu einer gesunden Spiritualität – so sagt uns das Märchen – gehört, dass wir die Sprache der bellenden Hunde sprechen, dass wir unsere Gedanken und Gefühle, unseren Leib und die Probleme unseres Alltags verstehen.

Wir brauchen auch die Sprache der Frösche. Das ist die Sprache der Träume, des Unbewussten.

Erst wenn wir diese beiden Sprachen beherrschen, vermögen wir die Sprache der Vögel, die spirituelle Sprache, zu lernen. Die Spiritualität braucht also erst eine solide Grundlage, damit sie echt und reif wird.

Welcher König, der ausziehen will, um mit einem anderen König Krieg zu führen, wird sich nicht zuvor hinsetzen und nachdenken, ob er mit zehntausend Mann dem entgegentreten kann, der mit zwanzigtausend gegen ihn anrückt? Andernfalls schickt er, solange jener noch fern ist, eine Gesandtschaft und bittet um Frieden.

Lukas 14,31–32

Was das Märchen von den drei Sprachen in einer bildhaften Sprache ausgedrückt hat, hat schon Jesus in seinem Gleichnis ähnlich gesehen. Im Lukasevangelium sagt Jesus: Der

König steht für das innere Selbst. Die zehntausend Soldaten sind Bild für meine eigene Willenskraft, für meine Disziplin, meinen Verstand, meinen Ehrgeiz. Ich möchte die Feinde meiner Seele, meine Fehler und Schwächen, besiegen. Doch wenn ich gegen meine inneren Feinde kämpfe, entwickle ich eine so starke Gegenkraft, dass ich ständig damit beschäftigt bin. Im Bild gesprochen: Ich werde meine ganze Energie damit verbrauchen, um Befestigungsanlagen gegen die Feinde zu errichten. Ich werde immer nur mit Kampf beschäftigt sein und habe keine Energie mehr zum Leben.

Jesus rät mir, ich solle Frieden schließen mit den Feinden. Dann könnten aus Feinden Freunde werden. Dann wird mein Land weiter. Statt zehntausend Soldaten habe ich nun dreißigtausend. Mein innerer Horizont wird weiter und meine Kräfte nehmen zu.

10
Gedanken und Gefühle

Die frühen Mönche haben ihren geistlichen Weg vor allem als Umgang mit den neun Seelen- und Bewusstseinsmächten, den so genannten *Logismoi,* verstanden. Diese Seelen- und Bewusstseinsmächte sind gefühlsbetonte Gedanken oder auch Überlegungen und Gedankengebäude. *Evagrius Pontikus* kann sie auch Leidenschaften nennen oder Triebe. Und er bezeichnet sie oft als Dämonen. Dämonen sind ein Bild für die Kraft dieser Gedanken und Gefühle. Sie können den Menschen auch beherrschen und ihn so von seinem eigentlichen Wesen abbringen. Die Voraussetzung für den Kampf mit den Leidenschaften ist, dass ich sie zulasse. *Evagrius* rät uns, dass wir uns mit ihnen vertraut machen sollen. Sonst können wir nicht mit ihnen ringen. In den Leidenschaften steckt auch eine Kraft. Wenn wir sie unterdrücken, fehlt uns ihre Kraft. Es geht nicht darum, gegen die Leidenschaften zu kämpfen, sondern mit ihnen zu ringen, um die Kraft, die in ihnen steckt, für unseren Weg zu Gott zu nutzen.

Das Ziel der Auseinandersetzung mit den neun Seelenmächten ist der innere Frieden (*Apatheia*, das Nichtleiden). Für *Evagrius* ist er die Gesundheit der Seele. Sie ist kein gefühlloser Zustand, sondern ein Zustand, in dem ich frei bin vom pathologischen Verhaftetsein an meine Leidenschaften. Ich kenne meine Leidenschaften und integriere sie in meine Beziehung zu Gott. Sie be-

> Ein Bruder kam zum Altvater Poimen und sagte: Vater, ich habe vielerlei Gedanken und komme durch sie in Gefahr. Der Altvater führte ihn ins Freie und sagte zu ihm: Breite dein Obergewand aus und halte die Winde auf! Er antwortete: Das kann ich nicht! Da sagte der Greis zu ihm: Wenn du das nicht kannst, dann kannst du auch deine Gedanken nicht hindern, zu dir zu kommen. Aber es ist deine Aufgabe, ihnen zu widerstehen.[25]

herrschen mich nicht mehr, sondern dienen mir und meinem Weg zu Gott.

Für *Evagrius* handelt es sich um den Zustand eines tiefen inneren Friedens, „der unter dem Einfluss der Liebe aus der vollen und harmonischen Integration des emotionalen Lebens entsteht".[26] Wer diesen Zustand erlangt hat, der ist innerlich gesund und reif geworden. Dessen Liebe ist nicht mehr vermischt mit infantilen Vorstellungen oder von narzisstischen Tendenzen, von Besitzansprüchen oder Machtbedürfnissen beeinträchtigt.

Cassian hat die *Apatheia* mit „Reinheit des Herzens" übersetzt. Der Umgang mit den Leidenschaften führt also in einen Zustand der inneren Klarheit und Lauterkeit, in dem ich frei bin von Nebenabsichten. Ich bin durchsichtig auf mein wahres Wesen hin und auf Gott hin. Ich bin innerlich frei und ich bin lauter. In uns allen steckt eine tiefe Sehnsucht nach dieser inneren Lauterkeit. Denn oft genug erfahren wir uns als innerlich beschmutzt von den Emotionen unserer Umgebung oder von irgendwelchen gierigen Wünschen und aggressiven Gefühlen. Die Reinheit des Herzens ist die Voraussetzung, dass wir so zu lieben vermögen, wie Jesus es uns vorgelebt hat.

Evagrius teilt die neun Seelenmächte jeweils den drei Bereichen im Menschen zu, dem begehrlichen, dem emotionalen und dem geistigen Bereich.

Die Triebe

Im begehrlichen Teil sind die drei Grundtriebe des Menschen wie Essen, Sexualität und Besitzstreben. Die Triebe haben die Aufgabe, mich zum Leben anzutreiben, ja letztlich sollen sie mich zu Gott hin treiben. Wenn ich die Triebe jedoch unterdrücke, werden sie sich ständig bemerkbar machen. Sie werden meine Energie auf sich ziehen, anstatt mich anzutreiben, mich mit allen Kräften Gott hinzugeben.

Das *Ziel des Essens* ist, das Leben zu genießen und letztlich mit Gott eins zu werden. In der Eucharistie wird der Sinn des Essens deutlich. Da genießen wir im Brot und Wein die menschgewordene Liebe Gottes in Jesus Christus. Da werden wir mit

Gott eins. Aber ich kann mit Essen auch meine innere Leere zustopfen, meine Unzufriedenheit, meinen Mangel an Liebe verdrängen. Doch dann werde ich unfähig zu genießen. Ich werde nicht eins mit mir, sondern innerlich zerrissen. Ich fühle mich getrieben und unfähig, das Maß des Essens und Trinkens zu leben, das mir gut tut. Im schlimmsten Fall kann Essen oder Trinken zur Sucht werden. In der Sucht weiche ich der Realität meines Lebens aus.

Das *Ziel der Sexualität* ist die Lebendigkeit und Ekstase. Die Sehnsucht, die in unserer Sexualität steckt, ist letztlich die Sehnsucht, sich im Leib zu spüren, sich hinzugeben, in der Ekstase eins zu werden mit dem andern, sich selbst in der Ekstase zu vergessen und im Einswerden mit dem andern zu verschmelzen. Diese Sehnsucht kann durch noch so viele sexuelle Erlebnisse nie ganz erfüllt werden. Sie verweist uns letztlich auf Gott. In der Sexualität – so sagt *Hans Jellouschek* – steckt ein Transzendenzpotenzial. Nur wenn wir uns in ihr der Transzendenz öffnen, kommt sie zu ihrer Erfüllung. Die Mystiker haben die Sexualität in ihren spirituellen Weg integriert. Sie haben ihre Erfahrungen mit Gott in einer erotischen Sprache beschrieben. Aber Sexualität kann den Menschen auch beherrschen. Menschen, die von ihrer Sexualität getrieben werden, sind oft nicht wirklich in ihrem Leib. Weil sie sich nicht spüren, brauchen sie die Sexualität, um überhaupt etwas zu fühlen. Die Sexualität wird dann zum Ersatz für das ungelebte Leben. Und sie wird zur Flucht vor der Realität. Es kommt also darauf an, wie ich mit meiner Sexualität umgehe, ob ich sie als Quelle der Spiritualität nutze oder aber mich von ihr bestimmen lasse und in ihr meine unbefriedigten Bedürfnisse nach Nähe, nach Potenz, nach Beherrschen auslebe.

Im *Streben nach Besitz* steckt die Sehnsucht, Ruhe zu finden. Doch Besitz kann auch besessen machen. Und dann sind wir ständig in Unruhe und Angst, unseren Besitz zu bewachen und zu vermehren. Der wahre Reichtum ist in uns. Jesus spricht von der kostbaren Perle und vom Schatz im Acker, der im Acker unserer Seele zu finden ist. Der

Schatz ist ein Symbol für das wahre Selbst. Nur wenn wir den Reichtum in uns entdecken, kommen wir zur Ruhe. Der äußere Reichtum – so meint *C. G. Jung* – hat die Tendenz, in uns die Maske zu verstärken. Dann verschanzen wir uns hinter der Maske und verlieren die Beziehung zu unserem Selbst.

Eine Frau erzählte von ihrem Mann, der wirtschaftlich sehr erfolgreich ist. Aber ihm geht es nur noch um das Geld. So erreicht sie ihn im Gespräch nicht mehr. Sie spürt seinen innersten Kern nicht mehr. Auf diese Weise kann uns der Besitz davon abhalten, reif zu werden und mit unserem Selbst in Berührung zu kommen. Wer nur um sein Geld kreist, der bleibt ewig infantil. Er weigert sich, den Weg schmerzlicher Selbsterkenntnis und den Weg der Selbstwerdung zu gehen.

Alle drei Triebe können auch zur Sucht werden. In der Sucht werde ich von den Trieben beherrscht und ich fliehe vor der Realität meines Lebens und vor der Auseinandersetzung, in die mich der Weg der Menschwerdung stellt. In der Sucht bleibe ich letztlich im Mutterschoß sitzen. Ich lasse mich von außen zufrieden stellen, weil ich in mir keinen Frieden habe. Ich kann mich nicht aushalten. Und ich kann und will meine Sehnsucht nicht spüren. Denn sie erinnert mich daran, über mich hinaus zu gehen und mich nach Gott auszustrecken. So unterdrücke ich die inneren Regungen der Sehnsucht und ertränke sie in der Sucht.

Die Emotionen

Die drei Seelenmächte des emotionalen Teils sind Zorn, Traurigkeit und innere Zerissenheit *(Akedia)*.

Die *Aggressionen* gehören zu mir. Sie wollen mir die Kraft schenken, die Probleme anzupacken und mein Leben selbst in die Hand zu nehmen. Und sie wollen das Verhältnis von Nähe und Distanz regeln. Die Aggression als Lebensenergie zu nutzen bedeutet nicht, dass ich andere anschreie, sondern dass ich klare Grenzen setze und dass ich die Dinge anpacke, die anstehen. Wenn ich die Aggression unterdrücke oder mich von ihr bestimmen lasse, dann drückt sie sich aus in Zorn, Wut und

Groll. Dann bin ich gegen alles und jeden. Ich bin unzufrieden und nörgele an allem herum.

Die Aggression ist neben der Sexualität die wichtigste Lebensenergie. Daher braucht es besondere Sorgfalt, mit ihr umzugehen. Wer sie unterdrückt, dem fehlt es an Lebendigkeit. Und oft genug wird er depressiv. Wer sich seiner Aggression nicht bewusst wird, der lebt sie unbewusst aus, oft genug unter einem frommen Deckmantel. Ich wundere mich manchmal, wie aggressiv fromme Menschen sind. Sie gebrauchen oft brutale Schimpfworte gegenüber Andersdenkenden. Sie kritisieren ihre Mitmenschen und die Pfarrei, dass sie nicht spirituell genug sind. Aber von ihnen geht keine Einladung zur Spiritualität aus. Man wendet sich lieber von ihnen ab, weil sie eine unangenehme Ausstrahlung haben. Manchmal wünschen sie die, die die Bibel anders deuten als sie selbst, in die Hölle. Da spürt man, dass sie ihre Aggressionen nicht in ihren geistlichen Weg integriert

Evagrius Ponticus schildert den Zorn auf sehr interessante Weise:
Der Zorn ist die heftigste der Leidenschaften. Er ist ein Aufwallen des erregbaren Teiles der Seele, das sich gegen jemanden richtet, der einen verletzt hat, oder von dem man sich verletzt glaubt. Er reizt ohne aufzuhören die Seele dieses Menschen und drängt sich vor allem während der Gebetszeit ins Bewusstsein. Dabei lässt er das Bild der Person vor seinen Augen aufsteigen, die ihm Unrecht getan hat. Manchmal hält er längere Zeit an und wandelt sich dabei zum Groll, der schlimme Erfahrungen während der Nacht verursacht. Meistens wird der Körper dadurch geschwächt. Es kommt zu mangelnder Nahrungsaufnahme. Jener Mensch wirkt dann blass und immer stärker plagen ihn im Traum Bilder, wie er von wilden, giftigen Tieren angegriffen wird. Immer wieder stellt er fest, dass vor allem diese vier zuletzt genannten Wirkungen seines Grolls viele seiner Gedanken begleiten.[27]

haben, sondern sie unbewusst ausagieren und oft genug im Namen Gottes auf recht hartherzige Art ausleben. Oder es gibt Menschen, die nach außen hin freundlich sind. Aber hinter der freundlichen Fassade spürt man die aggressiven Pfeile, die davon ausgehen. In Gesprächen erlebe ich manchmal Menschen mit einer passiven Aggression. Sie sind nach außen hin ganz freundlich. Aber wenn ich eine Stunde mit ihnen gesprochen habe, bin ich ganz aggressiv. Früher habe ich die Schuld dann immer bei mir gesehen. Jetzt sehe ich, dass sich ihre unterdrückte Aggression auf mich legt.

Traurige Gefühle gehören zum Menschen. Wir sind nicht nur voller Freude. Wir dürfen der Trauer nicht aus dem Weg gehen, weder der Trauer über den Tod lieber Menschen noch der Trauer über das eigene ungelebte Leben oder über den Abschied von Illusionen, die wir uns vom Leben gemacht haben. Solche Trauer gehört zum Reifungsweg. Manchmal sind traurige Gefühle auch der Nährboden, auf dem kreatives Tun gedeiht. Wenn ich mich aber meiner Trauer nicht stelle, dann wird sie zur Traurigkeit. *Evagrius* unterscheidet zwischen Trauer und Traurigkeit. Die versteht er als Selbstmitleid. Ich kreise dann immer um mich und bedauere mich selbst, dass alles so schlimm ist und keiner sich um mich kümmert. Die Trauer bricht in Tränen aus und reinigt uns. Die Traurigkeit ist dagegen nur weinerlich. *Evagrius* vergleicht sie mit einem kleinen Kind, das schreit, weil man ihm seine Puppe genommen

> Abbas Agathon sprach: Selbst wenn ein Zorniger einen Toten erweckte, findet er nicht Annahme bei Gott.[28]
>
> Altvater Ammonas sagte: Vierzehn Jahre habe ich in der Sketis verbracht und habe Tag und Nacht Gott gebeten, er möge mir die Gnade gewähren, den Zorn zu überwinden.[29]

> Traurigkeit kann bisweilen entstehen, wenn der Mensch seine Wünsche nicht erfüllt bekommt. Manchmal tritt sie auch in Begleitung des Zornes auf. Entsteht sie als Folge nicht erfüllter Bedürfnisse und Wünsche, dann meistens auf folgende Weise: Ein solcher Mensch denkt zunächst an zu Hause, an seine Eltern oder an das Leben, das er früher geführt hat. Wenn er diesen Gedanken keinen Widerstand entgegensetzt, ja ihnen sogar bereitwillig folgt, oder sich sogar, wenn auch nur in der Vorstellung, Vergnügungen hingibt, dann nehmen sie ihn ganz in Besitz. Schließlich aber verblassen diese Vorstellungen, an denen er sich ergötzte, und er versinkt in Traurigkeit. Seine gegenwärtigen Lebensumstände verhindern es ja, dass sie wieder Wirklichkeit werden. Und so wird jener unglückliche Mensch in dem Maße bekümmert, wie er sich solchen Gedanken ausgeliefert hat. *Evagrius Ponticus*[30]

hat. So kann der Traurige Gott nicht verzeihen, dass er ihm nicht alle Wünsche erfüllt. Er bleibt in seiner infantilen Weinerlichkeit stecken, anstatt sich auf das Leben einzulassen. Auf dem Grund der Traurigkeit sind übertriebene Wünsche an das Leben. Weil sie nicht in Erfüllung gehen, reagiert man traurig wie ein beleidigtes Kind.

Innere Zerissenheit (*Akedia,* die Nicht-Sorge, Nicht-Achtsamkeit) ist die Unfähigkeit, im Augenblick zu leben. Ich habe weder Lust zu arbeiten noch zu beten. Ja, nicht einmal das Nichtstun kann ich genießen. Ich kann nicht bei dem bleiben, was ich gerade tue. Ich fühle mich in meiner Haut nicht wohl. Ich gehe von einem zum andern. Ich lese Zeitung. Doch sie ist mir zu langweilig. Dann gehe ich spazieren. Aber das Wetter passt mir nicht. Dann gehe ich zurück ins Haus. Aber auch da fühle ich mich nicht wohl. Meine Strümpfe jucken. Auf einmal drückt mich meine Brille. Ich könnte aus der Haut fahren, bin unzufrieden und weiß nicht, was ich eigentlich soll. Ich schimpfe auf Gott, dass er mir dieses Leben zugemutet hat.

Und ich bin enttäuscht von den Menschen, die mich nicht verstehen und keine Zeit haben, sich mit mir zu unterhalten. Doch wenn sie sich mir zuwenden, ist es mir auch lästig. Dann möchte ich lieber allein sein. Wenn ich aber allein bin, fühle ich mich verlassen.

Evagrius meint, auf diese Weise zerreiße unsere Seele. Wir haben keine Mitte mehr in uns. Wir sind nicht in Berührung mit uns selbst. Menschen, die die eigene Mitte verloren haben, sind anfällig für extreme Formen der Spiritualität. Sie erhoffen sich von einer strengen Askese die Rettung ihrer kaputten Seele. Doch oft halten sie diese Härte sich selbst gegenüber nicht durch. So schwanken sie zwischen Strenge und Laxheit, zwischen fundamentalistischen Meinungen und einer völlig liberalen Haltung sich selbst gegenüber. Oft haben sie Alkoholprobleme. Sie schwanken zwischen Härte und Versumpfen hin und her. Menschen mit einer zerrissenen Seele möchten fromm sein, merken aber gar nicht, dass ihre Spiritualität nur gewollt ist, aber nicht echt. Von ihnen geht keine geistliche Ausstrahlung aus, sondern eher eine unangenehme, aggressive und kalte. Weil sie nicht bei sich sind, suchen sie von äußeren Formen ihr Heil. Weil sie keine Mitte haben, wenden sie sich extremen Formen der Spiritualität zu.

Die Heilung der inneren Zerissenheit sieht *Evagrius* einmal in einer guten Strukturierung des Tages. Weil meine Seele chaotisch ist, lege ich mir eine äußere Ordnung auf, damit auch mein Inneres in Ordnung kommen kann. Und ich muss durch meine Unzufriedenheit zu meinem wahren Wesen vordringen. Wer bin ich im Tiefsten eigentlich? Und was möchte ich mit meinem Leben? Dann werde ich langsam frei von dem Vorwurf an andere, sie seien schuld, dass mein Leben nicht gelingt. Und ich benutze die äußere Situation nicht mehr als Vorwand, dass ich nicht im Frieden leben kann. *Evagrius* sieht den Dämon der *Akedia* als den gefährlichsten an, weil er den Menschen seiner Mitte beraubt und ihn innerlich zerreißt: „Wird dieser Dämon aber besiegt, dann folgt so schnell kein anderer Dämon; ein Zustand tiefen Friedens und unaussprechbarer Freude ist die Frucht eines siegreichen Ringens mit ihm.“[31]

Der Geist

Dem geistigen Bereich ordnet *Evagrius* die drei Tendenzen zu: sich in den Mittelpunkt zu stellen (Ruhmsucht), sich mit andern zu vergleichen (Neid) und sich über andere zu stellen (Hybris, Stolz). Statt bei sich zu bleiben und in sich zu ruhen, ist der Geist ständig bei andern.

In der *Ruhmsucht* definiere ich mich völlig von der Meinung anderer. Die Ruhmsucht – so meint *Evagrius* – hat für die jungen Mönche durchaus ihre Berechtigung. Sie zwingt sie, Disziplin zu üben und auf ihrem geistlichen Weg voranzukommen. Die Ruhmsucht kann aber auch uns Ältere motivieren, sorgfältig zu arbeiten. Sie wird immer in uns sein und uns begleiten. Aber die Frage ist, ob wir uns von ihr beherrschen lassen. Dann würden wir ständig darauf aus sein, von allen geachtet und bewundert zu werden. Wer meint, er sei völlig über die Ruhmsucht erhaben, der merkt gar nicht, wie viel Sucht nach Anerkennung in

> Der Gedanke der Ruhmsucht ist ein recht schwieriger Geselle. Er entsteht gern in Menschen, die tugendhaft leben möchten. In ihnen weckt er das Verlangen, anderen mitzuteilen, wie schwierig ihr Ringen sei. Sie suchen damit die Ehre der Menschen. So gefallen sich solche Menschen zum Beispiel sich vorzustellen, wie sie Frauen heilen; Laute, die sie vernehmen, halten sie für Schreie der Dämonen, und gerne malen sie sich aus, wie Menschenmassen ihre Kleider berühren. Der Gedanke der Ruhmsucht möchte sie sogar glauben machen, dass sie eines Tages zum Priester geweiht würden. Sie stellen sich vor, wie Menschen an ihre Türe klopfen, die sie abholen möchten, um mit ihnen zu sprechen und sie drängen, mitzukommen, wenn sie zaudern. Ist ein solcher Mensch dann auf diese Weise durch nichtige Hoffnung aufgebläht, lässt der Dämon der Ruhmsucht von ihm ab, um vom Dämon des Stolzes oder der Traurigkeit abgelöst zu werden … *Evagrius Ponticus*[32]

seinem geistlichen Weg und in seinem Erzählen über seine Glaubenserfahrungen steckt. Es geht darum, die Sehnsucht nach Anerkennung und Lob wahrzunehmen und sich dann davon zu distanzieren. Dann bin ich mit meiner Ruhmsucht durchlässig für Gott. Ich kann die Ruhmsucht nicht auslöschen. Aber ich kann sie relativieren und sie in den Dienst Gottes stellen.

Neid entsteht immer, wenn ich mich mit andern vergleiche. Neidische Menschen möchten immer gut dastehen, besser als die anderen. Das führt dazu, dass sie die andern entwerten, um sich selbst aufzuwerten. Oder aber sie entwerten sich selbst, weil sie keine Chance sehen, gegenüber dem andern besser dazustehen. Im Neid steckt die Sehnsucht nach gelingendem Leben. Doch diese Sehnsucht wird hier nie ganz erfüllt.

So verweist mich der Neid einmal darauf, dankbar anzunehmen, was Gott mir geschenkt hat, und mich mit meinem Leben auszusöhnen. Zum andern fordert mich der Neid auf, meine Sehnsucht auf Gott zu richten. Er allein vermag mein Sehnen zu erfüllen. Es ist nicht so wichtig, wie gut ich bei andern Menschen ankomme. Es ist nicht wichtig, ob andere manches besser können als ich. Entscheidend ist, dass ich mein eigenes Leben lebe und meine Talente entfalte, ohne mich mit andern zu vergleichen.

Die dritte Weise, wie der Geist vor der eigenen Wahrheit davonläuft, ist der *Stolz (Hybris)*. Er ist die Weigerung, mich in meiner Begrenztheit anzunehmen. Ich habe mir ein so hohes Idealbild gemacht, dass ich nicht bereit bin, meine Wirklichkeit in ihrer Durchschnittlichkeit und Banalität zu akzeptieren. Ich verschließe die Augen vor meiner Realität. Der Stolz ist eine Gefahr für den geistlichen Weg. Wer sich ihr nicht stellt, der merkt gar nicht, dass er seine Spiritualität dafür missbraucht, sich über andere zu stellen. Er will sich damit nur interessant machen.

C. G. Jung sieht die größte Gefahr der Hybris darin, dass ich mich mit archetypischen Bildern identifiziere. Archetypische Bilder wollen in uns etwas in Bewegung bringen, etwa das Bild des Propheten, des Märtyrers, des Opfers, des Heilers und Helfers. Doch wenn ich mich mit einem dieser Bilder identifiziere, werde ich blind für meine eigene Wirklichkeit und meine Bedürfnisse. Da lebe ich dann unter dem Vorwand, anderen zu helfen, mein eigenes Bedürfnis nach Nähe oder nach Macht aus. Oder wenn ich mich als Prophet fühle, merke ich gar nicht, wie autoritär und rechthaberisch ich in Wirklichkeit bin. Wer sich mit dem Bild des Märtyrers identifiziert, der wird unter diesem Bild seine Aggressivität ausleben. Neben einem Märtyrer oder neben einem Opferlamm vermag man kaum zu leben. Da wagt man es nicht, aufzuatmen und sich etwas zu gönnen.

Es ist immer schön, solche banalen Seiten an mir mit einem frommen Mantel zu umkleiden. Dann brauche ich nicht in die Abgründe meiner Seele zu schauen. Ich meine, alles in mir sei fromm und entspreche dem Willen Gottes. Doch in Wirklichkeit lebe ich meine eigenen verdrängten Aggressionen und meine unterdrückte Sexualität damit aus. Wenn geistlicher oder sexueller Missbrauch geschieht, haben wir es fast immer mit dem Phänomen der Identifikation mit dem archetypischen Bild des Heilers oder Helfers zu tun. Ich lebe mein Bedürfnis nach Nähe und Sexualität unter dem Deckmantel aus, dem andern meine Liebe und Nähe zu zeigen. Vor mir

Der Dämon des Stolzes ist Ursache für den schlimmsten Fall des Menschen. Er nämlich verführt den Mönch dazu, nicht in Gott die Ursache seiner tugendhaften Handlungen zu suchen, sondern bei sich selbst. Seine Mitbrüder hält der Stolze für dumm, nur weil sie nicht die gleiche Meinung haben wie er selbst. Zorn und Traurigkeit folgen diesem Dämon auf dem Fuß und zu guter Letzt befällt den Stolzen die schlimmstmögliche Krankheit, er wird geistesgestört, verfällt dem Wahnsinn und unterliegt Halluzinationen, die ihm ganze Scharen von Dämonen am Himmel vorgaukeln. *Evagrius Ponticus*[33] selbst würde ich mir nie eingestehen, dass ich voller Gier und Triebhaftigkeit bin. Das würde ja meinem frommem Image widersprechen. Die Identifikation mit dem Archetyp des Helfers oder Heilers ermöglicht es mir, meine Triebe auszuleben, ohne sie mir einzugestehen. Gerade deshalb ist die Hybris so gefährlich. Nicht umsonst schreibt *Evagrius*, dass sie uns in den Wahnsinn treiben kann.

Jesus heilt den Blindgeborenen, indem er auf den Boden spuckt und ihm Dreck in die Augen schmiert (vgl. Johannes 9,1–12). Er möchte ihm damit sagen: Du musst dich in deiner Menschlichkeit, in deiner Erdhaftigkeit annehmen. Und du musst anerkennen, dass es in dir auch schmutzige Bereiche gibt. Jesus schickt den Blindgeborenen dann zum Teich Schiloach. *Schiloach* heißt übersetzt: „Der Gesandte". Christus selbst ist der Gesandte. Der Blinde soll sich mit seinem Dreck Christus hinhalten. Dann vermag er wieder zu sehen. Es braucht die Demut, damit die Hybris geheilt wird. Die Demut ist der Mut, hinabzusteigen in die eigene Wirklichkeit, in den Dreck, der auch in mir ist. Nur wenn ich mich damit aussöhne und ihn Gott hinhalte, kann er zu einem fruchtbaren Ackerboden werden, auf dem meine Seele zur Blüte kommen kann. Die Demut befreit mich von der Blindheit, die durch die Identifizierung mit einem archetypischen Bild entsteht. Und sie ermöglicht mir den Kontakt mit dem eigenen Schatten, mit dem Ackerboden in mir. Nur so vermag die Gestalt, die Gott mir eingestiftet hat, in mir zu wachsen und so zu reifen, dass Gott in mir verherrlicht wird.

- Was sind bei Ihnen die bellenden Hunde, die Sie auf den Schatz in Ihrem Inneren hinweisen möchten? Was ist Ihr Hauptproblem?
- Versuchen Sie, die bellenden Hunde nicht zu bewerten und nicht dagegen zu kämpfen. Denn wenn Sie die Hunde einsperren, müssen Sie ständig in der Angst leben, dass sie doch irgendwann ausbrechen und Sie verschlingen.
- Reden Sie freundlich mit ihnen, mit Ihrer Aggression, mit Ihrer Traurigkeit, mit Ihrer Sexualität, mit Ihrem Neid, mit Ihrem Stolz. Werten Sie nicht und verurteilen Sie sich nicht.
- Spüren Sie vielmehr in sich hinein, wo der Schatz liegen könnte, auf den die bellenden Hunde weisen, und was dieser Schatz sein könnte.

11
Der Leib

Gott spricht zu uns in unserem Leib. Davon waren die Wüstenväter überzeugt. Der geistliche Vater schaute den Schüler genau an, wie er sich in seinem Leib gibt, wie seine Gebärden sind, wie seine Stimme tönt und wie seine Mimik oder die gesamte Ausstrahlung ist. Daran erkennt er, ob er wirklich durchlässig ist für den Geist Jesu Christi oder ob er nur vorgibt, Christus nachzufolgen.

Der Leib ist ein Barometer, der uns anzeigt, ob wir wirklich transparent für Christus sind, ob sein Geist in die Tiefen unseres Leibes und unserer Seele eingedrungen ist und uns prägt oder ob uns ganz andere Tendenzen prägen. Oft drückt der Leib von Frommen Angst aus. Das erkennt man an den verkrampften Schultern oder an zusammengebissenen Zähnen. Oder aber sie sind in ihrem Leib hart und unempfindlich geworden. Bei manchen ist der Rücken wie ein Brett geworden. Man hat alle Gefühle verdrängt und den Rücken gleichsam als Müllhalde für die unterdrückten Gefühle benutzt. Die geistlichen Väter brauchten ein geübtes Auge, um allem, was sie wahrnahmen, auf den Grund zu schauen. Sie erkannten im Leib den Geist eines Menschen.

Gott spricht zu uns in den Krankheiten. Da weist er uns oft auf Seiten hin, die wir nicht beachtet haben. Dabei geht es nicht darum, nach Schuld zu fragen. Ich kann nicht sagen, dass ich durch meine verdrängten Gefühle schuld bin an meiner Krankheit. Wenn ich nur nach meiner Schuld an der Krankheit suche, werde ich von Schuldgefühlen überschwemmt. Und die hindern mich gerade am Gesundwerden. Ich soll nicht in der Vergangenheit forschen, sondern die Krankheit als Anruf verstehen, in dem Gott mich darauf hinweisen will, bewusster und angemessener zu leben. Vielleicht habe ich mein Maß überschritten. Vielleicht sollte ich behutsamer mit mir umgehen. Vielleicht sollte ich genauer in mein Inneres schauen, was sich da auf dem Grund meiner Seele regt. Oft haben wir in uns eine Ahnung, was für uns stimmt. Aber dann überhören wir, was uns der Leib sagt. Wir leben einfach so weiter. Dann muss Gott oft lauter zu uns sprechen, etwa in einer Krankheit, die uns die Augen dafür öffnet, dass wir an uns vorbeileben. Die Krankheit ist oft ein Mahnruf Gottes, den wir nicht überhören sollten.

Viele wollen diesen Mahnruf nicht hören. Sie betrachten ihren Leib rein naturwissenschaftlich. Wenn er krank ist, hat es immer nur äußere Ursachen. Sie weigern sich, durch ihre Krankheit in ihre Seele zu schauen. Damit aber schneiden sie ihren Leib von ihrer Beziehung zu Gott ab und überhören die Stimme Gottes in ihrem Leib. Die Krankheit kann zur spirituellen Herausforderung werden, mich zu befreien von der Illusion, ich bräuchte nur genug zu beten oder gesund zu leben, dann könne mir nichts passieren. Und die Krankheit kann mir zeigen, worauf es eigentlich in meinem Leben ankommt. Es geht nicht darum, möglichst gesund zu sein und möglichst viel zu leisten, sondern durchlässig zu sein für Gott, durchlässig in meiner Gesundheit und in meiner Krankheit, in meiner Kraft und in meiner Ohnmacht.

Zu einer reifen Frömmigkeit gehört es, dass ich eine gute Beziehung zu meinem Leib habe, dass ich für ihn sorge, ohne übertrieben um ihn zu kreisen. Und zur Frömmigkeit gehört es, dass ich den Glauben in den Leib eindringen lasse. Der Leib enthüllt unsere Wahrheit. Ob ich wirklich im Glauben feststehe, das kann ich an meinem Stand erkennen. Wenn ich eng, verkrampft oder unsicher dastehe, dann ist mein Glaube sehr schwach. Ich möchte glauben; aber in Wirklichkeit habe ich im Glauben keinen festen Stand in Gott gefunden. Glauben heißt nach der Bibel eigentlich: Stehvermögen haben, in Gott feststehen, auf einem Felsen stehen.

Ob ich Vertrauen in Gott habe, das kann ich an meinem Atem erkennen. Ich kann im Atem einüben, mich in Gott hinein loszulassen. Am Ende des Ausatmens ist ein Augenblick, in dem nichts ist. In diesem Augenblick geht es darum, sich in Gott hinein loszulassen. Wer sofort den Atem in sich einziehen muss, der zeigt, dass er sich nicht wirklich in Gott hinein fallen lässt. Ich erschrecke oft, wie manche ihren Mund voll nehmen und große spirituelle Wahrheiten verkünden. Doch ihrem Leib sieht man an, dass das alles nicht stimmt. Sie sehnen sich nach Gott. Aber sie möchten ihre eigene Wahrheit dabei überspringen. Sie möchten zu Gott an ihrem Leib vorbei kommen. Doch das ist kein reifer Weg. Das Überspringen führt immer in eine Sackgasse.

- Wie fühlen Sie sich in Ihrem Leib? Haben Sie ein Gespür, wo Sie verkrampft sind, sich an sich selbst festhalten? Spüren Sie in diese Stellen hinein und versuchen Sie, sich loszulassen. Es geht nicht darum, nur die Muskeln loszulassen, sondern sich selbst in der Haut und in den Muskeln und im Atem loszulassen.
- Wie sehen Sie Ihre Krankheiten? Sind Sie oft krank? Worauf reagieren Sie mit Krankheit? Was will Gott Ihnen durch Ihre Krankheiten sagen? Worauf sollten Sie achten? Was sollten Sie ändern? Wo sollten Sie bewusster und achtsamer leben?

12
Die Träume

Schon die Bibel weiß darum, dass Gott zu uns im Traum spricht. Gott kann uns im Traum eine Botschaft vermitteln. Aber auch die Träume, die nicht auf den ersten Blick fromm zu sein scheinen, wollen uns etwas Wichtiges für unseren geistlichen Weg sagen.

Die *erste Bedeutung der Träume* besteht darin, dass Gott uns darin sagt, wie es um uns steht, was wir verdrängt haben. Wir meinen vielleicht, wir seien in Frieden mit uns selbst. Doch der Kriegstraum zeigt uns, dass wir noch mitten im Krieg mit uns selbst stecken. Wir glauben, wir würden unser Leben selbst in die Hand nehmen. Doch der Traum zeigt uns das innere Chaos. Da geht alles drunter und drüber. Da ist unsere Wohnung nicht aufgeräumt. Und wir finden nicht, was wir suchen. Der Traum deckt uns unsere tiefere Wirklichkeit auf. Und es braucht Demut, sich dieser Wirklichkeit zu stellen. Es geht dann darum, den Traum im Gebet vor Gott zu halten und zu akzeptieren: Das bin ich auch. So sieht es in mir aus. Gott möge das innere Durcheinander ordnen und das Dunkle erhellen.

Die *zweite Bedeutung der Träume* ist, dass Gott uns oft die Schritte angibt, die wir gehen sollen, damit unser Leben gelingt und wir ein ganzer Mensch werden. Er gibt uns gleichsam das spirituelle Programm an, das wir erfüllen sollen. Und dieses Programm sieht oft ganz anders aus als das, das wir uns selbst auferlegt haben. Eine Frau möchte in Exerzitien einen Weg finden, wie sie eine bessere geistliche Disziplin lernen kann. Doch dann träumt sie davon, dass ihr Herz krank sei. Da merkt sie, es geht nicht um Disziplin, sondern um ihr Herz. Sie soll ihr Herz für Gott öffnen. Sie soll sich fragen, ob ihre Suche nach einer klaren Struktur wirklich Gottes Willen entspricht oder eher ihrem Ehrgeiz entspringt. Gott hat ihr in diesem Traum das eigentliche Thema angegeben, an dem sie in den Exerzitien arbeiten solle. Sie sollte ihr Herz für Gott öffnen und Gott die intimsten Gedanken und Gefühle des Herzens hinhalten. Gott möchte nicht ihre religiöse Leistung, sondern ihr Herz.

Die *dritte Bedeutung der Träume*: Sie sind Verheißungen. In ihnen zeigt uns Gott, dass wir schon weiter sind, als wir ahnen. Da träumen wir zum Beispiel mitten in depressiven Phasen von einem Licht, das uns erleuchtet. Gott weist uns damit auf das Heilende hin, das mitten in dem Kranken in uns ist, auf das Licht mitten in unserer Finsternis. Oder Gott lässt uns von einem Kind träumen, das wir auf dem Arm halten oder das mit uns geht. Ein Kind weist immer auf das Neue hin, das in uns geboren werden möchte, auf das Ursprüngliche und Echte, mit dem wir in Berührung kommen. Aber manchmal gehen wir im Traum unachtsam mit dem Kind um. Wir lassen es fallen. Es verletzt sich. Dann ist der Traum nicht nur Verheißung des Neuen, das in uns geboren wird, sondern zugleich Mahnung, behutsam mit diesem Neuen umzugehen und uns dessen bewusst zu werden, was da in uns werden möchte.

Und schließlich gibt es *numinose Träume*, etwa der Traum von einer Kirche, von einem alten Ritual oder von religiösen Symbolen. Wir träumen von einem warmen Licht, das uns umgibt, und wissen im Traum, dass es Gott selbst ist, der uns mit seiner Liebe umgibt. Oder wir hören von irgendwoher Worte. Sie sind oft eine Botschaft, die Gott uns gibt, Weisung für unseren Weg. Oder wir wissen, der, der uns gerade begleitet, ist Jesus oder ein Heiliger. Oder wir sehen Jesus ganz deutlich vor uns, oder wir sehen auf einmal ein Bild Marias. Solche Träume hinterlassen immer eine tiefe Betroffenheit und Dankbarkeit. Manchmal können wir gar nicht unterscheiden zwischen Traum und Realität. Wir sollten dankbar sein für solche Träume und Visionen. Aber zugleich – so mahnen uns vor allem die Mystiker – sollen wir uns vor der Gefahr hüten, uns mit diesen Erfahrungen interessant zu machen und uns über andere zu stellen.

Wenn wir auf unsere Träume achten, dann brauchen wir keine Angst zu haben, dass wir nur einseitig mit unserem Willen den geistlichen Weg gehen. Wir lassen Gottes Licht bis in die Tiefen unserer Seele dringen, damit dort die Bilder verwandelt werden. Nur wenn die Bilder unseres Unbewussten von Gottes Licht erhellt werden, sind wir fähig, auch nach dem Geist Jesu zu leben.

John Eudes Bamberger, Trappist und zugleich Psychiater, drückt das auf dem Hintergrund der Lehre des *Evagrius* so aus: „Nur wo die Bilder und Ideen von Seele und Geist voll vom reinen Lichte Gottes umgestaltet sind, soweit das überhaupt möglich ist, können sich die Haltungen des Menschen und seine Aktivitäten harmonisch zur höchsten Blüte entfalten, die die früheren Missklänge aufhebt."[34]

Es braucht eine Verwandlung in der Tiefe unserer Seele. Sonst ist unser geistliches Leben nur gewollt, und zu viel Verdrängtes beeinträchtigt unsere Frömmigkeit. Die Verwandlung der Bilder unserer Seele geschieht im Traum. Wer auf seine Träume achtet, der wird nicht an seiner Wahrheit vorbeileben. Denn den Traum kann er nicht manipulieren. Im Traum kommt das hoch, was sonst nicht angeschaut wird. Im Traum weist Gott uns auf alle Höhen und Tiefen, auf alles Helle und Dunkle unserer Seele hin, damit sein Licht alles verwandelt.

- Was sind typische Träume für Sie?
- Kennen Sie immer wiederkehrende Träume? Immer wiederkehrende Träume verlangen nach einer Antwort. Welche Antwort sollten Sie geben?
- Welche Themen tauchen immer wieder in Ihren Träumen auf? Was will Gott Ihnen durch Ihre Träume sagen? Wie sieht es in Ihnen aus? Welche Schritte sollten Sie tun, damit Sie authentischer werden?
- Kennen Sie numinose Träume, die Ihren Glauben stärken?
- Und kennen Sie Träume, die Ihr Leben verwandelt haben, die Ihnen den Weg gewiesen haben zu einem erfüllteren Leben?

13
Die Beziehungen zu unseren Mitmenschen

Die Reife eines Menschen zeigt sich in seiner Beziehungsfähigkeit. Wenn jemand keine Freunde hat, ist es immer ein bedenkliches Zeichen. Ob einer beziehungsfähig ist, das liegt natürlich auch an seiner Veranlagung. Wir können für die Veranlagung nichts. Aber oft hängt die Beziehungslosigkeit auch davon ab, dass wir keine gute Beziehung zu uns selbst haben. Und daran können wir arbeiten. Nur wenn wir mit uns selbst in Beziehung sind, können wir auch gute Beziehungen zu Männern und Frauen aufbauen.

Ich habe eine Frau begleitet, die sich darüber beklagte, dass sie keine befriedigende Beziehung zu andern finde. Nach einigen Gesprächen wurde klar, woran es lag. Sie hatte immer ihre Kindheit verherrlicht. Erst als sie es wagte, auch das Dunkle und Verletzende ihrer Kindheit anzuschauen, wurde sie fähig zu echten Beziehungen. Sie musste erst mit sich und ihrer Geschichte in Beziehung treten, bevor sie andern wirklich begegnen konnte als die, die sie war. Vorher hatte sie in die Begegnung immer nur einen Teil von sich eingebracht und sich gewundert, dass die Begegnung nicht gelingt.

Wenn wir mit uns in Beziehung sind, werden wir unsere Freunde und Freundinnen nicht mit unseren Übererwartungen überfordern. Wir werden beschenkt und werden andere beschenken. Es ist ein gutes Geben und Nehmen. Wir stehen nicht unter dem Druck, uns beweisen zu müssen. Wir dürfen einfach sein und lassen die andern sein. Wir genießen die Freundschaft, ohne uns daran festzuklammern.

Es gibt eine Gefahr, eigene Beziehungsunfähigkeit religiös zu überhöhen. Wenn jemand meint, er brauche nur Gott und keine Menschen für seinen Weg, dann verdrängt er sein Bedürfnis nach wirklicher Beziehung. Manche schwärmen so von ihren religiösen oder mystischen Erfahrungen, dass sie ihre menschlichen Bedürfnisse überspringen. Sie wollen nicht wahrhaben, dass sie keine Beziehungen knüpfen können. Sie sprechen vom Einswerden mit Gott, das all ihre Sehnsucht erfüllt.

Wenn ich mit Gott eins bin, dann bin ich wirklich für einen Augenblick ganz erfüllt. In diesem Augenblick gilt das Wort von *Teresa von Ávila*: „Gott allein genügt." Aber ich kann das Einssein mit Gott nicht durchhalten. Im nächsten Augenblick bin ich wieder innerlich zerrissen. Und da brauche ich bei aller Erfahrung von Gottes heilender Nähe auch Menschen, mit denen ich mich austauschen kann.

Die Beziehung zu Gott ist kein Ersatz für die Beziehung zu einem Menschen. Eine gute Beziehung zu Gott und zu den Menschen ergänzt sich normalerweise. Gefährlich wird es, wenn ich vom Einswerden mit Gott schwärme und dabei gar nicht merke, dass ich mit diesem Schwärmen nur meine Unfähigkeit zu echter Beziehung überdecken möchte. Sobald das Schwärmen aufhört, fühle ich mich einsam und verzweifle an mir selbst.

Wenn ich in Gott gegründet bin, werde ich von andern nicht abhängig. Aber gerade diese Freiheit von

Der Weg zu einer guten Gemeinschaft nach der Regel des heiligen Benedikt. Im 72. Kapitel schreibt Benedikt:
Wie es einen bitteren und bösen Eifer gibt, der von Gott trennt und zur Hölle führt, so gibt es den guten Eifer, der von den Sünden trennt, zu Gott und zum ewigen Leben führt. Diesen Eifer sollen also die Mönche mit glühender Liebe in die Tat umsetzen, das bedeutet: Sie sollen einander in gegenseitiger Achtung zuvorkommen; ihre körperlichen und charakterlichen Schwächen sollen sie mit unerschöpflicher Geduld ertragen; im gegenseitigen Gehorsam sollen sie miteinander wetteifern; keiner achte auf das eigene Wohl, sondern mehr auf das des anderen; die Bruderliebe sollen sie einander selbstlos erweisen; in Liebe sollen sie Gott fürchten; ihrem Abt seien sie in aufrichtiger und demütiger Liebe zugetan. Christus sollen sie überhaupt nichts vorziehen. Er führe uns gemeinsam zum ewigen Leben.

Abhängigkeit lässt mich die Freundschaft auch genießen. Daher besteht eine andere Gefahr darin, dass Menschen bestimmte Beziehungen religiös überhöhen und sich abhängig von spirituellen Begleitern oder Lehrern machen. Sie leben dann ihre Bedürfnisse nach Freundschaft nicht wirklich aus, sondern sie erfüllen sie unter dem Deckmantel der geistlichen Begleitung und der Hilfe, die der geistliche Meister ihnen schenkt. Doch dann entstehen Abhängigkeiten, die keinem gut tun. Menschen schwärmen vom spirituellen Lehrer und können ohne ihn gar nicht mehr sein. Sie projizieren alle ihre Sehnsüchte in ihn hinein. Das tut weder dem Meister gut noch dem Schüler. Der bleibt in der Beziehung zum Meister selbst auf seinem inneren Weg stehen. In der Meinung, in seiner Nähe wichtige spirituelle Erfahrungen zu machen, weigert man sich, den Weg zu gehen, auf den Gott einen schickt. Man bleibt in einer infantilen Abhängigkeit vom Meister und braucht ständig seine Nähe, um sich in seiner Weisheit und Liebe zu sonnen.

Für die frühe Kirche war das neue Miteinander zwischen Juden und Griechen, zwischen Männern und Frauen, zwischen Armen und Reichen ein Zeichen, dass das Reich Gottes gekommen ist. Die benediktinische Spiritualität ist immer in der Gemeinschaft praktiziert worden. Der richtige Umgang in der Gemeinschaft war ein wichtiges Betätigungsfeld für die reife Beziehung zu Gott.

Es ist eine mühsame Aufgabe, täglich in Gemeinschaft einen spirituellen Weg zu gehen. Da kann man nicht abheben. Da muss man sich den täglichen Konflikten stellen. Da geht es darum, die Schwächen der Brüder und Schwestern zu tragen. Und es geht darum, immer wieder nach fairen Kompromissen zu suchen. Die Gemeinschaft schleift alles Extravagante ab. Sie konfrontiert uns ständig mit den eigenen Schattenseiten. Den Mitbrüdern kann man nichts vormachen. Da kommt alles ans Licht, was wir unter einem frommen Mantel verstecken möchten. Aber gerade so führt die Gemeinschaft zur Demut.

Es ist eine sehr nüchterne Spiritualität, die *Benedikt* verkündet. Er rechnet mit täglichen „Dornen der Ärgernisse“, die im Miteinander entstehen. Und er verlangt vom Abt, dass er sich diesen Ärgernissen stellt und immer wieder für den Frieden in der Gemeinschaft sorgt. Aber es ist Aufgabe jedes Einzelnen, dass das Miteinander gelingt. Es verlangt Rücksichtnahme, Verständnis für den andern und den Verzicht, über andere zu urteilen und zu richten.

Immer wenn Menschen eine sehr ideologische Spiritualität praktizieren, tun sie sich schwer, sich auf eine Gemeinschaft einzulassen. Sie spalten oft die Pfarrei oder auch die neue Gemeinschaft von Gleichgesinnten, die sie gründen oder der sie sich anschließen. Eine Zeit lang kann eine Gemeinschaft von ideologisch Geprägten ganz gut gelingen, vor allem solange sie einen gemeinsamen Gegner hat. Doch schon nach kurzer Zeit wird sie sich spalten. Denn ihre Mitglieder haben nicht gelernt, sich auf die alltäglichen Konflikte einzulassen. Sie fliehen lieber in eine Ideologie, in Rechthaberei und in einen fanatischen Kampf für die richtige Lehre. Doch alles, was unter der Oberfläche der Ideologie verdrängt worden ist, wird irgendwann hochkommen und sich dann in Aggressivität oder Intrigen gegenüber den andern ausdrücken.

Diese Gefahr besteht auch in geistlichen Neuaufbrüchen, in denen anfangs die Gemeinschaft lebendig und anziehend ist, weil alle begeistert sind. Doch wenn die Begeisterung nicht in eine reife Spiritualität verwandelt wird, die sich nüchtern den täglichen Auseinandersetzungen stellt und dabei zu Kompromissen bereit ist, wird die Gemeinschaft in kurzer Zeit auseinander fallen. Oder aber sie wird zusammengehalten durch eine starke Autorität, die alle Konflikte im Keim erstickt. Doch sobald die Autorität wegfällt, bricht die Gemeinschaft entzwei.

In der Gemeinschaft zeigt sich auch, ob die Einzelnen ein Segen für das Miteinander sind oder aber ob sie Spaltung um sich erzeugen. Wer in sich gespalten ist, der wird auch die Gemeinschaft spalten. In der Gemeinschaft gibt es Glieder, die die anderen zusammenhalten. Sie sind wie ein Bindemittel für die Gemeinschaft. Und es gibt Glieder, die die Gemeinschaft nur für sich selbst benutzen, aber nichts für sie tun. Sie stellen immer nur Forderungen an die Gemeinschaft, ohne dass sie selbst bereit sind, sich für sie einzusetzen. Wenn nicht alles nach ihren Vorstellungen geht, dann kritisieren sie die Gemeinschaft, sie sei nicht spirituell genug, oberflächlich, und jeder würde nur seinen eigenen Vorteil suchen. In der Art, wie einer sich auf die Gemeinschaft einlässt, erkennt man den Reifegrad seiner Spiritualität. Der reife Mensch ist immer auch ein Segen für andere. Um ihn herum kann sich eine Gemeinschaft bilden. Er bindet die andern nicht an sich, sondern er verbindet sie miteinander.

- Haben Sie gute Freunde? Wie wichtig sind für Sie gute Beziehungen? Was sind die Voraussetzungen, dass eine Beziehung gelingt?
- Sind Sie in Beziehung zu sich selbst? Kennen Sie Beziehungen, in denen Sie sich unfrei fühlen? Und wie schauen Beziehungen aus, in der einer den anderen frei lässt?
- Wie sieht es in Ihrer Familie, in Ihrer Pfarrei, in Ihrem Verein, in Ihrer Firma aus? Sind Sie gerne in Gemeinschaft?
- Was tragen Sie dazu bei, dass die Gemeinschaft gelingt? Was verdanken Sie der Gemeinschaft?

14
Die Arbeit

Für den heiligen *Benedikt* ist es ein wesentliches Kriterium für eine gesunde Spiritualität, ob einer sich in der Arbeit fordern lässt und ob ihm seine Arbeit gut von der Hand geht. Wenn jemand nur sehr langsam oder aber umständlich arbeitet, dann lässt das auf eine komplizierte Seele schließen. Da verbraucht jemand zu viel Energie für sich selbst und hat keine Energie für die Arbeit frei. Sich auf die Arbeit einzulassen ist ein Zeichen für die innere Freiheit. Manche benutzen Gott, um vor der Arbeit zu fliehen. Sie flüchten sich lieber in fromme Gefühle als in eine nüchterne Arbeit. Doch für *Benedikt* verweigert der, der vor der Arbeit davonläuft, sich letztlich auch Gott. Er lässt sich von Gott nicht fordern. Er missbraucht Gott für sich selbst. Er verwechselt Kontemplation mit Zeit für sich haben. In dieser Zeit kreist er um sich selbst, anstatt sich auf Gott einzulassen.

Ich erlebe immer wieder Menschen, die von ihren Gotteserfahrungen schwärmen. Aber wenn ich sie nach ihrem Alltag frage, wann sie aufstehen, wie sie ihre Arbeit verrichten, dann wird deutlich, dass ihr Leben ein einziges Chaos ist. Sie fliehen vor dem Chaos in die Spiritualität. Doch das ist keine reife Spiritualität.

Eine reife Spiritualität drückt sich in Fruchtbarkeit auch in der Arbeit aus. Wer sich Gott gegenüber geöffnet hat, der ist auch offen für die alltäglichen Verpflichtungen. Es gibt die „typisch Frommen“, die aber in der Arbeit nicht zu gebrauchen sind. Sie lassen sich auf keine Terminabsprachen ein. Sie meinen, sie würden sich nicht in Hetze treiben lassen, sondern nach ihrem Rhythmus arbeiten. Aber letztlich sind sie unfähig, mit anderen verlässlich zusammenzuarbeiten. Und so wird in ihrer Art zu arbeiten deutlich, dass sie ihr Machtbedürfnis ausagieren und dass in ihnen viel Aggression steckt. Letztlich verweigern sie sich in ihrer Frömmigkeit gegenüber Gott und gegenüber dem Miteinander in der Arbeit.

Der Zusammenhang zwischen Arbeit und Spiritualität wird schon im Lukasevangelium sichtbar. Lukas hat sein Evangelium ja bewusst an den griechischen Mittelstand gerichtet und greift daher in den Worten Jesu vor allem die Beziehung zum Besitz und zur Arbeit auf.

Wer im Kleinsten treu ist, der ist auch im Großen treu; und wer im Kleinsten unzuverlässig ist, der ist auch im Großen unzuverlässig. Wenn ihr nun mit dem ungerechten Mammon nicht treu wart, wer wird euch dann das wahre Gut anvertrauen? Und wenn ihr mit dem fremden Gut nicht treu wart, wer wird euch dann das eure geben?

Lukas 16,10–12

In der Art und Weise, wie ich mit den Dingen des Alltags, mit den Gütern dieser Welt und mit der Arbeit umgehe, zeigt sich meine Spiritualität. Ich werde die geistigen Güter (das göttliche Leben) und das wahre Eigentum (den Reichtum der Seele) nicht erlangen, wenn ich nicht zuverlässig mit dem umgehe, was mir in der alltäglichen Arbeit anvertraut ist. Viele Christen haben diese Worte Jesu übersprungen. Sie meinen, Gott würde für alles sorgen. Und dieser Glaube führt dazu, dass sie unverantwortlich mit ihren Finanzen und mit ihrer Arbeit umgehen. Sie merken gar nicht, wie sie mit ihrer Art andern zur Last fallen. Die andern müssen dann ausbaden, was sie versäumt haben.

So sollt auch ihr, wenn ihr alles getan habt, was euch aufgetragen wurde, sagen: Unnütze Knechte sind wir; wir haben getan, was wir zu tun schuldig waren.

Lukas 17,10

Auch dieses Wort Jesu im Lukasevangelium bezieht sich auf eine Spiritualität, die sich in der Erfüllung der alltäglichen Pflichten ausdrückt. Jesus kommt es darauf an, dass wir das tun, was wir uns selbst, was wir dem Leben, dem Augenblick, den Erfordernissen des Alltags gegenüber schuldig sind. Einfach tun, was dran ist, darin besteht für Jesus echte Frömmigkeit. Da kann ich mich nicht mehr in fromme Gefühle flüchten. Es kommt vielmehr darauf an, dass ich mich den Herausforderungen des Alltags stelle. Es ist eine nüchterne Spiritualität, die Jesus hier fordert. Aber sie entspricht den Weisheitslehren vieler Religionen. Die Chinesen sagen: „Tao" ist das Gewöhnliche. Ob ich das Gewöhnliche des Alltags sorgfältig verrichte, ob ich einfach tue, was ich diesem Augenblick mit seinen Anforderungen schulde, davon hängt echte Spiritualität ab.

- Wie geht es Ihnen in Ihrer Arbeit?
- Arbeiten Sie gerne? Oder spüren Sie inneren Widerstand gegen die Arbeit? Was will Ihnen der Widerstand sagen? Sollen Sie die Arbeit ändern oder Ihre Einstellung dazu?
- Geht Ihnen die Arbeit gut von der Hand? Können Sie sich in der Arbeit vergessen?
- Flüchten Sie in die Arbeit, oder fliehen Sie vor der Arbeit?
- Wie ist das Gefühl nach der Arbeit? Haben Sie den Eindruck, Sie hätten für Gott und für die Menschen gearbeitet? Dann würden Sie sich redlich müde, aber zugleich wohl fühlen?
- Wenn Sie sich erschöpft fühlen, ist es immer ein Zeichen, dass Sie nicht aus der Quelle des Heiligen Geistes geschöpft haben, sondern aus trüben Quellen falscher Einstellungen wie Perfektionismus oder Sich-beweisen-Müssen.

Teil 4

Der christliche Weg: Übungen des Glaubens, Übungen im Mensch-Werden

Die Wege, die die christliche Überlieferung uns anbietet, können alle zu einem reifen Glauben führen: die Schriftlesung (Kapitel 15), das Gebet (Kapitel 16), die Feier der Sakramente (Kapitel 17), der Mitvollzug des Kirchenjahrs (Kapitel 18). Es kommt nur darauf an, dass wir die Wege richtig verstehen und dass wir sie so gehen, dass sie uns zur Reife bringen. Dazu braucht es die richtige Brille, die richtige Sichtweise, mit der wir an die traditionellen Wege herantreten.

Wer mit einer *rigiden Brille* diese Wege geht, der wird auf dem Weg hart werden. Wer mit einer *moralisierenden Sicht* den Weg beschreitet, wird eng werden und sich oft genug überfordert fühlen. Er wird zwar einiges in sich verändern, aber zugleich wird in ihm die Angst wachsen, doch nicht so ideal zu sein, wie er vorgibt. Und er wird all seine Anstrengungen unternehmen, um sein schlechtes Gewissen zu beruhigen. Die Menschen in seiner Umgebung sehen dann nicht das, was er aus sich gemacht hat, sondern durch alles hindurch spüren sie sein schlechtes Gewissen, das auch in ihnen eher Enge und Angst oder aber Abwehr hervorruft.

Wir brauchen die *Augen des Heiligen Geistes*, der uns das Wesen der spirituellen Wege entdecken lässt. Dann werden uns die Wege immer tiefer in das Geheimnis Gottes und in das Geheimnis unseres Menschseins führen. Sie werden uns erahnen lassen, was es heißt, von Jesus Christus erlöst und befreit, geheilt und aufgerichtet zu werden.

15
Die Bibel

Der erste Weg der christlichen Überlieferung ist der *Weg der Schriftlesung*, der Lektüre biblischer Texte. Gott hat zu uns gesprochen. Wir haben sein Wort im Alten und im Neuen Testament. Es sind heilige Schriften, die heilsam sind für unser Leben.

Aber ich erlebe immer wieder Menschen, die Angst haben, die Bibel zu lesen. Sie stoßen in ihr ständig auf die Stellen, in denen von Hölle und Verdammung die Rede ist. Anstatt sich zu fragen, was diese Stellen wirklich bedeuten, sind sie so fixiert auf ihre Angst, dass sie meinen, sie würden auf jeden Fall verdammt. Andere lesen die Schrift mit einer Brille, durch die sie in jedem Wort einen Vorwurf an sich selbst sehen.

Wenn wir mit der falschen Brille die Bibel lesen, wird uns das Studium der Schrift nicht weiterhelfen auf unserem Weg. Im Gegenteil, wir werden die Bibel dazu missbrauchen, unsere unaufgearbeiteten Probleme in die Bibel hineinzuprojizieren. Wir werden dann ständig die Bibel zitieren. Aber wir werden damit nicht den Geist Jesu wiedergeben, sondern den eigenen Ungeist, den wir mit Bibelzitaten rechtfertigen.

Der heilige *Augustinus* hat uns schon vor über 1600 Jahren gezeigt, mit welcher Brille wir die Bibel lesen sollen. Wenn mich ein Wort der Bibel ärgert, dann zeigt es immer, dass ich hier eine falsche Sicht von mir und von Gott habe. Der Ärger ist aber auch eine Herausforderung, an meiner Sichtweise zu arbeiten und mir von der Bibel ein anderes Selbstverständnis schenken zu lassen.

> Das Wort Gottes ist der Gegner deines Willens, bis es der Urheber deines Heiles wird. Solange du dein eigener Feind bist, ist auch das Wort Gottes dein Feind. Sei dein eigener Freund, dann ist auch das Wort Gottes mit dir im Einklang.
>
> *Augustinus*

Jesus provoziert uns gerade in vielen Gleichnissen immer wieder. Er provoziert uns, damit wir genauer hinschauen, worum es wirklich geht in unserem Leben und ob unser Bild von Gott nicht zu eng gefasst ist. Wenn ich mich über Worte Jesu ärgere, kann ich mich fragen, welche Lebensmuster da in mir auftauchen oder an welche Kränkungen aus meiner Kindheit mich diese Worte erinnern oder welche dämonischen Gottesbilder in mir da berührt werden. Dann ist der Ärger ein Anlass, an meinem Selbstbild und Gottesbild zu arbeiten. *Das Wort Gottes zu verstehen heißt: sich selbst neu verstehen.* Und es heißt: sein eigener Freund werden. Wenn ich mit mir freundlich umgehe, dann ist auch das Wort Gottes mein Freund. Und umgekehrt: das Wort Gottes will mich dazu einladen, gut mit mir umzugehen, mir selbst zum Freund zu werden. Dann komme ich in Einklang mit dem Wort Gottes, mit mir selbst und mit Gott.

Gegenüber „fundamentalistischen" Lesern, die die Bibel als Waffe benutzen, gibt es auch „liberale" Leser und Leserinnen, die die Stellen der Bibel, die ihnen nicht passen, am liebsten streichen möchten. Sie stellen sich letztlich über die Bibel. Und sie sind nicht bereit, sich selbst von der Bibel in Frage stellen zu lassen. Wenn mich ein Bibeltext verletzt oder ärgert, dann wäre es wichtig, bei mir selbst nachzuforschen, welche alten Verletzungen in mir da angesprochen werden. So könnte der Bibeltext mich einladen, meine früheren Kränkungen anzuschauen und sie zu bearbeiten, so dass sie heilen können. Wenn ich sie nicht in die heilende Liebe Gottes halte, werden sie mir den klaren Blick auf die Worte Gottes in der Bibel verstellen. Dann werde ich immer mehr Bibelstellen als nicht mehr zeitgemäß abtun. Doch das ist ein Irrweg und kein heilender und befreiender Weg, mit der Bibel umzugehen.

Wenn wir in der Bibel lesen, geht es nicht darum, genau zu erforschen, was die Autoren sich damals gedacht haben oder welche Theologie dahinter steckt. *Papst Gregor der Große* meint, in Gottes Wort sollten wir Gottes Herz entdecken. Es geht beim Bibellesen also immer darum, Gottes Herz zu begegnen und in

Gott mir selbst auf neue Weise zu begegnen. Bibel lesen ist immer etwas Subjektives. Ich führe einen Dialog zwischen dem Wort, das ich lese, und meinem konkreten Leben. Mein Leben legt die Schrift aus, und die Schrift legt mein Leben aus. Wenn ich den Text verstehe, verstehe ich mich selber besser. Wenn ich die Bibel lese, frage ich mich daher immer:

- Was will Gott mir jetzt in diesem Augenblick durch dieses Wort sagen?
- Welche Bilder steigen in mir hoch? Welche Assoziationen kommen mir?
- Was ist der Impuls heute für mich?

Oft ist es besser, gar nicht viel zu „denken", sondern das Wort einfach ins Herz fallen zu lassen. Ich sage mir dann vor: „Dieses Wort beschreibt die eigentliche Wirklichkeit. Wenn dieses Wort stimmt, wie fühle ich mich dann, wie nehme ich die Welt und mich wahr?" Wenn ich das Wort Gottes in mein Herz fallen lasse, erzeugt es in mir Frieden und Freiheit, Weite und Liebe.

Es ist gut, *allein die Bibel zu lesen*. Am besten fangen Sie in den Evangelien an. Beginnen Sie mit dem Markusevangelium, und lesen Sie es vom Anfang bis zum Ende durch. Versuchen Sie, sich Jesus vorzustellen, wie er mit den Pharisäern diskutiert, wie er mit Ihnen selbst diskutiert. Stellen Sie sich die Szenen der Heilungsgeschichten vor. Sie selbst sind der Aussätzige, der sich nicht ausstehen kann, der unfähig ist, sich selbst anzunehmen und sich daher von andern abgelehnt fühlt. Sie selbst sind der Gelähmte: Angst lähmt, blockiert, hemmt Sie, aus sich herauszugehen. Sie sind der Blinde: Sie haben Ihre Augen vor sich selbst verschlossen. Und dann stellen Sie sich vor, was Jesus mit dem Kranken damals macht und was er Ihnen heute sagen und wie er Sie heute berühren möchte. Es geht immer um Gleichzeitigkeit, nie um das Bedenken eines längst vergangenen Textes. Heute soll an uns geschehen, was damals mit den Menschen geschehen ist. Lukas sagt das deutlich, wenn er siebenmal vom „heute" spricht. Dem Zachäus, dem Oberzöllner, der voller Minderwertigkeitskomplexe ist und daher andere klein machen und seinen Wert durch seinen Reichtum beweisen muss, sagt er: „Heute muss ich in deinem Haus bleiben" (Lukas 19,5). Heute will Jesus bei uns zu Gast sein. Wenn wir Jesus in unser Haus einlassen, dann werden wir jetzt die Zusage Jesu vernehmen: „Heute ist diesem Haus Heil widerfahren" (Lukas 19,9).

Das Ziel des Bibellesens ist, dass wir heil werden und ganz, dass unsere Wunden geheilt werden, dass wir uns aussöhnen können mit unserem Leben und unsere Augen öffnen für den Gott, den Jesus uns verkündet hat, ganz anders als die Schriftgelehrten. Dann lesen wir die Bibel richtig, wenn für uns die Bemerkung des Markus zutrifft: „Da staunten sie über seine Lehre, denn er lehrte sie wie einer, der (göttliche) Vollmacht hat, und nicht wie die Schriftgelehrten" (Markus 1,22). Sie können die Bibel nicht lesen, indem Sie sich ruhig zurücklehnen.

Sie müssen sich auf sie einlassen, sich von ihr provozieren lassen. Dann werden Ihnen die Augen aufgehen, und Sie werden sich selbst und Gott neu entdecken.

Es ist aber auch gut, *die Bibel in Gemeinschaft zu lesen*. Dabei geht es nicht darum, sein Bibelwissen auszubreiten. Vielmehr soll jeder sagen, was ihn berührt und anspricht und welche Assoziationen in ihm aufsteigen. Die vielen Augen werden den Bibeltext von verschiedenen Seiten aus betrachten und Neues ans Licht bringen. Die Sichtweisen der andern regen mich an, selbst Neues im Text zu entdecken. Gemeinsam erzeugen wir dann eine Atmosphäre des Berührtwerdens. Auf einmal erschließt sich der Text. Und wir erfahren uns als von Gott Angesprochene und Aufgerichtete, als von Gott Geliebte und Geheilte.

- Was sind Ihre Lieblingsstellen in der Bibel? Wenn Sie diese Worte in sich einlassen, was bewirken sie?
- Welche Bibelstellen ärgern Sie? Warum steigt da Ärger hoch? Was möchten gerade diese ärgerlichen Stellen in Ihnen verändern?
- Wie sollten sich Ihr Gottesbild und Ihr Selbstbild wandeln, damit sie diesem Wort der Bibel entsprechen?

16
Das Gebet

Der zweite Weg, auf dem wir zu einem reifen Glauben finden, ist *das Gebet*. Viele beklagen sich heute, dass sie nicht richtig beten können. Sie meinen, beten würde immer bedeuten, dass sie zu Gott sprechen. Und oft wissen sie nicht, was sie sagen sollen. Oder sie finden nicht die richtigen Worte für das so andere Gespräch mit Gott.

Gebet ist nicht immer Gespräch. In erster Linie ist Gebet Begegnung mit Gott. Ich begegne Gott mit meiner eigenen Wahrheit. Ich halte mich Gott hin. Dabei muss ich nicht unbedingt fromm sein. Ehrlichkeit ist vor allem gefragt. Ich setze mich vor Gott hin und lasse alles in mir aufsteigen, was hochkommen will. Ich grüble aber nicht über die vielen Gedanken nach. Ich halte die Gedanken und Gefühle, die Ahnungen und Befürchtungen, die Enttäuschungen und Kränkungen einfach Gott hin. Dieses Hinhalten kann mit Worten geschehen. Ich sage Gott, wie es mir geht, wie sehr mich dieser Mensch verletzt hat. Aber dann versuche ich auch, still zu werden und in die Stille hineinzuhorchen, was Gott dazu sagt. Oft werde ich da nichts hören. Aber allein die Tatsache, dass ich in die Stille hineinhorche, ändert meine Einstellung zu den Gedanken und Gefühlen. Ich lasse mich von Gott in Frage stellen. Das verwandelt mich.

Es genügt auch, wenn ich mir vorstelle, dass Gottes Licht und Liebe in meine Ängste, meine Wunden, meine Enttäuschungen und Zweifel hineinströmt. Dann fühle ich mich mit allem, was in mir ist, von Gott angenommen und geliebt. Das hilft mir, mit allen inneren Turbulenzen zur Ruhe zu kommen. Ich bin mit allem vor Gott und in Gottes Liebe. Ich höre auf, mir selbst Vorwürfe zu machen, nachzugrübeln, was ich alles besser machen müsste. Ich sitze vor Gott und fühle einen tiefen inneren Frieden. Ich fühle mich von Gott angenommen. So kann ich mich selbst besser annehmen, wie ich bin.

Das *Ziel des Gebetes* ist, dass ich nach allem, was ich Gott gesagt oder hingehalten habe, in die Stille komme. Es kann die Stille vor Gott sein, eine sehr persönliche Stille, in der ich mich von Gott angeschaut und geliebt weiß. Es gibt aber noch eine andere Stille, die Stille als Raum des Schweigens, der in mir ist. In mir ist ein Raum, in dem es ganz still ist. Zu diesem Raum haben die Menschen mit ihren Erwartungen und Ansprüchen, mit ihren Urteilen und Verurteilungen, mit ihren aggressiven und kränkenden Worten keinen Zutritt. Zu diesem inneren Ort können auch meine eigenen Selbstvorwürfe, meine Sorgen und Ängste und meine Schuldgefühle nicht vordringen. Es ist der *Raum des Schweigens, in dem Gott selbst in mir wohnt*. Und dort, wo Gott in mir wohnt, bin ich frei von der Macht der Menschen und von der Macht der Selbstentwertung. Die Mönche sprechen vom heiligen Raum in mir. Das Heilige ist das, was der Welt entzogen ist, worüber die Welt keine Macht hat. Dort in dem heiligen Raum in mir bin ich heil und ganz.

Das griechische Wort für heilig ist *hagios*. Davon kommt unser deutsches Wort „behaglich". Im heiligen Raum fühle ich mich behaglich. Da bin ich in einem geschützten Gehege, in das keine feindlichen Geschosse eindringen können. Und es ist der Raum, in dem Gott, das Geheimnis, wohnt. Dort, wo das Geheimnis in mir wohnt, kann ich daheim sein. Das Wort „Heim" kommt von „liegen" und „Lager". Daheim bin ich dort, wo ich liegen, wo ich mich ausruhen, wo ich mich fallen lassen kann, weil ich geschützt und geborgen bin. In dem inneren Raum des Schweigens kann ich daheim sein, weil Gott in mir wohnt und weil ich mich in Gottes liebende Hände fallen lassen kann.

Auch in diesem inneren Raum des Schweigens geht es letztlich um Begegnung. Ich begegne dort Gott, dem unaussprechlichen Geheimnis. Für mich ist die Begegnung das Entscheidende am christlichen Gebet. Nicht umsonst hat ein jüdischer Theologe und Philosoph, *Martin Buber*, eine Philosophie der Begegnung entfaltet, nicht ein buddhistischer oder hinduistischer Autor.[35] In der Zen-Meditation geht es nicht um Begegnung, sondern um Einswerden und Leerwerden. Das ist sicher ein wichtiger Weg. Aber mir fehlt der Schatz der Begegnung.

Das Wesentliche geschieht in der Begegnung. Da begegne ich mir selbst und dem Geheimnis meines Menschseins und ich begegne Gott, dem unauslotbaren Geheimnis. In dieser Begegnung entsteht eine kostbare Stille, über die man nicht mehr sprechen kann. Dort geschieht immer wieder Einswerden und Einssein. Aber dieses Einssein ist nie ein Besitz, sondern immer Geschenk einer Begegnung, in der ich mich öffne und Gott in mich eintreten lasse.

Sie können diesen inneren Raum des Schweigens wahrnehmen, indem Sie die Hände über der Brust kreuzen. Sie schließen gleichsam die Tür zu und lassen nun niemanden und keine Gedanken mehr in diesen Raum. Stellen Sie sich vor, dass in Ihnen der heilige Raum ist, in dem Sie heil sind und ganz. Und stellen Sie sich vor, dass es da tief in Ihnen ganz still ist. Es ist der Raum, in dem Gott selbst in Ihnen wohnt. Vielleicht erahnen Sie dann, dass Sie dort, wo Gott in Ihnen wohnt, ganz Sie selbst sind – frei, heil und ganz.

17
Die Sakramente

Ein Ort, an dem wir Christus, dem Heiland, dem Heiligen und Heilenden, begegnen, sind *die Sakramente*. Die Sakramente wollen die wichtigsten Phasen und Übergänge unseres Lebens begleiten. Man spricht heute von *rites de passages*, von „Übergangsritualen". Viele Menschen haben Angst, über die Schwellen zu treten, die uns das Leben bereithält: die Schwelle der Geburt, des Erwachsenwerdens, der Heirat, des Schuldigwerdens, des Krankwerdens und des Sterbens. Die Sakramente helfen uns, damit der Übergang in eine neue Phase unseres Lebens gelingt.

Als Übergangsrituale haben die Sakramente mit unserer Reifung zu tun. Es gibt keine glatte Reifung. Auch in der Pflanze gibt es Krisen und Übergänge, erst recht beim Menschen. Und diese Übergänge wollen begleitet werden, damit sie gelingen. Viele tun sich heute schwer mit den Sakramenten. Sie meinen, sie würden mit ihrem Leben darin nicht vorkommen. Doch wenn wir die Sakramente genauer anschauen, sind sie wunderbare Rituale, die uns helfen, bewusster zu leben und durch die Klippen unseres Lebens besser hindurchzukommen.

Taufe und Firmung

Das Sakrament der *Taufe* und der *Firmung* haben wir nur einmal erhalten. Die Taufe haben wir gar nicht mitbekommen, da wir noch ein Kind waren. Aber wir können uns an die Taufe und Firmung immer wieder erinnern. Sie zeigen uns wesentliche Aspekte eines reifen Glaubens. In der Taufe wurden wir mit Wasser übergossen. In einer katholischen Kirche können wir am Eingang Weihwasser nehmen und uns dabei an die Taufe erinnern. Wir machen uns bewusst, dass in uns eine Quelle strömt, die nicht versiegt. Gerade wenn wir erschöpft sind, können wir uns daran erinnern, dass die Quelle des Heiligen Geistes in uns ist, damit wir nie vertrocknen und uns nie verausgaben. Wasser reinigt. In der Taufe wurden all die Trübungen abgewaschen, die unser ursprüngliches und unverfälschtes Bild verdunkeln. Im Weihwasser waschen wir die Trübungen ab, die sich heute wieder bei uns eingeschlichen haben, Trübungen, die wir uns selbst zugefügt haben durch Selbstvorwürfe und Selbstentwertung. Aber wir wischen auch die Trübungen durch die Bilder ab, die andere uns übergestülpt haben, die Erwartungen der Eltern, des Arbeitgebers, der Kollegen, der Freunde. In der Erinnerung an die Taufe werden wir frei von allem, was unser Wesen verstellt. Wir kommen in Berührung mit dem ursprünglichen Glanz unserer Seele.

In der Taufe wurden wir zu Königen und Königinnen, zu Priestern und Priesterinnen, zu Propheten und Prophetinnen gesalbt. Es ist gut, sich daran zu erinnern, dass wir königliche Menschen sind, dass wir selbst leben, anstatt gelebt zu werden, über uns herrschen und nicht beherrscht werden. Wir sind als Priester und Priesterinnen Hüter des Heiligen in uns und in den Menschen. Als Hüterinnen des Heiligen wirken wir heilend auf die Menschen. Wir befreien sie von dem Terror der Welt, dem sie oft ausgesetzt sind, und erinnern sie an das Heilige in ihnen, in dem sie heil sind und ganz. Und als Propheten und Prophetinnen vertrauen wir darauf, dass wir etwas von Gott in dieser Welt ausdrücken dürfen, was nur durch uns ausgedrückt werden kann. Unser Leben ist einmalig. Durch uns erklingt etwas von Gott in dieser Welt, das nur durch uns hindurch tönen kann.

Die *Firmung* ist das Sakrament des Erwachsenwerdens. Es entspricht den Initiationsriten in vielen Völkern. In Afrika werden die Jungen und Mädchen mit zwölf Jahren getrennt in den Busch geführt und müssen harte Rituale über sich ergehen lassen, die sie in das Erwachsenwerden einführen. Das Wort „Firmung" (ebenso wie „Konfirmation") kommt vom lateinischen *confirmare*, das „stärken" bedeutet. Wir wurden in der Firmung mit Heiligem Geist gesalbt, damit wir in der Kraft des Heiligen Geistes Verantwortung für unser Leben übernehmen und wie die Jünger Zeugen Jesu Christi in dieser Welt werden. Sie hatten Mut, das zu sagen, was sie im Herzen spürten. Und ihre Worte waren inspiriert von den Zungen, die wie Feuerflammen über ihnen schwebten. Lukas schildert uns Pfingsten als Sprachereignis.

Unsere Sprache ist oft kalt. *Henri Nouwen* meint, viele Seelsorger würden sprechen, wie wenn ihre Worte aus einem leeren Kanister kämen.[36] Manchmal ist unser Reden über den Glauben genauso leer und kalt. Dann nützen alle richtigen Glaubenssätze nichts; es fehlt das Feuer. Ohne die Wärme des Heiligen Geistes wird unsere Sprache oft menschenverachtend und spaltend. Menschen beginnen bei unseren Worten zu frieren. Firmung ist die Erinnerung, dass in uns eine Glut glüht, die uns davor bewahrt, ausgebrannt zu werden. Und die Firmung lädt uns dazu ein, das Feuer in unsere Worte zu lassen, so dass unsere Worte wärmen, aufrichten und Funken davon ausgehen, die andere anstecken.

Die Eucharistie, das Abendmahl Jesu

Die *Eucharistie* ist das Sakrament, das katholische Christen jeden Sonntag, ja täglich feiern. Für viele hat es sich abgenutzt, und es sagt ihnen nicht viel. Auch da ist wichtig, dass wir uns immer wieder bewusst machen, was wir da feiern. Es ist die Feier der Verwandlung. Wir halten in der Eucharistie im Brot und Wein unser Leben hin mit allem, was uns reibt und aufreibt, mit unserer Zerrissenheit und mit unserer Liebe, die oft genug vermischt ist mit Besitzansprüchen und aggressiven Gefühlen. Wir halten unseren Alltag hin, damit er verwandelt werde vom Geist Gottes. Eucharistie ist daher Einübung in den Alltag. In unserem Alltag soll sichtbar werden, dass wir für andere Brot und Wein werden und dass in allem, was wir tun, der Geist Jesu Christi durchscheint. Es ist gut, täglich alles Gott hinzuhalten, was wir heute in die Hand nehmen, damit es vom Geist Gottes verwandelt wird und Jesus sichtbar wird in allem, was wir reden und tun.

Eucharistie ist die Feier von Tod und Auferstehung Jesu. Tod und Auferstehung sind Zeichen dafür, dass es nichts in unserem Leben gibt, das nicht verwandelt werden kann. Es gibt keine Dunkelheit, die nicht vom Licht durchdrungen wird, kein Grab, in dem nicht Leben aufsteht, keine Erstarrung, die nicht aufgebrochen werden kann, kein

Scheitern, das nicht zum Neuanfang zu werden vermag. Wir feiern in jeder Eucharistie die Hoffnung, dass unser Leben durch alle Brüche, durch alles Scheitern, durch alle Dunkelheiten und alle Tode hindurch gelingt, dass wir immer wieder mit Christus aufstehen aus dem Grab unserer Angst und Resignation, unserer Verlassenheit und Depression, hinein in die Weite und Freiheit des göttlichen Lebens.

Wir feiern in der Eucharistie die Hingabe Jesu. Jesus bezeichnet sich selbst als den guten Hirten, der sein Leben für seine Schafe hingibt. Wir sehnen uns alle danach, dass sich jemand für uns hingibt, dass jemand sein Leben für uns einsetzt, dass wir für jemanden so wichtig sind, dass er für uns stirbt. Auf diese Hingabe können wir unser Leben bauen. Das ist ein tragfähiger Grund für unser Leben. Wir feiern die Liebe Jesu, mit der er sich für uns im Tod hingegeben hat, um uns selbst einzuüben in die Hingabe. Denn unser Leben wird nur Frucht bringen, wenn wir uns hingeben, wenn wir uns einlassen auf das Leben, auf die Menschen, auf die Arbeit. Ohne Hingabe erstarren wir. Nur wenn das Leben fließt, wird es Frucht bringen und uns selbst beglücken.

Die Beichte

Die *Beichte* ist ein gutes Angebot auf dem geistlichen Weg; denn immer wieder geraten wir auch in Schuld. Wir leben an uns vorbei. Es tut der menschlichen Seele gut, wenn sie sich bewusst auch ihren Schattenseiten stellt und auch vor einem Vertreter der Kirche nicht über die eigene Erfolgsgeschichte, sondern eher über die Misserfolge und über Fehler und Versagen spricht. *C. G. Jung* meint, das entspreche dem Menschheitsgewissen. Wir können nicht nur über unsere Stärken sprechen. Es braucht auch einen Ort, an dem wir das weniger Erbauliche in uns zur Sprache bringen und dennoch bedingungslose Annahme erfahren.

Aber viele haben die Beichte eher zu einem Instrument der Infantilität gemacht. Sie haben aus Angst gebeichtet, sie könnten wegen ihrer Fehler nicht würdig sein, zur Kommunion zu gehen. Doch das widerspricht der eigentlichen Intention der Beichte.

Auf reife Weise mit der Beichte umzugehen heißt, dass ich von Zeit zu Zeit bewusst darüber spreche, wo ich an mir selbst vorbeilebe, wo ich Leben verweigere. Im Beichtgespräch und in der Erfahrung der Lossprechung kann ich meinem Leben eine neue Wendung geben, da kann ich Umkehr und Buße vollziehen. Umkehr heißt vor allem, mein Denken wandeln. Und Buße bedeutet: es besser machen als bisher. In der Lossprechung erfahre ich, dass ich bedingungslos angenommen bin, dass all das Unannehmbare in mir angenommen ist. Das befreit mich von Selbstvorwürfen und ermöglicht es mir, mir selbst zu vergeben und frei zu werden von dem Ballast der Vergangenheit, den ich mit mir herumschleppe.

Manche beichten zwar, aber sie sind unfähig, sich selbst zu vergeben. Sie hängen so sehr an ihrem Idealbild, dass sie es sich nicht verzeihen können, diesem Idealbild widersprochen zu haben. Ich beichte dann richtig, wenn ich bereit bin, alle Selbstzerfleischung durch Schuldgefühle loszulassen und mir selbst zu vergeben, mich mit all meiner Schuld dennoch von Gott geliebt zu wissen und mich als diesen durchschnittlichen Menschen, der immer wieder Fehler macht, zu lieben.

Die Ehe

Die *Ehe* als Weg eines reifen Glaubens zu leben heißt nicht nur, die Feier der Hochzeit bewusst zu gestalten und zu vollziehen. Denn das geschieht in der Regel nur ein einziges Mal im Leben. Vielmehr bedeutet es, aus dem Sakrament der Ehe heraus zu leben. Das Wesen des Sakramentes ist, dass etwas Sichtbares auf das unsichtbare Geheimnis Gottes hinweist. Das kann für das Leben in der Ehe eine Entlastung sein.

Die Liebe, die ich von meinem Partner erfahre, ist Hinweis auf die unsichtbare Liebe Gottes, die mich immer umgibt. Häufig gehen Ehen zugrunde, weil wir vom andern Partner zu viel erwarten. Wir erwarten von ihm absolute Liebe und absolute Geborgenheit. Doch etwas Absolutes kann uns kein Mensch schenken. Wenn ich aber weiß, dass die Liebe, die ich vom Partner erfahre, mich auf Gottes unendliche Liebe verweist, dann kann ich die begrenzte Liebe meines Partners genießen. Ich überfordere ihn nicht mit meinen Übererwartungen, sondern kann dankbar annehmen, was er mir zu schenken vermag. Ich bin frei von dem Druck, immer Liebe spüren zu müssen.

Das Sakrament verweist mich auf eine Liebe, die tiefer ist als das Gefühl, auf eine Liebe, die den andern bedingungslos annimmt und treu zu ihm steht, und auf die Quelle der göttlichen Liebe, die in mir strömt und nie versiegt, gerade weil sie göttlich ist.

Die Krankensalbung

Die *Krankensalbung* will mich dazu befähigen, mich mit meiner Krankheit auszusöhnen und in ihr einen Weg zu Gott zu sehen. Auf dem Weg der Menschwerdung werde ich immer wieder auch Krankheit erfahren. Ich kann sie nicht beachten oder versuchen, sie zu unterdrücken. Doch dann lehrt sie mich nichts. Die Krankheit im Lichte Gottes anzuschauen bedeutet, dass ich mich verabschiede von den Illusionen, die ich mir vom Leben gemacht habe. Eine Illusion besteht darin, dass ich mich nur gesund ernähren, gesund zu leben und genügend zu beten bräuchte, dann könnte mir nichts passieren, dann würde ich nicht krank werden. Doch ich kann nicht für meine Gesundheit garantieren.

Das Sakrament der Krankensalbung lädt mich ein, die Krankheit als geistliche Herausforderung zu verstehen. Die Krankheit fordert mich heraus, mir über den Sinn meines Lebens Gedanken zu machen. Der Sinn besteht nicht darin, möglichst alt zu werden, sondern immer klarer und eindeutiger meine ganz persönliche Lebensspur in diese Welt einzugraben.

In der Krankheit kann ich Gott auf neue Weise erfahren, nicht mehr den Gott, über den ich verfügen kann, sondern den ganz anderen Gott, der auch in meiner Krankheit bei mir und in mir ist. Wenn ich die Krankheit auf diese Weise annehme, dann wird sie mich auf neue Weise durchlässig machen für Christus. Und sie wird zum Segen für andere. Ich werde an der Krankheit nicht zerbrechen, sondern daran reifen.

- Was sind Ihre Erfahrungen mit den Sakramenten? Welche Sakramente haben Ihr Leben geprägt? Mit welchen Sakramenten tun Sie sich schwer?
- Stellen Sie sich vor, dass Sie Christus selbst in jedem Sakrament berührt, um Ihre Wunden zu heilen, um Sie an der Hand zu nehmen, um Ihnen den Rücken zu stärken, um Ihnen zu vermitteln, dass Sie bedingungslos angenommen sind.
- Vielleicht ahnen Sie dann, dass jedes Sakrament ein Schritt zu einem vollen Menschsein ist, dass Sie mit jedem Sakrament eine Schwelle übertreten, die Sie in einen neuen Raum Ihrer Persönlichkeit und in neue Räume der Gotteserfahrung hineinführt.

18
Das Kirchenjahr

Das *Kirchenjahr* möchte uns immer mehr einführen in das Geheimnis der Menschwerdung. Für *C. G. Jung* ist das Kirchenjahr ein *therapeutisches System*. An den verschiedenen Festen werden Aspekte unserer Seele zum Ausdruck gebracht. Das bringt uns in Berührung mit dem Reichtum unserer Seele. Und es hält alle Seiten unserer Seele in das Licht der Erlösung durch Jesus Christus. An den Festen spielen wir uns immer mehr hinein in das Geheimnis unserer Erlösung und Heilung. Wenn wir uns auf diese Weise einlassen auf die Feste des Kirchenjahres, werden wir jedes Jahr aufs Neue mit allen Facetten unseres Menschseins konfrontiert. Und wir erfahren jedes Jahr ein wenig mehr Heilung.

Der Evangelist Lukas versteht das Kirchenjahr so, dass das Jahr des Heiles, das Jesus damals gelebt und in dem er die Menschen geheilt und aufgerichtet hat, sich immer mehr in unsere Lebensgeschichte und in die Geschichte dieser Welt eingräbt und so unsere Geschichte mehr und mehr verwandelt. Ich möchte im Folgenden nur einige Aspekte des reifen Umgangs mit dem Kirchenjahr aufzeigen.

Advent und Weihnachten: Die Gottesgeburt

Der *Advent* ist die Zeit der Sehnsucht. In der Stille vor Weihnachten sollen wir mit unserer Sehnsucht in Berührung kommen. Diese Sehnsucht wird geweckt durch die Texte der Liturgie, aber auch durch die Symbole der Adventszeit wie Adventskranz und Kerzenschein.

Heute leiden viele Menschen an Süchten, nicht nur an den stofflichen Süchten wie Alkohol- oder Drogensucht, sondern an den vielen Süchten wie Arbeitssucht, Spielsucht oder Beziehungssucht. Die Adventszeit möchte unsere Süchte wieder in Sehnsucht verwandeln. Die eigentliche Heilung der Sucht geschieht nicht durch Disziplin allein, sondern indem wir wieder mit der Sehnsucht in Berührung kommen, die wir durch unsere Sucht unterdrücken wollten.

Weihnachten ist das Fest des neuen Anfangs. Wir sind nicht festgelegt durch die Vergangenheit. Wenn Gott in uns geboren wird, dann ist ein neuer Anfang für uns möglich. Und Weihnachten ist das Fest, an dem wir mit dem inneren Raum der Stille in uns in Berührung kommen. In diesem Raum des Schweigens will Gott geboren werden und uns in Berührung bringen mit unserem wahren Selbst, mit dem ursprünglichen und unverfälschten Bild Gottes von uns.

Der Osterfestkreis: Neues Leben

Die *Fastenzeit* ist eine Zeit des Trainings in die innere Freiheit. Es tut uns gut, wenn wir uns jedes Jahr sieben Wochen in die innere Freiheit einüben. Wir erfahren, dass wir uns immer wieder abhängig machen, nicht nur von Alkohol, sondern auch von Kaffee, von gutem Essen, von irgendwelchen Gewohnheiten. Da tut es gut, diese Gewohnheiten zu durchbrechen und bewusst einmal anders zu leben als sonst. Das gibt uns das Gefühl, dass wir noch selber leben und nicht von unseren Bedürfnissen gelebt werden. Die Fastenzeit ist ein Test auf unsere innere Freiheit und zugleich eine Trainingszeit, wieder bewusst und frei unser Leben zu gestalten.

An *Ostern* feiern wir dann das Fest des neuen Lebens, der Auferstehung aus dem Grab unserer Angst und Traurigkeit, aus dem Grab unseres Selbstmitleids und unserer Dunkelheit. An Ostern singen und tanzen wir die innere Freiheit aus. Wir vertrauen darauf, dass es nichts Erstarrtes in uns gibt, das nicht zu neuem Leben aufgebrochen werden kann, dass es keine Dunkelheit gibt, in die das Licht nicht vordringt, kein Scheitern, das nicht zu neuen Möglichkeiten führt.

Fünfzig Tage lang gehen wir in der Osterzeit den Auferstehungsweg, damit die Auferstehung sich immer mehr in unser Leben einprägt. Die Texte der Osterzeit und die österlichen Lieder und Feiern wollen uns den Weg in immer größere Lebendigkeit und Freiheit, in immer tiefere Liebe und Freude hinein weisen.

An *Pfingsten* will die Fülle des Lebens dann in uns aufblühen. Fünfzig ist die Zahl der Vollendung. Da rundet sich in uns alles ab, was kantig und sperrig war. Fünfzig ist auch die Zahl der Freiheit. Die Juden ließen die Sklaven frei. Pfingsten ist die Verheißung, dass wir durch den Geist Gottes wahrhaft frei geworden sind, dass es keine Sklaven mehr in uns gibt, die wir knechten müssten, dass vielmehr alles in uns in Freiheit sich der Fülle Gottes öffnet.

So ist das ganze Kirchenjahr eine Einladung, sich der eigenen Wirklichkeit zu stellen, der Wirklichkeit des Lebens und Sterbens, der Wirklichkeit unserer Süchte und Abhängigkeiten, unserer Ängste und Traurigkeiten. Wenn wir das Kirchenjahr so feiern, dann ist es ein Weg in immer größere Freiheit und Reife hinein. Alles, was in unserer Seele angelegt ist, wird angesprochen und dargestellt. Es wird mit dem Weg Jesu konfrontiert und dadurch verwandelt. Viele haben heute das Gespür für das Geheimnis der Feste verloren. Sie sehen nur noch die äußere Pflicht, in die Kirche zu gehen. Es braucht auch eine innere Vorbereitung, damit die Feste für uns zu einer Quelle der Erneuerung werden. Das ist ihr ursprünglicher Sinn: dass in das Verstaubte unseres Lebens die Frische des Ursprungs kommt. Das Heil, das vor zweitausend Jahren die Menschen durch Jesus erfahren haben, soll in den Festen für uns erfahrbar werden. Auf diese Weise wird unser Leben jedes Jahr ein Stück weit heiler und freier. Und wir wachsen immer mehr hinein in die einmalige Gestalt, die Gott uns eingeprägt hat.

- Welche Feste des Kirchenjahres sind Ihre Lieblingsfeste? Welche Zeiten im Kirchenjahr erleben Sie intensiv?
- Ein Fest feiert man nur, wenn man davon leben kann. Wie weit können Sie von der Adventszeit, von Weihnachten, von Ostern, von Pfingsten leben? Welche Seiten Ihrer Seele werden an diesen Festen angesprochen?
- Und was möchten die Feste in Ihnen bewirken, welche Wunden möchten sie heilen und welche verborgenen Seiten erhellen und beleben?

Teil 5

Die Gestalt eines reifen Glaubens

Wie sieht nun ein reifer Glaube aus, der uns in unserem Prozess des Ganzwerdens unterstützt? Zunächst: Es gibt kein einheitliches Bild eines reifen Glaubens. Denn Reife bedeutet ja gerade, dass *jeder seinen eigenen Weg* des Menschseins gefunden hat, dass jeder ganz und gar der einmalige Mensch geworden ist, als den Gott ihn gedacht hat.

Dennoch gibt es einige Aspekte, die mir für alle Formen zu gelten scheinen, weil sich in ihnen die Kraft eines reifen Glaubens zeigt und auswirkt (Kapitel 19).

Paulus gibt uns im Galaterbrief neun Kennzeichen eines reifen Glaubens an: Es sind *keine moralischen Forderungen*, die Paulus hier aufstellt, sondern *Zeichen für eine echte Spiritualität*. Paulus spricht von der Frucht in der Einzahl. Wenn der Geist Gottes in uns wirkt, dann drückt er sich in dieser Frucht aus. Die neun Früchte beschreiben eine Spiritualität, die Gott im Menschen wirkt, wenn er den Heiligen Geist in alle Bereiche seines Leibes und seiner Seele eindringen lässt (Kapitel 20).

Wenn wir ein ganzer Mensch werden – so meint Jesus – haben wir auch Anteil an Gott, dann haben wir Gott verstanden. Denn Gott „lässt seine Sonne aufgehen über Bösen und Guten, und er lässt regnen über Gerechte und Ungerechte" (Matthäus 5,45). Wir sind nur dann ein ganzer Mensch, wenn wir die Sonne unseres Wohlwollens über dem Bösen und Guten in uns scheinen lassen. Dann wird auch das Böse und Dunkle in uns erhellt. Und wir sind ganz, wenn wir es über das Gerechte und Ungerechte in uns regnen lassen, wenn alle erstarrten Fronten in uns sich auflösen und das ganze Leben zu strömen beginnt. Mit dieser biblischen Verheißung eines reifen Glaubens will ich schließen (Kapitel 21).

19
Die Kraft eines reifen Glaubens

Glaube und Vernunft

Ein reifer Glaube hat die Kraft, meinen Verstand zu befriedigen. Ich darf meinen Verstand nicht abgeben, wenn ich mich auf den Glaubensweg einlasse. Heute gibt es eine Tendenz, den Glauben nur als „Erfahrung" zu beschreiben. Dann setzt man die Erfahrung absolut und weigert sich, sie mit dem Verstand zu durchdringen und zu reflektieren. Eine andere Gefahr besteht heute, dass man sich nur auf die Gefühle beruft, die der Glaube in uns hervorruft. Doch dann bleibt der Glaube oft infantil. Wir baden uns in schönen Gefühlen, aber wir stellen uns dem Glauben nicht auf erwachsene Weise. Ich muss versuchen, zu verstehen, was ich glaube. Dazu braucht es auch die Anstrengung des Geistes.

So hat es mein Namenspatron *Anselm von Canterbury* verstanden.[37] Er spricht von dem Glauben, der nach Einsicht sucht *(fides quaerens intellectum)*. Ich kann den Glauben zwar nicht mit dem Verstand begründen; aber was ich glaube, soll zumindest meinem Verstand auch einsichtig sein. Der Verstand muss wissen, wo er sich selbst übersteigen soll. Der Glaube darf zwar nicht auf den Verstand reduziert werden, aber wo der Verstand springen soll, das muss er nachvollziehen können. Sonst würde der Glaube den Verstand absetzen. Das würde aber unserer Würde widersprechen. Diese Sicht des heiligen *Anselm* führt auch dazu, dass jeder seine eigene Theologie entwickeln muss. Natürlich gibt es die breite Tradition der Theologie, die wir nicht überspringen sollen. Aber es genügt nicht, einfach zu schlucken, was andere sich ausgedacht haben. Es muss für mich verständlich sein. Und ich muss mir immer wieder selbst klarmachen, was ich eigentlich glaube.

Der Glaube und die Zweifel

Zur Kraft eines reifen Glaubens zählt der rechte Umgang mit Zweifeln. Zweifel gehören zum Glauben. Früher haben sich manche in der Beichte angeklagt, wenn sie Glaubenszweifel hatten. Doch Zweifel sind ein wesentlicher Bestandteil des

Glaubens. Ohne Zweifel würde ich einfach nur hinnehmen, was andere mir sagen. Der Zweifel zwingt mich, genauer hinzusehen, was ich glaube. Und er führt mich dazu, meine eigenen Vorstellungen von Gott in Frage zu stellen und mich dem ganz anderen unbegreiflichen Gott zu öffnen.

Der Zweifel drängt mich, zu fragen: Was glaube ich wirklich? Was bedeutet Menschwerdung Gottes? Wie kann ich das Geheimnis der Erlösung verstehen? Was erwartet mich im Tod und nach dem Tod? Wie kann ich die biblischen und dogmatischen Bilder verstehen? Wo ist Einbildung im Spiel? Wo projiziere ich nur meine eigenen Bedürfnisse in Gott hinein? Der Zweifel hält den Glauben lebendig. Er ist kein Gegensatz des Glaubens, sondern notwendiger Bestandteil. Nur ein Zweifel, der alles in Frage stellt und sich gegen alles stellt, wäre ein Gegner des Glaubens. Der Zweifel treibt mich immer neu zu einem Glauben, den ich heute leben kann. Der Glaube ist nie ein fester Besitz. Ich muss mich immer wieder fragen, was ich eigentlich glaube und wie ich das, was ich glaube, auch verstehen kann. Dieses Verständnis muss täglich neu errungen werden. Es genügt mir nicht, einfach die Predigt vom letzten Jahr zu wiederholen. Ich muss mir heute neu formulieren, was ich glaube und wie ich meinen Glauben jetzt in meiner konkreten Situation verstehe.

Der Glaube und die Wirklichkeit der Welt

Zur Kraft eines reifen Glaubens gehört, dass er die ganze Wirklichkeit ernst nimmt. Das meint einmal: die Wirklichkeit der Natur. Der Glaube hat sich immer schon mit den Erkenntnissen der Naturwissenschaft beschäftigt. Es geht nicht an, Gott nur als Lückenbüßer zu sehen für das, was wir naturwissenschaftlich noch nicht wissen. Denn dann würde Gott mit neuen Erkenntnissen nicht mehr nötig sein. Es braucht immer wieder eine neue Auseinandersetzung, wie wir Naturwissenschaft und Glauben zusammenbringen können.

Der Glaube muss sich auf allen Gebieten weiterbilden. Sonst würden wir uns im Glauben ein Gedankengebäude zusammenzimmern, das durch die Erkenntnisse anderer Wissenschaften in sich zusammenfallen würde. Wie sehe ich Gott, wenn ich die Dimensionen des Weltalls betrachte? Wie verstehe ich Gott, wenn ich die Embryonenforschung studiere und erkenne, wie viel der Mensch heute schon am Leben herumbasteln kann? Hier braucht der reife Glaube auch ein gesundes Wissen. Sonst isoliert er sich und verschließt sich in sich selbst. Wir dürfen im Glauben nicht die Augen verschließen vor dem, was die Wissenschaft uns als Erkenntnis anbietet. Erst dann wird es ein verantwortlicher Glaube, ein Glaube, der das Wissen ernst nimmt, aber zugleich tiefer blickt, der in den Grund allen Seins vordringt, in Gott, das unbegreifliche und unaussprechliche Geheimnis.

Der Glaube und die Seele

Die andere Wirklichkeit, die wir in der Kraft eines reifen Glauben anschauen, ist die Realität unserer Seele. Zu Beginn der psychologischen Wissenschaft haben viele Psychologen die Religion als Zwangsneurose gekennzeichnet und sie als Ersatz für das ungelebte Leben gesehen. Das hat vor hundert Jahren ein Misstrauen vieler Theologen gegenüber der Psychologie erzeugt. Heute sieht die Psychologie den Glauben anders. Sie ist offen für die spirituelle Dimension des Menschen. Die transpersonale Psychologie meint, das spirituelle Bedürfnis gehöre genauso wesentlich zum Menschen wie das sexuelle.

Mir persönlich hat die Begegnung mit der *Jungschen Psychologie* geholfen, den christlichen Symbolen und Ritualen neu zu vertrauen und sie für mein Leben fruchtbar zu machen. Die Psychologie kann eine Hilfe sein, die biblischen Texte besser zu verstehen und die Weisheit und therapeutische Dimension des Wirkens Jesu neu zu entdecken. Aber die Psychologie hat für mich auch eine kritische Funktion für meinen Glauben. Sie zeigt mir, wo der Glaube Ersatz ist für mangelnde Reife. Sie deckt mir auf, wo ich meine neurotischen Lebensmuster auf Gott projiziert habe und wo mein Glaube durch infantile Strukturen geprägt ist. Zugleich aber lädt mich die Psychologie ein, einen reifen Glauben zu entwickeln, einen Glauben, der mein ganzes Menschsein in den Blick nimmt und es Gott hinhält, damit Gott es durch seinen Geist durchdringt, heilt und verwandelt.

Der reife Glaube stellt sich der Psychologie. Er rechtfertigt sich nicht an der falschen Stelle. Der Glaube darf nicht auf Psychologie reduziert werden. Aber er muss sich fragen lassen, wo er infantile Züge trägt und wo er zur Verdrängung der psychischen Realität beiträgt. *C. G. Jung* hat einmal die Frage gestellt, warum sich so viele Theologen gegen die Psychologie wenden, da sie doch nichts anderes möchte, als das christliche Paradox zu realisieren, dass nur der – und damit zitiert er Epheser 4,8–11 – in den Himmel aufsteigt, der zuvor hinabgestiegen ist zur Erde. Damit meint er: hinabgestiegen ist in das Reich der eigenen seelischen Realität, des eigenen Schattens. Nur wenn wir die Demut aufbringen, in unsere Wahrheit hinabzusteigen, wird sich der Himmel über uns öffnen. Nur dann werden wir auch fähig, wirklich Gott zu erfahren als den, der in Jesus in die Tiefen unseres Menschseins hinabgestiegen ist, um alles in uns zu erhellen und zu heilen, damit wir wie er alles in den Weg unserer Menschwerdung einbeziehen und auf diesem Weg ein ganzer Mensch werden.

20
Kennzeichen eines reifen Glaubens

Die Frucht des Geistes aber ist Liebe, Freude, Friede, Langmut, Freundlichkeit, Güte, Treue, Sanftmut und Selbstbeherrschung.

Galater 5,22–23

Liebe

Ob eine Spiritualität reif ist, zeigt sich an der *Liebe*, die von einem Menschen ausgeht. Dabei müssen wir unterscheiden zwischen den Forderungen nach Liebe und der wirklichen Liebe. Viele unterstreichen, dass die Liebe das Wichtigste ist; aber es geht von ihnen keine Liebe aus. Menschen sprechen viel von Liebe, aber man spürt sie bei ihnen nicht. Die Liebe ist zum einen eine *Atmosphäre von Wohlwollen und Wärme*, die wir bei einem Menschen spüren. Wir sagen von einem Menschen, dass von ihm etwas Liebes ausgeht. Bei anderen, die Nächstenliebe predigen, schauen wir oft in ein hartes Gesicht und können darin von dieser Liebe nichts erkennen. Zum andern äußert sich die Liebe ganz konkret im *Einsatz für den Bruder und für die Schwester*, in der Bereitschaft, einem zur Seite zu stehen, ohne zu berechnen, ob es mir etwas bringt. Der heilige *Benedikt* hat diese Liebe sehr nüchtern beschrieben. Sie besteht darin, dass wir die täglichen Dienste für die Gemeinschaft übernehmen, dass wir zuverlässig sind in unserem Umgang miteinander und dass wir frei sind vom Richten und Urteilen über andere.

Die Liebe, von der Paulus schreibt, ist eine Kraft des Heiligen Geistes. Sie verwandelt das Denken und Handeln des Menschen. Sie prägt alles, was von einem Menschen ausgeht. Sie ist wie eine Quelle, aus der ein Mensch schöpft und die ihm eine neue Qualität, einen neuen Geschmack verleiht. Es geht dabei nicht um die Frage, ob ich diesen oder jenen Menschen liebe, ob ich ihm gerecht werde und ihn achte. Vielmehr geht es darum, dass all mein Reden, Denken und Tun aus einer Quelle strömt, die Paulus Heiligen Geist nennt und die er als Liebe versteht. Liebe ist für Paulus eine göttliche Macht, die sich des Menschen bemächtigt und durch ihn in dieser Welt erfahrbar wird.

Eine reife Spiritualität strahlt etwas von dieser Liebe aus. Es ist eine Liebe, die im andern kein schlechtes Gewissen hinterlässt, sondern einen angenehmen Geschmack, Dankbarkeit und das Gefühl von Angenommensein und Geliebtsein.

Die Liebe ist langmütig, gütig ist die Liebe, sie ist nicht eifersüchtig, die Liebe prahlt nicht, sie bläht sich nicht auf. Sie handelt nicht taktlos, sie sucht nicht den eigenen Vorteil, sie lässt sich nicht erbittern, sie trägt das Böse nicht nach. Sie freut sich nicht über das Unrecht, freut sich vielmehr mit an der Wahrheit. Alles erträgt sie, alles glaubt sie, alles hofft sie, alles duldet sie. Die Liebe hört niemals auf.

1 Korinther 13,4–8a

Freude

Freude kann man nicht befehlen. Sie muss sich auch nicht immer in einem fröhlichen Miteinander ausdrücken. Aber wir spüren, was die Grundstimmung eines Menschen ist, ob da bei allem, was er tut, Freude zu spüren ist oder aber Resignation, Traurigkeit oder gar Bitterkeit. Die frühen Mönche sprachen von der Heiterkeit der Seele und sahen darin ein Kriterium echter Spiritualität.

Der Himmel ist heiter, wenn er klar und hell und wolkenlos ist. So ist eine Seele heiter, wenn keine dunklen Wolken der Traurigkeit die Klarheit des Geistes trüben. Wir können nicht immer froh sein. Wir sollen uns auch dem Schmerz und dem Leid stellen. Dann wird unsere Seele mit Trauer reagieren. Aber wir spüren es einem Menschen an, ob unter all dem Leid und aller Trauer auf dem Grund seiner Seele Freude ist. Diese Freude sehen wir oft aus den Augen strahlen. Und wir sehen sie an seiner Körperbewegung. Die Kirchenväter sprechen von der unzerstörbaren Freude. Es ist die geistgewirkte Freude. Sie kann auch durch Schicksalsschläge nicht zerstört werden. Die Freude weitet das Herz. Und sie urteilt nicht über andere. Sie steckt an und verbreitet um sich eine heitere und gelöste Atmosphäre.

Friede

Friede ist die dritte Frucht des Geistes. Wer einen geistlichen Weg geht, der sollte mit sich Frieden schließen, mit all dem, was in ihm ist, auch mit seinen Schattenseiten. Nur wenn er mit sich im Frieden lebt, wird er auch um sich herum Frieden verbreiten. Der Friede ist kein sicherer Besitz. Er muss immer wieder errungen werden. Denn wir werden mit neuen Seiten in uns konfrontiert, die uns gar nicht schmecken. Oder es widerfährt uns etwas, das uns aus der Bahn wirft. Da braucht es immer wieder die Bereitschaft, Frieden zu schließen mit sich und seinem Leben und mit den Menschen um einen herum. Nur so werden wir fähig, um uns herum Frieden zu stiften, einen Frieden, der dauerhaft anhält.

Friede entsteht, wenn wir mit dem, was in uns ist, sprechen und verhandeln. Wer im Frieden mit sich leben will, der darf nichts, was sich in ihm regt, übersehen oder überhören. Er muss es beachten und damit ein Gespräch anfangen. Im Gespräch muss er herausfinden, was diese oder jene Emotion, diese oder jene Leidenschaft von ihm will und welchen Raum er ihr geben möchte, damit sie nicht mehr gegen ihn kämpft, sondern ihm dient.

Langmut

Langmut heißt im Griechischen *Makrothymia*, das heißt der „große Mut“, das weite Herz. Für den heiligen *Benedikt* ist das weite Herz das zentrale Kriterium für eine gesunde Spiritualität. Gott kann nur in einem weiten Herzen wohnen. Dort, wo wir eng und kleinkariert sind, hat Gott in unserem Herzen keinen Platz. Da wohnen nur unsere eigenen Gottesbilder, aber nicht der wahre Gott. Wer ein weites Herz hat, der ist frei von der Tendenz, über andere zu urteilen oder sich ständig über andere aufzuregen. Er kann sich auch nicht ereifern für das rigide Einhalten von Normen. Er hat in der Weite die Freiheit des göttlichen Geistes gespürt. Und diese Weite vermittelt er mit allem, was er denkt und sagt und tut. Immer wenn in der Kirche religiöse Eiferer auftreten, fehlt ihnen die Weite des Herzens. Mit ihrem engen Herzen verbreiten sie um sich herum Enge. Sie regen sich über jeden auf, der anders denkt

> Wir wollen also eine Schule für den Dienst des Herrn einrichten. Bei dieser Gründung hoffen wir, nichts Hartes und nichts Schweres festzulegen. Sollte es jedoch aus wohlüberlegtem Grund etwas strenger zugehen, um Fehler zu bessern und die Liebe zu bewahren, dann lass dich nicht sofort von Angst verwirren und fliehe nicht vom Weg des Heils; er kann am Anfang nicht anders sein als eng. Wer aber im klösterlichen Leben und im Glauben fortschreitet, dem wird das Herz weit, und er läuft in unsagbarem Glück der Liebe den Weg der Gebote Gottes. *Benediktsregel*

als sie. Das weite Herz bedeutet jedoch nicht Laxheit. *Benedikt* meint, nur der erlange diese Weite, wer zuerst den engen Weg des klösterlichen Lebens geht. Wir müssen durch die Enge der eigenen Selbstbegegnung und durch die Enge des Miteinanders hindurchgehen, um in die Weite zu gelangen.

Freundlichkeit

Freundlichkeit ist die nächste Frucht des Geistes. Das griechische Wort *Chrestotes* meint ursprünglich „Redlichkeit" und „Tüchtigkeit"; es kann aber auch Güte, Freundlichkeit und Milde bedeuten. Diese Haltung wurde oft dem Herrscher zugeschrieben. Der Herrscher wurde gelobt, wenn er milde und menschenfreundlich ist. Das ist für mich ein wichtiges Bild. Diese Freundlichkeit ist etwas anderes als die Freundlichkeit des Kellners, der zu den Gästen freundlich sein muss, auch wenn sie noch so schwierig sind, der hinter seiner Freundlichkeit aber eine Menge Aggression verbirgt. Wahrhaft freundlich kann ich nur als Herrscher sein, als einer, der über sich selbst herrscht und der nicht von anderen (zum Beispiel von Kunden oder Gästen) beherrscht wird. Wer sich selbst kennen gelernt hat, der schaut mit einem freundlichen und milden Blick auf sich selbst. So vermag er auch auf die anderen mit einem milden Auge zu sehen. Er ist freundlich, weil er will und nicht weil er muss. Seine Freundlichkeit atmet die Weite der Freiheit.

Güte

Güte heißt im Griechischen *Agathosyne*: Das Wort bedeutet „auf das Gute zu sinnen“, das heißt, dass ich das Gute bedenke und gut vom anderen denke. Güte meint also, dass ich das Gute in mir und in den Menschen um mich herum sehe. Sie entspricht dem, was der heilige *Benedikt* von seinen Mönchen fordert: dass sie Christus im Bruder und in der Schwester sehen.

Ich soll an den guten Kern in jedem Menschen glauben. Dann werde ich das Gute auch in ihm wecken. Manche Christen sprechen pessimistisch vom Menschen. Sie beklagen sich, dass die Menschen schlecht sind, dass sie nicht mehr glauben, sondern nur egoistisch ihre Zwecke verfolgen. Natürlich gibt es auch das Böse. Aber wer ständig auf das Böse schaut, der offenbart sich selbst. Er sieht das Böse in den andern, weil er es bei sich selbst zwar bemerkt, aber nicht wahrhaben will.

Es ist ein wesentliches Kriterium einer reifen Spiritualität, dass ich das Gute im Menschen sehen kann, auch in dem, der nach außen hin böse ist und Böses tut. Ich übersehe das Böse nicht, aber ich sehe durch es hin-

> Alle Fremden, die kommen, sollen aufgenommen werden wie Christus; denn er wird sagen: „Ich war fremd, und ihr habt mich aufgenommen.“ Allen erweise man die angemessene Ehre, besonders den Brüdern im Glauben und den Pilgern. Sobald ein Gast gemeldet wird, sollen ihm daher der Obere und die Brüder voll dienstbereiter Liebe entgegeneilen. Zuerst sollen sie miteinander beten und dann als Zeichen der Gemeinschaft den Friedenskuss austauschen. Diesen Friedenskuss darf man wegen der Täuschungen des Teufels erst nach dem Gebet geben. Allen Gästen begegne man bei der Begrüßung und beim Abschied in tiefer Demut: man verneige sich, werfe sich ganz zu Boden und verehre so in ihnen Christus, der in Wahrheit aufgenommen wird. *Benediktsregel*

durch auf den guten Kern, an den ich glaube. Das deutsche Wort „glauben“ hat als Wurzel *liob*, was „gut“ bedeutet. Glauben heißt, das Gute sehen. Ob wir also wirklich glauben, zeigt sich daran, ob wir das Gute in uns und in den Menschen sehen.

Treue

Paulus zählt als nächste Frucht die *Pistis* auf. Das Wort kann Treue bedeuten, aber auch Glaube und Vertrauen. Glaube im Sinn des heiligen Paulus heißt nicht, irgendwelche Sätze für wahr halten, sondern Vertrauen in das Leben haben, weil ich Gott vertraue, dem eigentlichen Grund meines Lebens, dem Grund, der mir Festigkeit schenkt.

Treue hat mit Festigkeit zu tun. Ich habe einen festen Stand, auf dem ich zuverlässig stehen kann. Auf einen treuen Menschen kann man bauen. Er vermittelt Festigkeit. Er steht fest inmitten aller Turbulenzen. Wer auf seinem Glaubensweg zu dieser Treue gelangt ist, der wird ein Segen für andere. Er schwankt nicht bei jeder Welle, die über ihn zusammenschlägt. Er bleibt stehen, auch wenn andere fliehen. So können sich andere an ihn anlehnen und in seiner Nähe für sich einen festen Grund suchen. Ein treuer Mensch hat eine gute Ausstrahlung.

Die Tugenden, die Paulus beschreibt, kann man nicht einfach mit dem Willen erzwingen. Sie sind Haltungen, die uns und andern Halt geben. Sie sind Ergebnisse eines langen spirituellen Weges. Und sie sind für andere erfahrbar und sichtbar. Man spürt es einem Menschen an, dass er treu ist. Treue Menschen tun uns gut.

Sanftmut

Das deutsche Wort *Sanftmut* macht auf den ersten Blick den Eindruck des Schwächlichen. Doch „sanft“ kommt von „sammeln“. Sanftmütig ist der, der den Mut hat, alles in sich zu versammeln. Er spaltet nichts von sich ab, sondern lebt im Frieden mit allem, was in ihm ist. Das ermöglicht es ihm, auch sanft mit andern umzugehen, auch andere um sich zu sammeln und friedlich mit ihnen zusammenzuleben.

Das griechische Wort für Sanftmut, das Paulus benutzt, meint vor allem ein mildes und friedliches Ver-

> Es gibt in der Tat keine Tugend, die die Dämonen so fürchteten wie die Sanftmut. Diese Tugend besaß ja auch Moses, der sanftmütiger als alle Menschen genannt ward. Und der heilige David zeigt auf, dass sie es ist, die des Gedenkens Gottes würdig macht, wenn er spricht: Gedenke, Herr, des David und all seiner Sanftmut. Aber auch unser Erlöser selbst hat uns geboten, Nachahmer seiner eigenen Sanftmut zu werden, indem er spricht: Lernet von mir, denn ich bin sanftmütig und demütig von Herzen, und ihr werdet Ruhe finden für eure Seelen. *Evagrius Ponticus*[38]

halten gegenüber dem Nächsten. Der sanfte Mensch ist in sich gesammelt. Er reagiert nicht erbittert oder erbost gegenüber anderen. Diese Haltung wurde in der stoischen Philosophie gepriesen. Dabei meint die Stoa kein passives Hinnehmen, sondern eine überlegene Gelassenheit, die auf innere Weisheit schließen lässt. Sanftmut zeichnet für die griechischen Philosophen gerade den Edelgesinnten und Gebildeten aus. Sie ist ein Schmuck der Seele.

Evagrius Ponticus rühmt die Sanftmut des Mose und die Sanftmut Jesu. Sanftmut hat eine positive Ausstrahlung auf die Umgebung. Wenn fromme Menschen einen unangenehmen Eindruck hinterlassen, ist es immer ein Zeichen, dass ihre Spiritualität noch unreif ist.

Selbstbeherrschung

Selbstbeherrschung ist die letzte Frucht des heiligen Geistes, die Paulus nennt. Die Griechen sprechen von *Enkrateia*. Der Ausdruck heißt wörtlich übersetzt: „In der Kraft sein" oder „In sich herrschen". Die reife Spiritualität führt also zu einem Menschen, der in sich selbst herrscht und nicht von andern beherrscht wird, weder von der Meinung anderer noch von ihrem Einfluss oder Befehl. Der über sich selbst bestimmende Mensch ist in sich frei. Er lässt sich nicht von andern in eine Richtung drängen, die für ihn nicht stimmt. Er steht in sich selbst, in seiner Kraft. Und von ihm geht auch Kraft aus.

Das griechische Wort *Enkrateia* kann auch Enthaltsamkeit bedeuten. Die Selbstbeherrschung zeigt sich darin, dass ich nicht jedem Bedürfnis nachgehen muss, sondern dass ich frei entscheiden kann, was ich möchte und was nicht, was ich genieße und was nicht. Sich selbst beherrschen ist etwas anderes als sich zu kontrollieren. Es gibt Menschen, die alles kontrollieren wollen. Ihnen gerät das Leben sicher außer Kontrolle. Sie wollen selbstbeherrscht erscheinen und ihre Emotionen kontrollieren. Doch wenn sie jemand kritisiert, geraten sie schnell außer Kontrolle. Die Altväter haben im frühen Mönchtum oft vermeintlich Fromme etwas unsanft angesprochen, um zu sehen, wie sie reagieren. Wenn sie ärgerlich reagieren, dann war es für sie ein Zeichen, dass es mit ihrer Reife nicht weit her ist.

Alle neun Früchte des Heiligen Geistes, die Paulus nennt, sind Haltungen, die uns Halt geben, Tugenden, damit unser Leben taugt, Quellen, aus denen wir schöpfen können. Die Früchte wirken aber immer auch auf andere. Sie erzeugen in uns eine gute Ausstrahlung auf andere. Wer in sich diese Früchte vorfindet, der hat eine angenehme Ausstrahlung. Man sieht es ihm an, dass in ihm eine reife Frucht gewachsen ist. In seiner Nähe ist man gerne.

Wer auf seinem spirituellen Weg reif und ganz geworden ist, der findet immer Menschen, die mit ihm über die eigentlichen Dinge des Lebens sprechen. Ja, oft fangen die anderen auf einmal an, sich ihnen gegenüber zu öffnen. Sie haben das Gefühl: Dieser Mensch versteht mich. Mit ihm kann ich über meine Seele reden. Der urteilt und wertet nicht. Der hört zu und lässt mich gelten.

In einer alten Mönchsgeschichte wird von einem Bruder erzählt, der zu Abbas Serapion kommt und sich als den unwürdigsten Sünder bezeichnet. Serapion geht auf diese Selbstbeschuldigung nicht ein, sondern rät ihm einfach, er solle in seinem Kellion bleiben, das würde ihn alles lehren. Da reagiert der Bruder voller Ärger:

Sein Aussehen veränderte sich so, dass es dem Greis nicht verborgen blieb. Nun sprach der Altvater Serapion zu ihm: Bis jetzt hast du gesagt: ich bin ein Sünder, und klagtest dich an, des Lebens nicht würdig zu sein. Nachdem ich dich aber in Liebe erinnert habe, bist du so wild geworden. Wenn du demütig sein willst, dann lerne es mannhaft ertragen, was dir von anderen zugebracht wird und halte an dich mit leeren Worten. Als der Bruder das hörte, fiel er dem Greis zu Füßen und ging dann mit großem Nutzen weg.[39]

21
Das biblische Versprechen: Ein ganzer Mensch sein

Der Glaubensweg, so wie ihn die frühen Mönche verstanden haben, führt immer über die Wirklichkeit der eigenen Psyche. Daher beschäftigt sich ein reifer Glaube mit den Gedanken und Gefühlen, mit den Trieben und Leidenschaften, mit dem Bewussten und Unbewussten, mit den Lebensmustern, die aus der Erziehung stammen, mit Verletzungen und Kränkungen. Ohne diese Beschäftigung wäre der Glaube in Gefahr, alles mit einem frommen Pflaster zu bedecken. Doch dann fällt der Glaube in sich zusammen, sobald das Unterdrückte sich machtvoll zu Wort meldet. Der reife Glaube will den ganzen Menschen in den Blick nehmen. Alles sollen wir Gott hinhalten, damit alles, was in uns ist, von Gott verwandelt werden kann. Nur so werden wir ein ganzer Mensch, ein vollständiger Mensch, wie *C.G. Jung* das griechische Wort *teleios* übersetzt, das herkömmlicherweise mit „vollkommen" wiedergegeben wird. Wir sollen nicht perfekt, nicht fehlerlos werden, sondern ganz, vollständig.

Von den Rändern und Zäunen

Ein schönes Bild für diese Ganzwerdung bringt uns das Lukasevangelium im Gleichnis vom Festmahl. Lukas ist ja der griechisch gebildete Evangelist; er deutet die Botschaft Jesu für die Griechen. Und für Menschen, die von griechischer Philosophie geprägt waren, war die Frage besonders wichtig, wie der Mensch aus der Zerrissenheit zur Einheit findet und wie er ein ganzer Mensch wird.

Jesus erzählt uns im Gleichnis von einem Festmahl, das ein Mann veranstaltete. Als die geladenen Gäste nicht kommen wollten, weil sie Wichtigeres zu tun hatten, sagt der Herr zu seinem Diener: „Geh schnell hinaus auf die Straßen und Gassen der Stadt und führe die Armen und Krüppel und Blinden und Lahmen hier herein. Wenig später meldete der Knecht: Herr, es ist geschehen, wie du befohlen hast; aber es ist immer noch Platz. Da sagte der Herr zum Knecht: Geh hinaus an die Landstraßen und an die Zäune und nötige sie hereinzukommen, damit mein Haus voll wird!“ (Lukas 14,21–23).

Das Festmahl steht für das Einswerden mit Gott. Alles in uns soll zum Festmahl kommen. Alles in uns soll in die Einheit mit Gott hineingehoben werden. Gerade das Arme und Verkrüppelte, das Blinde und Lahme in uns ist eingeladen, eins zu werden mit Gott. Das heißt aber auch, dass wir uns mit ihm aussöhnen, dass wir es nicht von unserer Ganzwerdung ausschließen. Und das, was an den Landstraßen außerhalb der Stadt herumsteht, wird auch eingeladen. Das steht für all das, was wir an den staubigen Landstraßen unseres Lebens verloren haben, was wir ausgeschlossen haben von unserer Stadt, von unserem bewussten Zentrum. Es gibt vieles in unserem Leben, das wir einmal wahrnehmen und dann liegen lassen. Jesus sagt: Alles, was du je erlebt hast, soll hineingenommen werden in das Festmahl. Es soll eins werden mit dir und mit Gott. Auch das, was von deinem inneren Zentrum weit entfernt ist, hat ein Recht auf Integration. Der Glaube, den Jesus gepredigt hat, will den ganzen Menschen, den Menschen, der alles, was er erfährt, in sein Wesen mit hineinnimmt und in die Beziehung zu Gott bringt.

Verloren und wieder gefunden

Auch die drei Gleichnisse vom verlorenen Schaf, von der verlorenen Drachme und vom verlorenen Sohn (Lukas 15) schildern in der Deutung des Lukas den Weg der Ganzwerdung. Hundert Schafe stehen für die Ganzheit des Menschen. Wenn er ein Schaf verliert, dann fehlt ihm etwas Wesentliches. Daher ist es wichtig, dass er diesem einen verlorenen Schaf nachgeht, bis er es findet. Dann kann er ein Fest der Ganzwerdung feiern (Lukas 15,4–6). Die Frau, die zehn Drachmen hat und eine verliert, hat ihre Ganzheit verloren (Lukas 15,8–9). Sie muss – so deutet es ein anderer Grieche, *Gregor von Nyssa* – in die Tiefen ihres Unbewussten steigen und dort mit dem Licht des eigenen Bewusstseins nach der Drachme suchen.[40] Die „Drachme“ deutet *Gregor* als Bild Christi in uns, als Bild für das wahre Selbst. Wir haben unser Selbst oft aus Unachtsamkeit verloren. Daher braucht es die Achtsamkeit, um unser wahres Bild in der Oberflächlichkeit unseres Lebens zu entdecken und zu finden. Das Fest, das die Frau mit ihren Freundinnen und Nachbarinnen feiert, ist das Fest der Ganzwerdung mit allen Seelenkräften.

Auch in dem wohl schönsten Gleichnis, dem Gleichnis vom verlorenen Sohn (Lukas 15,11–32), geht es um Ganzwerdung. Der Vater hat zwei Söhne. Der eine Sohn will hinaus in die Welt. Er verschleudert sein Vermögen und stillt schließlich seinen Hunger mit billigem Zeug. Er geht in sich, er kommt zu sich selbst und kehrt um. Sein Vater nimmt ihn liebevoll auf und feiert ein fröhliches Fest: „Denn dieser mein Sohn war tot und lebt wieder; er war verloren und ist wieder gefunden worden“ (Lukas 15,24).

Der Sohn, der in die Fremde ausgezogen und dort gescheitert ist, findet sich wieder. Er bringt seine Erfahrung ein in die Ganzheit. Der ältere Sohn, der daheim geblieben ist, ärgert sich über die liebevolle Aufnahme des jüngeren Sohnes durch den Vater. Der Vater muss auch ihn zum Fest einladen. Auch das Angepasste, das Bürgerliche, das Gewöhnliche, das Ängstliche, das Erstarrte muss integriert werden, damit nichts in uns verloren geht.

Das Kreuz

Die Bibel ist voll von Bildern der Ganzheit. Ein Bild der Ganzheit wird uns täglich im Kreuz vor Augen gehalten. Das Kreuz ist für viele Völker ein Heilszeichen, ein Bild der Einheit aller Gegensätze. Alles ist im Kreuz zusammengehalten, Himmel und Erde, Licht und Dunkel, Gott und Mensch, Mann und Frau, Bewusstes und Unbewusstes, das Herz und das Handeln. Am Kreuz hat uns Jesus bis zur Vollendung (*eis telos*) geliebt. Da hat er alles Menschliche hineingenommen in seine göttliche Liebe. Alles in uns ist berührt von Gottes Liebe, die in Jesu Tod am Kreuz sichtbar geworden ist. Daher gibt es nichts mehr in uns, was wir von Gottes Liebe und von unserer eigenen Liebe ausschließen dürfen. Alles ist von Gott geliebt. Und alles will integriert werden in unser Leben.

Im Lukasevangelium spricht der Hauptmann unter dem Kreuz, der Zeuge des Todes Jesu wird: „Wahrhaftig, dieser Mensch war ein Gerechter!“ (Lukas 23,27). Für das Evangelium ist Jesus am Kreuz das Urbild des gerechten Menschen, des richtigen Menschen, des Menschen, der alles in sich vereint hat. So ist das Kreuz eine ständige Mahnung an uns, nichts zu verdrängen, nichts zu unterdrücken und nichts vom Weg unserer Menschwerdung auszuschließen. Das Kreuz Jesu Christi fordert uns auf, wie Jesus ein ganzer Mensch zu werden, in uns Himmel und Erde, Gott und Mensch, Mann und Frau, Bewusstes und Unbewusstes zu vereinen, damit wir immer mehr zum gerechten Menschen werden, zu einem Menschen, der allem, was in ihm ist, gerecht wird und so aufrecht und richtig lebt.

1 Apophtegmata patrum 23. Hier und im Folgenden zitiert nach: *Weisung der Väter: Apophthegmata patrum, auch Gerontikon oder Alphabeticum genannt.* Eingeleitet und übersetzt von Bonifaz Miller, Freiburg im Breisgau 1965.

2 Apophtegmata patrum 905 [Anm. 1].

3 *Sigmund Freud* (1856–1939). Der ausgebildete Arzt (Physiologie und Neurologie) entwickelte aus dem Eingehen auf die Lebensgeschichten psychisch Kranker die „Psychoanalyse", die in der Dynamik der unbewussten seelischen Prozesse die entscheidende psychologische Triebfeder sieht.

4 Als dritte therapeutische Richtung – neben Verhaltenstherapie und Psychoanalyse – umfasst die „Humanistische Psychologie" eine ganze Reihe von Therapieformen. Sie alle sind gekennzeichnet durch die humanistische Grundannahme, dass Menschsein nicht einfach nur vorgegeben, sondern aufgegeben ist: „Werde, der du bist". Vgl. Anm. 15. Anmerkung über die humanistische Psychologie.

5 *Carl Gustav Jung* (1875–1961). Der Mediziner wandte sich zunächst der Psychoanalyse Freuds zu, entwickelte dann aber eine eigenständige Gestalt der „Analytischen Psychologie", vor allem durch Traumanalysen und vergleichende Mythenforschung. Bekannt ist seine Theorie des kollektiven Unbewussten, in dem Archetypen, Ur-Bilder, das Grundmuster der seelischen Wahrnehmung prägen.

6 Carl Gustav Jung, *Briefe, Bd. 3,* 276. © 1973 Patmos Verlag GmbH & Co. KG, Walter Verlag, Düsseldorf.

7 *Erik Erikson* (1902–1994). In Frankfurt geboren, in Wien mit der Psychoanalyse vertraut geworden, praktizierte Erikson nach der Emigration in die Vereinigten Staaten vor allem als Analytiker für Kinder und Jugendliche. Berühmt wurde Erikson für sein acht Phasen umfassendes Modell des Lebenszyklus.

8 *Karlfried Graf Dürckheim* (1896–1988). Der Begründer der „initiatischen Therapie" ist Pionier der an der Psychologie Carl Gustav Jungs orientierten Zen-Bewegung westlicher Prägung.

9 Karlfried Graf Dürckheim, *Erlebnis und Wandlung,* Scherz Verlag Bern 1983, 16. Alle Rechte vorbehalten S. Fischer Verlag GmbH, Frankfurt am Main.

10 Dürckheim, Erlebnis und Wandlung 20 [Anm. 9].

11 Dürckheim, Erlebnis und Wandlung 73 [Anm. 9].

12 Apophtegmata patrum 797 [Anm. 1]

13 Dürckheim, Erlebnis und Wandlung 79 [Anm. 9]

14 Dürckheim, Erlebnis und Wandlung 23f. [Anm. 9]

15 *Abraham Maslow* (1908–1970). Begründer der „Transpersonalen Psychologie". Er gründete 1962 die „Amerikanische Gesellschaft für Humanistische Psychologie". Vgl. Anm. 4.

16 Abraham Maslow, *Eine Theorie der Metamotivation*, in: Roger N. Walsh/ Frances Vaughan (Hg.), *Psychologie in der Wende.* Grundlagen, Methoden und Ziele der Transpersonalen Psychologie. Eine Einführung in die Psychologie des Neuen Bewusstseins, München 1985, 143–152, 143.

17 Abraham Maslow, Eine Theorie der Metamotivation 143 [Anm. 16].

18 Evagrius Ponticus, *Praktikos. Über das Gebet.* Übersetzung und Einleitung von John Eudes Bamberger. © 1986 Vier Türme Verlag Münsterschwarzach, 50.

19 Marc Oraison, *Zwischen Angst und Illusion.* Christliche Existenz in tiefenpsychologischer Sicht, Freiburg im Breisgau 1960, 190.

20 Carl Gustav Jung, *Gesammelte Werke, Bd. 5*, 391. © 1952/1973 Patmos Verlag GmbH & Co. KG, Walter Verlag, Düsseldorf.

21 Carl Gustav Jung, *Erinnerungen, Träume, Gedanken.* Hg. von Aniela Jaffé, 145. © 1962 Patmos Verlag GmbH & Co. KG, Walter Verlag, Düsseldorf.

22 Carl Gustav Jung, *Zur gegenwärtigen Lage der Psychotherapie.* © 1934/1974 Patmos Verlag GmbH & Co. KG, Walter Verlag, Düsseldorf; in: Ders., *Mensch und Seele.* Aus dem Gesamtwerk 1905–1961, Düsseldorf 1984, 120.

23 Josef Rudin, *Psychotherapie und Religion.* Seele, Person und Gott, Olten 1960, 161.

24 Karl Frielingsdorf, *Dämonische Gottesbilder.* Ihre Entstehung, Entlarvung und Überwindung, Mainz [3]2001.

25 Apophtegmata patrum 602 [Anm. 1].

26 John Eudes Bamberger, in: Evagrius Ponticus, Praktikos 12 [Anm. 18].

27 Evagrius Ponticus, Praktikos 11 [Anm. 18].

28 Apophtegmata patrum 101 [Anm. 1].

29 Apophtegmata patrum 115 [Anm. 1].

30 Evagrius Ponticus, Praktikos 10 [Anm. 18].

31 Evagrius Ponticus, Praktikos 12 [Anm. 18].

32 Evagrius Ponticus, Praktikos 13 [Anm. 18].

33 Evagrius Ponticus, Praktikos 14. [Anm. 18].

34 John Eudes Bamberger, in: Evagrius Ponticus, Praktikos 22 [Anm. 18].

35 *Martin Buber* (1878–1965). Der jüdische Religionsphilosoph konzentrierte die biblisch-jüdische Erfahrung im Ereignis der dialogischen Begegnung: „Das Ich wird am Du."

36 *Henri Nouwen* (1932–1996). Der katholische Priester und Theologe gab eine Karriere als Hochschulprofessor an der amerikanischen Elite-Universität Yale auf und schloss sich der von Jean Vanier gegründeten „Arche"-Bewegung eines ge-

meinsamen Lebens mit behinderten Menschen an. In seinen spirituellen Schriften spiegeln sich die Fragen und Ängste des modernen Menschen ebenso wider wie sein persönliches Ringen um Antworten aus dem christlichen Glauben. Weltweit berühmt ist sein Tagebuch eines sechsmonatigen Klosteraufenthaltes „Ich hörte auf die Stille“ (Freiburg im Breisgau, etliche Auflagen).

37 *Anselm von Canterbury* (1033–1109). Für Anselm gehört das fortwährende Streben nach Einsicht zum Wesen des Glaubens. Sein Ziel ist dabei nicht, den Glauben in ein rein rational begründbares Wissen aufzulösen, sondern die Verantwortbarkeit des Glaubens vor der Vernunft durch Gründe nachzuweisen.

38 Evagrius Ponticus, Praktikos [Anm. 18].

39 Apophtegmata patrum 878 [Anm. 1].

40 *Gregor von Nyssa* (338/39–394). Der als einer der großen Kirchenlehrer verehrte Theologe erarbeitete eine eigenständige Zusammenschau des christlichen Glaubens und des philosophischen Denkens seiner Zeit. Seine Lehre hat in der mystischen Tradition fortgewirkt.

Bücher für ein bewusstes Leben

Andrea Schwarz
Die Bibel verstehen in 25 Schritten
Ein Durchblick-Buch für Neugierige
144 Seiten, Paperback · ISBN 3-451-28534-7
Andrea Schwarz legt eine verständliche und unterhaltsame Einstiegshilfe vor für alle, die auf irgendeine Weise neugierig sind, was es mit der Bibel eigentlich auf sich hat. Die Informationen und Übungen ihres „Durchblick"-Buches haben ein Ziel: die Bibel aus dem Regal zu holen und als „Lebensbuch" zu entdecken.

Rainer Haak
Die Bibel verstehen in 25 Schritten
Ein spiritueller Kompass in Zeiten der Veränderung
128 Seiten, Paperback, durchgehend zweifarbig
ISBN 3-451-28668-8
Rainer Haaks spiritueller Kompass öffnet Augen und macht Mut, Veränderungen im eigenen Leben wahrzunehmen und als Chance zu verstehen. Er erschließt die biblische Botschaft in ihrer orientierenden Kraft, um der Veränderung selbst Ziele zu setzen. Und er gibt praktischen Rat, wie Menschen selbstbestimmt mit Veränderungen umgehen können. Für Einzelne und Gesprächsgruppen.

Stefan Jürgens
Im Gespräch mit Gott
Was Beten heißt und wie es geht
128 Seiten, Paperback, durchgehend zweifarbig
ISBN 3-451-28746-3
Stefan Jürgens, bekannt als Sprecher bei „Wort zum Sonntag" (ARD), legt eine persönliche und verständliche Hinführung zum christlichen Beten vor: zum Du Gottes und zu ganz verschiedenen Möglichkeiten, mit Gott ins Gespräch zu kommen. Konkrete Methoden und Übungen des Betens geben der Seele ein Dach über dem Kopf.

HERDER

www.herder.de

Bibeltexte werden in der Regel zitiert nach:
Die Bibel. Die Heilige Schrift
Des Alten und Neuen Bundes.
Vollständige deutsche Ausgabe

DIE BIBEL

Umschlagmotiv: © getty images, München
Abbildungen im Innenteil:
S. 28/29, 46/47: © Werner Richner
S. 6/7, 14/15, 80/81, 102/103: © photocase.com
Innengestaltung: Weiß – Grafik und Buchgestaltung, Freiburg
Druck und Bindung:
fgb · freiburger graphische betriebe
www.fgb.de

Gedruckt auf umweltfreundlichem,
chlorfrei gebleichtem, säurefreiem Papier
Printed in Germany

ISBN-13: 978-3-451-28897-5
ISBN-10: 3-451-28897-4